KRESLEY COLE

Kampf der Herzen

Ins Deutsche übertragen von
Ralph Sander

LYX

LYX in der Bastei Lübbe AG
Dieser Titel ist auch als E-Book erschienen.

MIX
Papier aus verantwortungsvollen Quellen
FSC
www.fsc.org
FSC® C083411

Die Originalausgabe erschien 2004 unter dem Titel
»If you Deceive« bei Pocket Books, Simon & Schuster, Inc., New York, USA.

Redaktion: Susanne Kregeloh
Satz: Greiner & Reichel, Köln
Umschlaggestaltung: Guter Punkt, München | www.guter-punkt.de
unter Verwendung von Motiven von © Emma Goulder/Trevillion Images
und © Martin M303/shutterstock
Gesetzt aus der New Caledonia
Druck und Verarbeitung: CPI books GmbH, Leck – Germany
Printed in Germany
ISBN 978-3-7363-0689-9

1 3 5 7 6 4 2

Sie finden uns im Internet unter: www.lyx-verlag.de
Bitte beachten Sie auch: www.luebbe.de und www.lesejury.de

Meinen Leserinnen gewidmet …
weil sie das Leben der MacCarricks mit mir teilen,
wofür ich ihnen zutiefst dankbar bin.

Die Liebe einer guten Frau?
Die einen verruchten Mann wie mich retten soll?
Niemals … denn eine solche Frau ist noch nicht geboren,
die so gut ist, dass sie mich retten kann.

– ETHAN ROSS MACCARRICK,
OBERHAUPT DES MACCARRICK-CLANS,
ACHTER EARL OF KAVANAGH

Ich habe es nicht gestohlen – das schwöre ich!
Oh, als ob Ihnen noch nie was in die Tasche gefallen wäre!

– MADELEINE ISOBEL VAN ROWEN,
GELEGENHEITSDIEBIN

Prolog

Iveley Hall, Buxton, England, Frühjahr 1846

Sie ist schön. Ethan MacCarrick wusste, dass es nur eine Vermutung sein konnte, denn nach wie vor trübte der reichlich genossene Whisky sein Wahrnehmungsvermögen. Und der ließ alle Frauen schön und verführerisch aussehen – da war die gelangweilte Ehefrau, mit der er die Nacht verbringen würde, keine Ausnahme.

Eine halbe Stunde war er durch die vom Wind gepeitschte Nacht zu ihrem Haus geritten, dennoch fühlte er sich immer noch betrunken, und sein Rausch schien sogar noch stärker geworden zu sein.

Auf jeden Fall *benimmt* sie sich so, als sei sie hübsch, dachte er, während er seine Jacke auszog und auf die Chaiselongue warf, sie jedoch verfehlte. Sogar in seinem benommenen Zustand nahm er jene seichte Albernheit wahr, die ein Mann bei einer Frau nur dann tolerierte, wenn sie eine wirkliche Schönheit war. Außerdem besaß sie genug Selbstvertrauen, sonst hätte sie ihn nicht im Schankraum dieser Spelunke in Buxton angesprochen. Sie hatte nicht im Mindesten daran gezweifelt, dass er einverstanden sein würde, die Nacht mit ihr zu verbringen.

Sie sprach mit französischem Akzent, und sie war recht groß, zumindest glaubte er das, denn sie räkelte sich bereits auf dem breiten Bett. In der Spelunke hatte er nur für den kurzen Moment neben ihr gestanden, in dem sie ihm das nach einem teuren Parfüm duftende Stück Papier mit der Wegbeschreibung zu ihrem Haus zugesteckt hatte. Dabei hatte sie ihm zugeflüstert, diskret zu sein, und was sie mit ihm zu tun gedachte, wäre er erst bei ihr.

Ethan war ein heißblütiger Mann von dreiundzwanzig Jahren – und ihre verruchten Absichten entsprachen genau dem, was er wollte.

Als er das luxuriöse Schlafzimmer durchquerte, um sich an dem auf einem Tisch bereitstehenden Whisky zu bedienen, kniete sie sich im Bett hin. »Haben Sie eine Viertelstunde abgewartet, nachdem ich mit meiner Zofe gegangen war?« Sie fürchtete, ihr Ehemann könnte nach der Rückkehr von seiner Reise von der Indiskretion seiner Frau erfahren.

»Aye, das habe ich«, entgegnete Ethan und schenkte sich einen Whisky ein. Er hätte sie so oder so nicht begleitet, weil für ihn die erste Faustregel eines Lebemanns galt: Reite immer mit deinem eigenen Pferd zu dem Rendezvous mit der Frau, mit der du schlafen willst, damit du sie verlassen kannst, wann es dir am liebsten ist. Sonst wird sie dich die ganze Nacht nicht gehen lassen.

Ethan *verabscheute* Frauen, die sich an einen Mann klammerten.

»Hat jemand Sie herkommen sehen?«, fragte sie.

»Keine Menschenseele.«

»Mein Mann darf keinesfalls erfahren, dass …«

»Das reicht!« Sie ging ihm bereits jetzt schon auf die Nerven, und er hatte sie noch nicht mal angefasst. »Sie sind nicht die erste verheiratete Frau, mit der ich zusammen bin«, erklärte er. »Ich habe so was schon oft gemacht.«

»Ja, natürlich haben Sie das«, stimmte sie ihm hastig zu. Als er sich ihr endlich näherte, flüsterte sie: »Du bist so ein gut aussehender junger Teufel, Ethan. So groß und so stark.«

Er trank wieder einen Schluck und schaute nachdenklich in sein Glas, als sie ihn mit seinem Vornamen ansprach. Ihren Namen hatte er nicht richtig verstanden, als sie ihn ihm in der Schenke ins Ohr gehaucht hatte. Denn gleich darauf hatte sie ihm beschrieben, wie sie vor ihm knien und ihn verwöhnen wollte. »*Junger* Teufel? Ich hatte nicht den Eindruck, dass Sie so viel älter sind als ich«, erwiderte er, als er vor ihrem Bett stand.

»Nur ein bisschen«, meinte sie lachend. Er konnte ihr Gesicht jetzt deutlicher sehen, es passte zu einer Frau Anfang dreißig und war recht gefällig. »Ich bin alt genug, um zu wissen, was ich will. Und als ich dich sah, wusste ich, dich will ich haben.« Sie nahm ihm das Glas ab und stellte es auf den Nachttisch. »Aber ich möchte wetten, die Frauen werfen sich dir in Scharen zu Füßen, nicht wahr?«

»Wo ich gehe und stehe«, antwortete er und versuchte gar nicht erst, seine Arroganz zu überspielen. Es stimmte ja auch. Er war ein junger, reicher Laird, und den Frauen gefiel sein Aussehen. Zudem schien es, als begehrten sie ihn umso mehr, je betrunkener er war und je herzloser er sich gab.

»Wäre ich es also nicht gewesen, dann hätte es jede andere Frau in der Schenke sein können? Verstehe ich das richtig?«

»Absolut«, bestätigte er. Als er die Taverne verlassen hatte, hatte ihm das schwarzhaarige Schankmädchen einen enttäuschten Blick zugeworfen, ebenso wie dessen Schwester. Er hatte mit einem Schulterzucken reagiert, als würde es ihn nicht kümmern – was es auch nicht tat. »Ein oder zwei andere Frauen.«

»Warum dann ausgerechnet ich?«, hauchte sie auf der Suche nach einem Kompliment, das er ihr aber nicht machen würde.

»Verheiratete Frauen sind mir lieber, weil sie zweckmäßiger für mich sind.« Von ihnen hörte er nie wieder etwas. Eine verheiratete Frau verschwand als eine von vielen in seiner Erinnerung, und genau so sollte es auch sein. Und wenn ein Ehemann schwach und dumm genug war, sich betrügen zu lassen, dann verdiente er auch nichts Besseres, und Ethan sprang nur zu gern in die Bresche.

»Dann bin ich also nur eine Zweckmäßigkeit?« Verspielt zog sie einen Schmollmund, während sie mit flinken Fingern sein Hemd aufknöpfte.

»Aye, ganz genau.«

Sein verletzender Tonfall schien sie nur noch mehr zu entflammen. »Sag meinen Namen – dein Akzent klingt betörend«, forderte sie ihn auf.

»Ich kenne ihn nicht.«

Sie lächelte ihn an. »Ich heiße Sylvie …«

»Mehr muss ich nicht wissen«, fiel er ihr schroff ins Wort, was sie dazu brachte, vor Verlangen nach Luft zu ringen.

Er war Frauen gewöhnt, die einen kaltherzigen, arroganten Mann in ihrem Bett haben wollten, doch bei ihr kam es ihm so vor, als wünsche sie ihn sich noch grausamer und dominanter. Auf dem Weg hierher hatte er Zeit gehabt, sich die Situation durch den Kopf gehen zu lassen. Und mochte sein Verstand auch vom Alkohol umnebelt gewesen sein, so hatte sein Instinkt ihm gesagt, dass irgendetwas mit dieser Frau nicht stimmte.

Ihr Parfüm störte ihn, obwohl es nicht unangenehmer roch als das der Frau, bei der er die letzte Nacht zugebracht hatte. Sie war groß, lüstern und dunkelhaarig – also genau der Typ, der normalerweise sein Interesse weckte. Doch als sie über seine Brust leckte, während sie ihm das Hemd auszog, überkam ihn abermals das unbehagliche Gefühl, dass etwas mit ihr nicht stimmte.

Schon seit geraumer Zeit sagte man Ethan nach, er habe

nicht mehr Gefühle als ein Tier, und auch jetzt war es der reine Instinkt, der ihm riet, er solle diese Frau nicht nehmen. Während ihr Mund von seiner Brust zu seinem Bauchnabel und von dort tiefer zu seinem eindeutigen Ziel wanderte, stutzte Ethan und runzelte die Stirn.

Doch konnte die Warnung in seinem Kopf wirklich den Scotch und die Aussicht darauf übertönen, sich von ihr mit dem Mund verwöhnen zu lassen?

Aye, das kann sie, dachte er, schob ihre Hände weg von seiner Hose und wich stolpernd zurück.

»Was tust du?«

»Ich gehe.« Als er sich nach seinem Hemd bückte, taumelte er einen Moment, bekam sich jedoch schnell wieder in den Griff. Dass er in letzter Zeit zu viel getrunken hatte, war ihm durchaus klar. Er war der älteste Bruder und das Oberhaupt einer gestraften Familie, und die damit verbundene Verantwortung sowie die Unfähigkeit, etwas an diesem Zustand zu ändern, lasteten schwerer auf seinen Schultern, als es irgendjemand auch nur ahnte.

Aber an diesem Problem konnte er nichts ändern, wenn er sich immer wieder betrank.

»Gehen?«, rief sie. »Das kann doch nicht dein Ernst sein!«

Er nickte nur knapp.

»Warum bist du dann hergekommen? Was habe ich getan?«

»Nichts.« Wo zum Teufel hatte er seine Jacke hingeworfen? »Ich habe nur keine Lust mehr.«

»Sag mir, was du willst, und ich tue es für dich. *Egal was!*«, flehte sie ihn in so kläglichem Ton an, dass es ihn vor Abscheu schauderte. *Verdammt, sie ist eine von denen, die sich an einen Mann klammern!*

Im Wegdrehen sagte er: »Ich will *gar nichts* von Ihnen, jedenfalls jetzt nicht mehr.«

»Das kannst du doch nicht machen!« Sie sprang auf und lief zu ihm. »Mich einfach stehen lassen, wie eine Frau, die du gekauft hast.« In ihrer Wut verwandelte sich die vornehme französische Aussprache in einen schneidenden Tonfall. Ethan hatte ihn schon woanders gehört – diesen Slang der Unterschicht. »Wie eine dahergelaufene Hure!«

»Sie müssen es ja wissen …«

»Von niemandem lasse ich mich so behandeln! *Von niemandem!«*

Sie baute sich vor ihm auf, und als er sich von ihr abwandte, folgte sie ihm. Was ihn wütend zu machen begann. Dass es klug von ihm gewesen war, sich zum Gehen zu entschließen, daran gab es keinen Zweifel mehr. »Dafür werde ich dich auspeitschen lassen!«

Endlich entdeckte er seine Jacke. »Gehen Sie mir aus dem Weg!«, herrschte er die Frau an.

»Ich werde dich höchstpersönlich auspeitschen!«

»Nur die Ruhe, Weib.« Zynisch betrachtete er sie. »Jetzt werde ich Sie *ganz bestimmt* nicht mehr vögeln.«

Kreischend stürzte sie sich auf ihn, krallte ihre Fingernägel in sein Gesicht und kratzte ihn, bevor er sie daran hindern konnte. Er drückte den Ärmel gegen seine Wange und sah die dunkelroten Flecken auf dem weißen Leinenstoff. »Du gottverfluchte Hexe! Du weißt ja nicht, was du damit anrichtest!«

Er ging zur Tür, während sie mit den Fäusten auf seinen Rücken trommelte und brüllte: »Weißt du, was ich dir hätte geben können?«

Ethan drehte sich abrupt zu ihr um. Tränen liefen über ihr Gesicht, und ihre Augen glühten vor Zorn. »Wenn du mich noch einmal anfasst, dann werde ich meinen Vorsatz brechen, keine verrückten Weiber zu verprügeln, die kein Nein akzeptieren.«

»Dann tu's doch!« War das etwa ein Anflug von Vorfreude, der da über ihr Gesicht huschte?

Um ihr Angst zu machen, damit sie ihn endlich in Ruhe ließ, holte er mit der Hand aus, als wolle er …

Mit einem lauten Knall flog die Tür auf, und ein zorniger grauhaariger Mann stand im Flur vor dem Zimmer. *Das muss der alternde Ehemann sein,* dachte Ethan resigniert, während er die Hand sinken ließ. *Wieder ein Duell im Morgengrauen, und wieder ein Mann, der durch meine Pistole stirbt.*

»Er hat versucht, mir Gewalt anzutun!«, kreischte die in Tränen aufgelöste Frau.

Ethan sah zu ihr hin. »Bist du von Sinnen? Du hast mich doch hierher eingeladen!«

Weitere Männer tauchten an der Tür auf – die Handlanger des Ehemannes. Ein blonder Riese stellte sich dicht neben ihn und starrte Ethan ebenfalls wutentbrannt an.

»Niemals habe ich das getan!«, rief sie. »Er muss mir heute Abend vom Gasthaus gefolgt sein.«

Ihr Mann kniff die Augen zusammen und musterte Ethans Gesicht. Der wischte sich mit der Hand über seine Wange. »Verdammt, sie hat mich gekratzt, als ich gehen wollte.« Obwohl er noch immer die Wirkung des Whiskys spürte, fiel sogar ihm auf, wie albern sich diese Erklärung anhörte.

»Sylvie, bist zu verletzt?« *Der Ehemann klammert sich daran wie an eine Rettungsleine.*

»Das kann doch nicht Ihr Ernst sein! Sehen Sie denn nicht, dass sie lügt?« Ethan stieß einen verächtlichen Laut aus. »Diese Hexe hat mich hierher eingeladen. Ich schwöre …«

»Nein«, jammerte die Frau in so schrillem Ton, dass jeden Moment das Whiskyglas zerspringen musste. »Er wollte mir Gewalt antun, aber ich habe mich gewehrt. Siehst du sein Gesicht?«

Ethan starrte sie wütend an. »Fragen Sie im Gasthaus nach«, schlug er dem Ehemann vor. »Fragen Sie dort, wen Sie wollen. Jeder wird Ihnen sagen, dass sie mich zu sich eingeladen hat.« Aber sie war vorsichtig gewesen. Würde sich wirklich ein Gast finden, der bestätigen konnte, beide zusammen gesehen zu haben, da sie doch nur so kurz mit ihm gesprochen hatte?

Die Frau schüttelte vehement den Kopf. »Meine Zofe war mit mir im Gasthaus und kam auch mit mir zurück nach Hause. Frag Flora! Frag sie doch!« Sie legte eine Hand an die Stirn und ließ sich auf die Bettkante sinken. »*Oh Gott*«, flüsterte sie. »*Ich hatte ja solche Angst.*«

Ethan bekam vor Erstaunen den Mund nicht mehr zu. *Verdammt, sie macht das richtig gut …*

Mit einem lauten Schrei stürmte der alte Mann auf Ethan los, der instinktiv reagierte und einen Fausthieb austeilte, mit dem er seinem Gegenüber das Nasenbein brach. Blut spritzte umher.

»Dafür kommst du nach Newgate!«, brüllte der Geschlagene und presste die Hände an sein Gesicht.

Da war etwas, woran sich Ethan unbedingt erinnern wollte, nur … was war es? »Verdammt, ich habe dieser Frau nichts angetan … sie hat das alles eingefädelt.«

»Ergreift ihn!«, befahl der Alte seinen Männern.

Im gleichen Moment fiel Ethan ein, was er hatte tun wollen, und er griff nach seiner Jacke.

Ein brutaler Schlag traf ihn am Hinterkopf, und Ethan landete mit dem Gesicht auf dem Boden. Dann hagelte es Fausthiebe und Fußtritte. Er versuchte, sich so lange wie nur möglich gegen eine Ohnmacht und seine Angreifer zu verteidigen.

Aus weiter Ferne hörte er das Miststück auf den Ehemann einreden, voller Sorge über den Skandal, wenn das hier vor ein Gericht gebracht werden sollte … ihr Ruf, ihr Ansehen … andere Ehemänner mit seiner Macht würden so etwas selbst erledigen.

Ethan wusste, in diesem abgeschiedenen Teil des Landes waren die Lords so gut wie allmächtig, da sie ihre eigenen Gesetze hatten und immer über Handlanger verfügten, die bereit waren, für sie die Drecksarbeit zu erledigen. Und sie hassten Fremde, von Ausländern ganz zu schweigen.

Der Brief, der seine Erlösung bedeutete, steckte in der Jacke, und die lag nur einen Schritt weit von ihm entfernt. Vergeblich versuchte er zu sprechen, über seine Lippen kam jedoch nur ein schmerzerfülltes Stöhnen. Ein Versuch, nach der Jacke zu greifen, brachte ihm einen Tritt mit einem Stiefel gegen die Brust ein.

Er zwang sich, die Augen zu öffnen, und er sah die Frau, die so sehr in Tränen aufgelöst war, dass es schien, als glaubte sie ihre eigene Lüge. »Ohne dich und Brymer im Haus war ich eine leichte Beute.«

Der Gehörnte beschwichtigte sie und legte seinen Mantel um sie. »Ich hätte dich niemals allein hier zurücklassen dürfen …«

»Di-dieser Teufel kam hierher, zu mir – zu *Maddy!*«, fügte sie mit besonderer Betonung an. Wer immer diese Maddy auch sein mochte, die bloße Erwähnung dieses Namens veranlasste den alten Mann, wieder Ethan anzusehen, während er seiner Frau versicherte, sie würden sich seiner auf ihre Weise annehmen. Niemand würde es je erfahren müssen. Diese Worte ließen Ethan vor Angst zittern.

Sie wollten eindeutig sicherstellen, dass der schottische Bastard in seinem ganzen Leben nie wieder einer Frau Gewalt antat.

Eine Entmannung! Kalter Schweiß brach Ethan aus, als er sich vorstellte, was sie ihm antun wollten.

Der alte Mann zögerte kurz, dann nickte er. »Brymer, bring ihn hinters Haus und sorg dafür, dass es erledigt wird.«

Brymer war der blonde Riese, in dessen Augen Mordlust aufblitzte. »Das wird mir ein Vergnügen sein.« Er zog Ethan vom Boden hoch und verpasste ihm einen brutalen Kinnhaken. Zwar versuchte Ethan, den Treffer nicht auf sich wirken zu lassen, doch im nächsten Augenblick umgab ihn nur noch Schwärze …

Als er irgendwann wieder zu sich kam, spürte er sofort, dass sich ein Seil in seine Handgelenke schnitt. Stechende Schmerzen strahlten von der Schulter bis zu den verkrampft gehaltenen Fingern aus. Er versuchte, die Augen zu öffnen, doch eines war so angeschwollen, dass er es nur einen winzigen Spaltbreit aufbekam. Es genügte jedoch, um zu erkennen, wo er jetzt war: in einer Art Stall, wo man ihn an einem Dachbalken aufgehängt hatte. In seinem Mund steckte ein blutgetränkter Knebel.

Ethan sah einen großen, stämmigen Mann auf einem Hocker sitzen, der unter seinem beträchtlichen Gewicht jeden Moment zusammenzubrechen drohte. Die Muskeln in seinen kräftigen Beinen zuckten, während er Ethan verstohlene, schuldbewusste Blicke zuwarf. Dem Mann war klar, dass man Ethan Unrecht angetan hatte. Natürlich hatte die Frau das nicht zum ersten Mal gemacht. Ethan zerrte an seinen Fesseln und versuchte, trotz des Knebels seinem Gegenüber von der Notiz in seiner Jackentasche zu erzählen.

Plötzlich öffnete sich hinter ihm knarrend eine Tür, dann hörte er Brymers Stimme. »Ist er wieder bei Bewusstsein, Tully?«

»Seit diesem Moment«, antwortete der und erhob seinen massigen Körper von dem Hocker. »Ich hab überlegt … vielleicht sollte einer von uns zur Taverne reiten und einige Fragen stellen.«

»Van Rowen will, dass wir unseren Auftrag erledigen. Also werden wir das auch machen.« Brymer wollte sich das offenbar nicht entgehen lassen.

Van Rowen. Warum klang der Name so vertraut? Sollte Ethan hier überleben, dann würde er Van Rowen mit bloßen Händen in der Luft zerreißen und dann umbringen. Dieser Mann ahnte nicht, was er sich und seiner Familie eingebrockt hatte …

Plötzlich hörte er das typische Geräusch einer Klinge, die aus der Scheide gezogen wurde. Verzweifelt versuchte Ethan, sich zu befreien.

»Ach, Brymer. Was würde es denn ausmachen, hinzureiten und …«

»Ich komme soeben von dort. Niemand hat etwas Unschickliches beobachtet.« Brymer machte ein paar Schritte und gelangte in Ethans Gesichtsfeld. »Man hat Mrs Van Rowen gesehen, wie sie mit Flora eine Mahlzeit einnahm. Nach etwa einer Stunde brachen sie auf.« Mit der Messerspitze kratzte er die Zwischenräume zwischen seinen Zähnen sauber. »Der Kutscher schwört, er hat niemanden sonst gesehen, als er die beiden nach Hause gebracht hat. Und Flora bestätigt das.«

»Aber manchmal … mir kommt es so vor, als würde Mrs Van Rowen …«

»Hinzu kommt«, fuhr Brymer fort und ignorierte Tully völlig, »dass er hier ein *Ausländer ist*, der sich kräftig betrunken hat. Das Schankmädchen sagte, dass er sich wie ein brutaler schottischer Raufbold aufgeführt habe.«

Dieses verfluchte Weibsbild … nur weil ich sie verschmäht habe …

»Für ihn sind die Würfel gefallen, Tully. Und was dich dagegen angeht … entweder du führst die Anweisungen aus, die man dir gibt, oder du kannst noch heute Abend Van Rowens Land verlassen.«

Nein, nein! Ethan würde ihm ein Vermögen bezahlen, wenn er die Anweisungen *nicht* befolgte.

Tully ließ die Schultern sinken.

Nein, verdammt noch mal! Nein!

»Halt seinen Kopf fest«, wies Brymer ihn an.

Tully legte seine dicken, fleischigen Arme um Ethans Kopf, während der sich nach Kräften zu wehren versuchte und Flüche ausstieß, die alle von seinem Knebel unterdrückt wurden.

»Wa-was hast du vor?«

»Zuerst werde ich beenden, was Mrs Van Rowen begonnen hat«, sagte Brymer und deutete mit einer Kopfbewegung auf die Kratzer in Ethans Gesicht. »Ich schätze, den Ladys gefällt sein Gesicht, aber wenn wir hier fertig sind, wird das nicht länger der Fall sein. Allerdings wird das dann seine geringste Sorge sein.«

Als Ethan die kalte Klinge auf der heißen Haut seiner rechten Wange spürte, wand er sich und setzte alle ihm noch verbliebene Kraft ein, um sich zu befreien, doch es war vergebens.

Die Klinge drang tief ins Fleisch ein, Ethan brüllte vor Schmerz.

»Halt ihn richtig fest!«, herrschte Brymer Tully an.

»Das versuche ich ja, aber er ist ein verdammt kräftiger Bastard!«

Brymer schnitt weiter und weiter, bis Ethan fast nicht mehr bei Bewusstsein und sein Hals blutüberströmt war.

»Was machst du da?«, wollte Tully wissen.

»Wenn du einen Streifen Fleisch aus der Mitte herausschneidest, wird der Schnitt nie wieder richtig zusammenwachsen, auch nicht, nachdem man ihn genäht hat.«

Das verzweifelte Verlangen, sich zu wehren, brannte in Ethan, doch sein Körper fühlte sich so schwer wie Blei an und wollte seinem Willen einfach nicht gehorchen. Als Brymer endlich fertig war, ließ Tully Ethan los, dem der Kopf auf die Brust sank.

Brymer packte ihn an den Haaren und zog Ethans Kopf hoch. Grinsend begutachtete er sein Werk. »Komm und sieh es dir an, Tully.«

Der Mann kam nach vorn, dann riss er die Augen weit auf, würgte ein paar Mal und lief weg, um sich ein Stück entfernt ins Heu zu übergeben.

Als Ethan den Streifen Haut und Fleisch auf dem Boden liegen sah, wurde ihm schwarz vor Augen. Stumm schwor er: *Ich werde euch vernichten. Ihr werdet sterben, und zwar so langsam, wie ihr mich hier gequält habt* … Dann fielen ihm die Augen zu.

Wütendes Gebrüll aus dem Haus holte ihn zurück aus seiner Bewusstlosigkeit, auch die Frau war zu hören, deren Kreischen und Keifen immer lauter wurde.

Eine Tür wurde aufgerissen … eilige Schritte … dann kam ein Diener in den Stall gerannt und rief außer Atem: »Halt! Lasst ihn frei!«

In einem Moment völliger Klarheit begriff Ethan, was sich zugetragen haben musste. Wieder zerriss ein Aufschrei der Frau die Nacht und verstummte dann jäh.

Ethan lachte, soweit sein Knebel das zuließ. Tränen liefen ihm über das Gesicht.

Van Rowen hatte die Nachricht seiner Frau an Ethan gefunden.

1

London, Sommer 1856

Längst hatte sich Ethan daran gewöhnt, dass sich Angst auf den Gesichtern der Menschen zeigte, wenn ihnen klar wurde, dass er es war, der vor ihrer Tür stand. Aber in den Elendsquartieren des East End schien dies ausgeprägter zu sein als anderswo.

Viele von denen, die Ethan erblickten, liefen sofort davon.

Das Geräusch von hastigen Schritten auf nassem Kopfsteinpflaster war das Einzige, was Ethan hörte, als er dem betrunkenen Cockney hinterherlief – einem von vielen, die ihn mit Informationen versorgten.

Er machte einen Satz nach vorn und erwischte den Mann an den Schultern, dann stieß er dessen Kopf gegen die Mauer eines Mietshauses. Benommen sank der Mann auf dem Fußweg zusammen.

Ethan zog ihn hoch und drückte ihm den Lauf seiner Pistole an die Schläfe. »Wo ist Davis Grey?«

»Hab ihn nich gesehn«, pfiff der Mann durch die zahlreichen Zahnlücken. »Ich schwör's, MacCarrick!«

Gemächlich spannte Ethan den Hahn der Pistole. Der Säufer kannte Ethans Ruf und wusste, er würde ihn in dieser düsteren Gasse erschießen, ohne mit der Wimper zu zucken. »Und warum bist du dann weggelaufen?«

»W-weil ich Angst vor Ihnen hab. Darum.«

Das war allzu verständlich.

»Hab nur gehört, dass Grey für Opium in Portugal ist. Und dass er vielleich zurückkommt. Mehr nich. Ich schwör's!«

Nach kurzem Zögern entschied Ethan, dem Mann zu glauben und ihn laufen zu lassen. Die Information passte zu dem, was er wusste, und dieser Kerl würde es kaum wagen, durch eine Lüge Ethans Zorn auf sich zu ziehen. »Du weißt, was du zu tun hast, wenn du Grey siehst. Und du weißt auch, was ich mit dir machen werde, wenn du es mir nicht sagst.«

Der Cockney murmelte einen Dank dafür, dass Ethan sich so gnädig verhielt. Dann verschwand er in der Dunkelheit.

Seit Stunden hatte Ethan das Elendsviertel durchkämmt und auf all seine Ressourcen zurückgegriffen, um Davis Grey aufzutreiben, einen einstigen Landsmann und Freund der Familie – und nun das Ziel von Ethans Jagd.

Obwohl alles darauf gedeutet hatte, dass sich Grey nicht in England aufhielt, wollte Ethan sich Gewissheit verschaffen und war jeder denkbaren Spur nachgegangen, die London ihm bot. Morgen würde er die Stadt verlassen und anderswo die Jagd auf Grey fortsetzen.

Als Ethan durch die engen, gewundenen Gassen zurück zu seinem Pferd ging, lächelte ihn eine überraschend hübsche Hure an und ließ ihr Umschlagtuch sinken, um ihm ihre vollen, schweren Brüste zu präsentieren.

Er verspürte nichts bei diesem Anblick.

Er ging an der flackernden Gaslaterne vorbei und zeigte der Frau seine andere Gesichtshälfte, woraufhin sie sich angewidert von ihm abwandte und ihr Tuch bis zum Hals hochzog. Wegen Frauen wie dieser hatte er dem Sex abgeschworen.

Nach seiner Verunstaltung hatte er begriffen, dass er nie wieder eine Frau bekommen würde, die kein Geld von ihm verlangte. Zu dem Zeitpunkt hatte er sich bereits vorgenommen, nach jener Nacht in Buxton keinen Alkohol mehr zu trinken. Für einen jungen Mann, der dem Alkohol und den Frauen entsagte – zwei seiner liebsten Zeitvertreibe –, war ein Posten in einer königlichen Geheimorganisation, dem *Netzwerk*, eine verlockende Aussicht. Gemeinsam mit seinem Bruder Hugh hatte er sich zu diesem Dienst gemeldet, jedoch nicht, ohne zuvor noch dezent, aber entschieden Rache an seinen Feinden zu üben.

Während Hugh für das Netzwerk als Scharfschütze arbeitete und seine Aufträge schnell und sauber erledigte, griff Ethan zu Mord, Spionage und Erpressung, um das zu tun, was man von ihm erwartete. Ethan arbeitete mit viel Geschick und erledigte erfolgreich jene Aufträge, die niemand sonst übernehmen wollte. Seine Brüder bezeichneten ihn gern als einen mörderischen Alleskönner.

Nachdem Ethan zu seinem Pferd zurückgekehrt war – einem edlen Wallach, der seinen Reiter nicht leiden konnte –, saß er auf und beschloss, am Londoner Stadthaus Edward Weylands vorbeizureiten, seinem und Hughs Vorgesetzten. Vielleicht waren Neuigkeiten eingetroffen. Und wenn nicht, so gab es ohnehin nichts anderes, womit er sich die Zeit hätte vertreiben können.

Als Ethan dort ankam, traf er auf Quin Weyland, der sich anschickte, in den Sattel zu steigen und fortzureiten. »Ist dein Onkel zu Hause?«, fragte Ethan. Quin arbeitete ebenfalls für die Organisation und wurde darauf vorbereitet, diese eines Tages zu leiten.

»Nein, er ist nicht in der Stadt. Aber vor ein paar Minuten sah ich Hugh.«

»Nur Hugh? Court nicht?«

Quin schüttelte den Kopf.

Verdammt, Hugh hätte bei ihrem jüngeren Bruder Court

sein sollen, um dafür zu sorgen, dass er vom Kontinent nach London zurückkehrte.

Gereizt fuhr Quin fort: »Du hattest uns doch gesagt, Hugh sei in der Lage, diese Angelegenheit mit Davis Grey zu regeln.«

»Aye, und das wird er auch machen.«

»Du hättest seinen Gesichtsausdruck sehen müssen, als ich ihm von der Bedrohung berichtete.«

»Seine Reaktion ist nur zu verständlich«, gab Ethan ungeduldig zurück. »Grey ist ein gefährlicher Mörder, der einen Plan verfolgt.« Grey hatte ebenfalls für das Netzwerk gearbeitet – und er war Hughs Ausbilder gewesen.

»Nein, ich meine, als ich ihm sagte, *Jane* sei in Gefahr.« Er sprach von Jane Weyland, der hübschen Tochter Edward Weylands.

Ihnen war zu Ohren gekommen, dass Grey Jane ermorden wollte, um sich an Weyland zu rächen, indem er ihm nahm, was diesem das Kostbarste auf der Welt war. Um seine Tochter zu schützen, hatte Weyland Ethan auf Grey angesetzt, ihn zu töten, während Hugh Jane als ihr Leibwächter ihr auf Schritt und Tritt folgen würde.

Letzteres sollte kein Problem sein, da Hugh ihr nur zu gern folgte.

»Grey sagte mir, dass Hugh sie liebt«, fügte Quin hinzu.

Erstaunt zog Ethan eine Augenbraue hoch. »Unterhalten wir uns neuerdings mit Grey?«

»Das ist schon Jahre her. Bevor er zur anderen Seite überlief.«

Ein Verrückter auf der falschen Seite. Grey war dafür bekannt, eine heitere Miene zur Schau zu stellen und sich stets höflich und zugänglich zu geben, selbst wenn er einem seiner Opfer die Kehle aufschlitzte.

»Und? Stimmt es?«, hakte Quin nach.

»Mag sein, dass Hugh für sie geschwärmt hat, als sie noch jünger waren«, entgegnete Ethan ausweichend. In Wahrheit war Hugh mit Sicherheit immer noch in hohem – und höchst peinlichem – Maß in dieses Mädchen verliebt. »Er hat sie seit Jahren nicht mehr gesehen.« Und ihr nie gesagt, was er für sie empfand.

»Heute Abend ist er ihr ziemlich schnell gefolgt.«

»Wo ist sie denn um diese Zeit noch unterwegs?«, wunderte sich Ethan.

»Sie ist heimlich aus dem Fenster ihres Zimmers gestiegen, um sich mit meinen Schwestern und deren junger Freundin zu treffen, die zu Besuch in London ist.«

»Und wo?«

»Haymarket Street«, antwortete Quin nach einem Moment. »Und genau genommen bin ich jetzt auf dem Weg dorthin.«

»Ginkneipen und Prostituierte«, überlegte Ethan. Die Mietskasernen waren verwahrlost, aber Haymarket war verrufen. »Was wollen sie ausgerechnet dort?«

»Sie wollen in den *Bienenkorb.*«

»Das kann doch nicht wahr sein!«, rief Ethan ungläubig. Der *Bienenkorb*, ein Lagerhaus, das man zu einem Tanzlokal ohne Konzession umgebaut hatte, war berüchtigt für die dort stattfindenden Ausschweifungen. »Wie *erfahren* die Frauen in deiner Familie überhaupt von solchen Veranstaltungen?« Die zwei Schwestern und sechs Cousinen Quins bildeten zusammen die Acht Weylands, und waren in der guten Gesellschaft berüchtigt für ihr Treiben. Sie wollten fortschrittlich sein, liebten alles Moderne und hatten sich selbst den Namen »die Sensationshungrigen« gegeben.

Für Ethan waren sie nur die »verwöhnten Gören mit zu viel Geld und zu viel Freiheiten«.

Quin schüttelte den Kopf. »Ich wünschte, das wüsste ich.«

»Ich kann nicht glauben, dass sie freiwillig diesen Ort aufsuchen. Dir ist doch klar, dass deine Schwestern nicht in der gleichen Verfassung zurückkehren werden, in der sie aufgebrochen sind.«

»Ach, scher dich zum Teufel, Kavanagh …«

»Nenn mich nicht so«, fuhr Ethan ihn an. Er verabscheute es, an diesen Titel und das damit verbundene Leben erinnert zu werden. »Warum ziehst du ihnen nicht die Ohren lang und bringst sie nach Hause?«

»Um dann gezwungen zu sein, Jane zu erklären, warum sie plötzlich nicht mehr die gewohnte Freiheit genießen kann?«

»Sie weiß nicht, dass sie in Gefahr schwebt?«

Quin reagierte mit einem Kopfschütteln. »Wir hoffen, du kannst Grey früh genug unschädlich machen, damit Jane nie etwas über unser Netzwerk erfahren muss.« Er drehte sich um, als Ethan sein halsstarriges Pferd vorwärts dirigierte. »Du willst weiterreiten?«

»Aye, ich muss meinen Bruder sprechen.« *Und sicherstellen, dass er seine Arbeit richtig macht.* »Was findet heute Abend im *Bienenkorb* statt?«

»Ein illegaler Kurtisanenball«, murmelte Quin.

Ethan lachte ohne einen Funken Humor auf. Er empfand schon jetzt Mitleid mit der ahnungslosen »jungen Freundin, die zu Besuch in London« war. Das Mädchen würde eine unerwartete Lektion über Sittenlosigkeit erteilt bekommen.

Bedauerlicherweise sah Ethan den verliebten Gesichtsausdruck seines Bruders nicht zum ersten Mal.

Obwohl Hugh einer der besten und erfolgreichsten Scharfschützen der Welt war, setzte sein Verstand aus, sobald er sich in Jane Weylands Nähe aufhielt. Er bekam kaum einen vernünftigen Satz heraus, und wie bei einem schüchternen kleinen Jungen standen ihm Schweißperlen auf der Stirn.

Erst vor wenigen Minuten hatte Ethan seinen Bruder in diesem Zustand entdeckt – in einer kleinen Gasse, die von der Haymarket Street abzweigte. Hugh war völlig von Janes Anblick gebannt, während er beobachtete, wie sie mit ihrem Damengefolge in Richtung Haymarket schlenderte. Er bemerkte nicht, dass Ethan sich ihm näherte.

Normalerweise war Hugh nicht so unaufmerksam, aber an diesem Abend hätte ihn ein herrenloser Handkarren überrollen und mitschleifen können, ohne dass es ihm aufgefallen wäre.

Für jemanden wie Ethan, der noch nie ein anhaltendes Interesse an einer Frau verspürt hatte, war diese Situation zwischen Hugh und Jane ein Buch mit sieben Siegeln. Des Öfteren hatte Ethan seinen Brüdern klargemacht, er sei gegen derart verwickelte Liebschaften immun.

Doch aus einem unerfindlichen Grund war es Hugh nicht peinlich, dass eine Frau ihn so schwach werden lassen konnte. Und allem Anschein nach waren seine Gefühle für sie nicht erloschen, obwohl er sie zehn Jahre nicht gesehen hatte.

Nachdem Ethan sich in der Gasse zu ihm gesellt hatte, begannen die beiden wie üblich zu streiten, wenn auch dieses Mal in gedämpftem Ton.

Hugh war es ein Dorn im Auge gewesen, dass Ethan nicht nur bereit gewesen war, Grey zu töten, sondern sich auch freiwillig für diese Tat gemeldet hatte. Einst waren Hugh und Grey Freunde gewesen. Ethan wiederum konnte kein Verständnis dafür aufbringen, dass Hugh sich in Jane verliebt und sich damit eine so offensichtliche Bürde aufgeladen hatte. Ethans Bürde war die Verantwortung gegenüber seinen Brüdern, an der er nichts ändern konnte, da diese Aufgabe ihm als Erstgeborenem zwangsläufig zufiel.

»Ich wette, du wünschst dir spätestens jetzt, dass mein Angebot, Grey zu töten, angenommen worden wäre«, sagte er zu Hugh. Sogar im Flüsterton schwang seine Überheblichkeit mit. »Aber keine Sorge, kleiner Bruder, das wird inzwischen geschehen sein. Weyland wird alles tun, um seine Tochter zu beschützen.« Mit dem Kinn deutete er auf Jane und ihre Begleiterinnen, die soeben an der Quergasse vorbeigingen. Er schaute zu Hugh und starrte dann gleich wieder zu der Gruppe.

Die vierte Frau in der Gruppe – ein zierliches Mädchen mit glänzendem blonden Haar – hatte seine ganze Aufmerksamkeit auf sich gelenkt.

Die junge Freundin, die zu Besuch in London war …

Sie trug ein dunkelblaues Kleid mit kurzer Pelerine, die ihren Hals wie ein enger Kragen umschloss, dazu eine passende Maske, die zu beiden Seiten ihrer leuchtenden Augen spitz zulief. Im flackernden Gaslicht beobachtete Ethan, wie ihre dunkelrosa Lippen sich zu einem rätselhaften Lächeln verzogen, jedoch nicht in den Momenten, in denen ihre Freundinnen über etwas lachten. Es schien, als würde sie sich in ihrer eigenen kleinen Welt bewegen.

Auch wenn sie einen lebhaften, wachen Eindruck machte, nahm er bei ihr einen gewissen Lebensschmerz wahr – von der gleichen Art, die auch ihm so sehr zu schaffen machte.

Verdutzt stellte er fest, dass sein Herz schneller zu schlagen begann …

Hugh hatte ihn gegen eine Hauswand gedrückt und presste seinen Unterarm gegen Ethans Hals, bevor der reagieren konnte.

Was um alles in der Welt …? Ethan verdrehte die Augen. »Beruhige dich. Ich habe nicht die Absicht, deine kostbare Jane zu begaffen.«

Schließlich ließ Hugh ihn los, schaute ihn jedoch ungläubig

an. »Wer dann hat dein Interesse geweckt? Claudia? Die mit der roten Maske?« Als Ethan nicht antwortete, forschte er weiter nach: »Belinda? Die große Brünette?«

Bedächtig schüttelte Ethan den Kopf, ohne den Blick von der Blonden zu wenden.

Die ungewöhnliche Aufmerksamkeit seines Bruders für diese Frau verblüffte Hugh. »Ich kenne sie nicht. Aber sie muss zu Janes Freundinnen gehören. Sie sieht jung aus. Nicht älter als zwanzig, also viel zu jung für dich.«

Ethan war dreiunddreißig, und er spürte jedes einzelne Jahr in seinen Knochen. Sie dagegen *war* jung. Wie konnte sie da diese Melancholie ausstrahlen? »Wenn ich so verdorben bin, wie Court, du und der gesamte Clan behaupten, dann werde ich sie deshalb wohl umso verlockender finden, nicht wahr?« Er bemühte sich um einen gelangweilten Tonfall, doch er vermutete, dass seine Verbitterung herauszuhören war. In Wahrheit war er nicht so schlecht, wie sie alle glaubten.

Er war noch viel schlechter.

Blut klebte an seinen Händen, und sein Herz war so kalt, dass er von den drei Brüdern als der Böse galt – obwohl es sich bei den anderen beiden um einen Scharfschützen und einen Söldner handelte. Er war nur der verdammte Laird, und doch fürchteten sich die meisten im Clan vor ihm und wollten nichts mit ihm zu tun haben. Und so war es schon gewesen, bevor ihm die Narbe zugefügt worden war.

Der Gedanke an sein Aussehen veranlasste ihn, sich abzuwenden. Würde er sich einer Schönheit wie dieser blonden Frau zu nähern versuchen, dann musste sie beim Anblick seines Gesichts unweigerlich die Flucht ergreifen. *Kehr zurück in den Schatten, wo du hingehörst. Vergiss, dass du sie je gesehen hast …*

Doch in diesem Moment näherte sich ihnen ein Ballbesucher, der eine Halbmaske nach der neuesten Mode trug – mit einem Stück Stoff vor dem Gesicht. Ethan verzog den Mund zu einem spöttischen Lächeln, das seine Gesichtshaut anspannte. *Perfekt.*

Im Bruchteil einer Sekunde hatte Ethan die Maske an sich genommen. Der wesentlich kleinere Mann wollte eben zu einem Protest ansetzen, doch als Ethan ihm einen mörderischen Blick zuwarf, suchte er in aller Eile das Weite.

»Spiel nicht mit ihr, Ethan.«

»Hast du Angst, ich ruiniere dir deine Chancen bei Jane?«, fragte Ethan, während er die Maske aufsetzte. »Tut mir leid, dass ich dich daran erinnern muss, lieber Bruder, aber die waren bereits verdorben, bevor du Jane das erste Mal begegnet bist. Und du hast ein Buch, das es dir beweisen kann.«

»Dein Schicksal ist nicht weniger finster als meines«, erinnerte ihn Hugh, »und trotzdem bist du versessen auf diese Frau.«

»Richtig. Aber ich laufe nicht Gefahr, mich in sie zu verlieben. Deswegen ist es unwahrscheinlich, dass es ihr das Leben raubt, wenn ich sie ein wenig verwöhne.«

Mit einem ärgerlichen Schnauben folgte Hugh seinem Bruder zum Eingang des ehemaligen Lagerhauses, wo sie bei einem kahlköpfigen Mann mit Schweinsmaske den Eintritt entrichteten. Im Gebäude drängten sich die betrunkenen Menschen so dicht, dass sich mindestens tausend Gäste eingefunden haben mussten.

Oh ja, das Mädchen würde wirklich eine Lektion erteilt bekommen. Ringsum schmückten obszöne Gemälde die Wände, und halb nackte Huren liebkosten schamlos in aller Öffentlichkeit halb nackte Männer.

Ethan konnte die Gruppe um Jane in der Menschenmenge nicht wiederfinden, woraufhin er und Hugh sich auf die Empore begaben, um sich einen besseren Überblick zu verschaffen. Schließlich entdeckten sie die Frauen vor einer kleinen, erhöhten Bühne, wo sie ein *Ausstellungsstück* inspizierten, das aus zwei Frauen und einem Mann bestand – die alle drei nackt und mit Lehm bedeckt waren und als griechische Statuen posierten.

In einer solchen Atmosphäre des Verfalls machte die junge Frau einen … *gelangweilten* Eindruck.

Als Jane den nackten Mann mit abschätzenden Blicken musterte, ballte Hugh die Fäuste. Die Blonde tat das Gleiche, aber Ethan verspürte nicht den Wunsch, irgendetwas zu zertrümmern. Er hatte ja gewusst, dass er immun war …

Die Frauen begaben sich zu einem Getränkestand, an dem eine halb nackte Kurtisane bediente, doch dort angekommen, drehte sich die Blonde zur Bühne um und hauchte mit einem sinnlichen Grinsen auf den Lippen dem Mann auf der Bühne einen Kuss zu. Ethan stutzte. *Das gefällt mir gar nicht. Verdammt, aber warum nicht?*

»Ich dachte, Blonde sind nicht dein Typ », meinte Hugh und klang beunruhigt.

Ohne den Blick von dem Mädchen abzuwenden, entgegnete Ethan. »Sind sie auch nicht.«

»Auch nicht die Schlanken oder die Zierlichen.«

»Groß und drall sollen sie sein«, antwortete er geistesabwesend und beobachtete, wie sie ein Glas Bowle annahm, erst vorsichtig daran roch und dann einen kräftigen Schluck nahm.

»Und was ist dann mit ihr?«

»Weiß nicht.« Ethans Antwort war nur eine Halbwahrheit. Warum er sich zu ihr hingezogen fühlte, wusste er sehr wohl – es war ihre außergewöhnliche Schönheit, die auch die Maske nicht verbergen konnte. Jedoch war ihm nicht klar, warum er eine *so starke* Anziehung verspürte.

Er hatte mehr als einmal das Bett mit Frauen geteilt, die genauso reizend waren wie sie. Warum also regte sich in ihm dieser dringliche Wunsch, sich zu ihr zu gesellen? Weil er sie *haben* wollte? Ethan wusste, er konnte sie jederzeit wiederfinden, da sie mit den Weylands befreundet war. Aber warum wollte er ausgerechnet *jetzt, in diesem Augenblick* zu ihr?

»Wirst du sie tatsächlich ansprechen?«, fragte Hugh.

»Darauf kannst du verdammt noch mal wetten.«

»Ich dachte, ich sollte mich Jane gegenüber nach Möglichkeit nicht zu erkennen geben. Sie wird dich wiedererkennen, wenn du in ihrer Nähe auftauchst.«

»Nicht in dieser Maske«, widersprach Ethan, dann fragte er: »Warum benimmst du dich so, als sei mein Interesse von so verdammter Konsequenz?«

»Weil du in deinem ganzen Leben noch nie solches Interesse an einer Frau gezeigt hast.«

Bis zu jener Nacht in Buxton war das auch nicht nötig gewesen, weil die Frauen stets auf ihn zugekommen waren. Und nach jener Nacht hatte er sich nicht die Mühe machen wollen.

»Nicht mal bei deiner Verlobten«, fügte Hugh hinzu.

Nein, Ethans Verlobte war ihm praktisch auf einem Silbertablett serviert worden – und das hatte Sarah das Leben gekostet. Ihm war nicht klar gewesen, dass er einen anderen Menschen zerstören würde, wenn er versuchte, sein Leben wieder in den Griff zu bekommen, nachdem er in die Fänge der Van Rowens geraten war …

Er verscheuchte diese Erinnerungen, die er am liebsten ganz vergessen hätte, und begab sich zur Treppe, um der Blonden zu folgen, doch Hugh hielt ihn mit einem groben Griff zurück.

»Ethan, was ist denn nur los mit dir?«

»Fass mich nie wieder so an, Bruder, sonst schicke ich dich zu Boden.« Hugh war der Einzige, der es je wagte, ihn so herauszufordern. »Ist dir nie der Gedanke gekommen, dass ich sie einfach nur ins Bett bekommen will?«

»Nur das? Mehr nicht?« Hughs Miene zeigte sein Unbehagen. »Nein, der Gedanke ist mir nicht gekommen.«

Ethan kniff argwöhnisch die Augen zusammen. Dann hatte Hugh also eine Vermutung, oder er wusste sogar die Wahrheit über ihn. Es hätte Ethan längst klar sein sollen, dass sich das Geheimnis seiner Enthaltsamkeit im Netzwerk herumgesprochen haben musste. Immerhin tratschten dessen Mitglieder mindestens so gern wie ein Haufen Waschweiber am Dorfbrunnen.

Zehn Jahre waren vergangen, seit man sein Gesicht so schrecklich zugerichtet hatte. Wie von ihm vorausgesehen, war es ihm seitdem nur noch möglich gewesen, mit jenen Frauen zu schlafen, die sich dafür bezahlen ließen. Aber selbst dabei konnte ein Mann es nur für eine gewisse Zeit ertragen, im Gesicht der jeweiligen Frau ihre kaum verhüllte Abscheu vor ihm abzulesen – vor allem, nachdem er ihr das Geld gegeben hatte.

Eine unbefriedigende Begegnung nach der anderen forderte schließlich ihren Tribut, und nach einer Weile schien es seinem Körper schlicht zu viel zu werden, sich noch länger nach einer Frau zu sehnen. Wenn er sich von einer Frau angezogen fühlte, dann war das nur ein Schatten dessen, was er früher empfunden hatte. Obwohl seine Männlichkeit in jener Nacht unversehrt geblieben war, hätte auch das Gegenteil der Fall sein können, denn seit Jahren hatte er keine Frau mehr im Bett gehabt.

Und was noch beunruhigender war – es hatte ihm auch nicht allzu sehr gefehlt.

Bis jetzt …

»Sie ist eine Lady«, beharrte Hugh. »Sie ist keine Frau, die du einfach benutzen kannst.«

»Und was hat sie dann *hier* zu suchen?« Mit einer ausholenden Geste zeigte er auf das Lagerhaus.

»Das Gleiche wie Jane. Sie suchen nach einem Nervenkitzel; sie sind typische reiche Londonerinnen.«

»An einem Ort wie diesem ist sogar eine Lady eine leichte Beute.«

»Du weißt nicht, ob sie nicht unschuldig ist.« Mit ernster Miene ergänzte Hugh dann: »Ethan, du … so schlecht kannst du einfach nicht sein.«

Ethan zog die Augenbrauen hoch.

»Verdammt, Ethan. Wenn du unbedingt einen Grund brauchst, um sie in Ruhe zu lassen, dann tu es, damit du dich ganz auf die Jagd nach Grey konzentrieren kannst.« Hugh fuhr sich durchs Haar. »Wenn ich mich nicht darauf verlassen kann, dass du Grey erledigst, während ich auf Jane aufpasse …«

»Hast du schon vergessen, mit wem zu redest?« Ethans Geduld war am Ende, er riss sich die Maske vom Gesicht und warf seinem Bruder einen vernichtenden Blick zu. »Seit Jahren will ich Grey eine Kugel zwischen die Augen jagen! Ein Dutzend Mal war er in Schussweite, und mein Finger lag auf dem Abzug, aber ich drückte nicht ab, weil *du* glaubtest, der Mann könnte für die Organisation zurückgewonnen werden.«

Ethan hatte Grey wiederholt nachgestellt und ihn nicht aus den Augen gelassen. Er war auch der Einzige im ganzen verdammten Netzwerk, der dahintergekommen war, dass Grey auf eigene Rechnung mordete. »Jetzt, da Jane betroffen ist, nimmst du auf einmal Vernunft an. Wie kannst du da nur einen Augenblick lang glauben, ich würde meine Gelegenheit versäumen, jemanden zu töten, dessen Tod ich herbeisehne?« Hugh schien von seinen Worten nicht überzeugt, woraufhin Ethan erklärte: »Ich werde jetzt was gegen dieses Kribbeln in meinen Fingern unternehmen, und dann begebe ich mich an die

Arbeit.« Tonfall und Ausstrahlung hatten etwas Gelangweiltes an sich.

Er drehte sich um, doch die junge Frau war verschwunden. Dass sie sich nicht mehr bei ihren Freundinnen aufhielt, beunruhigte ihn auf das Äußerste. Dies hier war ein gefährlicher Ort, und sie war ganz allein.

Oder etwa nicht?

Vielleicht traf sie sich hier mit jemandem. Womöglich war sie verheiratet und hatte bereits eine Affäre. Während er die Treppe hinunterging, setzte er die Maske wieder auf. Hughs letzte zugerufene Warnung ignorierte er und stürzte sich ins Getümmel.

Er wollte sie wiederfinden, was ihn zutiefst verwunderte. Er mochte lüsterne dunkelhaarige Frauen, die im Bett so gut geben wie nehmen konnten. Und Hugh hatte recht, wenn er sagte, dass er von sich aus kein Interesse an Frauen zeigte oder ihnen gar nachstellte.

Aber wenn eine zierliche, engelsgleiche Blonde nötig war, um seinem Körper nach so langer Zeit wieder eine Reaktion zu entlocken, dann würde er das Objekt seiner Begierde ganz sicher nicht entwischen lassen.

Und er schwor sich, dass sie noch in dieser Nacht ihm gehören würde.

2

Sollte Madeleine Van Rowen je ihre Unschuld verlieren, ohne zuvor einen rechtmäßigen, gültigen Ehevertrag unterzeichnet zu haben, dann an diesen hochgewachsenen Mann mit der schwarzen Halbmaske, auf den sie vor einer Weile aufmerksam geworden war. Eben hatte er begonnen, sich einen Weg durch die Besuchermenge im *Bienenkorb* zu bahnen, jenem extravaganten Tanzlokal, in das es sie an diesem Abend verschlagen hatte.

Von ihrem Platz auf dem erhöhten, mit Schwänen und lüsternen Satyrn dekorierten Podest aus beobachtete Maddy den Mann über den Rand ihres zweiten Glases Bowle hinweg. Sie fühlte sich ein wenig beschwipst und vermutete, dass ihr Getränk nicht nur mit Rum – dem *spirit du jour* – versetzt worden war, doch es kümmerte sie nicht sonderlich. Nach diesem strapaziösen Tag würde es ihr nichts ausmachen, wenn sie einen Rausch bekam.

Heute hatte sie erfahren, dass es ihr nicht gelungen war, den Mann zur Heirat zu bewegen, für den sie von Paris nach London gereist war. *»Madeleine, ich bin einfach nicht der Typ Mann, der heiraten möchte«*, hatte er zu ihr gesagt. *»Es tut mir leid.«*

Da sie ihren Kummer lieber für sich allein ertränkte, hatte sie sich von ihren Freundinnen, den Weyland-Frauen, getrennt: Maddys Freundin aus Kindheitstagen Claudia, ihre Schwester Belinda und ihre Cousine Jane. Die drei Londoner Weylands verzehrten sich bereits nach dem nächsten Nervenkitzel, und genau den sollte der *Bienenkorb* ihnen verschaffen.

Jane Weyland, die Wortführerin der Gruppe, hatte Maddy angewiesen, sich nicht wieder von den anderen zu entfernen, weil Damen um jeden Preis zusammenbleiben mussten, wenn sie abends in London unterwegs waren. Über diese Anweisung konnte Maddy nur lachen.

Ach, ihr ahnungslosen Schäfchen, hätte Maddy am liebsten entgegnet. Auch wenn es auf diesem Maskenball nicht ausschließlich von Prostituierten und ihren wollüstigen Freiern wimmelte, sondern auch von Dieben und Schwindlern, war das alles harmlos im Vergleich zu Maddys Alltag – ihrem heimlichen Alltag.

Sie erzählte jedem, sie lebe mit ihrer Mutter und dem Stiefvater im teuren Pariser Stadtteil St. Roch, doch in Wahrheit war ein Elendsviertel namens La Marais – was so viel bedeutete wie *der Sumpf* – ihr Zuhause, und Abend für Abend schlief sie begleitet von einer Geräuschkulisse aus Schießereien und Schlägereien ein.

Sie war eine gerissene Taschendiebin, die einen Diamanten ebenso leicht stehlen konnte wie einen Apfel. Nicht einmal vor einem gelegentlichen Einbruch schreckte sie zurück. Hätte Maddy die Weylands nicht als ihre Freundinnen angesehen, wären die gut damit beraten gewesen, sich vor ihr in Acht zu nehmen.

Nachdem sie ihre saphirblaue Pelerine zurechtgezogen und den Sitz ihrer blauen Glacémaske korrigiert hatte, machte sie es sich auf der Bank auf dem Podest bequem und genoss den Anblick des großen Mannes. Mit seinen knapp zwei Metern Größe überragte er fast jeden im Saal, seine breiten, muskulösen Schultern füllten die Jacke so aus, dass sie sich spannte.

Die schwarze Halbmaske, die er trug, war um ein Stück Stoff ergänzt worden, sodass Madeleine von ihm nur Stirn, Lippen und das markante Kinn erkennen konnte, nicht aber den Rest des Gesichts. Er hatte volles, glattes schwarzes Haar, und sie hätte darauf gewettet, dass seine Augen dunkel und eindringlich waren.

Er war eindeutig auf der Suche nach jemandem, als er sich aggressiv durch die Menge drängte und mal in diese, mal in jene Richtung schaute. Plötzlich stellten sich ihm eine Schar barbusiger Dirnen in den Weg, um seine Aufmerksamkeit auf sich zu lenken, doch er zog nur die Brauen zusammen. Ob es aus Überraschung oder Verärgerung geschah, vermochte sie nicht zu sagen.

Was würde sie nicht alles dafür geben, um ihr erstes Mal mit einem außergewöhnlichen Mann wie diesem zu erleben! Schließlich war sie eine Kennerin, was schöne Männer anging. Ihre Freundin kicherte jedes Mal, wenn Maddy auf der Straße den Kopf schräg legte und einen Mann musterte, der ihnen entgegenkam. Einen Gentleman in Verlegenheit zu bringen, indem sie ihn so unübersehbar taxierte, gehörte zu den Dingen, die das Leben lebenswert machten.

Aber wenn der heutige Tag ein Vorbote dessen sein sollte, was sie erwartete, dann würde ihr Ehemann und erster Liebhaber der Comte Le Daex sein, ein widerwärtig reicher Lebemann, der dreimal so alt war wie sie selbst. Und er war so altmodisch, dass er noch eine Perücke trug. Sie bemühte sich, das Gute daran zu sehen – er wollte sie heiraten – und der Tatsache keine Beachtung zu schenken, dass er jede seiner drei vorangegangenen jungen Ehefrauen überlebt hatte.

Als letzten Versuch, eine Ehe mit diesem Mann zu vermeiden, war Maddy nach London gereist und hatte sich an Claudia, ihre Freundin aus Kindheitstagen, gewandt, um deren

Bruder Quinton Weyland um den Finger zu wickeln. Doch der Mann mit dem lockigen Haar, den strahlend grünen Augen und dem dicken finanziellen Polster wollte zu ihrem großen Bedauern nicht heiraten.

Damit war der Moment gekommen, sich ihre drei noch verbliebenen Möglichkeiten vor Augen zu führen.

Zum einen konnte sie so wie seit vielen Jahren allein nach La Marais zurückkehren; zum anderen konnte sie den Weylands all ihre Lügen beichten, ihnen ihre momentane, beklagenswerte Situation gestehen und sie anflehen, sie zu deren Wohltätigkeitsfall zu machen. Oder aber Maddy heiratete Le Daex.

Der bloße Gedanke, Quin und Claudia zu gestehen, dass ihr Leben im Luxus eine einzige Lüge war, ließ sie vor Entsetzen erstarren. Nur zu gut konnte sie sich vorstellen, wie Quin sie voller Abscheu ansehen würde. Maddy schüttelte energisch den Kopf und schwor sich, den beiden niemals die Wahrheit zu gestehen.

Aber in La Marais warteten ein Berg Schulden und ein kalter Winter voller Ungewissheit auf sie. Ein Winter, in dem sie würde hungern müssen. Und wenn sie eines hasste, dann war es Hunger.

Also blieb nur noch Le Daex. Wie unerträglich …

Um sich von diesen unerfreulichen Aspekten ihres künftigen Lebens abzulenken, richtete sie ihre Aufmerksamkeit erneut auf den großen Mann, der jetzt am Rand der Halle entlangging. Seine methodische, entschlossene Art des Suchens faszinierte sie genauso wie jede seiner Bewegungen. Schließlich blieb er stehen, fuhr sich durchs Haar und drehte sich langsam um seine eigene Achse. Es stimmte sie traurig, dass er seine Geliebte nicht finden konnte, nach der er so intensiv suchte. Sie trank auf ihn und wünschte ihm Glück.

Plötzlich schaute er in ihre Richtung, und sein Blick blieb an ihr hängen. Sofort näherte er sich auf diese aggressive Art dem Podest mit seinen Schwänen und Satyrn.

Verwirrt ließ Maddy ihr Glas sinken, denn außer ihr saß hier niemand. Er musste sie mit jemandem verwechseln. Ob sie diese Verwechslung ausnutzen sollte, um ein paar Küsse von ihm zu genießen? Oh, das würde wunderbar sein. Allein die Vorstellung, sich an diesen muskulösen Schultern festzuhalten, während seine Lippen sie berührten …

Während er sich ihr näherte, nahm er nicht den Blick von ihr und fesselte sie so sehr, dass alles ringsum verblasste. Weder sah sie die betrunkenen Männer, noch nahm sie das hohe, falsche Lachen der Kurtisanen vor dem Podest wahr.

Mit schnellen Schritten kam er zu ihr, und als er vor ihr stehen blieb, musste sie ein Keuchen unterdrücken. Sie war auf Augenhöhe mit seinen Lenden, und es gab keinen Zweifel an der Tatsache, dass er erregt war! Langsam hob sie den Kopf.

Er sah sie an und bot ihr wortlos seine große Hand an. Seine Augen waren tatsächlich dunkel und so eindringlich, wie sie es noch nie gesehen hatte. Zitternd atmete sie ein.

Le coup de foudre!

Ein Blitz aus heiterem Himmel! *Nein, nein, keine Blitze für mich!*, wehrte sie hastig ab. Maddy dachte immer praktisch, nie unrealistisch. Sie wusste nicht, woher dieser Gedanke gekommen war, denn *le coup de foudre* hatte noch eine zweite, tiefergehende Bedeutung.

Der Wunsch, nach seiner Hand zu greifen, war überwältigend. Mit einer Hand hielt sie krampfhaft ihr Glas fest, die andere hatte sie in ihre Röcke gekrallt. »Es tut mir leid, Sir. Ich bin nicht diejenige, nach der Sie suchen. Und ich bin auch keine … ähm … keine von diesen anderen Frauen.«

»Das ist mir klar.« Er fasste sanft, aber entschlossen ihren Ellbogen und half ihr aufzustehen. »Wären Sie so wie diese anderen Frauen, dann hätte ich nicht nach Ihnen gesucht.« Er sprach mit einem markanten schottischen Akzent, seine Stimme war so tief und rau, dass ihr ein Schauer über den Rücken lief.

»Ich kenne Sie doch gar nicht«, sagte sie atemlos.

»Das wird sich bald ändern, Mädchen.« Seine Antwort ließ sie stutzig werden. Bevor sie etwas erwidern konnte, nahm er ihr Glas und stellte es weg, dann fasste er ihre Hand und half ihr vom Podest herunter.

Maddy hatte zwei Schwächen, die beide dazu angetan waren, zu ihrem Untergang zu führen: eine ausgeprägte Neugier und einen nicht minder ausgeprägten Stolz. Sie stellte sich beide Schwächen als Pferde in einem jener Rennen vor, bei denen sie manchmal etwas Geld verwettete. Im Augenblick war die Neugier stärker, und die verlangte von ihr, sich anzuhören, was der Schotte von ihr wollte – auch noch, als ihr bewusst wurde, dass er sie in einen der Räume führte, die die rückwärtige Wand des Lagerhauses säumten. Abermals stutzte sie, denn dies waren die Räumlichkeiten, in denen Prostituierte sich ausgiebiger um ihre Freier kümmerten.

Er öffnete die erste Tür; in dem schwach beleuchteten Zimmer kniete eine Frau vor einem jungen Mann und verwöhnte ihn mit dem Mund, während er sich vorbeugte und sie in ihre aufgerichteten, geröteten Brüste kniff.

»Raus«, wies der Schotte die beiden mit einem unterschwellig bedrohlichen Tonfall an. »Sofort.«

Die Frau erkannte die Drohung offensichtlich schneller als ihr Freier, da sie den betrunkenen Mann von sich stieß, ihr Mieder hochzog und hastig aufstand.

Während das Paar nach draußen schwankte, schaute der Schotte Maddy an, als wolle er ihre Reaktion auf das ergründen, was sie soeben mitangesehen hatten. Sie zuckte nur mit den Schultern. Eine ihrer besten Freundinnen und zugleich ihre Nachbarin von gegenüber war eine Prostituierte, und Szenen wie diese spielten sich ständig dort ab, wo sie lebte. An jeder Ecke stieß man auf eine andere Art von Sünde.

Mit ihren einundzwanzig Jahren hatte Maddy längst alles gesehen.

Kaum waren sie allein, schloss er die Tür und verkantete einen Stuhl unter dem Türgriff, damit niemand hereinkommen konnte. Wieso war sie nicht beunruhigt? Wo blieb ihr so ausgeprägter Selbsterhaltungstrieb? Das Zimmer wurde von einem ausladenden, mit leuchtend scharlachroter Seide bezogenen Bett beherrscht. Niemand konnte sie hier schreien hören, und falls doch, würde man glauben, eine Prostituierte liefere einen besonders überzeugenden Auftritt ab.

Doch aus einem unerfindlichen Grund fühlte sie, dass dieser Mann ihr nicht wehtun würde, und ihre Instinkte waren erwiesenermaßen unfehlbar, was Männer anging – in La Marais eine Gabe von unschätzbarem Wert.

Und falls die Dinge doch keinen guten Verlauf nehmen sollten, wäre dies nicht das erste Mal, dass das Gemächt eines Mannes mit ihrem Knie und sein Adamsapfel mit ihrer Faust Bekanntschaft schließen würden. Wenn er Arges im Schilde führte, dann würde er sich noch wundern, wie heftig und mit welch schmutzigen Tricks sich diese so zierliche Mademoiselle zur Wehr setzen würde.

Als er mit der Tür fertig war, stellte er sich vor Maddy, kam ihr dabei aber viel zu nahe, als es die Höflichkeit zuließ. Sie musste den Kopf in den Nacken legen, um ihm ins Gesicht zu schauen. »Wie ich Ihnen bereits sagte, Sir, bin ich keine von diesen Frauen. Ich gehöre nicht in dieses Zimmer, und Sie … Sie sollten mich nicht so mitnehmen, wie Sie es getan haben.«

»Und wie ich *Ihnen* bereits sagte, hätte ich Sie gar nicht erst mitgenommen, wenn Sie eine Kurtisane wären. Ich weiß, Sie sind eine Lady. Was ich nicht weiß, ist der Grund, der Sie auf diesen Maskenball führt.«

Ich versuche zu vergessen, dass ich bald in die Hölle zurückkehren muss …

Sie riss sich zusammen. »Ich bin mit meinen Freundinnen hier, weil wir auf ein Abenteuer aus sind.« Das galt zumindest für die anderen. Sie beabsichtigte, ihre Fähigkeiten als Taschendiebin zum Einsatz zu bringen, sobald die Gäste genug Bowle getrunken hatten.

»Und mit ›Abenteuer‹ meinen Sie sicherlich eine *Affäre*.« Sein Tonfall kam ihr zunehmend verärgert vor. »Eine gelangweilte junge Ehefrau, die nach einem Liebhaber Ausschau hält?«

»Keineswegs. Wir sind nur hier, um uns zu entrüsten, damit wir etwas in unsere kleinen Tagebücher schreiben können.« Als ob sie das Geld für ein Tagebuch oder die Zeit zum Schreiben hätte!

»Haben Sie mir deshalb erlaubt, Sie hierher zu bringen? Weil Sie dachten, Sie könnten über mich etwas in Ihrem Tagebuch notieren?«

»Ich habe es Ihnen erlaubt, weil jede Gegenwehr sinnlos gewesen wäre«, erwiderte sie. »Ich habe schon andere Männer wie Sie ähnlich entschlossen dreinblicken sehen. Hätte irgendetwas Sie davon abhalten können, mich in eines dieser Zimmer zu bringen?«

»Nichts und niemand hätte mich davon abhalten können«, erklärte er und sah ihr in die Augen.

»Genau. Und deshalb dachte ich mir, bevor ich mich von Ihnen über die Schulter legen und wegtragen lasse, kann ich Ihnen auch an einen ruhigen Ort folgen, um Ihnen dort darzulegen, dass ich an dieser Sache kein Interesse habe.«

Er kam noch etwas näher, und sie wich zurück, stieß gegen einen schmalen Tisch an der mit Seidenpapier verkleideten Wand. »Meine Absicht war es nicht nur, mit Ihnen allein zu sein, Mädchen. Und diese Absicht habe ich keinesfalls aufgegeben.«

3

Sie reagierte überraschend gefasst, ihre strahlend blauen Augen musterten ihn gelassen, als wäre es für sie an der Tagesordnung, dass ein hünenhafter Highlander sich ihr in einem abgedunkelten Zimmer näherte, das dem Sex diente.

Aus der Nähe konnte Ethan sie nun genauer ansehen. Vermutlich war sie nicht älter als zwanzig Jahre, aber sie war selbstsicher und noch viel reizender, als er es sich erträumt hatte, nachdem sie ihm auf der Straße aufgefallen war.

»Und was genau ist Ihre Absicht?«, fragte sie. Ihr Atem mochte etwas flacher gehen, als er mit unverhohlenen Blicken ihre Brüste betrachtete. Die Frau war schlank, viel schlanker, als es seinem üblichen Geschmack entsprach, doch ihre kleinen Brüste hatte sie gekonnt zur Schau gestellt, indem sie von ihrem engen Mieder hochgedrückt wurden. Am liebsten hätte er sich die Maske abgerissen und sein Gesicht gegen die cremefarbene Haut gepresst.

»Meine Absicht ist es« – *zum ersten Mal seit drei Jahren wieder eine Frau unter mir zu spüren* –, »Sie zu küssen.«

»Ihre *Küsse*« – sie betonte das Wort, als bezweifle sie, dass er wirklich nur das von ihr wollte – »werden Sie sich bei einer der Kurtisanen da draußen holen müssen.«

»Von denen will ich keinen Kuss.« Als sich im Saal ihre Blicke begegnet waren und sie ihren Mund einen Spaltbreit geöffnet hatte, da hatte er zu seinem Erstaunen festgestellt, dass dieser Anblick ihn plötzlich und auf das Heftigste erregte. Jetzt beugte er sich leicht vor, und als sein Gesicht ihrem Haar näher kam – einem Wust aus weißblonden Locken, die sie hochgesteckt hatte, sodass ihr Nacken frei war –, roch er dessen leichten, blumigen Duft. Das verstärkte seine Erregung so sehr, dass seine Männlichkeit hart gegen den Stoff seiner Hose drückte. Er genoss dieses seltene Vergnügen, und am liebsten hätte er vor unerwarteter Lust laut aufgestöhnt. »Ich bin Ihnen von der Straße hierher gefolgt.«

»Warum?« Ihr Tonfall hatte etwas Direktes, und insgeheim war er ihr dankbar, dass sie sich nicht kokett gab.

»Ich sah Sie draußen im Schein einer Straßenlaterne. Mir gefiel Ihr Lächeln.«

»Und die da hatten Sie rein zufällig dabei?« Mit den Fingerspitzen strich sie über den Rand der Maske, doch er packte ihre Hand und drückte sie nach unten, ehe er sie wieder losließ.

»Ich nahm sie einem vorbeikommenden Besucher ab, als ich Sie das Lagerhaus betreten sah.« Der Stoff an der Unterseite seiner Maske bewegte sich vor seiner Oberlippe, und ihm war schnell klargeworden, dass niemand den vernarbten Teil seines Gesichts sehen konnte, da Kurtisanen in der Menschenmenge im *Bienenkorb* immer wieder versucht hatten, ihn auf sich aufmerksam zu machen. Als sie ihm den Weg versperrten, hatte er sich versucht gefühlt, die Maske hochzuheben, um sie zu verscheuchen.

»Wirklich?« Sie verzog den Mund wieder zu diesem mysteriösen Ansatz eines Lächelns, das in ihm das brennende Verlangen weckte, ihr maskenloses Gesicht sehen zu können. »Als ich Sie beobachtete, wie Sie sich in der Menge umsahen, da suchten Sie die ganze Zeit über nach mir?« Ihr Akzent war ungewöhnlich – das Englisch der Oberschicht vermischt mit einem Hauch Französisch.

»Aye, nach Ihnen«, bestätigte er. »Sie haben mich von diesem Podest aus beobachtet?«

»Wie gebannt«, sagte sie entzückt und verblüffte ihn damit abermals.

Der Gedanke, von ihr bemerkt worden zu sein, erfüllte ihn mit einer ungewöhnlichen Dankbarkeit. »Sie sind nicht aus London, nicht wahr?« Als sie den Kopf schüttelte, fragte er weiter: »Warum sind Sie hier?«

»Wollen Sie die Wahrheit hören oder eine Antwort, die zu einem Maskenball passt?«

»Die Wahrheit.«

»Ich bin nach England gekommen, um mir einen reichen Ehemann zu suchen.«

»Das ist nicht ungewöhnlich«, erwiderte er. »Wenigstens haben Sie den Mut, es zuzugeben.«

»Zu Hause wartet noch ein Heiratsantrag auf mich«, erklärte sie, wurde dann aber ernst. »Allerdings hatte ich gehofft, darauf nicht zurückgreifen zu müssen.«

»Wie verläuft Ihre Jagd?«

»Nicht so gut wie erhofft. Einige nutzlose Anträge.«

»Nutzlos? Wieso das?«

»Sobald ich sie bitte, ihre Anträge zu erläutern, machen sie einen Rückzieher.«

»Tatsächlich?«, fragte er. Als sie daraufhin düster nickte, bemerkte er, wie seine Lippen auf eine völlig untypische Weise zuckten. »Und was muss ein Mann machen, damit er in Ihren Augen seinen Antrag präzisiert?«

»Indem er mir ein Geschenk macht, das ihm wirklich etwas bedeutet, zum Beispiel einen teuren Ring oder ein edles Pferdegespann oder etwas in dieser Art.«

»Sie haben sich das gründlich durch den Kopf gehen lassen.«

»Ich kann an gar nichts anderes mehr denken«, gab sie so leise zurück, dass er sie kaum noch hören konnte, und fügte an: »Einen Mann hätte ich mir beinahe sichern können, einen wirklich guten Mann.« Sie zog die Augenbrauen zusammen, während sie über diesen Mann nachdachte. »Bei ihm ist vielleicht noch nicht jede Hoffnung vergebens.«

Zum ersten Mal in den dreiunddreißig Jahren seines Lebens verspürte Ethan in seinem Innersten das eindeutige Aufflammen von Eifersucht.

Was zum Teufel ist nur los mit mir? »Sollten Sie dann heute Abend nicht daran arbeiten, ihn für sich zu gewinnen?« Sein Tonfall war eine Spur kühler.

Sie blinzelte ihn an. »Oh. Nun, der Mann, von dem ich sprach, ist heute Abend ausgegangen. Ich bin Gast im Haus seiner Schwester, deshalb begleite ich sie.«

In dieser Generation der Weylands gab es nur einen Mann – *Quin*. Ethan presste die Lippen aufeinander. Für Quin hatten die Frauen schon immer ein Faible gehabt.

Seufzend fuhr sie fort: »*Ça ne fait rien.* Es ist nicht wichtig.« Ihre Stimme klang ein wenig schleppend.

»Nein, das ist es nicht.« Dann hatte sie es ausgerechnet auf Quin abgesehen. Ethan würde ihr überall in London wiederbegegnen, da sich ihre Wege wohl öfters kreuzen mussten. Und nach dem heutigen Abend zu urteilen, würde er Quin ständig Hörner aufsetzen müssen. »Vergessen Sie ihn. Er ist nicht hier, aber ich bin hier.«

Sie musterte ihn lange und legte den Kopf schief. »Nehmen Sie Ihre Maske ab.«

»Das widerspräche dem Sinn einer Maskerade, nicht wahr?« Wenn er die Maske abnahm, würde sie ihn nicht länger mit diesem neugierigen Funkeln in den Augen betrachten, sondern voller Entsetzen anstarren. »Ich kann mich an Ihnen auch erfreuen, während wir beide unsere Masken tragen.«

»Und warum glauben Sie, ich würde Ihnen gestatten, sich an mir zu ›erfreuen‹?« Ein amüsierter Unterton hatte sich in ihre Stimme eingeschlichen, der so dezent war, dass er ihn fast nicht bemerkt hätte. Nicht kokett, sondern amüsiert, fasziniert.

Sie spielte und vergnügte sich dabei, aber sie hatte keine Ahnung, womit sie spielte. »Ich habe ein Gefühl für solche Dinge.« Er schob seinen Finger unter die saphirblaue Seide ihrer Maske und strich über ihre Wange, was sie geschehen ließ. »Heute Nacht sehnen Sie sich nach einem Mann.«

Daraufhin schaute sie weg. »Damit könnten Sie recht haben, Schotte«, sagte sie beiläufig und wandte sich wieder ihm zu. Ihre Stimme glich einem Schnurren, als sie fragte: »Aber sind *Sie* der Mann, auf den ich warte … nach dem ich mich sehne?«

Er war fast im Begriff zu grinsen. Oh, wie er diese Erregung liebte, dieses Hin und Her. Ihm gefiel, dass sie mit ihm flirtete, auch wenn er wusste, sie hatte nicht mehr als das im Sinn. Warum war er nicht jede verdammte Woche auf einen Maskenball gegangen?

»Ich *bin* dieser Mann.« Er umfasste ihre schmale Taille, hob sie hoch und setzte sie auf den Tisch an der Wand.

»Lassen Sie mich herunter, Schotte!«, protestierte sie, doch er merkte ihr an, dass sie die pure Faszination hinter sich gelassen hatte und längst erregt war. »Warum haben Sie das gemacht?«

»Ich will mit Ihnen auf Augenhöhe sein, wenn ich Sie das erste Mal küsse.«

Schließlich entlockten seine Worte ihr ein winziges Keuchen. »Sind Sie immer so arrogant?«

»Aye, immer.« Mit seinen Hüften drückte er ihre Beine auseinander.

»Sie müssen mich wieder herunterlassen«, erklärte sie, obwohl sie zögerlich mit den Fingerspitzen über seinen Arm strich – so als müsse sie es einfach tun, obwohl sie es eigentlich gar nicht wollte. »Ich habe keine Zeit und keine Verwendung für gut aussehende Lebemänner, die schmeichelnde Worte sprechen.«

Er verzog die Lippen zu einem Lächeln, spürte jedoch, wie sich seine Haut anspannte, und erinnerte sich daran, dass er nicht mehr lächeln konnte und er auch nicht länger gut aussah. »Woher wollen Sie wissen, wie ich aussehe? Diese Maske verdeckt mein Gesicht zum größten Teil.«

»Sie haben einen kräftigen Körper und ein verführerisches Lächeln. Und faszinierende Augen«, hauchte sie ihm zu, was seine Erregung nur noch weiter steigerte. »Sie sagten, Sie haben ein Gefühl für manche Dinge. Nun, ich weiß gut aussehende Männer zu schätzen. Ich bin sozusagen eine Kennerin, wenn man so will. Es gibt einen Grund, weshalb ich Sie mir heute Abend ausgesucht habe.«

»Tatsächlich?« Als sie nickte, forderte er sie auf: »Nennen Sie mir Ihren Namen.«

»Das widerspräche dem Sinn einer Maskerade, nicht wahr?«, konterte sie mit seinen eigenen Worten. Sie legte ihre Hand auf seine Brust und ließ sie dort ruhen, als könne sie sich nicht entscheiden, ob sie ihn wegstoßen oder ob sie sein Hemd packen und ihn an sich ziehen sollte. Er griff nach ihrer Hand, schob den Handschuh ein Stück weit nach oben, sodass er die seidenweiche Haut darunter küssen konnte.

Ein Schauer durchlief sie, und sie zog ihre Hand zurück. »Sehen Sie sich doch an, Schotte. Sie sind der geborene Verführer, wie ich noch keinen zweiten erlebt habe.«

»Ich? Der geborene Verführer?« In den letzten Jahren hatte er davon nichts gemerkt, und davor war es für ihn nie nötig gewesen, eine Frau erst noch verführen zu müssen.

Ihr Handgelenk hatte er nur aus einer Laune heraus geküsst. *Aber wodurch war diese verfluchte Laune ausgelöst worden?*

»Ja, natürlich. Dieser Kuss aufs Handgelenk ist eine perfekte

Korrespondenz. Mit der Berührung durch Ihre Lippen zeigen Sie, dass Sie im Bett ein sanfter und sinnlicher Mann sind. Der feste Griff um meine Hand verrät, dass Sie zugleich gebieterisch sind.«

Sanft? Er musste nachdenken. War er jemals sanft gewesen? In diesem Augenblick verspürte er jedenfalls nicht den Wunsch, sich ihr gegenüber so zu verhalten. Er wollte seine Hüften an ihre schmiegen, seine erregte Männlichkeit dort gegen sie drücken, wo sich ihre Schenkel trafen, um ihr voller Stolz zu zeigen, wie heftig er auf ihre Reize reagierte.

»Ich bin vielen Männern Ihrer Art begegnet«, sagte sie. »Sie sollten wissen, dass ich unverwundbar bin.«

»Das betrachte ich als eine Herausforderung, *aingeal*. Heute Nacht werde ich Sie nehmen, ich werde in Sie eindringen, und ich werde Sie an Ihre Worte erinnern, wenn Sie Ihre Beine um meine Taille geschlungen haben.«

»Oh, Schotte, dazu wird es nicht kommen.« Sie schüttelte den Kopf, einige schimmernde Locken lösten sich und fielen ihr auf die Schulter.

»Sie sind ganz offensichtlich nicht mehr unschuldig.« Diese Erkenntnis verwunderte ihn, da er nun wusste, sie gehörte zur Oberschicht. Sie musste wirklich eine eitle, sensationslüsterne Frau sein, wie es auch für Jane Weyland und die anderen galt. »Warum verbringen Sie nicht die Nacht mit mir?«

»Sie denken nicht, ich sei noch unberührt? Warum?«

»Sie machen auf mich den Eindruck, dass Sie beim Anblick der Szene, als wir diesen Raum betraten, eigentlich gelangweilt hätten gähnen können. Es gibt sicher nur wenige unschuldige Mädchen, die sich unbeeindruckt zeigen, wenn sie sehen, wie eine Prostituierte einen Mann mit dem Mund verwöhnt.«

»Nun, ob ich davon nun beeindruckt bin oder nicht, ändert nichts an der Tatsache, dass ich hier bin, um einen Ehemann zu finden, aber keinen Liebhaber. Und für Tändeleien habe ich keine Zeit.«

»Dann nehmen Sie sich die Zeit. Wenn Sie in London sind, um sich einen Ehemann zu suchen, dann sollten Sie einem unverheirateten Mann wie mir gegenüber vielleicht nicht so geringschätzig sein.« *Er* war derjenige, der für so etwas keine Zeit hatte. Morgen würde er die Stadt verlassen, um Grey zu jagen, und zum ersten Mal war das Verlangen, einen Mann zu töten, nicht so stark wie das Verlangen nach einer Frau.

Daraufhin lachte sie auf eine verführerische Weise, die bei ihm den Wunsch weckte, sie zu küssen. »Sie sind so unerreichbar, dass Sie nicht einmal im Entferntesten ein Kandidat sein könnten.«

Er spannte sich an. »Zu diesem Schluss kommen Sie, obwohl Sie so wenig über mich wissen?«

Völlig ernst erwiderte sie: »Ich weiß genug, um vermuten zu können, dass Sie mich benutzen und mich danach vergessen werden. Ich verdamme Sie deswegen nicht, ich spreche nur eine Tatsache aus.« Ihre unschuldigen blauen Augen waren plötzlich undurchschaubar. »Ich glaube, Sie und ich, wir haben viel gemeinsam.«

4

»Gemeinsam? Dann sollten Sie sich auch danach sehnen, dass wir miteinander schlafen.«

Daraufhin grinste Maddy, weil sie einfach nicht anders konnte. »Und damit haben Sie mich im Handumdrehen entwaffnet.« Etwas an seinem äußerst schroffen Betragen sprach sie an. Oh, wem wollte sie da eigentlich etwas vormachen? *Alles* an diesem Mann sprach sie an – von seinem schottischen Akzent über seinen muskulösen Körper bis hin zu der eigentümlichen Tatsache, wie sehr er auf *sie* fixiert war.

»Ich will mehr als Sie nur entwaffnen.«

Sie wurde ernst. Der Schotte wollte nicht aufgeben, und inzwischen bedauerte sie, ihm falsche Hoffnungen gemacht zu haben. Sie benahm sich so albern, wie es für eine junge Frau von einundzwanzig Jahren normal war, obwohl sie sich diesen Luxus gar nicht leisten konnte. Die stets praktisch denkende Maddy spürte, wie sie sich selbst in eine Sackgasse manövrierte und wie die Mauer um sie herum in die Höhe zu wachsen begann. »Meine Freundinnen werden inzwischen nach mir suchen. Ich muss zu ihnen zurück.«

Er zog die Brauen zusammen. »Sie wollen *tatsächlich* gehen?« Dabei klang er so verblüfft, als wisse er beim besten Willen nicht, was er von ihrer Antwort halten sollte.

»Und Sie sind es tatsächlich nicht gewöhnt, dass eine Frau Sie abweist?«

»Ich bin es nicht gewöhnt, mich überhaupt in dieser Situation zu befinden.«

»Wollen Sie damit sagen, Sie machen nie den ersten Schritt?«, fragte sie in zweifelndem Tonfall.

»Niemals.«

»Dann war ich die Glückliche, bei der Sie das zum ersten Mal getan haben?« Normalerweise hätte sie jetzt die Augen verdreht und seine Worte für eine bewährte Methode gehalten, unter ihre Röcke zu kommen. Doch etwas war anders an der Art, wie er diese Worte sprach – als seien sie von großer Wichtigkeit für ihn, als seien sie nicht nur wahr, sondern für ihn auch neu und keineswegs willkommen.

Und als würde er ihr die Schuld dafür geben.

»Aye.« Er atmete schnaubend aus. »Sie sind die Erste.«

»Zu schade, dass Sie gleich bei Ihrem ersten Anlauf einen Reinfall erleben müssen.«

Er kniff die dunklen Augen ein wenig zusammen. »Und Sie bezeichnen *mich* als arrogant? Wieso glauben Sie, Sie könnten mich abweisen?«

»Weil *Sie* derjenige sind, der zu *mir* kam.«

»Und das habe ich nicht vergebens gemacht.« Er stützte seine Hände zu beiden Seiten ihres Kopfs gegen die Wand, dann beugte er sich vor, als wolle er sie küssen. »Ich bringe Sie heute Abend von hier fort.«

Auch wenn sie alles gegeben hätte, um zu erfahren, wie sich seine Lippen anfühlten, legte sie die Hände auf seine Brust und schob ihn von sich weg. Dabei musste sie sich zwingen, keine Notiz davon zu nehmen, wie hart und ausgeprägt seine Muskeln sich anfühlten. »Vergessen Sie's, Schotte. Für nichts in der Welt werde ich mit Ihnen von hier weggehen …« Sie brach ihren Satz ab, da er sich ihr näherte. *Er wird mich jetzt und hier küssen!* Ihr Atem ging flacher, ihre Augenlider flatterten und schlossen sich beinahe vor Lust, die durch die Hitze seines Körpers ausgelöst wurde.

Mit der Zunge fuhr sie über ihre Unterlippe, was ihm nicht entging und ihm ein teuflisches Grinsen entlockte, da er sie fast erreicht hatte. Es gelang ihr nicht, ein leises Wimmern zu unterdrücken …

Plötzlich zerriss ein gellender Pfeifton die Luft.

Sie erstarrte. »Sind das Polizeipfeifen?«, flüsterte sie, während ihre Lippen nur ein paar Fingerbreit von seinen entfernt waren.

»Aye«, murmelte er. »Ich wette, jetzt werden Sie mit mir von hier weggehen.«

Das ganze Gebäude schien zu erbeben, als die Menschenmenge die Flucht antrat. Maddy fühlte die Erschütterungen durch den Tisch, auf dem sie saß, und der Schleier des Verlangens lichtete sich von einem Moment zum anderen. *Selbsterhaltungstrieb, Maddy!*

»Ich muss jetzt los!« Sie war mit einem Satz vom Tisch gesprungen und zog den Stuhl von der Tür weg. Sie wollte nach draußen stürmen, doch er hielt sie an ihren Röcken fest. »Lassen Sie mich los!«, rief sie ihm über die Schulter zu.

»Hören Sie nicht, dass da draußen das Chaos herrscht? Sie haben keine Chance, der Polizei zu entwischen, außerdem könnten Sie zu Tode getrampelt werden.«

Sie drehte sich zu ihm um. »Aber meine Freundinnen sind dort draußen!«

»Denen wird nichts geschehen. Zwei meiner Bekannten sind mit mir hergekommen und hatten bereits ein Auge auf die Frauen in Ihrer Begleitung. Sie werden dafür sorgen, dass sie sicher nach Hause kommen.«

»Aber …«

»Beide Männer sind dazu mühelos in der Lage – und sie sind tausendmal ehrbarer als ich.« Ihre Blicke trafen sich. »Seien Sie nur um sich selbst besorgt, Mädchen.«

Sie knabberte an ihrer Unterlippe. »Kurz nach unserem Eintreffen entdeckte ich einen Hinterausgang.« Da sie von Natur aus und aus Gewohnheit vorsichtig war, hielt sie bei jedem Gebäude, das sie betrat, zunächst nach einem möglichen Fluchtweg Ausschau. Als sie mit den anderen hergekommen war, hatte sie ein Paar beobachtet, das seine Jacken angezogen, einen rückwärtigen Flur betreten hatte und danach nicht wieder aufgetaucht war. »Können Sie mir helfen, das Gebäude zu verlassen?«

»Ich glaube mich daran zu erinnern, dass Sie eben noch dagegen eingestellt waren.« Er lehnte sich gegen die Wand, winkelte ein Bein an und hielt weiter ihre Röcke fest. »›Für nichts in der Welt‹ waren Ihre Worte.« Er grinste spöttisch, wurde aber sofort wieder ernst, als sei ihm nicht mal ein kaltes Lächeln willkommen. Zuvor hatte sie so etwas bei Leuten mit Zahnlücken beobachtet, doch ihm fehlte keiner seiner weißen, geraden Zähne, die so vollkommen waren wie alles an ihm. Ausgenommen seine Arroganz.

»Dann lassen Sie mich los.«

»Ich werde Sie aus dieser Lagerhalle bringen … für den Kuss, den ich Ihnen fast hätte stehlen können.«

Sie verspürte den dringlichen Wunsch, ihn zu küssen, zugleich war da ihr ausgeprägter Selbsterhaltungstrieb. Beide standen sich zwar nicht gegenseitig im Weg, doch dies war jetzt nicht der geeignete Zeitpunkt. Mit einem kläglichen Seufzer willigte sie ein. »Wenn es *unbedingt* sein muss. Aber erst, nachdem Sie mich in Sicherheit gebracht haben.«

Ihm war nicht anzumerken, ob ihn die Geschehnisse draußen im Saal beunruhigten. »Ein Kuss jetzt, oder mehr als nur ein Kuss später. Was würde ein Kuss schon schaden?«

»Was würde er nützen?«, hielt sie dagegen, aber er rührte sich nicht. »Na schön.« Sie ging zu ihm, legte die Hände um seinen Nacken, zog seinen Kopf nach vorn, dann drückte sie kurz ihre Lippen auf seinen Mundwinkel.

Als er sich wieder zu seiner vollen Größe aufgerichtet hatte, sagte er: »Oh, *aingeal,* das war wirklich reizend, ohne jeden Zweifel. Es war jedoch nicht ganz das, was ich mir vorgestellt hatte.« Er legte seine Hand in ihren Nacken. »Ich verlange einen innigen Kuss. Bis Sie nach Luft ringen.«

»Bis ich nach Luft ringe?«, wiederholte sie leise und sah zu ihm hoch. »Wirklich?« Wie … prickelnd.

Seine andere Hand legte er an ihr Gesicht und strich mit dem Daumen über ihre Unterlippe. »Es wird einfacher sein, wenn ich es Ihnen zeige …« Noch mehr Pfeifen schrillten jenseits der Tür, das Rufen und Schreien wurde lauter.

»Aber sie werden bald bis hierher vorgedrungen sein – wir haben keine Zeit!«

»Dann machen Sie sich darauf gefasst, dass ich später mehr fordern werde.«

»Drücken Sie sich genauer aus, Sir! Was meinen Sie mit *mehr?*«

Er lehnte den Kopf nach hinten, als hätte er niemals mit ihrer Einwilligung gerechnet. »Ich will Sie nehmen.«

»Unmöglich!«

»Und dann werde ich Sie küssen, und zwar« – mit den Fingern strich er über ihre Brustspitzen – »hier.«

So überraschend durchfuhr sie das Gefühl herrlicher Lust, dass sie nach Luft schnappte, zurückwich und die Arme beschützend vor sich verschränkte.

»Nein und nochmals nein.« Sie fragte sich, ob er sich vorgestellt hatte, wie er sie dort küsste, und sofort errötete sie. »Kennen Sie nicht das alte Sprichwort: Versuche wenigstens, der Polizei zu entwischen, bevor du fremden Schotten erlaubst, deinen Busen zu küssen.«

Entweder musste er husten, oder er hielt sich die Hand vor den Mund, um ein Lachen zu überspielen. Dann sah er sie so rätselnd an, als sei sie irgendein exotisches Tier, das er noch nie zuvor gesehen hatte. »Sie sind ein verrücktes Mädchen, ist Ihnen das klar?«

»Und Sie verlangen zu viel von diesem verrückten Mädchen.« Als sie die Tür öffnete, um das Zimmer zu verlassen, und dabei um ein Haar niedergetrampelt wurde, zog er sie hastig zurück und warf die Tür wieder zu.

»Eine schmächtige Lady wie Sie hat da draußen keine Chance.«

»Ich bin nicht *schmächtig!*« Immerhin war sie eins fünfzig groß!

»Und stur sind Sie auch noch. Aber ich kann Sie nicht in Ihren Tod laufen lassen.«

Ich kann immer noch nachverhandeln. »Also gut, ich erkläre mich mit Ihren Bedingungen einverstanden. Könnten Sie mich jetzt bitte in Sicherheit bringen?«

»Zu spät. Die Bedingungen haben sich geändert.« Als sie darauf nichts erwiderte, fuhr er fort: »Sie lassen zu, dass ich Sie berühre, wo immer ich möchte, und im Gegenzug können Sie das mit mir auch machen.«

»Es ist rücksichtslos von Ihnen, meine Situation so auszunutzen!«

»Sie haben ja keine Ahnung«, entgegnete er bedächtig, während seine Augen ihr eine Warnung zuschickten. »Was glauben Sie, was geschehen wird, wenn Sie heute Abend hinter Gittern landen? Ich bin das kleinere von zwei Übeln, und das sollten Sie ausnutzen, weil es nicht oft der Fall sein wird.«

Sollte man sie einsperren, dann würde Quin zu ihr kommen müssen, um sie auf Kaution herauszuholen. Welch eine Demütigung! »Also gut, ich bin einverstanden«, sagte sie und plante insgeheim bereits, dem Schotten zu entkommen, sobald er sie nach draußen gebracht hatte.

»Gut. Dann lassen Sie ab jetzt meine Hand nicht mehr los.« Seine Hand fühlte sich warm an und war so groß, dass ihre eigene darin förmlich verschwand. Nach einem kurzen Blick auf ihre Hände schauten sie sich wieder in die Augen. »Wie ich bereits sagte: *schmächtig*. Aber ich glaube, es gefällt mir.«

Da er im nächsten Moment die Tür öffnete, blieb ihr keine Zeit mehr, ihm zu sagen, dass im Vergleich zu ihm einfach alles schmächtig wirkte. »Bleiben Sie hinter mir«, befahl er ihr. Wegen des Lärms musste er die Stimme heben.

»Können Sie es zu diesem Flur schaffen?« Sie zeigte auf den rückwärtigen Flur, der ihr früher am Abend aufgefallen war und aus dem jetzt Gäste auf ihrer Flucht herausstürmten.

»Aye, aber da gibt es keinen Ausgang. Deshalb drängen sie ja alle von dort zurück in den Saal.«

»Gehen Sie einfach dorthin! Bitte! Ich finde *immer* einen Weg nach draußen.«

Er stutzte, sah sie misstrauisch an, begab sich dann aber doch mitten ins Chaos. Mühelos schob er jeden zur Seite, der ihm in den Weg kam, und sie konnte ihm ungehindert durch die entstehende Gasse folgen. Ein nicht so kräftiger Mann wäre nur deutlich langsamer vorangekommen, und er hätte kaum den Strom von Menschen teilen können, der ihnen aus dem Flur entgegenkam. Er kämpfte sich erfolgreich durch die Menge, bis sie in einen leeren Korridor gelangten.

»Ja!«, rief sie. »Gehen Sie weiter!«

Er bog in den Korridor ein, und schließlich kamen sie zu einer Tür, die nach draußen führen musste.

Sie war mit einem riesigen, unheilvoll wirkenden Vorhängeschloss verschlossen.

Als er Maddy einen fragenden Blick zuwarf, konnte sie nur hilflos mit den Schultern zucken. Sie drehte sich um und überlegte, ob es einen anderen Fluchtweg geben mochte, aber sie saßen hier in der Falle. Sie waren …

Ein lautes Krachen unterbrach ihren Gedankengang, und als sie hastig herumwirbelte, sah sie noch, wie der Schotte erneut mit dem Stiefelabsatz gleich unterhalb des Vorhängeschlosses gegen die Tür trat. Splitter flogen umher, und nach dem dritten Tritt flog die Tür auf.

Er war großartig! Und dabei hatte sie schon eine Menge anderer Männer gesehen und als großartig bezeichnet. Als sie nun zur Tür gehen wollte, fasste er sie am Ellbogen. »Noch nicht, *aingeal*. Bleiben Sie hinter mir.«

Atemlos nickte sie und starrte ihn an, ohne einen Hehl aus ihrer Bewunderung für ihn zu machen.

»Hören Sie auf, mich so anzusehen«, forderte er sie auf, schaute sie finster an und zog an seinem Kragen.

»Wie denn?«

»So, als verkörpere ich etwas, das ich gar nicht bin.«

»Ich verstehe nicht …«

Zwei Polizisten tauchten wie aus dem Nichts auf, woraufhin der Schotte Maddy aus dem Weg stieß. Einen Polizisten traf er mit dem Ellbogen, den anderen ließ er seine Faust spüren. Der erste Mann fiel mit gebrochener Nase auf sein Hinterteil, der zweite sank bewusstlos zu Boden.

Als er Maddy an die Hand nahm und sie wieder mit sich zog, sagte sie: »Sie haben Polizisten niedergeschlagen!«

»Die standen mir im Weg.«

Einige Gendarme in ihrem Elendsviertel waren ehrliche Menschen, doch für die meisten galt das nicht, und mehr als einmal hatte sie sich gewünscht, einen von ihnen zu Boden zu stoßen. »Aber …«

»Ich sagte doch, ich bringe Sie sicher hier raus.« Er blieb kurz stehen und sah sie an. »Sie können mir ruhig glauben, dass ich bereit bin, für meine Belohnung ganze Berge zu versetzen.«

Großartig? Nein, wunderbar. Sie wusste, sie starrte ihn an wie eine Schwachsinnige, die den Mund nicht mehr zubekam. Jede junge Frau träumte von einem verwegenen maskierten Mann, der sie vor Schurken beschützte, oder vor einem Wegelagerer, der ihr ihre Juwelen und ihre Tugend rauben wollte. Maddy unterschied sich in dieser Hinsicht nicht von den anderen und fragte sich, ob sie tatsächlich ihre Abmachung neu verhandeln würde.

Aber natürlich würde sie das! Sie war nur unschlüssig geworden, weil er ihr diese Ideen in den Kopf gesetzt hatte, dass er ihre Brüste küssen und sie berühren würde. Hinzu kam eine prachtvolle Zurschaustellung männlicher Kraft, wie sie ihr noch nie widerfahren war. Kein Wunder, dass sie ein wenig ins Stolpern geriet.

Niemand hatte je für sie so gekämpft, um sie zu beschützen, selbst wenn es bitter nötig gewesen war.

Wieder schien ihm nicht zu gefallen, was er in ihren Augen sah. »Versuchen Sie, mit meinem Tempo mitzuhalten«, forderte er sie schroff auf, wandte sich ab und eilte durch das Gassengewirr, während die Polizeipfeifen hinter ihnen leiser und leiser wurden. Immer wieder schaute er über die Schulter und schien überrascht, dass sie nicht zurückfiel und meilenweit laufen konnte, ohne eine Pause machen zu müssen.

Als sie nach einer Weile langsamer wurden, ließ er ihre Hand los, um nach einer Droschke zu winken. Damit war sie eigentlich frei, um davonzulaufen, doch sie konnte es einfach nicht. Es kam ihr vor, als sei sie durch ein unsichtbares Seil fest mit ihm verbunden.

Warum war sie nur so unschlüssig? Sie musste ihm entwischen, sie durfte ihn nicht von oben bis unten mustern und sich fragen, wie sich wohl seine Haut anfühlte …

Maddy liebte es, Dinge zu berühren – bei kühler Seide schauderte ihr, Samt versetzte ihre Fingerspitzen in Ehrfurcht, Handschuhe waren für sie eine Qual –, und er hatte sie aufgefordert, seinen Körper zu berühren. Jeden Tag sah sie, wie Frauen Männer anfassten, doch sie konnte sich nicht vorstellen, wie es sein musste, einen festen, muskulösen Männerkörper zu berühren, der sich unter ihren Fingern anspannte. Sie liebte schöne Männer, und sie genoss das Berühren.

Und er bot ihr beides zu ihrem puren Vergnügen an.

»Sie kommen mir nicht sehr verängstigt vor«, rief er ihr über die Schulter zu.

»Es muss sich schon Schlimmeres ereignen, um mich in Angst zu versetzen.« Die heutige Nacht war zahm verglichen mit ihrem Leben in La Marais. Mit elf überlebte sie einen Großbrand, der mehrere Häuser vernichtete, und sie überstand gleich zwei Choleraepidemien, was in La Marais nur wenige von sich behaupten konnten. Dort war Gewalt an der Tagesordnung.

Abgesehen davon fühlte sie sich an der Seite dieses Schotten außerordentlich sicher.

»Mutig und hübsch zugleich?«, hörte sie ihn mit seiner tiefen Stimme fragen.

In diesem Moment wusste Maddy, dass ihr Plan, die Bedingungen neu zu verhandeln, soeben seinen letzten rasselnden Atemzug getan hatte.

5

Sobald die Droschke losgefahren war, schloss der Schotte die Vorhänge auf seiner Seite und griff um Maddy herum, um auch deren Seite zuzuziehen. Kaum hatte er sie beide in Dunkelheit gehüllt, zog er Maddy gebieterisch von ihrer Bank und auf seinen Schoß.

»Warten Sie! Was machen Sie …? Sie können nicht einfach …« Als sie seine Zunge an ihrem Ohrläppchen spürte, überkam sie ein solches Wohlgefühl, dass sie völlig vergaß, auf Abstand zu ihm zu bleiben. »Ohhh«, seufzte sie lustvoll.

»Ich habe meinen Teil der Abmachung eingehalten«, sprach er mit rauer Stimme. »Und nun werden Sie Ihren Teil erfüllen.«

»Was glauben Sie denn, wohin Sie mich bringen?«

»Zu mir nach Hause.«

»Zu Ihnen nach Hause?« Sie schüttelte sich. »So gern ich auch eine der vielen unbekannten Frauen sein möchte, die sich von Ihnen in Ihrer Junggesellenwohnung …«

»Auch in diesem Fall wären Sie die Erste«, unterbrach er sie.

»Und das soll ich Ihnen glauben?«

»Ob Sie es mir glauben oder nicht – es ist die Wahrheit.«

»Was habe ich an mir, das solche Veränderungen bei Ihnen hervorbringt?«

Er lehnte sich zurück und wirkte aufgebracht – ihretwegen oder wegen der Situation? »Das würde ich auch verdammt gerne wissen.«

Er täuschte diese Dinge nicht vor. Vielleicht spürte er das gleiche vertraute Gefühl, das sie selbst bei ihm empfand. So plötzlich und heftig, so eindringlich hatte sie sich zu ihm hingezogen gefühlt, dass es ihr vorkam, als sei sie von einer Lokomotive überfahren worden.

War es möglich, dass er genau das Gleiche durchmachte?

Dabei war das Ganze völlig verrückt. Sie hatte ja nicht einmal einen Blick auf sein Gesicht werfen können! »Wenn es Sie tröstet, Schotte, dann sollen Sie wissen, dass ich mich auch völlig untypisch verhalte.«

»Wie wäre es dann, wenn wir anschließend versuchen, das Ganze zu ergründen?« Er schob seine Finger unter ihr Kinn. »Es gibt keinen Grund, warum ich Sie jetzt nicht um den Verstand küssen sollte.«

Um den Verstand küssen? Ein Teil von ihr wollte das mehr als alles andere, während ein anderer Teil noch immer nicht glauben konnte, dass dies alles wirklich geschah. Als er sie enger an sich zog, schloss sie wie selbstverständlich die Augen …

Seine Lippen fühlten sich warm und fest an, als sie über ihren Mund strichen. Diese flüchtige Berührung genügte, dass ihr heiß wurde. Als sie ihre Lippen für ihn öffnete, ließ er seine Zunge eindringen, um mit der Spitze gemächlich ihre zu liebkosen.

Noch nie hatte sie etwas so unverhohlen Erotisches erlebt. Nie zuvor war ihr so deutlich bewusst gewesen, dass Küsse in dieser Art ein Vorspiel darstellten, das in Sex übergehen würde.

Auf einmal bemerkte sie, wie sie seine Handlungen nachahmte und ihre Empfindungen noch einmal so intensiv wurden. Er drückte sie fester an sich, stöhnte genussvoll und küsste sie noch inniger. Sie klammerte sich an seinen Schultern fest und ergötzte sich an der Kraft, die sie in seinen Muskeln spürte. Sie verzehrte sich nach dieser Kraft, sie wollte sich ganz von seinen Armen umschließen lassen.

Je länger sich ihre Zungen ein sinnliches Duell lieferten,

umso stärker wurde Maddys Verlangen, die sich bis dahin nicht hatte vorstellen können, so intensiv zu empfinden. Er musste es auch fühlen, denn als er ihre Position auf seinem Schoß veränderte, spürte sie, wie seine Erektion sich mit aller Macht gegen ihr Hinterteil drückte. Sie hätte schwören können, dass sie die Hitze durch die Kleidung hindurch wahrnehmen konnte, und unwillkürlich malte sie sich aus, wie es sein würde, diese Männlichkeit mit ihrer Handfläche zu berühren. Sie hätte sich trotz aller Fantasie diese sengende Hitze nie vorstellen können. Sie wand sich auf seinem Schoß hin und her …

Er wich vor ihr zurück und sah sie nahezu schockiert an, sein Mund war einen Spaltbreit geöffnet, sein Atem ging angestrengt.

»Ich … ich habe Küssen nie besonders gemocht«, flüsterte sie und bemerkte, dass sie tatsächlich keuchte.

Die Stirn in Falten gelegt erwiderte er: »Aye, ich auch nicht.«

Sie wimmerte, da sie nach mehr verlangte. Seine Reaktion darauf war ein gemurmelter Fluch, dann fuhren sie dort fort, wo sie nur wenige Augenblicke zuvor aufgehört hatten.

Er drückte sie gegen seinen Arm, um sie noch eindringlicher zu küssen, was er so lange wiederholte, bis sie das Gefühl bekam, haltlos und schutzlos zu sein – und fern aller Vernunft, die sie zur Ordnung hätte rufen können … Sie stöhnte leise auf.

Doch dann löste er sich erneut von ihr und wirkte skeptisch. »Das war … das …« Er kniff ein wenig die Augen zusammen. »Wenn Sie mich weiterhin so küssen, wird diese Nacht vorüber sein, bevor sie begonnen hat.«

Dieser Mann war ganz offensichtlich sehr weltlich und erfahren, und doch hatte sie ihm Lust bereiten können, so wie auch er ihr weiterhin Lust schenkte. Sie war erregt, und aus einem unerfindlichen Grund fühlte sie sich so glücklich wie seit Monaten nicht mehr. »Ach, Schotte«, murmelte sie und vergrub die Finger in seinem vollen Haar, »ich bin froh, dass ich Sie auf meine Flucht eingeladen habe.«

»Ich bin schon jetzt sehr froh, hier zu sein.«

Plötzlich empfand sie es als entsetzlich ungerecht, dass ihr Ehemann nicht so sein würde wie dieser Gott, der sie in seinen Armen hielt, der mit jeder Berührung seiner Zunge ein neues Feuer in ihr entfachte.

Was wäre aber, wenn sie *ihn* dazu bringen konnte, sie zu heiraten?

Zugegeben, sie hatte bislang sein Gesicht nicht gesehen, und seinen Namen kannte sie auch nicht. Trotzdem konnte sie ohne großes Risiko davon ausgehen, dass er nicht auch dreimal verwitwet war. Und das Gesicht des Comte *hatte* sie gesehen.

Unter dem Einfluss der hitzigen Küsse dieses Mannes, seiner unwiderstehlichen Anziehung und einer gehörigen Menge jener viel zu hochprozentigen Bowle erschien es ihr als eine *geniale* Lösung ihres Problems. »Ich darf wohl nicht annehmen, Schotte, dass Sie reich sind und nach einer Ehefrau suchen, oder?«

»In einem Punkt kann ich Ihnen recht geben: Ich werde nie heiraten.«

»Niemals? Oder meinen Sie, Sie wollen erst noch einige Jahre Ihr Junggesellendasein genießen?«

»Niemals«, wiederholte er mit Nachdruck und schien allein schon auf die Frage gereizt zu reagieren.

»Oh. Nun, ich kann Sie unmöglich nach Hause begleiten«, sagte sie im gleichen Moment, als die Kutsche anhielt. Er setzte sie zurück auf die Bank und öffnete die Tür, durch die sie ein beeindruckendes Backsteingebäude erkannte.

»Wo sind wir?«, fragte sie irritiert.

»Am Grosvenor Square.«

»Das da ist Ihr Zuhause?« Das Haus war noch prachtvoller

und größer als das von Quin! Weiße Säulen standen wie stumme Wächter zu beiden Seiten einer breiten Treppe, verborgene Gaslampen sorgten dafür, dass der gepflegte Garten großzügig beleuchtet wurde.

»Aye, mein Zuhause.«

Sie zog eine Augenbraue hoch und konnte sich gut vorstellen, hier die Hausherrin zu sein.

Als er nach ihrer Hand greifen wollte, hielt sie ihn davon ab: »Warten Sie. Ich kann nicht einfach so mit Ihnen dort hineingehen!« Gleichzeitig verzehrte sie sich danach, das Haus von innen zu sehen.

»Wir hatten eine Abmachung.«

»In der es aber nicht darum ging, dass ich Sie nach Hause begleite.« Sie waren nicht allzu weit vom Haus der Weylands entfernt. Was, wenn jemand sie beide hier sah?

»Macht Ihnen dieser Gedanke wirklich Sorgen?« Als sie nickte, lehnte er sich aus der Tür und rief: »Fahren Sie weiter.« Er schloss die Tür, während sich die Droschke wieder in Bewegung setzte. »Es macht nichts, ich kann Sie hier genauso nehmen wie in einem Bett.«

»Mich nehmen?« Ihre Augen wurden größer. »Ich dachte, unsere Abmachung beschränke sich auf Berührungen.«

Wieder zog er sie auf seinen Schoß, seine Hand lag mit einer solchen Vertrautheit auf ihrer Hüfte, als hätten sie schon hundertmal so dagesessen. »Vertrauen Sie mir. Ich werde Ihnen etwas Gutes tun. Anschließend werden Sie viel in Ihr Tagebuch schreiben können«, sagte er und grinste flüchtig.

»Sie können mich haben, Schotte, mit Haut und Haaren. Und zwar morgen zur Mittagszeit. Das gibt mir genügend Zeit, um einen Blick auf Ihre Konten und Bücher zu werfen, und Sie können unterdessen eine Sondererlaubnis beschaffen. Noch vor dem Mittagessen können wir verheiratet sein.«

Er legte die Finger um ihr Kinn. »Glauben Sie mir, Mädchen, nichts auf der Welt wird mich zum Heiraten bewegen können. *Absolut nichts.*«

Als ihr klar wurde, dass er genauso war wie Quin, verlor sie jeden Mut. »Ich verstehe.« Zu ihrem eigenen Bedauern verstand sie tatsächlich und nur zu gut. Es war das zweite Mal an diesem Tag, dass sie diese Aussage hörte, und das zweite Mal, dass sie unbarmherzig abgewiesen wurde. Einige Männer waren einfach nicht für die Ehe zu begeistern, obwohl sie dafür genau die Richtigen gewesen wären.

Was bedeutete, dass Frauen wie sie sich mit dem begnügen mussten, was andere nicht haben wollten – also Männer wie Le Daex.

»Das will ich für Sie hoffen«, warnte er sie.

Gedankenverloren nickte sie. Mit jeder neuen Wendung an diesem Abend wurde ihre Entscheidung gestärkt, Le Daex zu heiraten, dennoch schauderte ihr bei der Vorstellung, der Mann könnte schnaufend und stöhnend auf ihr liegen und ihr die Unschuld nehmen. Sie bewunderte schöne Männer, und ausgerechnet sie sollte ihre Jungfräulichkeit nicht an einen von ihnen verlieren! Das war so ungerecht, und plötzlich – wohl ausgelöst durch den Alkohol und die wundervoll festen Lippen des Schotten – erschien ihr dieser Gedanke unerträglich.

Einen Schicksalsschlag nach dem anderen hatte sie gemeistert, seit ihr Vater erschossen worden war. Eine Last nach der anderen wurde ihr aufgebürdet, als würde sich der Kosmos einen grausamen Spaß mit ihr erlauben. Sie fühlte sich gefangen wie ein Tier in einer Schlinge, die sich umso enger zusammenzog, je mehr sie sich dagegen zu wehren versuchte. Obwohl sie ständig neue Opfer bringen musste, erwartete sie für sich nur wenig vom Leben, doch diese eine Sache – die Entscheidung, wer sie in die körperliche Liebe einführen sollte –

konnte sie kontrollieren. Und all ihre Instinkte sagten ihr, sie könne diesem rätselhaften Fremden vertrauen.

Sie knabberte an ihrer Lippe. Le Daex würde sich schon davon überzeugen lassen, dass sie noch unberührt war. Maddys Vermieterin und zugleich ihre beste Freundin war bei jeder ihrer drei Hochzeiten noch Jungfrau gewesen …

Und der Schotte hatte zu ihr gesagt, er würde sie heute Nacht nehmen.

In diesem Moment wurde ihr klar, dass er damit recht hatte.

»Also gut.«

»Was ›also gut‹?«, gab er zurück.

»Wenn Sie mehr wollen …« Sofort bemerkte sie, wie sich das Pulsieren unter ihr verstärkte.

»Sie … Sie wollen von mir genommen werden«, gab er mit rauer Stimme von sich, aber es klang mehr nach einer Frage.

»Ja, ich will mehr als zwischen uns vereinbart«, flüsterte sie. »Ich will Sie.« *Ich will, dass Sie es mir zeigen … dass Sie mir diese Nacht als Andenken schenken.*

»Wieso haben Sie Ihre Meinung geändert?«

Sie seufzte. »Meine Gründe dafür sind meine Sache, Schotte. Wollen Sie es dennoch wissen?«

»Nicht im Geringsten«, meinte er grinsend und ließ seine weißen Zähne aufblitzen.

»Nun … ähm … angesichts dieser Entwicklung … sollten wir dann nicht unsere Masken abnehmen?«

»Das verleiht dem Ganzen doch das gewisse Etwas, oder finden Sie nicht?« Mit den Fingern strich er unter der Maske hindurch über ihre Wange.

Sie war alles andere als schüchtern, aber dies hier war ihre erste wahre Begegnung mit einem Mann, und sie hatte Bedenken, ob ihr zierlicher Körper wirklich begehrenswert genug war. Kurz gesagt: Ihr Busen war recht klein. Dass die Maske verdecken würde, wenn sie vor Erregung rot wurde, behagte ihr durchaus. Zumal es nur bei dieser einen Nacht bleiben würde – einer einzigen mysteriösen und von Verlangen geprägten Nacht. Danach würde alles vorüber sein. »Ja, ich finde schon.«

Aber er hörte gar nicht mehr zu, so sehr schien es ihn zu faszinieren, wie seine Finger über ihre Wange wanderten. »So zerbrechlich«, murmelte er wie in Gedanken und schien nicht zu bemerken, wie laut er in Wirklichkeit die Worte ausgesprochen hatte. Etwas verriet ihr, dass dies für ihn nicht einfach eine Verführung war, sondern er erkundete sie auch mit neugierigen Blicken. »Eine Frau wie Sie hatte ich noch nie.«

»Eine Frau wie mich?«

»So zart.« Mit einer Fingerspitze zeichnete er ihre Ohrmuschel nach, woraufhin Maddy ein Schauer über den Rücken lief. »Ich fürchte mich fast davor, Sie anzufassen.«

»Oh, sagen Sie doch nicht so was.«

»Ich sagte ja auch *fast*. Nichts könnte mich jetzt noch davon abhalten, Sie heute Nacht zu nehmen.« Er ließ seine Finger über ihre Schulter gleiten, dann wanderten sie langsam tiefer. Gleichzeitig ging ihr Atem stockender, unter seiner Berührung hob und senkte sich ihre Brust in einem schnellen Rhythmus. Als er am Rand ihres knappen Mieders angelangt war, schob er seine Finger unter den Stoff, tiefer und tiefer, bis er mit der Spitze des Zeigefingers ihre harte, pochende Brustspitze erreichte.

»Oh mein Gott«, stöhnte sie und legte ihre Hände in den Nacken.

»Zerbrechlich … und empfindlich.« Genüsslich spielte er mit ihrer Knospe und hauchte: »Das gefällt Ihnen.«

Ihre Lider flatterten, als sie die Augen schloss und nickte.

Plötzlich zog er die Hand zurück, und sie hätte am liebsten aufgeheult, doch sie war beruhigt, da sie sah, dass er sich den Schnüren ihres Mieders widmete. Aber es handelte sich um so dünne Schnüre, dass sie sogar ihr selbst Schwierigkeiten bereitete. Einige Momente lang versuchte er sein Glück, dann schnaubte er aufgebracht und schob seine großen Finger unter den Stoff.

Ihr wurde bewusst, dass er ihr das Mieder vom Leib reißen wollte, und sie machte bereits den Mund auf, um ihre Empörung lautstark kundzutun – immerhin hatte sie sich verschulden müssen, um sich dieses Kleid leisten zu können –, da ließ er auf einmal von ihr ab. Das Gesicht in höchster Konzentration angespannt, begab er sich ein weiteres Mal ans Werk.

Etwas in ihr brachte sie zu einer sanfteren Einstellung ihm gegenüber – einer noch sanfteren Einstellung. »Lassen Sie mich das machen, Schotte«, erklärte sie und schob seine Hände weg, küsste dabei aber erst noch beide Handflächen.

Im Laufe des Abends war ihr immer wieder aufgefallen, wie er manchmal zögerte und sich für einen winzigen Moment lang zurückzog, als brauche er Zeit, um über etwas nachzudenken. So war es auch jetzt wieder. Sie überlegte, ob sie sich wohl falsch verhielt – immerhin war es ihre erste Affäre –, oder ob das, was sich zwischen ihnen abspielte, für ihn völlig anders war, als er es kannte. Vermutlich traf Letzteres zu.

Nachdem sie sich von den Schnüren befreit hatte, zog er ihr Kleid auseinander und schob ohne jede Eile die Körbchen ihres Korsetts nach unten, sodass ihre Brüste zum Vorschein kamen. Maddy musste schlucken. *Es ist dunkel. Er kann mich gar nicht richtig sehen …* Als ein kühler Lufthauch über ihren Busen strich, zwang sie sich dazu, weder den Kopf abzuwenden, noch mit den Händen ihre Blöße zu bedecken.

Er murmelte etwas in einer fremden Sprache, vermutlich Gälisch.

»Was sagten Sie?«, fragte sie nervös.

»Ich sagte, ich werde Sie die ganze Nacht hindurch küssen.«

Mit den Fingern strich er sanft über beide Knospen, während sein Blick zu ihrem Gesicht zuckte, um ihre Reaktion zu beobachten. Sie atmete heftig ein und fühlte, wie sich ihre Brustspitzen noch stärker versteiften.

Dann legte er seine heißen, rauen Handflächen auf ihre Brüste. »Sie könnten sich gar nicht zarter anfühlen.« Ihr kleiner Busen verschwand völlig unter seinen Händen, mit denen er sie sanft massierte, bis sie zwischen ihren Schenkeln eine erregende, feuchte Wärme verspürte.

Wie hatte sie nur so lange ohne dieses Gefühl leben können?

Als er seine Hände wegnahm, damit er seine Jacke abstreifen konnte, drückte sie sofort den Rücken durch, um wieder in seine Nähe zu gelangen. Er gab einen Laut von sich, der ein heiseres leises Lachen hätte sein können. »Gieriges Mädchen«, murmelte er. Wieder legte er seine Hände auf ihren Busen. »Dann müssen Sie mir mein Hemd aufknöpfen.« Vielleicht machte er sich ja über sie lustig, doch das war ihr egal, da ihre Begierde sie immer weiter vorantrieb.

Während sie mit den Hemdknöpfen kämpfte, beugte er sich vor, um ihre Knospen zwischen seine Lippen zu nehmen. Seine heißen Atemzüge ließen sie pulsieren, aber er brachte nicht seine Zunge ins Spiel, sondern neckte Maddy nur, bis sie vor Lust auf seinem Schoß hin und her rutschte und bei jeder Bewegung seine bemerkenswerte Männlichkeit unter sich spürte.

Dann plötzlich nahm er ihre Brust in den Mund. »Oh Gott!«, hauchte sie, als sie seine Zunge auf ihrer Knospe spürte. Augenblicke später nahm sie wie durch einen Nebel wahr, dass sich seine Hand unter ihren Röcken befand und sich von ihrem Knie langsam nach oben bewegte. »Ich … bitte nicht so schnell. Ich will Sie. Oh Gott!«, rief sie, da er begonnen hatte, an ihrer Brustspitze zu saugen. »Geht es nicht etwas langsamer?«, brachte sie heraus.

Er stutzte und fragte sichtlich verwirrt: »Warum denn?«

»Ich dachte nur … vielleicht würde ich mich dann etwas wohler fühlen.«

»Ich war lange Zeit ohne eine Frau«, erklärte er mit angestrengter Stimme, als er sie vom Schoß hob und auf die Bank setzte. »Ich werde den Rest der Nacht langsam vorgehen.« Er faltete die Jacke zusammen und legte sie hinter ihr auf die Bank. »Aber jetzt, in diesem Moment muss ich einfach Ihr Innerstes erkunden.« Ihre andere Brustspitze erfuhr von ihm die gleiche intensive Aufmerksamkeit, als er Maddy sanft nach hinten drückte.

»Mein Gott … wie schön sich das anfühlt.« Die Art, wie er sie anfasste, war besitzergreifend und auch ein wenig grob. Warum nur wand sie sich dann vor köstlicher Lust? »Aber … wissen Sie …«

Er setzte sich auf, sodass sich ihre Blicke trafen. »Was ist?« Sein Hemd stand offen, und Maddy konnte seine muskulöse Brust sehen, woraufhin sie vergaß, was sie hatte sagen wollen.

Sie konnte ihn *berühren*. Dies hier war, worüber sie gerätselt, wovon sie *geträumt* hatte. Hektisch riss sie sich die Handschuhe von den Fingern, um seine Haut zu berühren. Sie seufzte vor Freude, als sie fühlte, wie er seine Brustmuskeln anspannte und wieder lockerte.

Ihre Fingerspitzen kribbelten, als sie ihre Hände flach auf seine Brust gelegt hatte und zum ersten Mal über die sanfte Haut strich. Sie glitten über die krausen Haare, die sich bis unter seinen Nabel fortsetzten. Sie genoss seine Reaktion auf ihre Berührung, wie er die Augen schloss und den Mund einen Spaltbreit öffnete.

Vor Begierde nahezu benommen, merkte sie kaum, wie er ihre Röcke bis zu ihrer Taille hochschob.

6

Ethan stand innerlich in Flammen, so groß war das Verlangen, nach so langer Zeit endlich wieder mit einer Frau zusammen zu sein. Obwohl es nie seine Art gewesen war, wollte er sie die ganze Nacht bei sich haben, um sie wieder und wieder zu erobern. Um jede Stelle ihres hinreißenden Körpers zu küssen.

Bevor er sie dann wegschickte.

»Oh mein Gott«, murmelte sie, anscheinend immer noch von seinem Anblick wie gefesselt.

Ihre Fingerspitzen bewegten sich voller Ehrfurcht über seine Haut. Er verstand diese Zärtlichkeit nicht, da sie für ihn etwas völlig Unbekanntes darstellte, dennoch konnte er sich nicht dazu durchringen, ihr Einhalt zu gebieten.

»Ihr Herz rast stürmisch«, stellte sie fest, als sie eine Hand auf seine Brust drückte. »Sind Sie nervös?«

»Natürlich bin ich *nicht* nervös«, log er in unerklärlich schroffem Tonfall. So viel Zeit war seit seinem letzten Mal verstrichen, dass er fürchtete, er könnte sich mit einem einzigen Stoß selbst beschämen. Und zum ersten Mal in seinem Leben war ihm wichtig, was die Frau an seiner Seite von ihm denken würde. Er wollte ihr nicht nur Lust bereiten, sondern sie auch beeindrucken. Er wollte der beste Mann sein, den sie jemals erlebt hatte.

»Sie sagten, dass Sie seit langer Zeit keine Frau mehr hatten. War es sehr lange?«, fragte sie.

»Aye, es war sehr lange«, bestätigte er und begriff erst dann voller Entsetzen, dass er sich vor ihr völlig grundlos zur Wahrheit bekannte.

»Na, ich bin mir sicher, gemeinsam bekommen wir das schon irgendwie hin«, erklärte sie mit ruhiger Stimme, obwohl sie plötzlich leicht zitterte. Offenbar war nicht nur er nervös.

Doch sobald seine Finger sich über ihre zarten Schenkel bewegt hatten, entspannte sie sich ein wenig. Als er sie zwischen den Beinen berührte, durchlief ihn ein lustvoller Schauer. »Du bist so wunderbar feucht«, hauchte er heiser, da sie ihn so unglaublich erregte. Mit einer Hand liebkoste er ihre Brüste, mit dem Zeigefinger der anderen strich er über ihre Weiblichkeit und ließ ihn bedächtig um ihre empfindlichste Stelle kreisen.

Sie stieß einen leisen Schrei aus und drückte den Rücken durch, und es dauerte nicht lange, dass sie ihre Hüften vor und zurück bewegte, weil sie mit jeder seiner Berührungen noch wollüstiger wurde. Er wollte sie dort kosten, wollte seine Finger in sie eindringen lassen, doch er wusste, dann würde er seinen Höhepunkt nicht länger zurückhalten können.

Irgendwo am Rand seines Bewusstseins wurde ihm klar, dass er noch vor zwei Stunden befürchtet hatte, dieses Gefühl nie wieder wahrnehmen zu können. Aber nun, bei ihr …

Ethan war im Begriff, wie ein unerfahrener Jüngling die Kontrolle über sich zu verlieren.

Er musste sie besitzen, bevor es für ihn zu spät war. Als er seine Hände wegnahm, um ihr in aller Eile die Unterhose auszuziehen, wand sie sich und versuchte, ihre Brust wieder gegen seine Handfläche zu drücken.

Mein Gott, was ist sie begierig, dachte er und wagte sich nicht auszumalen, wie es sein würde, wenn sie auf ihm saß und ihn ritt.

Nachdem er sie von der Unterwäsche befreit hatte, drängte sie sich ihm entgegen und wimmerte hemmungslos. Ein fordernder Druck gegen ihren Oberschenkel genügte, dass sie bereitwillig die Beine spreizte. Allmählich begann er sich zu fragen, ob ihre zügellosen Reaktionen – so ungeübt und für ihn daher so ungewohnt – womöglich unschuldige Reaktionen waren. Er war noch nie mit einer Jungfrau zusammen gewesen, und er beabsichtigte nicht, das ausgerechnet heute Nacht nachzuholen.

Nein, sie küsste wie eine Kurtisane und genoss seine leidenschaftlichen Küsse. Um Gewissheit zu bekommen, knöpfte er seine Hose auf und gab mit einem erstickten Aufstöhnen seine in höchstem Maß empfindsame Männlichkeit frei. »Ich will, dass Sie mich dort streicheln.« Eine Jungfrau würde ihn zögerlich und vorsichtig anfassen.

Sie nickte nur und legte ihre zarte Hand um seine Männlichkeit – der erste Kontakt seit so langer Zeit, dass er sich nicht von einem Aufbäumen abhalten konnte, als sie ihn fest umschloss.

Mit konzentrierter Miene schob sie die andere Hand weit genug nach unten, um geschickt zwischen seine Schenkel zu greifen und ihn dort zu streicheln. Als sie ihren Daumen langsam um die feuchte Spitze seiner Männlichkeit kreisen ließ, schloss er die Augen. Jeder Zweifel war damit für ihn ausgeräumt, und er sagte mit rauer Stimme: »Das reicht. Wenn Sie nicht aufhören, werden Sie sehen, wie ein Mann seinen Samen ergießt.«

Fast hätte er wieder aufgestöhnt, da er sah, wie sie sich auf die Unterlippe biss und überlegte, ob sie vielleicht doch weitermachen sollte. »Wäre Ihnen das peinlich?«

»Nein, überhaupt nicht. Irgendwann in dieser Nacht werden Sie es ohnehin sehen.«

»Ich glaube, Sie sind schrecklich verrucht.«

»Aye. Im Bett gibt es nur wenig, was ich mit einer Frau nicht mache und was ich nicht von ihr verlange, das sie mit mir machen soll.«

Mit einem Finger strich sie über seine Erektion, die so zuckte, als wolle sie unbedingt von ihr berührt werden. »Sie sind … ähm … sehr groß.«

»Aber es wird Ihnen gefallen, das verspreche ich Ihnen.« Langsam schob er sich zwischen ihre Schenkel und vergrub sein Gesicht an ihrem Hals. Der Duft ihres Haars und der Druck ihres Busens gegen seine Brust machten ihn fast wahnsinnig. Allein ihre Küsse waren für ihn beinahe zu viel gewesen, und mit ihren geschickten Händen hatte sie ihn in die höchste Ekstase getrieben.

Er war jetzt an jenem Punkt angelangt, an dem er kaum noch etwas anderes spürte als das Ziehen in seinen Lenden. Seine Gedanken kreisten nur darum, endlich in sie einzudringen, damit er sich von dem angestauten Druck befreien konnte. »Lassen Sie mich das hier hinter mich bringen«, sagte er und überlegte, ob er sich jemals so gut gefühlt hatte wie in diesen Sekunden. »Später werde ich Sie langsam und gemächlich nehmen.«

Unter halb geschlossenen Lidern hindurch schaute sie ihm in die Augen, während er sich weiter vorschob und ihr mit seinem Knie bedeutete, die Beine weiter zu spreizen. Er brachte seine Erektion an ihre feuchte Scham, während seine Muskeln sich verkrampften, da er sich zwang, noch nicht in die einzudringen.

Erst als sie sich unter ihm wand, drückte er seine Hüften vor, bis die pulsierende Spitze in sie eindrang. Die wundervolle Hitze und Enge, die ihn dort empfing, raubte ihm beinahe den Verstand. *»Es ist so gut, Mädchen«,* brachte er keuchend heraus.

Er atmete tief durch und drang in sie ein, wobei sie ihn so eng und so feucht umschloss, dass es ihn fast wie ein Schock traf – so als hätte er noch nie eine Frau gehabt. Das Gefühl, wie sie sich ihm entgegenpresste, wie ihre Brustspitzen sich unter seinen Berührungen weiter versteiften … solche Lust hatte er nie zuvor erfahren – *niemals zuvor*.

»Oh Gott!«, rief sie. »Das ist … das ist … es ist zu …«

»Ich *weiß*«, keuchte er, während der nächste Stoß ihn brutal schauern ließ. Als er sich zurückzog, umschloss ihr Fleisch seine Männlichkeit wie eine Faust, die nicht loslassen wollte. Er stand bereits kurz vor dem Höhepunkt. So verdammt lange war es her gewesen … Noch einmal bewegte er sich nach vorne, weil er sich ganz in ihr vergraben musste. Er stöhnte und wollte noch tiefer vordringen …

Plötzlich drückte sie die Hände auf seine Hüften. »*N-nein!*«

Verständnislos schüttelte er den Kopf und sah sie an. »Was ist? Was habe ich getan?«

»Sie müssen aufhören!«

»*Aufhören?*«, wiederholte er ungläubig. »*Damit aufhören?*« Auf keinen Fall würde er sich aus dem wonnigsten zierlichen Körper zurückziehen, den er je erlebt hatte – erst recht nicht nach drei Jahren Enthaltsamkeit. »Sie sind zu wundervoll … so eng.«

Hektisch versuchte sie, ihn von sich zu schieben. »B-bitte … Sie haben keine Ahnung … wie sehr das schmerzt.« Ein Schluchzen kam ihr über die Lippen.

Sofort erstarrte er in seiner Bewegung. »*Weinen* Sie?«

Ohne ihm zu antworten, drehte sie den Kopf zur Seite. Ethan stieß einen wüsten Fluch aus. Während sich Verstand und Verlangen in seinem Kopf heftig bekämpften, gelang es ihm doch irgendwie, sich Stück für Stück zurückzuziehen, obwohl er nur mühsam die Oberhand über seine Lust gewann. Das Schlimmste daran war, dass ihre Weiblichkeit ihm anscheinend diesen Rückzug gar nicht gestatten wollte.

Er musste seinem Körper zu verstehen geben, dass er nicht

weiter in sie eindringen konnte, um die so dringend benötigte Erfüllung zu erfahren. Dass er sich unwiderruflich von seinen höchsten Lustgefühlen verabschieden musste.

Zu spät! Kaum hatte er sich zurückgezogen, stöhnte er laut auf und verströmte sich hemmungslos. Er konnte nicht anders, als seine Hand zu Hilfe zu nehmen, um zu vollenden, was gegen seinen Willen begonnen hatte. Seine Stirn lag auf ihrer Brust, sein Mund war ihrer Knospe zu nahe, um sie nicht mit den Lippen zu umschließen und zu liebkosen. Währenddessen wollte sein Höhepunkt kein Ende nehmen, und er ergoss sich über ihren Schenkel und ihre Weiblichkeit, wobei sein Körper von einem lustvollen Schauder nach dem anderen durchgeschüttelt wurde.

Als er schließlich fertig war, ruhte er schwer auf ihr und atmete angestrengt, während er zu verstehen versuchte, was soeben geschehen war. Als er zu Anfang in sie eingedrungen war, da hatte er nur diese beinahe unangenehme Enge und sengende Hitze wahrgenommen, aber jetzt erinnerte er sich auf einmal an ein … ein Hindernis, das nur langsam nachgab.

Sie war Jungfrau! Zumindest war sie es bis eben gewesen.

Warum sollte sie so etwas tun? Warum sollte sie *ihm* ihre Unschuld schenken?

Auch wenn es zu einem so nicht geplanten Ende gekommen war, hatte er es doch als erstaunlich empfunden, sie zu nehmen. Er fühlte sich schwindelig, nahezu euphorisch, so wie er es sich vorstellte, wenn er die völlige Befriedigung erfuhr. Großer Gott, er fühlte sich tatsächlich befriedigt, so als hätte er etwas geleistet, das er schon immer hatte tun sollen, und sei nun über alle Maßen dafür belohnt worden. Und beim nächsten Mal würde es sogar noch besser sein.

Er stützte sich auf seine Ellbogen. »Ach, Mädchen, warum haben Sie es mir nicht gesagt?« Mit dem Daumen strich er über ihre Wange und bemerkte ihre Tränen. »Oh, jetzt weinen Sie doch nicht«, brachte er heraus und strich ihr die Haare aus der Stirn. »Ich wusste doch nichts davon.«

Maddy blinzelte wegen der Tränen in ihren Augen und bemerkte, wie seine Miene einen argwöhnischen Ausdruck annahm. Schließlich setzte er sich auf, sofort ging sie auf Abstand zu ihm. Die Bewegung ließ sie verkrampft einatmen, da der Schmerz zurückkehrte und sie erneut in Tränen ausbrechen musste. Während er seine Hose zuknöpfte, schlug sie ihre Röcke um und strich sie glatt. Ihr Zittern wollte nicht aufhören, da sie wusste, er hatte einfach weitergemacht, ohne auf ihre Rufe Rücksicht zu nehmen. Mindestens dreimal hatte sie ihn gebeten, er solle aufhören, doch er hatte nur die Augen geschlossen, als habe er sie nicht gehört oder als habe er den Verstand verloren. Hätte sie sich nicht gegen seine Hüften gestemmt … ein Schauer lief ihr über den Rücken.

»Ich fragte, warum Sie es mir nicht gesagt haben.«

Sie merkte ihm an, dass seine Verärgerung wuchs. Ja, sie hätte es ihm sagen sollen, und sie war auch im Begriff gewesen, es zu tun. Doch der Anblick und das Gefühl, ihre Hände auf seiner Brust ruhen zu lassen und zum ersten Mal den Körper eines Mannes spüren zu können, hatte sie abgelenkt. Mit zitternden Händen zog sie ihr Cape um sich, damit die geöffnete Corsage nicht zu sehen war. Dann griff sie nach ihrer Unterhose und den Handschuhen. »Ich wollte es …«

»Wollten Sie mir eine Falle stellen?«

»Eine Falle stellen? Wie meinen Sie das …«

»›Meine Gründe dafür sind meine Sache.‹ So lauteten Ihre Worte«, unterbrach er sie. »Ihre Gründe hatten etwas damit zu tun, mein Zuhause zu sehen.«

»Nein!«

»Sie haben sich den verkehrten Mann ausgesucht, *aingeal*«, höhnte er. »Mir ist es völlig gleich, wenn Sie jetzt entehrt sind.«

Ihm ist es völlig gleich? Entehrt?

»Ich werde mich nicht von Ihnen täuschen und beeinflussen lassen und Sie dann auch noch dafür belohnen. *Nichts* könnte mich dazu bringen, Sie zu heiraten.«

Unter Tränen flüsterte sie: »Ich wollte das doch gar nicht …«

»Verdammt, und warum haben Sie dann so schnell kapituliert? Ich musste mich anstrengen, um Sie zu nichts weiter als einem *Kuss* zu bewegen, und dann ganz plötzlich geben Sie in einer Droschke Ihre Tugend auf? Nachdem Sie mir auch noch erzählt haben, dass Sie auf der Suche nach einem reichen Ehemann sind?«

Verlegen wischte sie ihre Tränen weg. »Ich entschied mich dazu, weil mir klar wurde, dass ich gezwungen sein werde, einen anderen Mann zu heiraten.«

»Was zum Teufel soll denn das heißen?«

»Ich sagte Ihnen doch, ich hatte einen Heiratsantrag bekommen. Nachdem ich einem weiteren heiratsfähigen Mann begegnet war, der von Heirat nichts wissen wollte, kam ich zu der Einsicht, den einen Antrag annehmen zu müssen. Bevor ich jedoch einen Mann heiraten werde, den ich nicht begehre, wollte ich wissen, wie es ist, einen Mann zu lieben, den ich sehr wohl begehre.«

»Dann sieht es ja so aus, als hätte ich etwas genießen können, das einem anderen Mann gehört.« Er lachte bitter auf. »Und Sie planten auch, Ihren nichts ahnenden Verlobten in dem Glauben zu lassen, Sie seien nach wie vor unberührt? Und das noch vor der eigentlichen Heirat?«

»Solange ich zurückdenken kann, war dies das erste Mal, dass ich mich entschied, etwas zu bekommen, wonach *ich* mich sehnte.«

»Dann *geben Sie zu*, dass Sie es geplant haben? Unglaublich, dass ich gedacht habe, Sie seien anders als all die verlogenen Frauen, die mir begegnet sind.«

»Wie können Sie es wagen? Ich habe nicht versucht, Sie zu belügen oder zu täuschen. Ist es denn so unvorstellbar, dass ich Sie einfach *wollte*?« Gequält fügte sie dann aber an: »Auch wenn es mir jetzt ein Rätsel ist, wie ich jemals Verlangen nach Ihnen verspüren konnte.«

»Aber das haben Sie getan, und was passiert ist, ist passiert. Ein Zurück gibt es nicht, ganz gleich wie gedankenlos die Gebende – oder, Gott stehe Ihnen bei, der Empfänger – gehandelt hat.« Er band seine Maske los und warf sie auf den Boden, dann saß er reglos da und ließ sie nur die unversehrte Seite seines Gesichts sehen. In der Düsternis konnte sie sein kraftvolles, markantes Profil sehen. Die Bestie, die eben über sie hergefallen war, war ein schöner Mann. Er sprach kein Wort und sah auch nicht zu ihr. Es schien, als ringe er mit einer Entscheidung.

»Die Droschke gehört Ihnen«, sagte er schließlich in einem abfälligen Ton und warf ein paar Münzen auf die Bank.

Bei seinen Worten erstarrte sie. Das konnte doch alles nicht wahr sein. Jahrelang hatte sie ihre Unberührtheit gehütet und mit Händen und Füßen verteidigt, und dann vergeudete sie sie in einem wilden Augenblick der Gedankenlosigkeit an dieses Tier, an diesen Flegel.

Und im Gegenzug erhielt sie dafür nichts weiter als Schmerz und Demütigung.

Ihre berühmten Instinkte hatten ihr keinen guten Dienst erwiesen.

Mit der Faust schlug er gegen das Dach, und als die Kutsche daraufhin anhielt, drehte er sich ein Stück weit zu ihr um. »Ich werde ein oder zwei Wochen lang unterwegs sein. Danach werde ich zu Ihnen zurückkehren und entscheiden, was mit Ihnen geschehen wird.«

Sie bekam den Mund nicht mehr zu. »*Was mit mir geschehen wird?*« Wie wollte er sie denn wiederfinden? Sie trug nach wie vor ihre Maske, und ihren Namen wusste er auch nicht. Außerdem würde sie dafür sorgen, dass sie bei seiner Rückkehr London längst verlassen hatte. Der Gedanke, ihn niemals wiedersehen zu müssen, half ihr wenigstens für den Augenblick, ihre Tränen versiegen zu lassen.

Der Comte wäre ein besserer Liebhaber gewesen als der Schotte, denn schlechter als der konnte er gar nicht sein. Dankbar und bereitwillig würde sie zu Le Daex zurückkehren.

Als hätte er ihre Gedanken gelesen, sagte der Mann neben ihr auf der Bank: »Und, *aingeal,* kommen Sie lieber nicht auf die Idee, in der Zwischenzeit zu heiraten.«

Dann stieg er aus und warf die Tür zu. Sie hätte schwören können, dass er im gleichen Moment anfügte: »*Sonst mache ich Sie zur Witwe.*«

7

Als Ethan sich auf den Heimweg machte, tobten in seinem Kopf widerstreitende Gedanken, die sich alle um das Mädchen drehten.

Ihm war eines klargeworden: Wenn erst einmal das Problem Davis Grey gelöst war, konnte sie bereits mit dem Mann verheiratet sein, der ihr den Antrag gemacht hatte. Als er sich selbst die Frage stellte, warum ihn das kümmerte – verheiratete Frauen waren ihm schon immer lieber gewesen –, fiel ihm keine überzeugende Antwort ein. Ausgenommen die, dass er sie ganz allein zu seiner Verfügung haben wollte. Wäre sie verheiratet, dann könnte Ethan sie erst haben, *nachdem* ihr Ehemann zum Zuge gekommen war.

Und dieser Gedanke war unerträglich.

Er sagte sich, dass er nur deshalb so besitzergreifend dachte, weil er ihr die Unschuld genommen hatte. Heute Nacht war sie durch ihn zur Frau geworden, und auf eine sehr urtümliche Weise erfüllte ihn das mit Stolz. Ethan wollte nicht, dass ein anderer Mann sich zwischenzeitlich an ihr erfreute.

Jedoch gab es nur zwei Möglichkeiten, wie er sicherstellen konnte, dass niemand sonst sie haben würde – als seine Frau oder als seine Geliebte. Ersteres war völlig unmöglich, aber selbst die andere Alternative erschien ihm als eine viel zu große Verpflichtung.

Vergiss sie … Jetzt war keine Zeit, um über eine Frau nachzudenken.

Wenn Ethan in den nächsten Tagen nicht kaltblütig und ganz

auf seine Aufgabe konzentriert blieb, dann würde er selbst am Ende noch tot sein.

Vor seiner Sucht war Grey ein Mann mit untrüglichen Instinkten gewesen. Selbst im Griff des Opiums war es ihm gelungen, das Selbstmordkommando lebend zu überstehen, auf das ihn Edward Weyland sechs Monate zuvor geschickt hatte – und nach allem, was sie momentan wussten, war Grey immer noch kräftig genug, um dafür Rache zu üben.

Ethan hatte Quin versichert, Hugh komme mit der akuten Bedrohung zurecht. Doch heute Abend hatte Hugh Jane zum ersten Mal seit Jahren wiedergesehen, und Ethan musste beunruhigt zur Kenntnis nehmen, dass die Gefühle seines Bruders für sie auch nach so langer Zeit kein bisschen schwächer geworden waren. So konnte es nicht weitergehen. Einmal mehr würde er zum Eingreifen gezwungen sein.

Er kannte seine Schwächen nur zu gut, und er schwelgte in ihnen – er war egoistisch, gefühllos und gemein, und ihm fiel das Töten leicht. Das einzig Gute an ihm war, dass er sein Leben für seine Brüder gegeben hätte und dass er ihnen ein gewisses Maß an Glück zugestand.

Doch aus irgendeinem Grund wollten Hugh und Court immer mehr haben. Sie gaben sich nie zufrieden, wenn sie weniger hatten, als andere Männer zu Recht für sich erwarten konnten. Das Wissen darum, wie unglücklich sie beide waren, machte Ethan nachdenklich.

So wie er es vor Jahren schon einmal gemacht hatte, würde Ethan Hugh nun wieder vor Augen führen müssen, warum er Jane nicht haben konnte. Er freute sich keineswegs auf diese Predigt, weil er damit die Kluft zwischen seinem Bruder und ihm nur noch vertiefen würde. So wie zuvor würde Ethan auch jetzt wieder das Buch benutzen, das wie ein unheilvoller Schatten über seiner Familie lag.

Zu Hause angekommen, begab Ethan sich auf direktem Weg ins Arbeitszimmer und griff dort nach dem *Leabhar nan Sùil-radharc*, dem Buch des Schicksals. Vor langer Zeit hatte ein Wahrsager das Schicksal der nächsten zehn Generationen der MacCarricks vorhergesagt und seine Prophezeiungen im *Leabhar* niedergeschrieben. Alle Ereignisse, die er dort festgehalten hatte, waren Zeile für Zeile eingetreten.

Der Foliant war jahrhundertealt, aber erstaunlich gut erhalten, und von seinem Einband ging ein übernatürliches Licht aus. Die einzige Markierung, die das Buch je zurückbehalten hatte, war Blut auf der letzten Seite, die seinem Vater gewidmet war …

An Carrick X.
Drei finstere Söhne soll deine Gattin dir gebären.
Glück schenken sie, bis sie dieses Buch gelesen haben,
Diese Worte, bis ihr Blick den jungen Lebensfaden dir durchtrennt.
Qualvoll stirbst du im Wissen um den Fluch, der auf ihnen lastet.
Einsam sei ihre Wanderschaft, allein der Tod spende ihnen Schatten.

Niemals heiraten, niemals lieben, nie vertrauen – das sei ihr Schicksal.
Sterben sollst du, auf dass dein Same niemals Früchte trägt.
Tod und Verderben denen, die in ihren Sog geraten …

Es folgten noch zwei Zeilen, die nicht zu entziffern waren. Verschmiertes Blut hatte sie unleserlich gemacht.

Ethans Brüder glaubten der Prophezeiung und nahmen die

in diesen Zeilen enthaltene Warnung ernst. Sie richteten ihr Leben nach dem Buch aus, und Ethan ermutigte sie auch immer wieder dazu. Seine eigene Beziehung zu diesem Werk war dagegen … komplizierter.

Er wusste um die Macht des Buchs, die nahezu greifbar war und die die Niederschrift unzerstörbar machte. Hinzu kam die Tatsache, dass es viele Belege gab, die die Weissagungen stützten: Weder er noch einer seiner Brüder hatte ein Kind gezeugt, der Tod gehörte für jeden von ihnen zum Beruf, und zweimal hatte es Versuche gegeben zu heiraten – aber eine Verlobte war kurz darauf gestorben, und die andere kam nur knapp mit dem Leben davon.

Und so wie prophezeit, starb ihr geliebter Vater Leith an jenem Morgen, an dem seine Söhne diese Zeilen zum ersten Mal lasen.

Manches ließ sich als Zufall erklären. Eine geheim gehaltene oder unbekannte Krankheit mochte der Grund dafür sein, dass keiner der drei Brüder je Vater geworden war – auch wenn sie vor Jahren sehr wohl darauf gehofft hatten. Court war sogar auf den Gedanken gekommen, Ethan teile gerade deshalb mit so vielen Frauen das Bett. Vielleicht hatte sein Bruder damit recht – vielleicht war es Ethans Versuch gewesen, mit einer von ihnen ein Kind zu zeugen.

Und wie verhielt es sich damit, dass Ethans Verlobte in der Nacht vor der Hochzeit gestorben war?

Schenkte man den ihn umgebenden Gerüchten Glauben, hatte Ethan sie auf dem Dach des Familiensitzes Carrickliffe in eine Ecke getrieben und dann in die Tiefe gestürzt …

Ethan huldigte nicht dem Buch und erklärte es auch nicht zu seinem Glaubensbekenntnis, denn auf den drei Brüdern lastete sowieso schon ein Fluch – warum sollte er dann auch noch das *Leabhar* ins Spiel bringen? Ethan ließ sich von seiner

Vernunft leiten, und jeder, der einen Funken gesunden Menschenverstand besaß, musste zugeben, dass – ob Fluch oder kein Fluch – von Scharfschützen, Söldnern und noch übleren Gesellen besser nichts auf Unschuldige abfärbte.

Warum aber spielte er dann überhaupt mit dem Gedanken, sich morgen zu dieser Frau zu begeben?

Ist es denn so unvorstellbar, dass ich Sie einfach wollte?

Ethan lag immer noch wach im Bett, als der Morgen dämmerte, und starrte mit finsterer Miene zur Decke, während er jede Minute des vergangenen Abends noch einmal in Gedanken ablaufen ließ. Unverändert nagte der dringende Wunsch an ihm, die junge Frau wiederzusehen.

Ein Teil von ihm wollte sie einfach aus seinem Kopf verbannen, so wie ein anderer Teil von ihm gefordert hatte, dass er noch in der Nacht Quins Haus stürmte und sie von dort fortbrachte. Wieder regte sich in ihm das Bedürfnis, sie zu bekommen und zu besitzen. Er verstand es nicht, dass er sich nach ihr verzehrte wie nach keiner anderen Frauen vor ihr.

Ihm war seine Gleichgültigkeit noch gut im Gedächtnis, mit der er auf die attraktive Prostituierte reagiert hatte, die ihm ihre Brüste präsentiert hatte. Wenn er aber an den zarten, kleinen Busen des Mädchens dachte, den er mit seinen Händen bedeckt hielt, spürte er augenblicklich, welche Erregung seinen Körper erfasste. Zugegeben, er hatte sie eben erst gehabt, und die Erinnerung an sie war noch berauschend, dennoch bereitete ihm diese Reaktion Unbehagen.

Was, wenn sie die Einzige war, die eine solche Lust in ihm wecken konnte? Trotz des abrupten Endes war es eine unvergleichliche Erfahrung gewesen, die ihm den Verstand zu rauben drohte. Allein der Gedanke daran, wie er ihren bebenden Körper berührt hatte …

Was sollte sein, wenn er ohne sie niemals wieder ein solch brennendes Verlangen verspürte?

Doch diese junge Frau warf noch andere Fragen auf, die er beantwortet wissen wollte. Wenn sie unberührt gewesen war, warum reagierte sie dann nicht schockiert auf das, was sie auf dem Maskenball sah? Und wo war ihr beigebracht worden, einen Mann mit so viel Geschick anzufassen, wie sie es mit ihm gemacht hatte?

Und wodurch sollte er ihr den Eindruck vermittelt haben, dass er ehrbar genug sein würde, ihr wirklich einen Heiratsantrag zu machen, nachdem sie sich erst einmal mit ihm eingelassen hatte?

Ihn interessierte auch, warum seine Männlichkeit fast schmerzhaft erregt war, seit er diese Frau verlassen hatte. Er legte eine Hand um seine Erektion, hielt aber gleich wieder inne und zog leise fluchend die Hand zurück. Warum sollte er sich auf diese Art verströmen, wenn er es doch auch in ihrer Weiblichkeit tun konnte?

Es gab nur eine Lösung.

Ethan würde sie zu seiner Geliebten machen.

Mit einem resignierenden Seufzer erhob er sich von seinem Bett, um sich zu waschen und sich anzuziehen, fest entschlossen, noch an diesem Morgen mit ihr zu irgendeiner Übereinkunft zu gelangen. Als er mit der Rasur beginnen wollte, wurde ihm klar, dass sein Plan einige Probleme mit sich brachte.

Erstens: Wenn sie ihn tatsächlich nicht in eine Falle hatte locken wollen, dann würde sie auf seinen Vorwurf mit Entrüstung reagieren und seinen Vorschlag nicht annehmen.

Zweitens: Er hatte ihr letzte Nacht wehgetan. Ethan erinnerte sich nur zu deutlich an ihre Reaktionen, daran, wie sie sich unter ihm gewunden hatte, zunächst vor Begierde, doch dann … vor Schmerz.

Jetzt, da der Schleier der Nacht verblasst war, verstand er, dass er ihr große Schmerzen bereitet haben musste. Sie hatte ihn gebeten, sie langsam darauf vorzubereiten, aber er hatte sich nicht die Zeit genommen. Er war von dem Wunsch beseelt gewesen, zur Erfüllung zu kommen. Die pure Lust hatte ihn zu einem egoistischen Verhalten angetrieben. Obwohl sie so zart und zerbrechlich war, hatte er keine Rücksicht auf sie genommen.

Verdammt, dabei hatte er ihr weder wehtun noch sie zum Weinen bringen wollen.

Die Tränen einer Frau berührten ihn nicht, das war eine Tatsache, ein Teil jener Kaltherzigkeit, die andere seit seiner Jugend in ihm sahen. Warum nur machte es ihm dann etwas aus, sie in Tränen aufgelöst zu sehen?

Für einen winzigen Moment war er sogar bereit gewesen, ihr *alles* zu versprechen, was sie haben wollte, solange sie nur aufhörte zu weinen.

Mit geübten Bewegungen führte er die Rasierklinge um seine Narbe herum. Gab es noch weitere Hindernisse? Quin könnte die kleine Hexe etwas bedeuten. Oder Ethans Vorgesetzter Edward Weyland konnte sich einschalten. Die Eltern des Mädchens waren vermutlich edel, aber arm, reich an Grundbesitz und arm an Barvermögen, jedoch immer noch einflussreich, wenn sie die Weylands zu ihren Freunden zählten. Zwar konnte keiner von ihnen Ethan zwingen, sie zu heiraten, doch sie könnten ihn mit diesem Thema bis aufs Blut reizen.

Doch jeder hatte seinen Preis – dass sie nach einem reichen Ehemann Ausschau hielt, musste einen wichtigen Grund haben –, und Ethan hatte sie bereits entehrt. Vielleicht lasteten Schulden auf der Familie, oder eine Schwester benötigte eine Aussteuer. Ethan war bereit, ein Vermögen auszugeben, damit sie seine Geliebte wurde und seine Lust für eine Weile stillte. Anschließend würde er sie einfach vergessen. Ihm ging es nur darum, sie in einem Haus in seiner Nähe unterzubringen, um seine Bedürfnisse ohne große Mühe zu befriedigen, und im Gegenzug konnte er dafür sorgen, dass die Probleme ihrer Familien gelöst wurden.

Er führte die Klinge erneut über seine Wangen, dann starrte er in den Spiegel und wurde an das größte Hindernis erinnert, vor dem sein Plan stand.

Wenn ich ihr wieder gegenübertrete, werde ich keine Maske tragen. Zum ersten Mal seit vielen Jahren musterte er sein Spiegelbild ganz genau. Die Narbe war tief, zog sich über die gesamte Länge des rechten Wangenknochens und verlief dann weiter zur Nase hin mit einem scharfen Knick nach unten. Nadelstiche hatten zu beiden Seiten ein gleichmäßiges Muster hinterlassen. Egal wie er seine Miene verzog, die Haut wurde über die gesamte Länge der Narbe angespannt, bis sie sich weiß verfärbte.

Brymer hatte ganze Arbeit geleistet.

Als Van Rowen in jener Nacht seinen Fehler bemerkte, kam er in den Stall gerannt und musste sich übergeben, als er sah, was Brymer bereits mit Ethan angestellt hatte. Wie benommen bot Van Rowen ihm eine Entschädigung oder eine Vergeltung an seinem eigenen Körper an.

Aber damit wollte sich Ethan nicht begnügen, da er für ihn und seine Frau und erst recht für Brymer längst etwas anderes plante. Nach seiner Freilassung biss er einfach die Zähne zusammen und taumelte vor Schmerz halb blind zu seinem Pferd. Es war pure Willenskraft, die es ihm ermöglichte, erst noch Van Rowens Land zu verlassen, bevor er von seinem Pferd rutschte und zwei Tage lang bewusstlos in einem Graben liegen blieb.

Einige Monate später und noch bevor Ethan seinen Racheplan verwirklichen konnte, ließ sich Van Rowen betrunken in ein Duell verwickeln. Er drehte sich zu seinem Kontrahenten um, ohne seine Waffe zu ziehen und starb so den »Gentleman-Selbstmord«.

Was Sylvie anging, so sorgte Ethan dafür, dass sie ohne einen Penny zurückblieb, und in einem Elendsviertel würde dahinvegetieren müssen.

Aus einem unerfindlichen Grund verschonte er Tully, doch die Konfrontation hatte den Mann so sehr erschüttert, dass er die Gegend prompt verließ und vermutlich immer noch irgendwo ein Leben voller Angst führte.

Und Brymer? Ihn hatte Ethan ausgeweidet, nachdem er sich sicher gewesen war, dass sein vernarbtes Gesicht das Letzte war, was dieser Bastard zu Lebzeiten noch wahrnahm.

Vor dieser Narbe wäre Ethan für diese junge Frau einfach ideal gewesen, doch jetzt würde sie ihn wahrscheinlich auslachen, sobald sie ihn sah. Wie hatte sie sich noch gleich selbst bezeichnet? Als eine *Kennerin männlicher Schönheit*?

Ethan versuchte zu lächeln, doch das fühlte sich unangenehm an, und sogar er musste sagen, dass der Anblick abstoßend war. Von neuem Hass auf die Van Rowens erfasst, warf er die Rasierklinge wutentbrannt in die Waschschüssel.

8

Eine Stunde später – nach einem Zusammentreffen mit Hugh und einem weiteren Streit unter Brüdern – machte sich Ethan auf den Weg zu Quin. An diesem Morgen fiel ihm stärker als üblich auf, wie viele Leute ihn auf der Straße anstarrten. Als Antwort darauf warf er ihnen seinen bedrohlichsten Blick zu.

Bei Quins Haus angekommen, merkte er plötzlich, wie nervös er war. Verdammt, diese junge Frau würde ihm vermutlich ohnehin wegen seines gestrigen Verhaltens Vorwürfe machen, doch das sollte ihm egal sein, solange er mit ihr eine Einigung erzielte – zum Guten oder zum Schlechten.

Quin machte eine finstere Miene, als Ethan ohne Einladung oder Voranmeldung in sein Arbeitszimmer marschiert kam. »Na, wunderbar, dann habe ich ja noch einen MacCarrick am Hals. Heute Morgen musste ich schon eingreifen, weil dein Bruder wegen Jane mit einem Mann Streit angefangen hatte.«

»Ich bin Hugh erst vor Kurzem begegnet, aber von einer Auseinandersetzung hat er nichts erwähnt.« *So viel zum Thema, sie aus der Ferne und heimlich zu verehren, Hugh!*

»Als Auseinandersetzung würde ich es auch nicht unbedingt bezeichnen, weil das bedeuten würde, dass der andere Mann die gleichen Interessen verfolgte«, räumte Quin ein. »Ich muss wohl nicht noch betonen, dass Jane Hugh nach dessen Wutausbruch lieber meiden möchte, ganz zu schweigen davon, mit ihm unterzutauchen.«

Untertauchen. Genau darum war es bei Ethans Gespräch mit seinem Bruder gegangen, der sich dazu bereit erklärt hatte, Jane aus der Stadt zu bringen – nur er und Jane, ohne weitere Begleitung. *Das kann nicht gut gehen …*

»Was willst du eigentlich hier?«, wollte Quin wissen. »Ich dachte, du spürst Grey auf.«

»Ich habe gestern Abend seine Stammkneipen nach ihm abgesucht, aber ich glaube, er ist noch nicht in London angekommen.«

»Und was willst du dann?«

»Mit dem Mädchen reden, das bei deinen Schwestern zu Besuch ist.«

»Madeleine? Geht es um Grey? Woher soll sie etwas wissen?«

Madeleine. Ihm gefiel der Name, doch als eine ferne Erinnerung sich zu regen begann, stutzte er. »Es hat nichts mit Grey zu tun. Es ist … etwas Persönliches.«

»Was zum Teufel willst du denn mit ihr zu bereden haben? Woher kennst du sie überhaupt?«

»Ich bin ihr gestern auf dem Maskenball begegnet.«

»Und ich hatte mich bereits gefragt, wer ihr solche Angst eingejagt hat!« Quin stand auf und ging zum Fenster. »Ich hätte wissen müssen, dass nur *ein* Mann in London ein armes Kind derart terrorisieren kann.«

»Terrorisieren? Oh ja, ein so süßes, unschuldiges Mädchen. Wusstest du, dass sie versucht hat, dich in eine Ehe zu locken?«

Quin drehte sich zu ihm um. »Ich ahnte so etwas bereits, als sie sagte, sie habe seit ihrer Kindheit davon geträumt, meine Frau zu sein, und als sie mich dann fragte, ob ich mir wohl jemals vorstellen könnte, sie zu heiraten. So etwas Hinterlistiges. Wie kann sie nachts nur ruhig schlafen?«

Indem sie davon träumt, Quin zu ehelichen. Ethan presste die Lippen aufeinander und verspürte plötzlich den Wunsch, in Quins makelloses Gesicht zu schlagen.

»Ich sage dir was, MacCarrick. Ich habe es in Erwägung gezogen. Sie ist verschlossen, nicht immer ehrlich und außerordentlich um das Finanzielle besorgt, aber sie ist auch freundlich, liebreizend und intelligent. Jeder Mann könnte stolz darauf sein, sie zur Frau zu haben.«

»Und warum hast du sie dann nicht geheiratet?«

»Das weißt du ganz genau.« Quins Rolle im Netzwerk erforderte von ihm, Frauen zu verführen und durch die Welt zu reisen, um das zu tun. »Außerdem hat sie bereits einen Heiratsantrag erhalten«, fuhr er fort, während er zum Schreibtisch zurückging und sich wieder hinsetzte. »Sie wird diesen Antrag in Kürze annehmen.«

Den Teufel würde sie tun. »Von wem?«

»Glaubst du, das werde ich dir sagen?«

»Du weißt, ich kann diese Information innerhalb eines Tages in Erfahrung bringen.« Ethans Aufgabe war es nicht nur, Aufträge zu übernehmen, von denen sonst niemand etwas wissen wollte. Er handelte auch mit Informationen.

»Warum interessiert dich das so sehr? Sie ist eine Lady und eine Jungfrau, keine von deinen üblichen abgestumpften Huren.«

»*Willst* du, dass ich dir eine runterhaue?«

»Halt dich einfach von ihr fern, MacCarrick. Ich weiß nicht, was ihr auf dem Maskenball Schreckliches widerfahren ist – sie wollte nicht einmal mit Claudia darüber reden –, aber als ich ihr heute Morgen begegnete, da sah sie aus, als hätte sie die ganze Nacht geweint.«

Die *ganze* Nacht? War es etwa *so schlimm* gewesen? »Aye, Quin, es ist etwas Schreckliches geschehen. Sie hat den Versuch unternommen, mich dazu zu bringen, dass ich sie heirate. Ein Versuch, der fehlgeschlagen ist.«

»Damit du sie heiratest?« Quin stieß ein raues Gelächter aus.

»Du hast vielleicht Nerven. Die Kleine ist absolut reizend. Oh ja, das hat sie sich wohl eindeutig von dir erhofft, weshalb sie auch London am Morgen fluchtartig verlassen hat.«

Ethan erstarrte vor Schreck. »Was sagst du da?«

»Sie ist weg. Sie konnte gar nicht schnell genug von hier verschwinden.«

Gottverdammt! Ethan würde erst Grey töten müssen, bevor er ihr nachreisen konnte. »Sag mir, wie sie heißt und wo ich sie finden kann.« Er kam um den Schreibtisch herum, woraufhin Quin alarmiert aufsprang.

»Und sie dem Wolf zum Fraß vorwerfen? Ich weiß nicht, warum du auf einmal ein solches Interesse an einem wohlerzogenen Mädchen hast, das auch noch eine Freundin meiner Schwester ist, aber diese Informationen wirst du von mir nicht bekommen.«

»Sie hat in der Angelegenheit nicht mehr viel mitzureden, immerhin habe ich ihr letzte Nacht ihre Unschuld genommen.«

Quin riss die Augen auf, im gleichen Moment machte er einen Satz auf Ethan zu, um ihm einen Fausthieb zu verpassen, doch Ethan war schneller, packte Quins Hand und drückte sie brutal zusammen. »Spiel keine Spielchen mit mir, Quin. Meine Geduld ist bald am Ende.«

»Ethan, ich weiß, du hast mit Moral nicht viel am Hut. Aber ich hätte nicht erwartet, dass du eine junge Frau verderben würdest, die zehn Jahre jünger ist als du.« Als Ethan ihn losließ, sank Quin zurück auf seinen Stuhl und schüttelte seine Hand, damit er wieder Gefühl darin bekam. »Mein Gott, sie ist entehrt. Ich weiß, du wirst nicht das tun, was ein ehrbarer Mann machen würde, und ihr Verlobter wird sie nun nicht mehr haben wollen. Ich muss ihr sofort einen Antrag machen.«

»Halt dich von ihr fern«, fuhr Ethan ihn an. »Sie gehört mir!« Als Quin etwas dagegen einwenden wollte, brachte Ethan es für ihn auf eine einfache Formel: »Wenn du sie heiratest, werde ich dich umbringen.«

»Du weißt ja nicht mal, wer sie ist!«, gab Quin zurück. »Und du willst sie doch gar nicht heiraten.«

»Das ist richtig.«

»Und was willst du dann von mir? Was hast du mit ihr vor?«

»Nachdem ich Grey aus dem Weg geräumt habe, werde ich mir darüber Gedanken machen. Ich muss mich aufmachen, um das Leben deiner Cousine zu retten, deshalb dürfte dir klar sein, wieso die Zeit eine wichtige Rolle spielt.« Was mit Jane geschah, wäre Ethan eigentlich egal gewesen, aber sein Bruder war so über alle Maßen in sie verliebt, dass er am Boden zerstört sein würde, sollte sie ums Leben kommen. »Je eher ich mich darauf konzentrieren kann, Grey zu töten, umso besser wird es für alle Beteiligten sein. Also sag mir ihren Namen, und dann unterhalten wir uns über ihren Verlobten.«

Aufmerksam musterte Quin sein Gegenüber, dann kam ihm die Erkenntnis. »Die kleine Madeleine hat's dir angetan, wie? Sie hat diese Art an sich. Ich wusste, ich musste mich vor ihr in Acht nehmen, aber du … du warst von ihr vermutlich geblendet.« Er nickte und grinste herablassend. »Ich werde dir die Informationen geben, weil Grey um jeden Preis aufgehalten werden muss. Und leider ruhen all unsere Hoffnungen auf dir. Aber ich tue es auch, weil du es auf diesem Gebiet nicht mit ihr aufnehmen kannst. Sie wird dafür sorgen, dass du nicht mehr weißt, wo vorn und hinten ist.«

Ethan lachte humorlos auf. »Ist das wahr?«

Quin sah ihm in die Augen. »Ethan, ich könnte dich fast bedauern.«

»Sag mir einfach ihren verdammten Namen.«

»Also gut. Ihr Name ist Madeleine Van Rowen.«

9

Schüsse, Schreie und das Geräusch von berstendem Glas.

Maddy seufzte; La Marais hatte sie wieder. *Home sweet home ...*

Obwohl Dover und Calais nur zwanzig Meilen voneinander entfernt lagen, war die Überfahrt über den Kanal üblicherweise eine strapaziöse Angelegenheit, und diese Rückreise hatte keine Ausnahme gebildet. Die meiste Zeit hatte der kleine Dampfer – eine schwimmende Nussschale voll mit Erbrochenem und in erstickenden Kohlenqualm gehüllt – gegen tückische Strömungen und tosende Wellen ankämpfen müssen.

Und während der Zugfahrt nach Paris im Wagen der dritten Klasse war sie von Bergarbeitern und grellbunt gekleideten Halunken begafft und beinahe ausgeraubt worden. Aus einem unerklärlichen Grund schlief sie auf Zugfahrten jedes Mal innerhalb von Sekunden ein, wenn sie sich nicht zum Wachbleiben zwang.

Obwohl sie nur zu gut wusste, dass die Mitreisenden sie bestehlen würden, war sie in ihr vertrautes Muster verfallen: Die Augenlider waren ihr schwer geworden und sie hatte zu blinzeln begonnen, um irgendwann hochzuschrecken, als hätte einer dieser Hypnotiseure aus dem Varieté ihr etwas ins Ohr geflüstert. Zum Glück war sie dieses Mal unbeschadet davongekommen, doch wie üblich nach einer Fahrt mit dem Zug fühlte sie sich so erschöpft und müde, als befände sie sich in einer Art Starre.

Und nachdem sie diese mühselige, zermürbende Reise hinter sich gebracht hatte, erwartete sie zur Belohnung … La Marais.

Ihre Droschke blieb mit einem heftigen Ruck vor dem alten Mietshaus stehen. Vor Jahrhunderten war diese Gegend der Tummelplatz von Königen gewesen, und im siebzehnten Jahrhundert hatte das hoch aufragende Haus mit dem Schieferdach vermutlich einem Lord gehört. Inzwischen war es jedoch in zahllose kleine, billige Mietwohnungen aufgeteilt worden, und wie im gesamten Viertel nagte der Zahn der Zeit auch an dem sichtlich heruntergekommenen Haus.

Kaum war sie aus der Kutsche gestiegen, hörte Maddy auch schon die lauten Stimmen ihrer zwei Erzrivalinnen, den Schwestern Odette und Berthé Crenate, die sie in ihrem unverkennbaren, von einem breiten Akzent geprägten Tonfall auf ihre Weise begrüßten.

»Die hochwohlgeborene Miss Madeleine ist zurück«, rief Odette von der anderen Straßenseite herüber, wo sie vor ihrem Haus auf der Treppe saß. Sie hob die Hand und prüfte den Sitz ihres tizianrot gefärbten Haars. »Und dazu noch in einer Droschke. Für den Omnibus ist sie sich ja wohl zu fein.«

Als der Fahrer Maddys Reisetruhe vom Kutschendach gehievt und auf der Straße abgestellt hatte, gab auch Berthé ihren Kommentar dazu. »Passen Sie lieber auf, sonst überredet sie Sie noch dazu, ihr das Gepäck nach oben zu bringen – und sie wohnt im sechsten Stock.«

Maddy warf den Schwestern einen wütenden Blick zu. Die beiden liebten es, sich darüber lustig zu machen, wie sie wohnte. In Paris waren die obersten Stockwerke den Ärmsten der Armen vorbehalten, und in Maddys Haus gab es nur sechs Stockwerke.

»Im sechsten Stock?«, fragte der Mann verwundert, während er ihr die Hand hinhielt. Nachdem Maddy ihn bezahlt hatte, fuhr er ab, ohne sie noch eines Blickes zu würdigen.

Großartig. Jetzt musste sie diese Truhe einhundertzwei Stufen nach oben schaffen, und das in einem unbeleuchteten Treppenhaus.

»*La gamine* ist für ihren Job wie geschaffen«, meinte Odette amüsiert.

Maddy erstarrte in ihrer Bewegung und ballte die Fäuste. Sie hasste es, wenn die beiden sie so nannten: *la gamine* – das Straßenmädchen. Eben war sie im Begriff, den beiden die Meinung zu sagen, da hörte Maddy hinter sich eine Stimme. »Berthé, Odette, haltet gefälligst den Mund.« Als Maddy sich umdrehte, sah sie ihre Freundin Corrine das düstere Gebäude verlassen und die Freitreppe hinuntergehen. Corrine kam wie sie aus England und war für Maddy wie eine Mutter. Als sie vor vielen Jahren nicht gewusst hatte, wohin sie gehen sollte, war sie von Corrine aufgenommen worden.

Corrine nahm den Griff an einem Ende der Truhe in die Hand und warf Maddy einen auffordernden Blick zu, damit sie mit anpackte. Mit einem Seufzer fasste Maddy auf ihrer Seite nach dem Griff, und gemeinsam machten sie einen Bogen um die harmlosen Säufer, die auf den Stufen vor dem Haus dösten. Sie betraten das einem Tunnel ähnelnde Treppenhaus mit seinen abgetretenen Stufen, auf denen Maddy in völliger Dunkelheit so oft nach oben und unten gegangen war, dass sie sich nicht einmal an dem Seil festhalten musste, das als Geländer herhielt.

Als sie den sechsten Stock erreicht hatten und die Truhe abstellten, öffnete Veilchen-Beatrix aus der Wohnung direkt gegenüber die Tür. Sie hatte das Knarren der Bretter des Treppenabsatzes gehört und hoffte, dass entweder Maddy oder Corrine auf dem Weg nach draußen waren und ihr etwas mitbringen würden – vorzugsweise Kaffee, Croissants und Zigaretten –, damit sie nicht mehr als zweimal am Tag die Treppe benutzen musste.

Bea war eine Prostituierte, die in La Marais jeder nur als Bea, die Hure kannte. Maddy empfand diesen Spitznamen als beleidigend, zumal er völlig überflüssig war, da die meisten Frauen im Viertel ihren Körper verkauften – auch Berthé und Odette von gegenüber.

Maddy hatte begonnen, sie wegen ihrer veilchenblauen Augen Veilchen-Bea zu nennen, doch das hatte sich auf eine unheimliche Weise als prophetisch erwiesen. Maurice, der Mann, in den Bea verliebt war, besaß die hässliche Angewohnheit, ihr von Zeit zu Zeit ein blaues Auge zu verpassen, was gemeinhin auch als Veilchen bezeichnet wurde. Auch jetzt hatte sie ein solches blaues Auge.

»Wie ist es dir ergangen, Maddée?«, fragte Bea atemlos. »War deine Reise erfolgreich?«

Maddy war schmutzig und erschöpft – und wieder zu Hause. Ihr war also anzusehen, dass die Antwort eigentlich *nein* lauten musste. Allerdings war Bea von schlichtem Gemüt und manchmal etwas schwer von Begriff. »Es war ein Fehlschlag. Ich hatte euch ja gesagt, dass er vermutlich kein Interesse an mir haben wird.« Sie nahm das Schlüsselband ab, das sie für gewöhnlich um den Hals trug, und schloss die Tür zu ihrer farbenfrohen Wohnung auf. Müde ging sie durch das Zimmer und ließ sich auf das Bett fallen. »Es war in jeder Hinsicht ein Debakel«, murmelte sie.

Corrine setzte sich zu ihr und tätschelte ihre Schulter. »Lass uns einen Tee trinken«, schlug sie vor. »Dann kannst du uns alles erzählen.«

Sie sollte von ihrer verheerenden Reise erzählen? Nun, was würde es schon ausmachen? Schlechter als jetzt konnte sich

Maddy gar nicht fühlen. »Also gut, dann machen wir uns Tee, viel Tee.«

Nachdem das Wasser aufgesetzt war und ihre Freundinnen damit begonnen hatten, all die prachtvollen Kleider auszupacken, die sie bald würde verkaufen müssen, zog Maddy die scharlachroten Flanellvorhänge auf, um das Flügelfenster zu ihrem Balkon zu öffnen.

Insgeheim war sie stolz auf ihr Zuhause, und ihr gefiel, was sie trotz der begrenzten Mittel daraus hatte machen können. Um den abbröckelnden Verputz zu verdecken, hatte sie eine Collage aus Theater- und Opernplakaten an die Wände gehängt. Das ganze Zimmer wurde beherrscht von prächtigen Stoffen, was sie einer Freundin beim Theater zu verdanken hatte, die sie immer informierte, wenn eine Theatergesellschaft sich von Requisiten und anderen Dingen trennte. Maddy war stets vor den Lumpensammlern dort, um für sich das Beste herauszusuchen.

Auf dem winzigen Balkon wuchs Efeu in Blechdosen, und die Petunien blühten noch. Chat Noir, eine wankelmütige, auf den Dächern beheimatete Katze, die niemandem gehörte, hatte es sich auf Maddys Balkon gemütlich gemacht und sich in die Sonne gelegt. Eine leichte Brise brachte das hölzerne Windspiel in Bewegung. Maddy lebte nicht nur im sechsten Stock, weil sie arm war. Vielmehr stieg auch der säuerliche Gestank, der sich hartnäckig in den Straßen hielt, nie so weit nach oben, und von ihrem Fenster aus konnte sie zudem über ein Meer aus Dächern und Schornsteinen bis hinauf nach Montmartre sehen.

Als sie sich zum Zimmer umwandte, fiel ein Sonnenstrahl auf Beas Gesicht. »Maurice oder ein Freier?«, fragte Maddy und zeigte auf das zugeschwollene Auge.

»Maurice. Er kann so wütend werden.« Bea seufzte. »Ich wünschte, ich würde ihm nicht ständig Ärger machen.«

Corrine und Maddy schnaubten verächtlich, und Maddy bückte sich, um ihre Schuhe nach Bea zu werfen. Diese Frau ließ sich einfach nicht davon überzeugen, dass sie etwas Besseres verdiente. Sie war lieb und reizend, aber sie wollte nicht glauben, dass irgendwo da draußen ein Mann auf sie wartete, der sie nicht so schlecht behandeln würde wie Maurice.

Es lag an diesem Viertel, dass Menschen wie Bea zu einer solchen Einstellung gebracht wurden. Hier herrschte die Überzeugung, dass selbst die elendste persönliche Situation immer noch schlechter werden konnte – vom Regen in die Traufe. Vor allem, wenn jemand sich traute, nach Höherem zu streben.

»Am besten akzeptiert man sein Los«, sagten die Leute in La Marais, was Maddy insgeheim mit »Das Glück ist mit den Mutigen« beantwortete.

Aber für Maddy hatte sich das diesmal nicht bewahrheitet …

Als der Tee fertig war, begaben sie sich auf den Balkon, wo sie sich auf umgedrehte Milchkisten setzten und aus bunt zusammengewürfelten Tassen tranken. Chat Noir gestattete es Maddy, dass sie ihn hochnahm und auf ihren Schoß legte. Unwillkürlich musste sie lächeln, als sie beim Streicheln bemerkte, wie heiß sein Fell in der Sonne geworden war.

»Ich dachte, er wäre über Kreuz mit dir«, meinte Bea und deutete mit einer Kopfbewegung auf den großen Kater.

»Das war er auch. Er ließ mich wochenlang im Stich.« Dabei hatte sie ihm nur erklärt, dass sie ganz gewiss nicht diejenige war, die er als sein Frauchen haben wollte. Er konnte etwas Besseres finden, vielleicht sogar jemanden, der es sich leisten konnte, ihm nicht nur Apfelgehäuse zu fressen zu geben.

Sie streckte die Beine in Richtung des eisernen Geländers aus und dachte darüber nach, wie sehr ihr die Kameradschaft gefehlt hatte, die sie mit diesen beiden Frauen verband.

Maddy hatte es bei Claudia und den Weyland-Frauen gut

gefallen, doch es hatte nur wenige Gemeinsamkeiten gegeben. Bea, Corrine und Maddy hatten dagegen das gleiche Schicksal – jede mit einer eigenen traurigen Vergangenheit.

So wie Maddy war auch Bea in jungen Jahren nach La Marais gekommen. Ihre Mutter war mit einem armen Soldaten verheiratet gewesen und war ihm mit Bea im Schlepp unablässig nachgereist. Bis zum heutigen Tag wachte Bea morgens schon bei Sonnenaufgang auf, und wenn sie Trommeln hörte, dann schlug ihr das jedes Mal aufs Gemüt. Ihr Überleben und das ihrer Mutter hing einzig davon ab, dass dieser Soldat am Leben blieb. Bis zu Beas zwölftem Lebensjahr war das auch gelungen, doch dann verloren sie mit einem Schlag alles, was sie hatten.

Corrine – die gebildete Tochter eines englischen Geistlichen – hatte mit sechzehn einen exzentrischen französischen Schneider geheiratet, der auf seiner Reise durch ihre Heimatstadt gekommen war. »Ich bin Schneider, mir gehört ein Geschäft«, hatte er zu ihr gesagt, was in Wahrheit so viel bedeutet hatte wie: »Ich wohne vier Stockwerke über einem Geschäft, ich verdiene mein Geld, indem ich Segeltuch nähe, und jeden Centime, den ich verdiene, gebe ich für Gin aus.«

Seitdem hatte Corrine noch zweimal geheiratet, wobei jeder der Ehemänner die Messlatte in Bezug auf Gleichgültigkeit und Faulheit höher gelegt hatte. Ersteres konnte sie noch dulden, Letzteres dagegen ertrug sie überhaupt nicht. Ihre Arbeitsmoral war äußerst bemerkenswert. Obwohl sie außer einer kleinen Rente die Mieteinnahmen nur für den sechsten Stock erhielt, betrachtete sie das ganze Gebäude als ihre persönliche Aufgabe und rieb sich im Kampf gegen den ständigen Verfall regelrecht auf. Doch es war eine Schlacht, die sie nicht gewinnen konnte. Besen, Scheuerlappen und Arbeit, die nie aufhörte, richteten so gut wie nichts gegen die Zeit und die jahrelange Vernachlässigung aus.

»Bist du jetzt ausgeruht genug, Maddée?«, fragte Bea. »Willst du uns nun erzählen, was mit deinem Engländer passiert ist?«

Maddy hatte ihre Tasse erst zur Hälfte ausgetrunken, also entschied sie sich für eine knappe Zusammenfassung. »Ich reiste nach London, ich flirtete mit ihm und schmeichelte ihm, aber er hat sich auf nichts eingelassen. Erst recht nicht auf mich – so wie ich es auch vermutet hatte«, fügte sie spitz hinzu, da die beiden sie zu dieser Reise gedrängt hatten. Maddy dagegen war von Anfang an von einem Misserfolg überzeugt gewesen, hatte sie eine gemeinsame Zukunft mit Quin für schlicht undenkbar gehalten. Der gesunde Menschenverstand hatte ihr gesagt, dass ein reicher und gebildeter Mann wie Quin sich niemals mit ihr einlassen würde, war sie doch ungebildet und lebte in der Gosse. »Vorgestern Abend hat er mir dann gesagt, dass er kein Mann ist, der für die Ehe zu begeistern ist.«

»Ich hasse es, wenn sie so was sagen«, sagte Bea leise, und Corrine hob zustimmend ihre Tasse.

Obwohl Maddy gedacht hatte, die Erinnerung an den Schotten könnte noch zu schmerzhaft sein, hörte sie sich plötzlich sagen: »Aber da war noch ein anderer Mann.«

»Und?«, hakte Corrine prompt nach.

»Ein großer, starker Highlander, dem ich auf einem Maskenball begegnete. Zwischen uns war diese … diese Anziehung. Eine sehr starke Anziehung, wie ich glaubte.« Seit jenem Abend hatte sie unentwegt an ihn denken müssen, ganz gleich wie sehr sie sich auch bemühte, ihn aus ihrem Kopf zu verdrängen. »Und ich weiß nicht mal, wie er heißt.«

»*Le coup de foudre.*« Bea nickte nachdrücklich.

»Liebe auf den ersten Blick?« Maddy konnte nur humorlos lachen. »Das dachte ich auch. Und nach ein paar Gläsern von der starken Bowle und seinen sündigen Küssen *wusste* ich es sogar.«

Beas Augen leuchteten auf. »Oh, Maddée, du hast dir endlich einen Liebhaber genommen, richtig?«

Seufzend berichtete Maddy, was sich zugetragen hatte, dann endete sie mit den Worten: »... und schließlich warf er mir ein paar Münzen hin, als sei ich ein lästiges Problem, das gelöst werden musste. Dann ließ er mich in der Droschke sitzen.«

»So schmerzhaft wird es beim nächsten Mal nicht sein«, versicherte Bea ihr. »Beim ersten Mal ist es immer am Schlimmsten, und wenn er *très viril* war ...«

Maddy wusste, es würde so sein, wie Bea sagte. Dennoch fürchtete sie sich vor ihrer nächsten Erfahrung – auch wenn sie mit Gewissheit sagen konnte, dass sie die nicht mit einem *très viril* Mann machen würde. »Auf der Rückfahrt hierher habe ich entschieden, dass es nicht schlimm ist, falls ich niemals mit einem anderen Mann zusammen sein werde.« Mit gespielter Gleichgültigkeit hob Maddy den Kopf an, um die Sonne auf ihr Gesicht scheinen zu lassen. Sie wusste, sie beschwor damit Sommersprossen herauf, doch es kümmerte sie nicht. »Er hat sich letztlich als Schuft entpuppt. Selbst wenn er mich auf Knien anflehen würde, ihn zu heiraten, würde ich ihn nicht wollen.«

»Was hat dein Instinkt dir denn gesagt?«, fragte Corrine. »Wenn er ein so schrecklicher Mann war, hätte er dich doch warnen müssen.«

»Mein Instinkt ... er hat mir gesagt, dass er gut ist.« Ihr entging nicht der Blick, den Bea und Corrine sich zuwarfen. Letztere vermietete nie ein Zimmer an einen Mann, den Maddy nicht guthieß.

»Warum hast du nicht deinen Freundinnen in London von deiner misslichen Lage erzählt?«, wunderte sich Corrine.

»Daran hatte ich auch gedacht. Ich hatte mir schon zurechtgelegt, wie ich bei Tee und Gebäck die Rede darauf bringen könnte. Ich hätte so angefangen: ›Nun, die Sache ist die … nach Papas Tod ist meine Mutter nicht mit mir nach Paris gezogen, weil sie ihre Geburtsstadt so sehr vermisste. In Wahrheit sind wir bei Nacht und Nebel vor unseren Gläubigern geflohen. Nach einem Jahr im Elendsviertel heiratete sie einen reichen Mann namens Guillaume, und eine Weile wohnten wir in einem vornehmen Pariser Viertel. Ihr glaubt, dass ich immer noch dort lebe, aber so ist es nicht. Weder wohne ich dort, noch bin ich vermögend. Ich gebe dem Dienstmädchen dort etwas Geld, damit es meine Post für mich aufbewahrt und möglichen Besuchern weismacht, ich sei auf Reisen.‹«

Sie hielt kurz inne, dann fuhr sie fort: »Als Nächstes käme dann mein Geständnis: ›Sylvie ist vor einigen Jahren gestorben, und mein geiziger *Onkel* Guillaume hat mich aus dem Haus geworfen. In Wahrheit führe ich jetzt in einem Elendsviertel ein Leben inmitten von Gefahr und Dreck. Ich bin eine Vollwaise, aber keine, die ein Vermögen geerbt hat, sondern eine, die nichts besitzt. Weil ich nicht genug Geld für die Kleider und den falschen Schmuck stehlen konnte, die ich brauchte, um mir Quin angeln zu können, musste ich mich bei einem Geldverleiher verschulden, der mir mit Vergnügen den Arm brechen wird, wenn ich eine Rate zu spät zurückzahle.‹«

Corrine schürzte die Lippen und rümpfte die Nase. »Nun, wenn du es so darstellst …«

»Oh, Maddée«, meinte Bea. »*C'est deplorable!*«

Als würden Maddys dramatische Ausführungen ihn langweilen, gähnte Chat Noir und sprang von ihrem Schoß aufs Geländer. Während sie ihm nachsah, wie er balancierend davonging, erregte eine Bewegung unten auf der Straße ihre Aufmerksamkeit. Zwei stämmige Männer kamen auf das Haus zu und blieben davor stehen. »Sind das Toumards Leute?«, fragte Maddy, ohne die Freundinnen anzusehen. »Wer außer mir wäre auch so dumm, sich ausgerechnet mit Toumard einzulassen?«

Sie hatte sich sehr viel Geld geliehen, weitaus mehr, als sie in einem Jahr durch gelegentliche Zigarettenverkäufe, als Bedienung in dem einen oder anderen Café, Pferdewetten oder durch Taschendiebstähle zusammenbrachte. Als sie sich zu ihren Freundinnen umdrehte, bemerkte sie deren betretene Mienen. »Was ist los?«, fragte Maddy. »Nun redet schon. Mein Tag kann unmöglich noch schlechter werden, als er es längst ist.«

»Dann lass uns reingehen, damit sie uns nicht entdecken«, sagte Corrine. Sie nahmen die Milchkisten und zogen sich in die Wohnung zurück. »Maddy, Schatz, diese Kerle waren gestern auch schon hier. Sie suchten nach dir und verlangten, ins Haus gelassen zu werden. Die Tür ist jetzt ständig abgeschlossen.«

»Und ich werde nur noch Stammkunden empfangen«, fügte Bea ernst hinzu.

»Sie waren schon gestern hier?« Maddy rieb sich die Stirn. »Aber ich bin noch gar nicht in Verzug.«

»Sie sagten, Toumard habe die Zinssätze erhöht. Die Zinsen steigen mit jeder weiteren Woche.«

Maddy ließ sich auf ihr Bett sinken. »Wieso das?«

»Du weißt, wie schnell sich hier Gerüchte verbreiten«, antwortete Corrine. »Du hast dich für neue Kleidung in Schulden gestürzt, und dann hast du die Stadt verlassen. Jeder dachte sich, da wird was Großes passieren. Berthé und Odette werden es ihm vermutlich erzählt haben, und er möglicherweise versucht er jetzt, von deinem Erfolg zu profitieren.«

Auch nachdem Corrine diese Neuigkeit berichtet hatte, stand sie immer noch da und rang ihre von Lauge zerfressenen

Hände. Beatrix betrachtete derweil mit besonderem Interesse ihre angeschlagene Tasse.

»Was ist noch?« Maddy zwang sich zu einem Lächeln. »Ich werde es verkraften.« Irgendwie würde sie einen Weg finden, auch mit noch mehr schlechten Neuigkeiten zurechtzukommen. Irgendwie war ihr das bisher immer gelungen.

Zögerlich setzte Corrine zum Reden an. »Es könnte sein, dass Toumard einen anderen Plan verfolgt. Möglicherweise ist er gar nicht darauf aus, sein Geld zurückzubekommen.«

Maddy musste schlucken. Ihr war bekannt, dass Berthé und Odette auf diese Weise in den Beruf geraten waren, den sie derzeit ausübten. Als Barmädchen hatten sie beide Schulden angehäuft, doch anstatt ihnen Gewalt anzutun, ließ Toumard sie unter seiner Aufsicht in ein für ihn lukratives Gewerbe einsteigen.

Corrine stellte ihre Tasse weg. »Wenn wir das Geld nicht zusammenbekommen …«

»Maddée wird fliehen müssen«, warf Bea mit Tränen in den Augen ein.

»Nein, Bea, nein«, versicherte Maddy ihr hastig. »*Maddée* wird nicht fliehen. Ich habe das hier alles unter Kontrolle, denn ich werde den Comte heiraten.«

Le Daex war das einzige Vermächtnis ihrer Mutter an sie, die Ehe war von ihr schon vor Jahren vereinbart worden. Eigentlich hätte Maddy ihn heiraten sollen, sobald sie vierzehn war, doch ihre Mutter war kurz zuvor gestorben. Und als sie die Heirat verweigert hatte, war sie von Guillaume kurzerhand aus dem Haus geworfen worden.

»Aber du hast doch gesagt, du kannst fühlen, dass Le Daex ein schlechter Mensch ist«, wandte Corrine ein. »Und dann sind da noch die Gerüchte …«

Maddy unterdrückte einen eisigen Schauder. »Nein, nein.

Ich werde vor Le Daex auf der Hut sein, ihn überleben und beerben.« Sie hatte davon gehört, dass sich jede seiner drei bisherigen Ehefrauen Ähnliches vorgenommen hatte, bevor sie unter mysteriösen Umständen ums Leben gekommen war. »Dann werden wir alle reich sein und können La Marais ein für alle Mal hinter uns lassen. Alles wird gut ausgehen, ihr werdet schon sehen.«

10

Maddy lebte in einer erbarmungslosen Welt.

Während sie in La Marais aufwuchs, beobachtete sie ihre Umgebung sehr genau und lernte dadurch. Schon bald erkannte sie, dass hier die meisten Menschen ihres Anstands und ihrer Moral beraubt wurden, bis nichts weiter zurückblieb als die Jagd nach der Befriedigung der Grundbedürfnisse – Essen, Unterkunft, Lust – und dem alles beherrschenden Willen, Tod und Schmerz zu vermeiden.

Dieser Wille hatte Maddy getrieben, sich das letzte ihr verbliebene Kleid anzuziehen, die einhundertzwei Stufen hinunterzugehen und sich auf den Weg zu Le Daex zu machen.

Eine Woche war seit ihrer Rückkehr aus London vergangen. Und jeder Tag in La Marais hatte von Maddy eine Vielzahl von Entscheidungen verlangt, von denen jede mit einem Risiko einherging. Jede Entscheidung brachte entweder einen lohnenden Erfolg – oder einen gnadenlosen Schicksalsschlag.

Jeden Abend, bevor sie sich schlafen legte, überdachte sie die Entscheidungen des abgelaufenen Tages, hinterfragte sie nach möglichen Schwächen oder Fehleinschätzungen. Und jeden Abend stellte sie sich diese eine Frage: *Habe ich heute etwas getan, das mich verwundbar machen könnte?*

Einen Mann wie Le Daex zu heiraten, würde eine ihrer schwerwiegendsten Entscheidungen sein, doch nur auf diese Weise konnte sie Toumards Strafmaßnahmen entkommen – oder seinen Plänen. Obwohl sie alle ihre Kleider und den Strass verkauft hatte, war es ihr nicht gelungen, die Geldforderungen dieses Mannes zu erfüllen. Seine Handlanger setzten ihr mehr und mehr zu.

In den gewohnten Straßen und Gassen ging Maddy an den Prostituierten vorbei, die sich hingekniet hatten, um auf offener Straße ihre Freier zu bedienen. Maddy hatte es schon immer fasziniert, die gequälten Mienen der Männer zu betrachten. Die jüngeren Männer, meist in Uniform, flehten die Frauen an, nicht aufzuhören, während die älteren es ihnen regelrecht befahlen. Es war für Maddy stets ein Rätsel gewesen, was daran so lustvoll sein konnte, dass sie sich so sehr vor einem vorzeitigen Ende fürchteten.

Der Schotte hatte selbst Hand angelegt, um sicherzustellen, dass seine Lust Erfüllung fand. Sie stolperte und wäre fast im Saum hängen geblieben.

Bei diesem Mann hatte sie einen Vorgeschmack davon bekommen, was wahre Leidenschaft bedeutete, und durch ihn verstand sie nun mehr von den Szenen, denen sie Tag für Tag auf der Straße begegnete. Nachts, wenn sie allein in ihrem Bett lag, erinnerte sie sich an die Lust, die er ihr geschenkt hatte – bis zu dem Moment, als der Schmerz gekommen war. Aber obwohl er ihr so schrecklich wehgetan hatte, dachte sie häufiger an ihn als an Quin, der sich nicht zu einer Heirat hatte überreden lassen.

Als sie in die höher gelegenen und damit teureren Gegenden gelangte, kam sie auch an der Boulangerie vorbei, die einen Fluch in ihrem Dasein darstellte. Wie üblich blieb sie vor dem Geschäft stehen und sah durch das Schaufenster nach drinnen.

In den gewärmten Regalen lagen die glasierten Leckereien, die sie förmlich anflehten, den Laden zu betreten und sie mitzunehmen. Hinter der Theke wurde zudem die unterdrückte Eiscreme in einem Kühlschrank gefangen gehalten. Jedoch war Maddy bislang noch nicht dahintergekommen, wie sie diese Köstlichkeiten mitgehen lassen konnte, die bei der leisesten Berührung zu schmelzen begannen oder zu einer Handvoll Krümel zerfielen.

Das Essen anzustarren, war nur quälender Vorgeschmack für sie, denn Maddys wahre Tortur begann erst, wenn sie die jungen bürgerlichen Ehefrauen sah, die in der Boulangerie saßen. Ihr hungriger Blick wanderte zu einer Gruppe von ihnen.

Sie waren in Maddys Alter, sie wirkten glücklich, wie sie dasaßen, den neuesten Klatsch austauschten und sich Modezeichnungen ansahen, während sie das Essen gar nicht beachteten. Einige von ihnen hatten in Kinderwagen ihre Babys bei sich, und ganz sicher wartete auf jede von ihnen zu Hause ein angesehener Ehemann – einer von den Männern, die von ihren Frauen verehrt wurden und die im Gegenzug ihre Frauen verehrten, Männer, die sie und ihre Kinder beschützten.

Maddy beneidete diese Frauen so sehr um ihr Glück, dass ihr Tränen in die Augen traten, während ihr der Magen knurrte.

Alles würde ich dafür geben, zu jenen Frauen dort zu gehören. Wirklich alles.

Nach allem, was sie besaßen, verzehrte Maddy sich mit Leib und Seele. Sie wollte auch ein glückliches, wohlgenährtes Baby, das sie lieben und umsorgen konnte – viel mehr, als es ihre egoistische Mutter bei ihr gemacht hatte. Maddy wollte eine Uhr haben, die sie an ihrer Corsage angesteckt trug, damit sie nachsehen konnte, ob es Zeit war, sich in ihrem schönen, gemütlichen Zuhause mit ihrem Ehemann zu treffen. Und sie wollte Modegazetten lesen, aber nicht, um anschließend von einer neuen Garderobe zu *träumen*, sondern um deren Anschaffung zu *planen*.

Sie machte keinen Hehl daraus, dass sie einen reichen Ehemann haben wollte, jedoch nicht aus den Gründen, die jeder vermutete. Kostbare Edelsteine und Luxus waren zwar willkommen, jedoch nebensächlich. Ihr ging es in erster Linie um die Sicherheit und die Beruhigung, die das Geld ihr geben würde – ihr und der Familie, die sie sich wünschte.

Ganz bewusst suchte sie ihren möglichen Zukünftigen in den Reihen der sehr Reichen, weil diese Männer nicht so leicht Gefahr liefen, wie ihr Vater alles zu verlieren, was sie besaßen. Ihr Papa war für sie der liebste Mensch von allen gewesen, der stets das wettzumachen versuchte, was ihr von ihrer Mutter an Zuneigung vorenthalten worden war. Doch das änderte nichts an der Tatsache, dass er seine Tochter schutzlos einer Welt ausgeliefert hatte, die nur auf der Lauer zu liegen schien, um jeden falschen Schritt zu bestrafen, den sie machte …

Der alte Inhaber der Boulangerie betrachtete Maddy durchs Schaufenster. Obwohl sie ihr teures Kleid trug, erkannte er sie wieder und warf ihr einen zornigen Blick zu. Den zahlenden Kunden gegenüber setzte er eine gütige, großväterliche Miene auf, doch für sie schien er nur Hass zu empfinden, und mehr als einmal hatte er sie schon mit seinem Besen verjagt. Sie machte eine rüde Geste, dann drehte sie sich auf dem Absatz um und ging weiter.

Eine alleinstehende Frau, die in La Marais lebte und von einem schönen Zuhause mit einer Schar Kinder und einem rechtschaffenen Ehemann träumte, der sie alle beschützte … das war mehr als lächerlich. Da hätte sie ebenso gut von einem Baum träumen können, an dem Blätter aus purem Gold wuchsen.

Aber noch schlimmer war, dass Maddy nach wie vor an eine Sache glaubte – an die Liebe. Auch nach der unseligen Ehe ihrer Eltern sehnte sie sich nach einem Mann, der sie lieben würde. In einer erbarmungslosen Welt waren Träume wie ihre unausweichlich, doch trotz dieser Träume würde sie Le Daex nehmen und sich den Luxus gönnen, sich von niemandem die Arme brechen lassen zu müssen.

Ohne jedes Mitgefühl musterte Ethan den Informanten, dessen Kehle er mit einer Hand umschlossen hielt. Einen Moment lang lockerte er den Griff, damit der Mann Luft holen konnte, doch dann drückte er noch fester zu. »Willst du immer noch behaupten, dass du nicht mehr über Grey weißt?«

Der glupschäugige Mann nickte, soweit ihm das irgendwie möglich war. Schließlich ließ Ethan ihn so abrupt los, dass er zu Boden fiel.

Ethan kehrte zurück in die Spelunke am See, aus der er den Mann zuvor mit nach draußen gezerrt hatte. Diesmal jedoch suchte er sich einen Platz an einem der Tische im hinteren Teil des Lokals, wo er eins wurde mit den Schatten und in Ruhe über alles nachdenken konnte, was er in der vergangenen Woche in Erfahrung gebracht hatte.

Auf seiner unermüdlichen Jagd war Ethan Hunderte von Meilen geritten und hatte aus so vielen Informanten auch das letzte bisschen an Hinweisen herausgeprügelt, bis seine Knöchel schmerzten. Er wusste nun, dass Grey durchaus eine Opiumsucht entwickelt haben mochte, jedoch weit davon entfernt war, durch diese Sucht dem Wahnsinn anheimzufallen. Klammheimlich war Grey nach England gekommen und hatte sie mit diesem Zug alle überrascht.

Doch dann war ihm der entscheidende Fehler unterlaufen, eine Frau aus dem Netzwerk brutal mit einem Messer zu töten. Die Klinge war Greys bevorzugte Waffe, und die Grausamkeit dieses Mordes hatte Ethan auf den Aufenthaltsort des Mannes aufmerksam werden lassen – Grey folgte bereits Hughs Fährte.

Ethan musste schneller und besser sein als Grey. In der Vergangenheit war ihm das stets gelungen, auch wenn sie beide fast gleichwertige Widersacher waren, die jeder ihre eigenen besonderen Begabungen besaßen.

Grey war der Techniker, Ethan setzte auf brutale Gewalt. Grey beherrschte vier Sprachen so fließend, als wäre jede von ihnen seine Muttersprache, und als Stratege war ihm eine unheimliche Genialität eigen. Doch es gab einen Grund, weshalb er den Umgang mit der Klinge so gut beherrschte – mit einer Pistole hätte er nicht mal aus drei Schritt Entfernung ein Scheunentor treffen können.

Nicht mehr lange, dann würde Ethan den Mann vor den Lauf seiner Pistole bekommen. Weyland hielt Grey für den begabtesten Killer, dem er je begegnet war, während Ethan als der hartnäckigste, brutalste und unerbittlichste galt …

Dass er Grey dicht auf den Fersen war, wusste Ethan, aber bislang war es ihm noch nicht gelungen, den Mann aus seinem Versteck zu locken. Also hatte er beschlossen, dessen nächste Züge vorauszuahnen und entsprechend zu handeln.

Hugh hatte Jane zu Ethans abgeschiedenem Haus am See gebracht, das von dieser Kneipe nur wenige Meilen in nördlicher Richtung gelegen war. Dort würden sie ein paar Tage bleiben, bevor sie sich auf ihren weiteren Weg nach Schottland begaben. Inzwischen hatte Grey sicherlich von diesem Anwesen erfahren und würde Jane dorthin folgen, doch am besten erreichte man es mit der Fähre, die von eben dieser Schenke aus ablegte. Ansonsten würde es Tage dauern, da man erst nach Norden reisen und sich dann um den See herum nach Süden begeben musste, um zum Haus zu gelangen. Diese Kneipe war das Portal zu Greys Beute, und Ethan würde als Wächter hierbleiben, bis der Mann eintraf.

Die Falle war gestellt worden, und Ethan *spürte*, er war ganz dicht vor seinem Ziel.

Als würde es nicht schon genügend Druck bedeuten, Grey

zu töten, bevor der zuschlagen konnte, hatte Edward Weyland auch noch darauf bestanden, dass Hugh und Jane in aller Eile eine Zweckehe eingingen, bevor sie aufbrachen. Hugh hatte nicht besonders gut darauf reagiert, als er sich vor zehn Jahren Jane versagte. Jetzt dagegen, da er sich ständig in ihrer Nähe aufhielt und nun sogar noch mit ihr verheiratet war … jetzt würde Hugh völlig den Verstand verlieren.

Vom Haus am See aus wollte Hugh in die Highlands weiterreisen, um sich auf dem baufälligen Anwesen seines Bruders Courtland zu verstecken. Sollte es Ethan nicht gelingen, Grey zu überwältigen oder gar zu töten, dann wollte er zumindest genug Zeit schinden, damit Hugh mit Jane entkommen konnte. Hugh würde sich mit dem Pferd in die schottischen Wälder zurückziehen, wo er als erstklassiger Schütze und Jäger ganz in seinem Element war …

Seine Gedanken wurden jäh unterbrochen, als er Arthur MacReedy und dessen Sohn in die Kneipe kommen sah. *Ausgerechnet MacReedy!*

Ethan erinnerte sich daran, dass die MacReedys eine Jagdhütte im Lake District besaßen und mit viel Muße in dieser Gegend den Herbst verbrachten. Er wusste einiges über die MacReedys, immerhin hatte nur noch ein Tag gefehlt, und er hätte Arthurs Tochter Sarah geheiratet.

Diese Begegnung erinnerte Ethan an eine Zeit, als er sich über den Fluch hinweggesetzt und versucht hatte, ein normales Leben zu führen, zu heiraten und einen Erben zu zeugen.

Um das zu überwinden, was ihm angetan worden war.

Seine geplante Heirat mit Sarah hatte nichts mit Liebe zu tun gehabt – sie waren sich wenige Tage vor der Zeremonie zum ersten Mal begegnet –, aber die Verbindung hatte einen Sinn ergeben. Sarah war eine bekannte Schönheit, er ein wohlhabender junger Gutsherr. In allen Punkten sollte eigentlich

Einigkeit bestanden haben, bis der Abend vor der Hochzeit kam und sie auf einem hohen Turm des alten Anwesens seiner Familie gestanden hatten. Sie hatte sein Gesicht, seine frisch verheilte Narbe mal voller Mitleid und dann wieder voller Abscheu betrachtet.

Er streckte seine Hand nach ihr aus und sagte heiser: »Du musst mich nicht heiraten, Sarah …«

»Kavanagh«, grüßte der ältere MacReedy mit dem nötigen Respekt und nickte ihm knapp zu.

Im Gegenzug warf Ethan ihm den drohenden Blick zu, den der Mann verdient hatte. MacReedy und sein Sohn gingen weiter.

Als das Schankmädchen schließlich zu Ethan an den Tisch geschlendert kam, schaute es zur Seite. Offenbar glaubte die junge Frau, er würde ihr beim ersten Blickkontakt ein eindeutiges Angebot unterbreiten. Immerhin musste ein Mann mit einem solchen Gesicht dafür bezahlen, wenn er etwas von einer Frau wollte.

Ihn widerten die verstohlenen und entsetzten Blicke an, mit denen Frauen stets auf ihn reagierten. Was hätte er nicht alles dafür gegeben, damit eine von ihnen ihm direkt ins Gesicht sah und die Tatsache aussprach, dass er diese Narbe hatte, und dann vielleicht sogar fragte: »Wie haben Sie sich diese Verletzung zugezogen?« Natürlich würde er niemals die Wahrheit sagen, trotzdem wollte er wissen, wie es war, wenn das Thema endlich einmal angesprochen wurde.

Ohne ihn anzuschauen, fragte das Schankmädchen, ob er etwas trinken oder essen wollte. Zwar verneinte er höflich, doch am liebsten hätte er sie angeherrscht: »Als ob ich dich haben wollte! Erst vor fünf Nächten hatte ich eine Frau, der du nicht einmal das Wasser reichen könntest.«

Und damit kehrten seine Gedanken einmal mehr zu Madeleine zurück – Madeleine *Van Rowen*. Ethan hatte sich seine Überraschung nicht anmerken lassen, als Quin ihm die Identität der jungen Frau enthüllt hatte, auch wenn die Verbindung gar nicht so unwahrscheinlich war, wie sie auf den ersten Blick wirken mochte. Die Weylands besaßen ein Familienanwesen nahe Iveley Hall, dem ehemaligen Lehnsgut der Van Rowens, das Ethan nach dem Tod des Hausherrn übernommen hatte.

Dennoch konnte er es kaum fassen, dass er ausgerechnet mit jener Maddy geschlafen hatte, deren bloße Erwähnung an jenem Abend Van Rowen in unbändige Rage versetzte und jedes weitere Wort aus Ethans Mund überflüssig gemacht hatte.

Als er Madeleines Identität erfuhr, betrachtete Ethan den letzten Abend mit anderen Augen. Am Morgen danach war er noch überzeugt davon gewesen, dass sie sich keinerlei Täuschung schuldig gemacht hatte. Erst nachdem sie für ihn die Tochter der zwei bösartigsten Menschen auf der Welt geworden war, begann er zu erkennen, wie verschlagen und arrogant sie in Wahrheit war.

Immer wieder hatte Ethan gehört, dass Menschen in schier ausweglosen Situationen sich unberechenbar verhielten. Doch für die Van Rowens galt das nicht. Sie hatten sich so mühelos manipulieren lassen, dass Ethan die Rache, die er genommen hatte, nicht im Mindesten befriedigen konnte.

Van Rowen steckte zu der Zeit bereits in finanziellen Schwierigkeiten. Er hatte sein Land beliehen und sein Vermögen aufgebraucht, um seiner viel jüngeren Ehefrau Schmuck und teure Stoffe zu kaufen, damit sie glücklich war.

In aller Heimlichkeit hatte Ethan die Darlehen des Mannes abgelöst und sich dazu zwingen müssen, in Ruhe zu handeln, obwohl er darauf brannte, sie für alles leiden zu lassen, was sie ihm angetan hatten. Er ließ sie niemals wissen, dass er der Auslöser für ihren Ruin war, und sie wären ohnehin niemals auf den Gedanken gekommen, ein junger Schotte könnte einen mächtigen englischen Grundbesitzer zugrunde richten.

Viele warfen Ethan vor, gefühllos zu sein, doch das Gegenteil war der Fall, da seine Gefühle ihn viel zu sehr im Griff hatten. Sein Hass auf die Van Rowens war so stark, dass der sich auf jeden Aspekt seines Lebens auswirkte. Er hatte versucht, sich von seinen Rachegelüsten zu befreien, nachdem Van Rowen und Brymer tot waren und Sylvie über keinen Penny mehr verfügte.

Ethan hatte erwartet, dieser Zorn würde durch seine Arbeit zumindest ein wenig nachlassen. Aber seine Begegnung mit Madeleine ließ ihn erkennen, wie stark diese Wut noch immer war, die unter der Oberfläche brodelte.

Nun war ihm auch klar, warum sie mit diesem leicht französischen Akzent sprach. Dem letzten Bericht zufolge, den er vor vielen Jahren über Sylvie und ihre Tochter bekommen hatte, lebte sie zu der Zeit in Paris in einem Elendsviertel namens La Marais.

Weitere Nachforschungen ergaben, dass Sylvie tatsächlich von dort stammte. Ethan war froh zu erfahren, dass sie sich dorthin geflüchtet hatte. Sie verdiente es, in einem solchen Elendsviertel dahinzusiechen, und jede Brut der Van Rowens konnte ihr dort gern Gesellschaft leisten, wenn es nach Ethan ging.

Doch dann hatte die verwitwete Sylvie einen reichen Franzosen geheiratet und lebte mittlerweile im wohlhabenden Stadtteil St. Roch, wie Madeleines Adresse verriet, die er von Quin erhalten hatte. Wenn Sylvie dort wohnte und ihre Tochter so gut kleiden und ihr Flausen in den Kopf setzen konnte, dann war seine Bestrafung wohl nicht hart genug ausgefallen.

Diese Frau war so dreist gewesen, ihre Tochter nach England zu schicken, um Quin zu umgarnen, obwohl sie einen Heiratsantrag des Comte Le Daex in der Hinterhand hatte, eines Mannes, dessen Vermögen sogar das von Ethan in den Schatten stellte. Beim Gedanken daran, Sylvie könnte von einer solchen Verbindung profitieren, wurde ihm übel.

Schlimmer aber war die Vorstellung, dass Le Daex sich an der jungen Madeleine erfreuen würde. Vor Wut ballte Ethan die Fäuste, dann atmete er tief durch und zwang sich zur Ruhe. Bevor er aufgebrochen war, hatte Ethan es für unbedingt notwendig gehalten, Le Daex wissen zu lassen, was seine Verlobte in einer bestimmten, wilden Nacht hinter seinem Rücken getrieben hatte.

Heimtückische Geschäfte – darin war Ethan ein Experte, und wie es der Zufall wollte, unterhielt er zahlreiche gute Kontakte nach Paris.

Auf die habgierige Madeleine Van Rowen würde jetzt ganz gewiss kein reicher Comte mehr warten.

Doch obwohl er ganz genau wusste, wessen Blut durch Madeleines Adern strömte, wollte Ethans Verlangen nach ihr nicht nachlassen. Ganz im Gegenteil, es wurde sogar von Tag zu Tag stärker und erfüllte ihn mit solch widersprüchlichen Gedanken, dass er sich nicht sicher war, wie sein nächster Schritt aussehen sollte.

Verdammt, er musste sich ganz auf seine Aufgabe konzentrieren. Was er mit Madeleine machen wollte, konnte er sich auch noch später überlegen. Er verließ seinen Platz und ging durch eine Seitentür hinaus in die kühle Nacht.

Als zwei junge Männer beim Anblick seines Gesichts vor Schreck erstarrten, schaute er sie so finster an, dass sie sofort die Flucht ergriffen.

Madeleine würde ganz genauso reagieren.

Aus dem Augenwinkel bemerkte er eine Bewegung, die seinen Blick nach oben lenkte …

Dort stand Davis Grey auf einem Balkon auf der gegenüberliegenden Straßenseite, das hagere Gesicht zu einem Lächeln verzogen, die Augenbrauen hochgezogen, da ihn Ethans untypische Unachtsamkeit zweifellos verblüffte. Seine Pistole hatte der Mann bereits auf ihn gerichtet und gespannt.

Was habe ich bloß getan …? Zorn überkam Ethan, als er nach seiner eigenen Pistole griff und feuerte.

Zu spät. Schmerz explodierte in Ethans Brust, als die Kugel sich in sein Fleisch bohrte.

11

»Ich bin dem Untergang geweiht«, flüsterte Maddy sich zu, als sie in der Dunkelheit nach La Marais zurückkehrte.

Oh nein, was hatte sie sich nur gedacht? Sie war schon immer dem Untergang geweiht gewesen. Warum nur war sie auf den Gedanken gekommen, das Schicksal könnte sich einmal – nur ein einziges, verdammtes Mal – gnädig zeigen?

»Ich bin noch mehr dem Untergang geweiht als üblich«, hielt sie sich vor Augen. Toumards Männer lauerten in der Straße, in der sie wohnte, und warteten darauf, dass sie nach Hause kam. So war sie gezwungen, so lange durch das Viertel zu ziehen, bis die zwei die Lust verloren und sich für diesen Tag zurückzogen. Sie hatte sich in Schulden gestürzt, die sie nicht zurückzahlen konnte, und das einzig Wertvolle, das sie noch besessen hatte – ihre Unberührtheit –, war für nichts und wieder nichts vergeudet worden.

Und nun musste sie für diese eine wilde, unbekümmerte Nacht bezahlen.

Und das alles nur, weil der Comte von einem Bekannten aus London gehört hatte, der wiederum von einem Bekannten davon in Kenntnis gesetzt worden war, dass seine zukünftige Braut sich in London mit einer wilden Truppe herumgetrieben hatte. Dieser elende Heuchler! Er hatte auf einer Untersuchung bestanden, um feststellen zu lassen, ob sie noch Jungfrau war oder ob sie womöglich das Kind eines anderen Mannes in sich trug. Als ob sie alle noch in jenem Mittelalter lebten, in dem der Comte wohl geboren war!

Maddy wusste gar nicht, dass es überhaupt noch Leute gab, die so etwas verlangten. Sie war versucht gewesen, mit tränenerstickter Stimme zu rufen: »Aber ich habe doch meinen Keuschheitsgürtel getragen!« Stattdessen jedoch hatte sie sein Ansinnen strikt zurückgewiesen, wobei sie sich Mühe gab, möglichst entrüstet zu klingen – was den Comte wiederum veranlasst hatte, die Verlobung auf der Stelle zu lösen.

Von ihm zurückgewiesen zu werden, das war für sie wie ein Schlag ins Gesicht.

Schlimmer aber war daran, dass sie es überhaupt erst so weit hatte kommen lassen. Seit Jahren hatte sie Umgang mit Männern gepflegt und kannte Dutzende von Methoden, wie sie sich aus der Affäre hätte ziehen können. Methoden, wie sie schwindeln und sich winden musste, um letztlich das zu bekommen, was sie haben wollte. Von einer Sekunde zur nächsten konnte sie in Tränen ausbrechen und so tun, als habe ihre Launenhaftigkeit sie erschöpft. Wenn diese Taktik nicht weiterhalf, konnte sie es auf die verführerische Tour versuchen. Zumindest aber hätte sie sich von einem Arzt untersuchen lassen können, der bestechlich genug war, um ihre Unschuld zu attestieren. Und doch hatte sie auf nichts davon zurückgegriffen.

Habe ich heute etwas getan, das mich verwundbar macht?

Ein wenig schon.

So als würde sie neben sich stehen, hatte sie sich sagen hören: »Ich wollte Sie sowieso nicht heiraten! Außerdem riecht Ihre Perücke muffig.«

Sie hatte alle Brücken hinter sich abgebrochen. Aber wieso? Sie war doch sonst nicht so unvernünftig – außer während ihrer Episode mit dem Schotten.

Maddy hätte nie nach England reisen dürfen. Die Rückkehr in ihr Heimatland nach so langer Zeit im Exil sorgte nur dafür, dass sie sich noch mehr als zuvor dorthin zurücksehnte.

Dort hatte sie überheblich und vorschnell gehandelt, und wie es schien, hatte sie diese Eigenschaften nicht in England zurückgelassen.

»Oh bitte!«, flehte sie und blickte zum Himmel. »Nur ein kleines bisschen Glück.« Als würde ihre Bitte mit Spott beantwortet, sah sie, wie dunkle Wolken aufzogen und die Sterne verdeckten. Wohin sollte sie gehen, wenn es zu regnen begann? Nicht alle Betrunkenen, die es sich auf den Treppen vor den Häusern bequem gemacht hatten, waren vom gleichen friedfertigen Schlag wie die vor dem Haus, in dem sie wohnte. Einige von ihnen verteidigten ihr kleines Territorium mit Händen und Füßen.

Die Luft war schwer und feucht und kündigte das kommende Unwetter an. Maddy hasste diese Unwetter. Jede Tragödie in ihrem Leben war von Regengüssen und Gewittern begleitet worden.

An dem Morgen, als Vaters Sekundant zu ihnen kam, um ihnen zu berichten, dass er das Duell nicht überlebt hatte, wurden die Worte des Mannes von einem Blitz untermalt. Am Tag der Beerdigung ihres Vaters öffnete der Himmel seine Schleusen weit. Als Maddy und ihre Mutter nach der Beisetzung nach Hause zurückkehrten, wurde ihnen der Zutritt verweigert, da die Gläubiger sich in der Zwischenzeit des Anwesens bemächtigt hatten.

Obwohl ein einzelner Ring oder eine Brosche genügt hätte, um sie für Jahre zu ernähren, galt es als geschmacklos, bei einer Beerdigung Schmuck zu tragen, womit sie am Ende gezwungen waren, mit nichts weiter wegzugehen als der Kleidung, die sie in diesem Moment am Leib trugen. Als sie abfuhren, schaute Maddy durch das von Regentropfen überzogene Rückfenster und wusste, in dieses Haus würde sie niemals wieder zurückkehren …

Das Feuer, in dem sie mit elf Jahren fast umgekommen wäre, hatte durch den starken Sturm eines Unwetters rasend schnell um sich gegriffen. Maddy hatte in der kleinen Wohnung, die sie sich mit ihrer Mutter teilte, in der Falle gesessen. Noch bevor ein brennender Dachbalken auf sie gefallen und ihr den Arm gebrochen hatte, war sie davon überzeugt gewesen, diesen Brand nicht lebend zu überstehen. Irgendwie war es ihr dann doch gelungen, ans Fenster zu gelangen. Fassungslos hatte sie auf die mehrere Stockwerke unter ihr liegende Straße geschaut.

Denn dort unten hatte ihre Mutter gestanden – offensichtlich eine der Ersten, die aus dem Haus geflohen waren!

In jenem Moment ging Maddy inmitten von Flammen und Panik ein Gedanke durch den Kopf: *Ich bin allein.*

Bis zum heutigen Tag verfolgten sie Albträume, in denen sie vor einem Feuer davonrannte und jedes Mal zu der gleichen schrecklichen Erkenntnis gelangte …

Als der Himmel nun urplötzlich seine Schleusen öffnete, zuckte Maddy vor Schreck zusammen, erst dann suchte sie Schutz unter einer Kastanie.

Dort stand sie und musste lachen, bis ihr Tränen übers Gesicht liefen, während der Wolkenbruch Blätter von den Zweigen riss, die in dicken, nassen Klumpen auf Maddy herunterfielen.

Ethan krallte die Finger um die rauen Pflastersteine, während das Blut aus der Schusswunde in seiner Brust strömte und rasch eine Lache bildete. Als er die Augen einen Spaltbreit öffnete, wurde ihm bewusst, dass er seine Waffe verloren hatte. Er lauschte, ob Grey sich ihm näherte, und hörte den Lärm aus der Kneipe.

Er biss die Zähne zusammen und tastete mit einer Hand das

Pflaster ab, bis er mit den Fingerspitzen seine Waffe berührte. Als er danach griff, rutschte sie ihm weg …

Er sah hoch. Zu spät. Grey stand vor ihm und richtete seine Pistole auf ihn. Greys Miene war so freundlich wie immer. Mit seiner freien Hand strich er über seine Jacke und schob einen Finger durch das Loch, das Ethans Kugel hinterlassen hatte. Das Geschoss hatte nur eine Stofffalte durchdrungen.

»Und da sagen die Leute, du wärst so viel besser als ich?«, wunderte sich Grey.

Das war ich zehn Jahre lang … Ethan schmeckte Blut in seinem Mund und wusste, er würde auch dann sterben, wenn Grey ihm nicht noch eine Kugel in den Leib jagte. »Hugh wird dich vernichten«, brachte Ethan mit Mühe heraus.

Grey zuckte mit den Schultern. »Das bekomme ich von jedem zu hören, und dabei hatte ich immer gedacht, dir würde diese außergewöhnliche Ehre zuteilwerden.«

Die Seitentür der Schenke öffnete sich mit lautem Knarren, Lärm und ein schwacher Lichtschein drangen auf die Gasse. Grey sah hoch, dann wandte er sich wieder an Ethan, während er unauffällig seine Waffe wegsteckte. »Das ist eine tödliche Wunde, alter Freund, und das weißt du so gut wie ich.« Er warf Ethan ein beunruhigend mitfühlendes Lächeln zu. »Ich vermute, du hast an eine Frau gedacht – nach deinem Gesichtsausdruck vorhin zu schließen.« Er wandte sich ab und sagte über die Schulter zu ihm: »Ich hoffe, sie war es wert.«

Ethan rollte sich auf die Seite, um nach seiner Waffe zu greifen, während er einen Schmerzensschrei unterdrückte, doch Grey war bereits in die Dunkelheit eingetaucht.

Zwar konnte Ethan nicht sehen, wer die Schenke verlassen hatte, aber er hörte Stimmen. Mit schmerzverzerrter Miene starrte er in den wolkenverhangenen Nachthimmel und hörte, wie die MacReedys darüber diskutierten, ob sie ihm helfen sollten oder nicht. *»Ich will mir keinen Ärger einhandeln.« »Wir sind es ihm schuldig.« »Er ist zu einem Schurken geworden.« »Glaubst du, er hat den Treffer verdient?«*

»Warnen Sie meinen Bruder«, brachte Ethan mit letzter Kraft heraus. Blut lief ihm aus dem Mundwinkel, doch die Männer beachteten ihn nicht. Die Kälte ließ ihn schaudern. »*Hören Sie mir zu …*« Aber sie hörten nicht zu.

Er hatte Hugh schmählich im Stich gelassen. Nie zuvor war Ethan so nachlässig gewesen, noch nie hatte er eine Straße betreten, ohne wenigstens einen flüchtigen prüfenden Blick auf die Umgebung zu werfen. Jetzt lag er hier im Sterben, und ihm gingen nur zwei Gedanken durch den Kopf: Er musste irgendwie seinen Bruder warnen, und … er würde diese verdammte kleine Hexe nie wiedersehen.

Ethan spürte, wie sich Hände unter seine Arme schoben, und er wappnete sich gegen den Schmerz, der jeden Moment einsetzen musste. Dann verlor er das Bewusstsein.

Wie lange er bewusstlos gewesen war, vermochte er nicht zu sagen, aber als er zu sich kam, lag er in einem Bett, und ein Arzt entfernte mit zitternden Händen die Pistolenkugel, während andere Männer Ethan auf das Bett drückten. Er brüllte vor Schmerz, als der Mann Metall und verschmorten Stoff aus der Wunde holte und sie dann mit Whisky spülte.

Bevor er mit dem Vernähen begann, trank der Arzt erst selbst die halbe Flasche aus. »Ich habe getan, was ich konnte«, erklärte er, als er fertig war.

»Wird er es überleben?«, fragte der junge MacReedy.

Ethan wechselte immer wieder zwischen Bewusstlosigkeit und Wachheit, hörte aber die letzten Worte des Doktors: »Ich will es so ausdrücken: Wenn er sich von dieser Wunde und dem anschließenden Fieber erholt, dann … dann höre ich mit dem Trinken auf.«

12

»So langsam frage ich mich, ob eigentlich irgendjemand gemerkt hat, dass dieser Schurke verschwunden ist«, überlegte der ältere MacReedy. »Es könnte gut sein, dass niemand nach ihm sucht.«

»Aye«, erwiderte der Jüngere gedankenverloren.

»Hau ab, du schwächlicher alter Bastard«, knurrte Ethan, der nach fünf Wochen Gefangenschaft im Haus der MacReedys kurz davor war, mit den Fingernägeln die bunte Tapete von den Wänden zu kratzen. »Glaubst du etwa, ich kann dich nicht hören?«

Oh ja, das konnte er. Jeden Tag, den er im Bett lag und sich ein wenig mehr erholte, konnte er alle Geräusche hören – wie die MacReedys Spielkarten mischten, wie der Vater seine Pfeife ausklopfte, wie sie Dominosteine aneinanderlegten.

Den ganzen verdammten Tag lang hörte er all diese Geräusche, bis er das Gefühl hatte, den Verstand zu verlieren.

Warum sucht niemand nach mir? Er fühlte sich wie ein lästiger Hund, den man an einen Baum gebunden und dann vergessen hatte.

»Geh doch zum Teufel, MacCarrick!«, fuhr der Sohn ihn an.

»Was glaubst du wohl, wo ich bin?«, konterte Ethan und krallte die Finger ins Bettlaken, während er sein »Zimmer« betrachtete. Nahezu jeder Schrank war größer als dieser Verschlag! »Jetzt kannst du große Reden schwingen, bei Gott, aber wenn ich erst wieder auf den Beinen bin, dann werde ich dafür sorgen, dass du deine gottverdammten Zähne frisst.«

Augenblicke später kam der Vater in Ethans kleines Zimmer und machte eine ernste Miene. »Sohn, ich werde nicht wieder mit dir über deine Wortwahl reden.« Das erste Mal war das der Fall gewesen, nachdem Mrs MacReedy vergeblich versucht hatte, Ethan einige Psalmen vorzulesen. Er hatte das mit solch derben Flüchen abgelehnt, dass er geglaubt hatte, sie würde in Ohnmacht fallen. »Egal, was ich dir schuldig bin, ich werde dich rauswerfen«, erklärte MacReedy in aller Ruhe und ging hinaus.

Die Schuld. Immer ging es bei dieser Familie um die Schuld. Sie wussten, sie standen in Ethans Schuld, weil er die Lüge verbreitet hatte, Sarah sei ausgerutscht und vom Turm gestürzt, aber nicht aus freien Stücken in den Tod gesprungen. Nur so war sichergestellt, dass ihr nicht der Makel des Selbstmords anhing, was eine katholische Beerdigung unmöglich gemacht hätte. Zudem hatte Ethan die Gerüchte in die Welt gesetzt, er könne sie gestoßen haben – Gerüchte, die ihn seitdem verfolgten.

MacReedy wusste, Ethan hatte nicht gelogen, weil er die Erinnerungen der Familie an Sarah hätte wahren wollen. Tatsächlich gab er der Familie die Schuld, weil sie die Tochter zur Ehe gedrängt hatte, was er sie auch bei jeder Gelegenheit wissen ließ. Zum Glück gab es diese Gelegenheit nicht allzu oft.

Aber nun war Ethan in ihrem Haus gefangen.

Nachdem er aus einem zweiwöchigen Delirium erwacht war, hatte er sofort versucht aufzustehen, damit er diesen Ort verlassen und herausfinden konnte, was er durch sein gedankenloses Handeln angerichtet hatte. War sein Bruder in Sicherheit? Oder war auch Hugh von Grey überrumpelt worden?

Bei dieser plötzlichen Bewegung war die Schusswunde gleich wieder aufgegangen, und er hatte vor Schmerzen abermals das Bewusstsein verloren. Die anschließende Behandlung durch den Arzt, der mit zittrigen Händen das Loch in der Brust erneut nähte, hatte Ethan eine weitere Woche Fieber eingebracht und dafür gesorgt, dass er sich noch schwächer fühlte als bei seinem ersten Erwachen.

Jedes verdammte Mal, wenn er aufzustehen und von hier wegzugehen versuchte, platzte eine Naht auf, und er wurde wieder ohnmächtig. Und bei jedem Sturz hatte er sich, wegen seiner Größe und des beengten Raums, den Kopf gestoßen. Alles in allem hatte er bereits mehr als vier Wochen im Bett zugebracht. Und ein Ende war noch nicht abzusehen.

Er war gezwungen gewesen, MacReedy zu bitten, für ihn herauszufinden, ob Hugh und Jane nach Schottland entkommen waren. Und er hatte dem Jungen Geld geben müssen, damit der nach London telegrafierte, um von Ethans Zustand zu berichten.

Der ältere MacReedy brachte in Erfahrung, dass Hugh noch in der gleichen Nacht, in der Ethan angeschossen wurde, das Haus am See verlassen hatte. Wenigstens ein Gutes hatte es, dass Ethan von dieser Kugel getroffen wurde. Weil Grey darauf gewartet hatte, ihn töten zu können, war es Hugh möglich gewesen, nach Norden zu den Highlands aufzubrechen, wo er in seinem wahren Element war.

Ganz bestimmt war sein Bruder für den Augenblick in Sicherheit. Das Problem bestand allerdings darin, dass Hugh dort oben auf Courts Anwesen in völliger Abgeschiedenheit mit der Frau allein war, die er mehr begehrte als jede andere – und die nun auch noch vorübergehend seine Ehefrau war. Schlimmstenfalls existierte der Fluch tatsächlich, und Hugh würde ihren Tod riskieren. Bestenfalls war Hugh immer noch der kalt und gefühllos agierende Agent des Netzwerkes, ungeübt im Umgang mit anderen Menschen, also ein völlig unpassender Mann für die gefeierte Schönheit an seiner Seite, die es liebte, unter Menschen zu sein.

Ganz zu schweigen davon, dass Hugh seine Todesaufträge von Janes Vater erhielt …

Doch in seiner gegenwärtigen Verfassung konnte Ethan seinem Bruder nicht helfen. So zur Untätigkeit verdammt zu sein, machte ihm sehr zu schaffen, da er vor Tatendrang förmlich brannte. Da ihm jedoch nichts anderes zu tun blieb, als nachzudenken, kreisten seine Überlegungen immer wieder um sein Versagen und … um Madeleine.

Auch wenn sie sich durch seine Intrige bei Le Daex keine Chancen mehr ausrechnen konnte, war es nicht ausgeschlossen, dass sie nach so vielen Wochen einen anderen Mann gefunden hatte, der sie heiraten wollte. Sie war verführerisch, und wenn sie über eine genügend große Mitgift verfügte, war mancher Mann gern bereit, über ihre mangelnde Unberührtheit hinwegzusehen.

Ethan war seinerzeit gegenüber Grey gnädig gewesen, und was hatte es ihm eingebracht? Er würde seinen Fehler nicht dadurch wiederholen, dass er Sylvie ungeschoren davonkommen ließ.

Wenn er mit Grey abgerechnet hatte, würde Ethan Madeleine von Sylvie weglocken und sie auf eines seiner abgeschieden gelegenen Anwesen bringen, um ihr die Sicherheit einer Abmachung von gegenseitigem Nutzen anzubieten. Sollte sie sich als widerborstig erweisen, konnte er ihr immer noch eine Heirat anbieten – natürlich ohne jede Absicht, sein Angebot auch in die Tat umzusetzen.

So oder so war es letzten Endes egal, ob Madeleine gewarnt worden war oder nicht. Er würde sie in jedem Fall bekommen. Ihn hatte man entstellt, und die kostbare Tochter seiner Peiniger als Opfer zu wissen, würde seinen Zorn besänftigen. Wenn sie erst einmal bei ihm war, konnte er sie benutzen, bis er ihrer überdrüssig wurde.

Dann konnte er sie als eine durch und durch entehrte Frau aus dem Haus werfen, indem er ihr einen Tritt in ihren süßen kleinen Hintern gab und damit so manchen naiven Edelmann davor bewahrte, von Sylvie ausgenommen zu werden.

Madeleine hatte ihm vorgehalten, dass Männer seines Schlages immer nur nahmen und nichts dafür zurückgaben.

Miss Van Rowen würde sich noch wundern, wozu Männer seines Schlages tatsächlich fähig sein konnten.

13

Lieber Gott, lass es jemanden sein, der nach mir sucht, dachte Ethan, als er am nächsten Tag eine Kutsche vorfahren hörte.

Erleichtert schloss er die Augen, als er aus dem Nebenzimmer Hughs Stimme vernahm. Obwohl sein Bruder eigentlich der Schweigsame der Familie war, hörte Ethan jetzt, dass er versuchte, mit den MacReedys eine Unterhaltung zu führen. Er war darin nicht geübt, schien seine unbeholfenen Anstrengungen jedoch auf die leichte Schulter zu nehmen.

Als Hugh endlich zu ihm kam, stellte Ethan fest, dass er gesund und munter wirkte … und *glücklich*?

»Ethan, wie schön, dich zu sehen!«, rief Hugh, während Ethan trotz der Schmerzen versuchte, sich im Bett aufzusetzen. »Grey sagte mir, er habe dich getötet.«

»Ach, unterhalten wir uns neuerdings mit Grey?«, gab Ethan verwundert zurück.

»Nein, natürlich nicht.« Sein Bruder grinste ihn breit an. »Das waren seine letzten Worte.«

»Du … hast ihn umgebracht.« War Grey endlich tot? »Wie?«

Nach so langer Zeit war es nun doch nicht Ethan gewesen, der Grey vernichtet hatte.

»Also … ganz genau genommen habe nicht *ich* ihn umgebracht.« Hugh zupfte an seinem Kragen. »Jane und ich haben das gemeinsam gemacht. Aber das ist eine lange Geschichte, die ich dir auf dem Rückweg in Ruhe erzählen kann. Falls du so weit bist, um nach Hause zurückzukehren.«

»Was denkst *du* denn? Es wurde verdammt noch mal Zeit,

dass jemand herkommt. Ich habe vor Wochen ein Telegramm abgeschickt.«

»Von dir ist kein Telegramm eingegangen. Ich habe überall nach dir gesucht und schließlich sogar die Gegend von mehreren Kundschaftern durchkämmen lassen. So sind wir schließlich hier auf dich gestoßen.«

»Kein Telegramm?«, rief Ethan und hörte, wie der junge MacReedy im gleichen Moment die Flucht ergriff und eine Tür hinter sich zuschlug. Darum hatte er hier festgesessen? Weil dieser Bursche das Geld für das Telegramm in die eigene Tasche gesteckt hatte? »Ich werde diesen kleinen Mistkerl umbringen.«

»Das kannst du später immer noch erledigen. Ich muss dich erst mal nach London bringen. Brauchst du Hilfe beim Anziehen?« Als Ethan widerstrebend nickte, half Hugh ihm, sich auf die Bettkante zu setzen. »Dann lass mich mal den Schaden begutachten.« Kaum hatte er die Schusswunde gesehen, stieß er einen Pfiff aus. »Das war knapp. Zwei Fingerbreit weiter nach rechts …«

»Dann wäre ich nicht fünf Wochen lang hier eingesperrt gewesen.«

»Eine Pistolenkugel? So, so. Wie langsam hast du dich denn bewegt, dass Grey dich erwischen konnte?«, wollte Hugh wissen, woraufhin Ethan die Fäuste ballte. »Die Wunde verheilt gut. Die Stiche werden noch ein paar Wochen brauchen, wenn du dich in Acht nimmst.« Verdutzt fragte er dann: »Wieso bist du immer noch so schwach?«

»Weil das Essen hier nach Sägemehl schmeckt«, sagte Ethan. Er musste in den letzten Wochen bestimmt acht Pfund an Gewicht verloren haben.

»Das mag ja sein, aber dennoch musst du dich bei ihnen dafür bedanken.«

»Den Teufel werde ich tun.«

Hugh senkte seine Stimme. »Wenn du das nicht machst, wirst du nicht erfahren, wie Grey gestorben ist. Und vielleicht lasse ich dich dann auch einfach hier …«

Zwanzig Minuten später wurde Ethan von Hugh und dem Kutscher in den Wagen gehoben. »Na, so schlimm war das doch gar nicht, oder?«, meinte Hugh, nachdem Ethan eingestiegen war.

Der biss die Zähne zusammen und ließ sich auf die Polsterbank sinken. »Halt die Klappe, Hugh.« Seine Wunde schmerzte, in seinem Kopf drehte sich alles, und obwohl er dazu gezwungen worden war, sich bei den MacReedys zu bedanken, fühlte er sich voller Leben. Da Grey nicht mehr am Leben war, konnte er nach Paris aufbrechen, sobald er wieder zu Kräften gekommen war.

Plötzlich fühlte er sich wie ausgehungert.

»Jetzt berichte mir, wie Grey gestorben ist«, forderte Ethan seinen Bruder auf, nachdem die Kutsche losgefahren war.

Hugh sah aus dem Fenster, während er antwortete: »Nun, Jane durchbohrte ihn mit einigen Pfeilen, und ich … brachte ihn zum Stolpern.«

Ethan schwieg eine Zeit lang. »Grey starb, weil du ihm ein Bein gestellt hast?« Das war nun wirklich zu peinlich.

»Es war schlimmer, als es sich anhört«, ergänzte Hugh rasch und sah wieder zu ihm. »Es war grausam. Eine wahre Tortur. Aber jetzt verrate mir, wie es Grey gelingen konnte, dich zu überlisten.«

»Ich war unachtsam, und ich musste dafür bezahlen.« Er zuckte beiläufig mit den Schultern, da er lieber das Thema wechseln wollte. »Was ist denn noch alles in den letzten fünf Wochen passiert? Wurde die Ehe auf dein Betreiben hin annulliert?«

»Nein.«

»Du hast gesagt, dass Grey vor Wochen gestorben ist«, schnaubte er, »und *das* hast du noch immer nicht erledigen können?«

»Ich … ich werde verheiratet bleiben. Jane gehört jetzt zu mir.«

»Aber der Fluch«, wandte Ethan ein, der so etwas Absurdes nicht glauben konnte. »Deine Vergangenheit …«

»Sie weiß von meiner Vergangenheit, sie weiß die Wahrheit über ihren Vater und alles andere. Dafür hat Grey vor seinem Tod noch gesorgt. Und was den Fluch angeht … es ist nicht so, wie wir dachten, Bruder. Court ist mit Annalía verheiratet, und er wird bald Vater werden.«

»Nein! Das ist nicht möglich.« Ethan wurde ein wenig schwindlig. *Auf dass dein Same niemals Früchte trägt* …

Hugh schüttelte den Kopf. »Es stimmt. Annalía erwartet von ihm ein Kind. Ich habe sie mit eigenen Augen gesehen.«

»Dann ist es nicht sein Kind.«

»Alle haben erwartet, dass du das sagen würdest. Annalía ist ein anständiges Mädchen, aber damit du beruhigt sein kannst, werde ich dir anvertrauen, dass Court ihr erster und einziger Liebhaber ist. Und die beiden waren wochenlang zusammen.«

Ethan war Annalía begegnet und wusste, sie würde nicht lügen, wer der Vater ihres Kindes war – und sie würde sich neben Court keinen Liebhaber nehmen. Aber sollte diese einzelne Entwicklung wirklich widerlegen, woran sie alle so lange Zeit geglaubt hatten? »Und wieso konnte Court zuvor mit keiner Frau ein Kind zeugen? Und wieso gelingt ihm das bei ihr so schnell?«

»Jeder, der das Buch kennt und weiß, was geschehen ist, vertritt die Ansicht, dass die letzten beiden Zeilen etwas darüber aussagen, wie jeder Sohn die für ihn bestimmte Frau findet.«

Genau das hatte Ethan befürchtet: Seine Brüder machten sich Hoffnungen, die letztlich zerschmettert würden. Dennoch konnte er Hughs Argument nicht entkräften. »Glaubst du das auch?«

»Das glaube ich, Ethan, und ich hoffe, du wirst es auch glauben.«

»Dann meinst du also, ich kann heiraten und Vater werden?« Seit er diese Neuigkeit gehört hatte, fühlte er sich auf eine unerklärliche Weise rastlos, auch wenn es ihm zugleich so vorkam, als würde er nicht selbst an dieser Unterhaltung beteiligt sein, sondern wie ein Zuschauer dabeistehen.

»Aye, wenn du die richtige Frau findest. Dann kannst du auch wieder das Leben führen, das dir eigentlich bestimmt ist.«

»Aber ich führe …«

»Nein, das machst du nicht«, fiel ihm Hugh ins Wort. »Du bist der Earl of Kavanagh. Du hast Ländereien und du trägst für viele Menschen eine Verantwortung. Und du führst einen Titel, den du weitervererben musst.«

»Vielleicht macht mir ja meine momentane Beschäftigung viel mehr Spaß.«

»Es ist nicht das Leben, das unser Vater für dich vorgesehen hatte – er wollte nicht, dass du mordest oder ermordet wirst. Und du solltest auch nicht jede verdammte Nacht allein in deinem Bett liegen«, fügte Hugh hinzu.

»Nur weil du und Court auf einmal häuslich geworden seid, muss das nicht heißen, dass ich auch den Wunsch danach verspüre. Ich mag die Jagd, und ich mag die Gefahr.«

»Und wie lange noch, Ethan? Du wirst nicht jünger. Und du hast dich von *Grey* erwischen lassen.«

Oh, das war schäbig, und das wussten sie beide. Ethan kniff die Augen zusammen. »Dann glaubst du also, du kannst einfach deine Arbeit an den Nagel hängen und nie wieder zurückblicken?«

»Aye, denn jetzt habe ich etwas, worauf ich mich freuen kann.«

»Hast du schon mal daran gedacht, dass es noch andere Gründe außer dem Fluch und deiner Vergangenheit geben könnte, weshalb du besser nicht bei Jane bleiben solltest?«, fragte Ethan ihn aufgebracht. »Es geht hier einzig und allein um den verdammten gesunden Menschenverstand, den meine Brüder leider nicht besitzen – erst recht nicht dann, wenn sie sich eine Braut aussuchen.« Plötzlich kam ihm eine Erkenntnis. »Jane erwartet ein Kind, nicht wahr? Sieht ja ganz so aus, als hätten die MacCarricks seit Kurzem keine Probleme mehr, sich zu vermehren. Bleibst du deswegen bei ihr? Und muss sie dich deswegen akzeptieren?«

»Nein, sie ist nicht schwanger. Wir warten noch.« Auf Ethans rätselnden Blick hin ergänzte Hugh rasch: »*Nicht* in der Form, dass wir enthaltsam wären.«

»Ihr wartet«, wiederholte Ethan und nickte bedächtig. »Mein Bruder, der Söldner, ist also losgezogen und hat eine unermesslich reiche Erbin geheiratet, die jetzt von ihm ein Kind erwartet. Und mein anderer Bruder betreibt Verhütung. Lass mich raten: Es war ihre Idee.«

»Es war *unsere* Idee. Und ich habe über meine Ehe nachgedacht, Ethan. Wochenlang habe ich überlegt, ob Jane bei mir bleiben sollte oder nicht. Jedes Mal, wenn ich jemandem erzähle, dass ich Jane Weyland geheiratet habe, lachen die Leute und glauben, ich würde scherzen.« Hugh machte eine ernste Miene und murmelte: »Das ist sehr schnell ermüdend geworden.«

»Es *ist* ja auch lachhaft«, merkte Ethan an, der stets so redete, wie ihm der Schnabel gewachsen war. »Sie ist eine bekannte

Schönheit, sie ist intelligent, ihre Familie ist unglaublich groß. Du dagegen kannst Menschenansammlungen nicht ausstehen und redest in Gesellschaft kaum ein Wort.«

»Aye, ich weiß. Aber sie ist glücklich, meine Frau zu sein. Wie sich herausgestellt hat, wollte sie mich schon heiraten, als sie noch ein kleines Mädchen war.« Hugh hörte sich so unverschämt stolz an. »Und ich strenge mich auch für sie an.«

»Ein Mann kann sein Wesen nicht ändern«, beharrte Ethan.

»Nein, jedenfalls nicht in allen Dingen«, stimmte Hugh ihm zu. »Aber ich glaube, wenn es Männern wie uns gelingt, dann ist es eine grundlegende Veränderung.«

»Was soll denn das heißen?«

»Sieh dir Court an. Er war fast so egoistisch wie du, aber jetzt ist er ein anderer Mensch.«

Ethan machte sich nicht die Mühe zu leugnen, dass er egoistisch war, sondern sagte: »Aye, sieh dir Court an. Noch so ein Beispiel für eine völlig unpassende Paarung. Annalía ist eine wohlhabende Erbin, aber Court besitzt nicht mal zwei Guineas. Außerdem ist er ein Söldner, während sie nicht sanftmütiger sein könnte. Wie soll er sie ernähren? Soll er sie mit dem Neugeborenen zu Hause lassen, während er irgendwo des Geldes wegen in den Krieg zieht?«

»Er ist kein Söldner mehr.«

Mit einem humorlosen Lachen konterte Ethan: »Dann werden die beiden verhungern, und zwar auf einem heruntergekommenen Lehnsgut mitten in den Highlands – es sei denn, er will auf ihre Kosten leben.« Er machte eine finstere Miene. »So etwas würde noch fehlen. Ich werde ihm etwas Geld zukommen lassen, bevor er der erste MacCarrick wird, der sich von seiner Frau durchfüttern lässt.«

»Nein«, widersprach Hugh. »Als er auf seinem letzten Feldzug unterwegs war, habe ich sein Erspartes für ihn angelegt.

Court verfügt jetzt über ein festes Einkommen. Und als Jane und ich uns auf seinem Anwesen versteckt hatten und darauf warteten, dass du Grey ausschaltest, mussten wir die Zeit totschlagen. Also fingen wir an, das Haus zu renovieren. Lass es mich so sagen: Arbeit war für mich das Einzige, was mich davon abhielt, Jane zu nahezukommen. Glaub mir, Courts Haus ist jetzt richtig wohnlich. Und Annalía liebt es, dort zu sein.«

»Und wie lange wird das gut gehen? Wie lange *kann* es gut gehen? Ihr zwei verblüfft mich wirklich. Ich dachte, meine Brüder wären vernünftiger.«

»Wenn es Unvernunft ist, die mich erleben lässt, was ich derzeit erlebe, dann möchte ich gar nicht vernünftig sein.« Hugh ließ sich nach hinten sinken und machte den Eindruck, als habe er es aufgeben, Ethan überzeugen zu wollen. »Du wirst und kannst es nicht verstehen, bis du es ebenfalls fühlst. Jetzt ist das so, als wollte man einer Jungfrau erklären, was Sex ist.«

Mit diesem einen Wort waren Ethans Gedanken sofort wieder bei Madeleine angelangt. Dabei hatte er sich so gut geschlagen und seit mindestens zehn Minuten nicht mehr an sie gedacht.

Moment mal ... Ethan kniff die Augen zusammen. »Ich hasse es, wenn Menschen solche dümmlichen Argumente vorbringen. Das ist so wie damals, als unsere Mutter uns sagte, solange wir nicht verliebt seien, könnten wir nicht ihr Verhalten verstehen oder verzeihen, das sie nach Dads Tod uns gegenüber an den Tag legte.« Als er das von ihr gehört hatte, hatte Ethan erwidert: *»So ein Blödsinn. Ich muss auch nicht erst von einer verdammten Brücke springen, um zu wissen, dass die Landung nicht sehr angenehm sein wird.«*

Ethan hatte seiner Mutter dieses Verhalten nie verziehen, und es gab auch keine Entschuldigung dafür, dass die Frau ihren Söhnen die Schuld an Leith' Tod gab, keine Rechtfertigung für ihr widersinniges Benehmen, wenn sie schrie, sich an den Haaren riss und Dinge aussprach, die niemals zurückgenommen werden konnten …

»Nein, Ethan«, erwiderte Hugh. »Sie hatte recht.«

»Natürlich bist du ihrer Meinung – nachdem du jetzt dem Ehekult frönst. Ich weiß nicht, ob mich das Ganze amüsieren oder anwidern soll.«

Hugh schaute aus dem Fenster und sprach mit ungewohnt ernster Stimme: »Wenn ich … wenn ich Jane verloren hätte, ich weiß nicht, zu welchen Handlungen ich dann in der Lage gewesen wäre. Ich weiß nur, ich hätte mich nicht sonderlich darum gekümmert, darauf zu achten, was ich sage.«

»Jetzt habe ich mich entschieden. Ich bin angewidert.«

»Hast du je ans Heiraten gedacht?«

»Nein, noch nie. Ich dachte, wir *sollten* nicht heiraten, und außerdem ist es ganz sicher eine Untertreibung, wenn ich sage, dass meine Persönlichkeit nicht für eine Ehe spricht.« Ethan klang von seinen Worten völlig überzeugt, doch zum ersten Mal in seinem Leben kamen ihm Zweifel, ob das, was er von sich gab, auch so stimmte. Seine beiden Brüder waren verheiratet und schienen glücklich zu sein, und allem Anschein nach war der Fluch nicht das, wofür sie ihn gehalten hatten.

Ethan hatte davon gehört, dass ein Mensch unmittelbar vor seinem Tod noch einmal sein ganzes Leben an sich vorbeiziehen sah. Er selbst war dem Tod nur knapp entronnen, doch er hatte diese Erfahrung nicht gemacht. Allerdings gab es in seinem Leben auch nur wenige denkwürdige Ereignisse, die er nochmals hätte durchleben können. Er hatte nie irgendwelche Freundschaften gepflegt, wie zum Beispiel Court und andere Söldner es machten. Ebenso hatte er nie jene selbstlose Liebe für eine einzige Frau empfunden, wie es bei seinem Bruder Hugh der Fall gewesen war.

An jenem Abend in der Gasse war Ethan davon überzeugt gewesen, sterben zu müssen. Dabei war ihm bewusst geworden, wie sinnlos sein Leben eigentlich gewesen war. Und aus einem unerfindlichen Grund hatte er in jenen letzten Sekunden seines Daseins ausgerechnet an diese Madeleine gedacht …

Nach einer Viertelstunde Schweigen fragte Hugh schließlich: »Was wirst du machen, wenn wir zurück in der Stadt sind?«

»Mich für eine Reise nach Paris bereitmachen.« Zu schade nur, dass er erst noch einige Tage in London würde bleiben müssen, ehe er sich auf den Weg machen konnte. Er würde essen, um wieder zu Kräften zu kommen, und während seine Wunde weiter verheilte, konnte er alle notwendigen Reisevorbereitungen treffen.

»Was gibt es in Paris?«

»Madeleine Van Rowen.«

»Denkst du etwa immer noch an sie?« Hugh zog die Augenbrauen hoch. »Das ist interessant.«

Ethan zuckte mit den Schultern. »Deute nicht irgendwas hinein.«

»Das hat doch nicht noch immer mit dieser Rache zu tun, oder?«

»Und wenn es so wäre?« Er wollte seine Vergeltung ein für alle Mal zu Ende bringen und Sylvie so leiden lassen, wie sie es verdient hatte. Die Tatsache, dass er sich dabei an Madeleine erfreuen konnte, spielte für sein eigentliches Ziel allenfalls eine Nebenrolle.

Zwar beharrte er sich selbst gegenüber auf diesem Punkt, dennoch flüsterte ein anderer Teil seines Verstands ihm zu: *Du benutzt diese Rache als Vorwand, um Madeleine nachzustellen.*

»Sie kann nicht für das zur Rechenschaft gezogen werden, was ihre Eltern getan haben.« Mit gedämpfter Stimme ergänzte er dann: »Was, wenn sie die Eine ist?«

Erschrocken zuckte Ethan zusammen. »Wie? Du machst wohl Witze.«

»Hast du je an eine andere Frau so lange gedacht wie an sie?«

Nein, das war nie der Fall gewesen. Seit dem Tag, an dem er alt genug war, um von Frauen Notiz zu nehmen, hatte es nie eine wie sie gegeben, die ihn so sehr faszinierte und zugleich so wütend machen konnte. »Falls ich von deiner Ansicht über den Fluch überzeugt wäre – womit ich nicht sagen will, dass ich es bin –, dann wäre diese Tatsache letztlich völlig unwichtig. Keine Verbindung könnte stärker als diese von vornherein dem Untergang geweiht sein. Es ist albern, überhaupt einen Gedanken daran zu verschwenden.«

»Würdest du wirklich ein unschuldiges Mädchen verderben, nur um deine Rache weiter voranzutreiben?« Hugh machte den Eindruck, als bete er dafür, dass Ethan die richtige Antwort gab und sich entgegen seinen Befürchtungen *nicht* als Bastard entpuppte.

Doch er war dieser Bastard. »Nein.« Ethan ließ eine lange Pause folgen, um Hugh in einer trügerischen Sicherheit zu wiegen, erst dann fügte er hinzu: »Ich *habe* sie bereits verdorben. Am Abend des Maskenballs nahm ich ihr ihre Unschuld.«

»Das kann nicht wahr sein.« Hugh wirkte entgeistert. »Dann musst du sie heiraten.«

»Auf keinen Fall.«

»Sie ist eine Freundin meiner Frau. Ich werde einschreiten, Ethan.«

Der reagierte mit einem höhnischen Grinsen. »Glaubst du, du kannst mich davon abhalten, meinen Spaß mit ihr zu haben? Nichts und niemand wird mich davon abhalten, schon gar nicht du.«

Eine Weile musterte Hugh Ethan, dann nickte er bedächtig. »Ich verstehe. Jetzt wird das Bild allmählich klarer.«

»Was soll das heißen?«

»Sieh dir die Tatsachen an: Madeleine ist deine erste Frau seit Gott weiß wie lange, und du musst immer an sie denken. So viele Jahre lang hast du Grey töten wollen, und nun ist dir das genommen worden. Normalerweise würde dich das aufreiben. Die Tatsache, dass Grey dich überlistet hat, sollte dir mehr als alles andere zu schaffen machen, ganz zu schweigen davon, dass es Jane war, die auf ihn geschossen hat, während du nicht dazu in der Lage warst. Früher hättest du versucht, diesen MacReedy-Jungen zu verprügeln, selbst wenn du dafür zu ihm hättest kriechen müssen. Aber all diese Dinge machen dir gar nichts aus, weil du nichts anderes willst als zu *ihr* zurückzukehren.«

Ethan würde sich von ihm nicht ködern lassen. »Ich will sie ein paar Wochen lang genießen, weiter nichts.«

»Ich wünsche dir dabei alles Glück der Welt, Bruder«, sagte Hugh, und dann glaubte Ethan ihn noch etwas murmeln zu hören: »*Willkommen im Kult.*«

14

Hier lebte Madeleine Van Rowen?

Ethan betrachtete das sechsstöckige Gebäude, vor dem er stand. Das verfallende Bauwerk war früher einmal eindeutig ein herrschaftliches Haus gewesen, doch jetzt sah es aus, als würde es zusammenbrechen, sobald er sich an die Hauswand lehnte. Noch überraschender war jedoch, dass dieses Haus mitten in La Marais stand, einem der übelsten Viertel in ganz Paris.

Wie er gehört hatte, sollte sie eine Wohnung im obersten Stockwerk haben – üblicherweise den Ärmsten vorbehalten, weil es eine entsetzliche Mühsal war, Wasser und Lebensmittel bis ganz nach oben schleppen zu müssen.

Er ging die Stufen zur Haustür hinauf und bahnte sich einen Weg um betrunkene Männer herum, die sich in verschiedenen Stadien des Rauschs befanden. Bedauerlicherweise war die Tür abgeschlossen, sodass er auf Madeleine warten oder einen anderen Mieter abpassen musste, der die Tür aufschloss. Er begab sich zur nächsten Straßenecke, lehnte sich gegen die Hauswand und sah sich in aller Ruhe die Welt an, in der sie lebte.

Männer gingen umher, die für jedermann deutlich sichtbar Messer oder Pistolen am Gürtel trugen; Prostituierte boten auf offener Straße ihre Dienste an und verrichteten eben diese Dienste in irgendeiner Ecke; Kinder rannten nackt und verdreckt durch die Gassen.

Es erinnerte ihn an die Mietskasernen in London, nur dass es hier noch wüster und chaotischer zuging. Wenn Madeleine tatsächlich hier wohnte, dann hatte sie diesen Wahnsinn jeden Tag vor Augen und war ein *Teil* davon.

Er versuchte, sie sich inmitten dieser Leute vorzustellen – elegant und zart in ihrem blauen Kleid, doch es wollte ihm nicht gelingen. Dass sie lieber hier lebte als im reichen Stadtteil St. Roch, wollte ihm auch nicht einleuchten. Dagegen konnte er sich nur allzu lebhaft vorstellen, dass Sylvie von den Gerüchten über Madeleines Aufenthalt in London erfahren und dann ihre Tochter dafür bestraft hatte, dass weder Quin noch der Comte weiterhin als Ehekandidaten zur Verfügung standen. Aber warum hatte Ethan Madeleine dann nicht in St. Roch angetroffen? Warum hatte sie nicht dort auf der Türschwelle gestanden und Sylvie angefleht, sie wieder aufzunehmen?

Ethan war heute Morgen in Paris eingetroffen, zehn Tage nachdem er die MacReedys verlassen hatte. Nachdem er zu seinem Hotel gegangen war, hatte er sich auf den Weg nach St. Roch gemacht, um unter der Adresse nach Madeleine zu suchen, die Quin ihm gegeben hatte.

Er wollte nicht, dass Sylvie ihn sah, weshalb er sich erst einmal in der Nachbarschaft umgehört hatte, um herauszufinden, ob Madeleine überhaupt in der Stadt war und wo man sie für gewöhnlich antreffen konnte.

Niemand hatte eine Ahnung, von wem er überhaupt sprach, bis er eine Beschreibung von Madeleine abgab.

Ein Gärtner meinte, sie komme ein paar Mal im Monat zu dem Haus. Einer der Dienstboten hatte sie eine Woche zuvor noch in einem Omnibus gesehen und beobachtet, dass sie nicht an der letzten Haltestelle vor dem Elendsviertel ausgestiegen war. Ihm war noch gut in Erinnerung, dass er gerätselt hatte, warum eine Frau wie sie weiterfuhr.

Ethan wusste noch, dass Sylvies frühere Adresse zu einer Straße im Viertel La Marais gehört hatte – und aus einem

Grund, der sich ihm nicht erschließen wollte, handelte es sich dabei – wie er herausgefunden hatte – um Madeleines aktuelle Anschrift.

Von da an war es nicht schwierig, ihre Fährte zu finden. Wie es schien, wusste jeder im Viertel, wer »Maddy *Anglaise*« oder »Maddy *la Gamine*« war, und offenbar war sie sehr beliebt, weil niemand mit Informationen über sie herausrücken wollte.

Eine Gruppe älterer Frauen auf der Treppe zu einem Hauseingang hatte seine Fragen ignoriert; die Frauen hatten ihre Pfeifen geraucht und drauflos getratscht – bis er ihnen den Diamantring zeigte, den er für den Fall mitgebracht hatte, dass sich Madeleine sträuben sollte. Als er den Frauen anvertraute, er plane Maddy zu heiraten, da hatten sie ihm den Weg zu diesem Haus gar nicht schnell genug zeigen können. Ihre einzige Bitte war es gewesen, Ethan möge sich doch ihre Namen gut merken, damit sich Maddy denjenigen gegenüber erkenntlich zeigte, die geholfen hatten, dass das Glück den Weg zu ihr fand.

Während Ethan weiter wartete, überlegte er, ob Madeleine wirklich erst noch überredet werden musste, ihn zu begleiten. Selbst nachdem sie zum ersten Mal sein Gesicht gesehen haben würde, würde sie doch sicherlich immer noch jede Gelegenheit nutzen, dieses Viertel zu verlassen.

Eine Madeleine Van Rowen, die mir dankbar sein wird. Dieser Gedanke sagte ihm sehr zu …

Er reagierte angespannt, als er sah, wie die Haustür geöffnet wurde und eine große, grauhaarige Frau mit einem Eimer in der Hand aus dem dunklen Flur nach draußen kam. Sie ging um die Betrunkenen herum ohne von ihnen Notiz zu nehmen, und ging zu einer Wasserpumpe, die einige Ecken entfernt war.

Ethan stürmte über die Straße, während die Tür langsam zufiel. Da er fürchtete, Madeleine könnte andere vor dem großen Schotten gewarnt haben, verschwand er so schnell wie möglich im Haus. Dort tastete er sich vorsichtig weiter bis zum stockfinsteren Treppenhaus. Dort musste er sich an dem als Geländer dienenden dicken Seil festhalten, als er langsam die Stufen hinaufging. Alle wiesen eine unterschiedliche Höhe auf, was das Vorankommen zusätzlich erschwerte, zudem war das Treppenhaus so schmal, dass er sich seitwärts voranbewegen musste.

Was, wenn sie tatsächlich dort oben war? Dann würde er sie in wenigen Augenblicken wiedersehen …

Als er auf dem Treppenabsatz im sechsten Stock ankam, knarrte eine Diele unter seinen Füßen, woraufhin eine Frau aus ihrem Zimmer kam – nach den stark geschminkten Wangen und Lippen zu urteilen, eine Hure. Ein Blick über ihre Schulter bestätigte Ethans Vermutung, denn er konnte durch eine dichte Wolke aus Zigarettenqualm hindurch einen Mann mit Augenbinde sehen, der gefesselt auf ihrem Bett lag und den Kopf mal hierhin, mal dorthin drehte.

Zehn Minuten in diesem Viertel hatten Ethans Frage beantwortet, woher Madeleine wusste, wie man einen Mann richtig anfasste. Sie wurde tagaus, tagein damit konfrontiert und musste genug gesehen haben, um zu wissen, wie es ging.

»Ich bin auf der Suche nach Madeleine Van Rowen«, sagte er zu der Frau.

»Und wer sind Sie?«, fragte sie misstrauisch.

Gut, sie beherrschte seine Sprache. Zwar konnte Ethan Französisch, doch er bevorzugte es, in seiner Muttersprache zu reden.

»Sie sind der Mann aus London?«

Hatte Madeleine ihn erwähnt? Falls ja, konnte er sich beim besten Willen nicht vorstellen, was sie über ihn gesagt haben mochte. Dennoch antwortete er mit einem »Aye«.

»Und welcher? Der erste oder der zweite?« Auf seinen ratlosen Blick hin ergänzte sie: »Der Engländer oder der Schotte?«

Dann musste Madeleine von Quin gesprochen haben. Dachte sie also immer noch an diesen Bastard! »Der … Schotte.«

Sie zog die Tür hinter sich zu und achtete nicht auf die Protestrufe des Mannes, machte eine erfreute Miene und verschränkte die Hände. »Maddée hat Corrine und mir alles über Sie erzählt. Der Maskenball, *n'est-ce pas*?« Mit einem Finger fuchtelte sie vor seinem Gesicht hin und her, als würde sie ihn ausschimpfen. »Sie waren zu unserer Maddée *très mauvais*, aber jetzt sind Sie doch noch ihretwegen hergekommen.«

Madeleine hat ihren Freunden alles über mich erzählt? Er hatte keine Ahnung, was sie von ihr alles erfahren haben mochten und was sie davon als *très mauvais* erachteten.

Sie beugte sich vor und sprach in verschwörerischem Tonfall. »Sie tauchen auch gerade zur rechten Zeit auf – wegen der Schulden, meine ich.« Was für Schulden? »Ich bin übrigens *Bea*.« Bea war von schlichtem Gemüt, wurde ihm bewusst. Nett, aber von schlichtem Gemüt. »Ich bin eine von Maddées guten Freundinnen.«

»Aye, Bea.« Er tat so, als würde der Name ihm etwas sagen. »Ich habe viel über Sie gehört.«

Zufrieden richtete sie ihr Haar, dann jedoch stutzte sie und zeigte auf sein Gesicht. »Maddée erwähnte gar nicht, dass Sie eine Kriegsverletzung haben. Aus dem Krimkrieg, richtig?«

»Nein, eigentlich …« Er brach mitten im Satz ab, da sie sich bereits mit einem Schulterzucken einer anderen Wohnungstür zugewandt hatte.

»Maddée ist im Moment nicht hier. Sie arbeitet noch.« Sie griff in ihre Bluse und zog ein Band hervor, das sie um den Hals trug und an dem mehrere Schlüssel hingen. »Aber ich lasse Sie in ihre Wohnung, damit Sie auf sie warten können.«

»Vielleicht könnten Sie mir ja sagen, wo sie arbeitet, dann kann ich zu ihr gehen.«

»Wer soll das schon wissen? Vielleicht an der Brücke oder auf der Ecke. Oder in irgendeiner Spelunke oder einem Café. Ich habe keine Ahnung.«

Er spürte, wie sich sein Gesicht anspannte. »Und was genau ist ihre Arbeit?« In den sieben Wochen seit ihrer gemeinsamen Nacht war sie mittellos geworden. Wer weiß, vielleicht ging sie inzwischen dem gleichen Gewerbe nach wie ihre Nachbarin.

Als Bea seine Gedanken erriet, rief sie hastig: »Oh, nein, nein. Maddée serviert Getränke und verkauft manchmal Zigaretten.« Voller Stolz fügte sie an: »Türkische Zigaretten.« Dann folgte in einem ermahnenden Tonfall: »Unsere Maddée ist ein anständiges Mädchen. *So etwas* würde sie nicht machen.«

»Ja, natürlich«, gab er beschwichtigend und erleichtert zurück. »Mir gefällt nur nicht, dass sie arbeiten muss.«

»*Exactement!*«, stimmte sie ihm zu, während ihre Augen aufleuchteten. In aller Eile schloss sie die andere Wohnung auf. »So, das hier ist ihr Zimmer.« Mit einem breiten Lächeln führte sie ihn nach drinnen.

Als er die Einrichtung sah, war Ethan einen Moment lang sprachlos.

»Erstaunlich, *n'est-ce pas*?« Bea hatte allen Grund, stolz zu sein. Auch wenn Madeleines Wohnung eigentlich nichts weiter war als ein Teil des Speichers – die schräge Decke war selbst an ihrem höchsten Punkt noch so tief, dass Ethan nicht aufrecht stehen konnte, zudem verliefen dicke Balken kreuz und quer durchs Zimmer –, doch Madeleine hatte daraus etwas Wunderbares gezaubert.

Im obersten Stock solcher Herrenhäuser waren normalerweise die Quartiere für das Dienstpersonal oder ein Schulzimmer zu finden, und hier waren Überreste einstiger glorreicher

Zeiten zu sehen – eine kunstvolle mit Goldfarbe abgesetzte Täfelung verlieh dem langen, schmalen Raum Schmuck. Oberhalb der Täfelung hatte sie an den stärker in Mitleidenschaft gezogenen Stellen Plakate aufgehängt. Zwei große Fenster beherrschten den Bereich, in dem ihr Bett stand, links und rechts hingen rote Vorhänge, und davor fand sich ein kleiner Balkon. Als er nach draußen sah, stellte er fest, dass sie einen ungehinderten Ausblick auf Montmartre genießen konnte. Der Balkon selbst war von Blumen nahezu zugewuchert, ein hölzernes Windspiel bewegte sich in einer leichten Brise.

»Maddée liebt es, da draußen zu sitzen.«

Er nickte, schließlich fragte er: »Müssen Sie nicht zurück zu Ihrem … Ihrem Freund?«

»Der läuft mir nicht weg«, entgegnete sie und machte eine sorglose Handbewegung. »Na, machen Sie schon, öffnen Sie das Fenster.«

Ethan löste den Riegel an einem der Fenster und machte es weit auf. Eine für die Jahreszeit zu warme Brise wehte herein, das Windspiel klimperte laut, die Vorhänge begannen zu flattern. Vom Balkon sprang eine schwarze Katze ins Zimmer, tastete mit einer Pfote nach Ethans Hosenbein und strich ihm dann um die Beine. »Madeleines Tier?«

»*Non,* sie kann es sich nicht leisten, Chat Noir durchzufüttern. Er geht nicht oft so auf Menschen zu. Das ist ein gutes Zeichen.«

Angesichts der Tatsache, dass die Menschen ihn generell nicht mochten, verwunderte es Ethan immer wieder, wie manche Tiere ihn sofort in ihr Herz schlossen. Es schien, als würden Tiere ihn entweder lieben oder hassen, dazwischen gab es nichts.

Nachdem er seine Aufmerksamkeit wieder auf Madeleines Zuhause gerichtet hatte, ging er zum zweiten Fenster und bemerkte, dass gleich daneben ein Eimer hing. Da wurde ihm klar, dass Madeleine Wasser und Lebensmittel gar nicht Etage um Etage nach oben schleppen musste. Stattdessen zog sie alle Vorräte nach oben, indem sie zwei miteinander verbundene Flaschenzüge benutzte, die das Gewicht deutlich verringerten. *Was für ein kluges Mädchen!*

Hinter dem zweiten Fenster war durch einen Samtvorhang ein Bereich des Zimmers abgeteilt, in dem ein lachhaft winziger Holzbottich stand. Allerdings musste sie im Gegensatz zu ihm auch nicht versuchen, dort einen Körper von knapp zwei Metern Länge unterzubringen.

Auf einem schlichten Bettgestell lag das Bettzeug, die Decke war aus teuer aussehenden Stoffen zusammengenäht worden, die aber bereits sichtlich abgewetzt waren.

Vermutlich hatte Sylvie Madeleine aus dem Haus geworfen, als der Comte nicht länger zur Verfügung stand, jedoch vermittelte diese Wohnung ein Gefühl von Dauerhaftigkeit. Dies hier war nicht erst seit ein paar Wochen ihr Zuhause.

So angenehm warm die Nachmittagssonne im Moment auch war, musste es verdammt schwierig sein, diese Unterkunft im Winter zu heizen. Zweifellos war das Dach undicht, und viele der kleinen Butzenscheiben wiesen Sprünge auf oder fehlten ganz, weshalb sie durch dünne Stücke Stoff ersetzt worden waren. Künstlerisches Talent jedoch würde in den kommenden Monaten nicht für eine warme Wohnung sorgen.

Dann fiel ihm noch etwas auf. Zwar besaß sie einen Ofen und einen Wasserkessel, aber von einem einzelnen, glänzenden Apfel abgesehen schien es hier nichts zu essen zu geben.

Ein ungewohnter Druck legte sich auf seine Brust. Das erklärte auch diese Melancholie, von der sie umgeben gewesen war und die sie für ihn vom ersten Augenblick an so anziehend gemacht hatte. Und es machte klar, warum sie auf der Suche nach einem reichen Ehemann war. Warum nur erduldete sie seit so langer Zeit diese ärmlichen Verhältnisse, wenn sie eine reiche Mutter und noch reichere Freunde hatte?

»Warum lebt sie nicht bei ihrer Mutter?«

Bea stutzte. »Hat sie es Ihnen nicht gesagt?«

»Was gesagt?«

Von der Treppe rief eine Frau nach oben: »Bea? Bist du das?«

»*Oui!*«, brüllte sie dicht neben Ethans Ohr. »*C'est moi!*«

»Von den Säufern hörte ich, ein Mann sei ins Haus gegangen. Ist er einer von deinen Stammkunden?«

»*Non!* Ich habe niemanden gesehen.« An ihn gewandt flüsterte Bea: »Ich muss jetzt gehen. Corrine würde sich sehr aufregen, wenn sie wüsste, dass Sie hier sind.« Mit einem Seufzer fügte sie hinzu: »Aber sie versteht die Liebe auch nicht so gut wie ich.«

Leise fragte Ethan: »Wann kommt Maddy zurück?«

»Ich weiß nicht. Am besten ist, Sie machen es sich bequem. Klopfen Sie einfach gegenüber an, wenn Sie was brauchen.« Mit diesen Worten ließ sie ihn allein.

Von dem schwarzen Kater auf Schritt und Tritt verfolgt, widmete Ethan sich Madeleines wenigen Habseligkeiten. Sie besaß ein paar Kleider, alle sichtlich verschlissen, aber von kräftiger Farbe und recht modernem Schnitt. Er fand nichts, was sie in London hätte tragen können, doch diese Garderobe hatte sie inzwischen vermutlich längst verkauft – etwa auch das blaue Kleid, das sie in ihrer gemeinsamen Nacht getragen hatte?

In der Kommode, die nur über zwei von vier möglichen Schubladen verfügte, waren ihre Dessous ordentlich gefaltet untergebracht. Es war nicht zu übersehen, wie oft sie diese Wäsche bereits gestopft hatte.

In einem Hohlraum unter einem lockeren Fensterbrett stieß er auf einen größeren Bestand an Diebesware. Zwei silberne Geldscheinklammern mit Gravur waren in ein Seidentuch eingewickelt, die sie nach einer angemessenen Wartezeit zweifellos einschmelzen lassen wollte. Das Versteck war auch der Aufbewahrungsort für ein Wettbuch, in dem ihre persönliche Bilanz mehr Gewinne als Verluste verzeichnete. Daneben lagen Berechtigungsscheine für Kohlen und für Obst – die sie im letzten Juni gekauft hatte.

Faszinierend. Sie war eine Diebin und Spielerin, und sie kaufte im Sommer verbilligte Berechtigungsscheine für Güter, die im Winter erheblich teurer waren.

Nachdem er alles zurückgelegt hatte, fiel ihm eine Milchkiste neben dem Bett auf. Darauf lagen Modezeitschriften – *Le Moniteur de la Mode* und *Les Modes Parisiennes* – sowie ein Buch: *Die Bohemiens des quartier latin: Scenes de la Vie de Bohème.* Er stutzte und erinnerte sich daran, dass er von diesem Buch schon mal gehört hatte. Es enthielt Skizzen von »Bohemiens«, armen Künstlern, die über Essen, Trinken und Sex schrieben. Hielt Madeleine sich für einen von diesen Künstlertypen? Auf jeden Fall musste sie sehr talentiert sein, wenn sie ihre Wohnung so liebevoll einzurichten verstand.

Er atmete aus und ließ sich auf ihr Bett sinken, der schnurrende Kater war sofort bei ihm. Ethan wusste, er war hier allein, dennoch schaute er sich erst um, bevor er das Tier streichelte.

Ihm wurde klar, dass sein Racheplan einige große Lücken aufwies, und er fragte sich, ob es Sylvie überhaupt kümmern würde, wenn er die Heirat ihrer Tochter vereitelte. Das Vorhaben, dieser Frau Madeleine wegzunehmen, um sie zu bestrafen, schien seinen eigentlichen Zweck nicht mehr zu erfüllen. Das Mädchen hatte sich bereits von der Mutter distanziert.

Vielleicht war es das Beste, wenn er einfach wegging.

Er griff nach Madeleines Kissen und hielt es vors Gesicht, da er ihren Duft riechen wollte. Vor Vergnügen schloss er die Augen. Oh nein, er würde nicht weglaufen, bis er sie wieder unter sich hatte.

Außerdem liebte er es, Rätsel zu lösen, und Madeleines Leben war ganz sicher ein solches Rätsel.

Entschlossen stand er auf und ging im Zimmer auf und ab, als wäre er … nervös. Ein Mann, der erfahren und zynisch war, der bitteren Hohn und Spott austeilte, wurde bei dem Gedanken kribbelig, dieses Mädchen wiederzusehen.

Denn diesmal würde sie sein Gesicht zu sehen bekommen.

Er ging hinüber zu dem teilweise gesplitterten Spiegel, der über der Kommode an der Wand hing. Jedes Mal, wenn sie in diesen Spiegel schaute, zeigte der eine wundervolle Schönheit. Beim Anblick seines eigenen brutalen Gesichts konnte er nur höhnisch lachen. Sie beide waren die Schöne und das Biest.

Aber dieses Biest hat Geld, hielt er sich vor Augen, *während es ihr genau daran zu fehlen scheint.*

Bald setzte die Dämmerung ein, und er ging auf den Balkon, um nach Madeleine Ausschau zu halten, solange die Sonne noch nicht ganz untergegangen war. Dabei fielen ihm zwei gedrungene Schlägertypen auf, die vor dem Haus auf und ab gingen. Es gab keinen Zweifel daran, dass es sich bei ihnen um Kriminelle handelte. Bea hatte von Schulden gesprochen. Warteten die Männer etwa auf Madeleine?

Ethan ließ seine Schultern kreisen, um die Nähte auf seiner Brust zu belasten. Wenn er sich mit den beiden Kerlen anlegen musste, würde die Wunde wohl nicht allzu sehr aufreißen …

Die oberste Stufe knarrte, und sofort war sein Körper auf das Äußerste angespannt. Mit einem Satz war er an der Tür und riss sie auf, dann sah er, dass Bea ebenfalls zur Tür gekommen war. Beide schauten sich verdutzt an.

Die Frau, die er mit einem Eimer das Haus hatte verlassen sehen, stand auf dem Treppenabsatz und hielt einen Besen in der Hand. Obwohl sie grauhaarig war, wies ihr Gesicht keine Falten auf, was es schwierig machte, ihr Alter zu schätzen. »Was, bitte, haben Sie in Maddys Wohnung zu suchen?«, wollte sie wissen. »Wer hat Sie überhaupt ins Haus gelassen?«

Außerhalb des Gesichtsfelds dieser Frau schüttelte Bea hastig den Kopf und fuchtelte mit den Armen.

»Ich bin wegen Madeleine hier. Ich warte hier auf sie – es sei denn, Sie können mir sagen, wo ich sie finden kann.«

»Sie sind der Schotte! Der Mann, der meiner Maddy wehgetan hat!« Sie umfasste den Stiel fester und hob den Besen. »Den Teufel werde ich tun, Ihnen zu sagen, wo sie ist! Wir werden vielmehr dafür sorgen, dass Sie verschwinden, bevor sie nach Hause kommt. Sie hat auch ohne Sie schon genug Sorgen.«

Endlich mischte sich Bea ein. »Corrine, vielleicht sollten wir warten. Maddée hat doch gesagt, dass sie ihn wirklich leiden konnte, weißt du?«

»Halt den Mund, Bea!«

Sie kann mich leiden?, wunderte sich Ethan, ermahnte sich aber sofort. Als ob ihn das kümmerte!

Doch Bea blieb hartnäckig und zischelte der anderen Frau zu: »Maddée sagte, dass der Schotte derjenige war, den sie …«

»Das war, bevor er ihr Geld hingeworfen und sie wie eine Hure behandelt hatte.« Sie blickte Ethan zornig an, dann wandte sie sich wieder an Bea. »Nichts für ungut.«

»*Non?*« Bea schaute Corrine an, als würde sie gar nicht verstehen, was damit gemeint war.

Hatte Madeleine es tatsächlich so aufgefasst, als er ihr die

Münzen auf die Bank warf? Er wollte doch nur die Droschke bezahlen. »Ich möchte mich mit ihr versöhnen«, erklärte er. »Und einige Missverständnisse aufklären.«

Corrine musterte ihn von Kopf bis Fuß, als wollte sie seinen Wert taxieren. Dabei fiel ihm auf, dass sie von seiner Narbe nur flüchtig Notiz nahm.

»Ich möchte nur mit ihr reden«, fuhr er fort, da er merkte, wie ihre Entschlossenheit ins Wanken geriet. »Es wäre hilfreich, wenn Sie mir sagen könnten, wo sie ist.« Dann legte er noch etwas nach, um Eindruck zu machen: »Und ich mag sie im Übrigen auch.«

»Siehst du?«, rief Bea.

Langsam ließ Corrine den Besen sinken und stellte ihn an der Wand ab. »Wenn Sie nicht hier sind, um Maddy einen Heiratsantrag zu machen, dann haben Sie hier nichts zu suchen.«

»Aber das ist doch genau das, was ich vorhabe«, sagte er.

Erleichtert atmete sie auf, und während Bea begeistert in die Hände klatschte, entgegnete sie: »Nun, wenn das so ist … Maddy sprach davon, dass sie versuchen würde, im *Silken Purse* Arbeit zu bekommen. In Montmartre.«

Er nickte dankbar. »Ausgezeichnet. Ich werde sofort hingehen.«

»Da müssen Sie den Hügel hochgehen«, erklärte Bea und lächelte ihm ermutigend zu. »Halten Sie hinter dem Haus nach ihr Ausschau, sie wird dort mit den anderen Schlange stehen, die auch Arbeit suchen.« Plötzlich stutzte sie und sah Corrine an. »Im *Silken Purse*? Corrine, bist du dir ganz sicher?« Als die nickte, redete Bea auf Französisch so schnell weiter, dass er nicht mehr mitkam. Er verstand nur ein paar Fetzen: »… sie sagte, dass er davon sprach …« »… dann hörte ihre Cousine …« »… er sagte es ihnen …« Und schließlich: »Berthé.«

Corrine wurde bleich.

»Was ist los?«, wollte Ethan wissen. »Was hat das alles zu bedeuten?«

»Es bedeutet, dass Sie sich beeilen müssen. Man hat vor, Maddy Übles anzutun.«

15

Hatte Ethan sich gefragt, ob er bei einer erneuten Begegnung mit Madeleine dieselbe Anziehungskraft wie zuvor fühlen würde, so wusste er die Antwort in dem Moment, als er sie wiedersah.

Eine Hausecke von dem Gastlokal entfernt war er stehen geblieben und beobachtete sie, wie sie in der Schlange wartete. Im Schein der untergehenden Sonne stellte er fest, dass sie noch schöner aussah, als er sie sich vorgestellt hatte. Wegen der Maske war ihm nur der Blick auf ihre leuchtend blauen Augen, die vollen Lippen und das entschlossene Kinn gewährt worden. Ihre Nase war schmal und fein geschnitten, ihre hohen Wangenknochen strahlten etwas Aristokratisches aus.

Atemberaubend.

Aber trotz ihrer so arglos schauenden Augen sah sie keineswegs unschuldig aus. Ganz im Gegenteil. Ihre Bluse war weit geöffnet, was den Blick auf ihren Busen lenkte, der üppiger war, als Ethan ihn in Erinnerung hatte. Um den blassen Hals trug sie ein schwarzes Band. Das Haar hatte sie sich zu einer geflochtenen Krone aufgesteckt, aus der weiche Locken ihr bis weit über den Rücken fielen.

Sie hatte Rouge aufgelegt, und ihre Röcke waren sehr ungewöhnlich geschnitten, da sie nicht von der Taille an abwärts weit um ihren Körper wallten, sondern um die Hüften herum eng anlagen.

Madeleine wirkte älter und ein wenig … *wollüstig*, so, als sei sie bereit, genommen zu werden. Bei ihrem Anblick empfand er heißes Verlangen – was ihn eigentlich nicht überraschen sollte.

Als sie mit wachsamem Blick die anderen Frauen musterte, fühlte Ethan sich an einen Fuchs erinnert, der umsichtig und klug seinen nächsten Zug plante.

Die Frauen gingen alle in Habtachtstellung, als ein Kellner die Hintertür öffnete. Der Mann sprach sehr schnell und soweit Ethan es verstehen konnte, erklärte er, dass an diesem Abend nur zwei Frauen gebraucht würden, alle anderen müssten sofort gehen, oder man würde sie wegen Herumlungerns festnehmen lassen.

Sofort drängten sich alle um den Mann. Gegen die größeren Frauen hatte Madeleine keine Chance, denn die Art, wie die sie anstarrten und die Arme vor der Brust verschränkten, war eine deutliche Warnung. Wenn sie eine von denen herausforderte, würde ihr *ganz sicher* Übles widerfahren.

Ihr musste die Gefahr bewusst sein, denn sie zog sich aus dem Getümmel zurück. Sie blieb nur kurz stehen, um ein junges Mädchen, das einen Bauchladen mit Zigaretten trug, am Arm zu ergreifen und mit sich zu ziehen. Das schmächtige Mädchen schien jeden Moment in Tränen ausbrechen zu wollen, weil es nicht in das Lokal gelangen konnte. Beruhigend legte Madeleine dem Mädchen die Hand an die Wange, dann hielt sie eine Goldmünze hoch. »Ich wette mit jeder von euch um hundert Francs«, verkündete sie mit lauter Stimme, »dass ich eine von den zweien sein werde, die heute Abend dort hineingelangen.«

Wie Geier um ein Stück Aas kreisten, so umringten die anderen Frauen Madeleine und das Mädchen und belauerten die beiden, bereit, sich jeden Moment auf sie zu stürzen. Ethan spannte sich an, um eingreifen zu können. Die stärkste Frau aus der Gruppe griff nach der Münze, dabei schlug sie Madeleine auf die Hand. Das Geldstück flog in hohem Bogen durch die Luft und landete einige Meter entfernt auf dem Pflaster. Alle hetzten hinterher, stießen sich gegenseitig zur Seite, zogen sich an den Haaren – und in der Zwischenzeit verschwand Madeleine in das Lokal, wobei sie das verblüffte Zigaretten-Mädchen hinter sich her zog.

Die Frau, die die Münze ergattert hatte, rief plötzlich: »Das ist Spielgeld!«

Lautes Geschrei brach aus, das in den Schlachtruf mündete, dass *la gamine* – das Straßenmädchen – für diesen üblen Streich sterben sollte.

Ethan grinste. *La gamine* … dieser Name passte zu ihr, da sie etwas Lausbübisches an sich hatte. Er ging zum Haupteingang des Lokals, weil er unbedingt sehen wollte, was Madeleine als Nächstes machen würde.

Die anderen Barmädchen waren sichtlich entsetzt, als sie sahen, dass Maddy und das Zigarettenmädchen – das den passenden Namen Cigarette trug – die beiden begehrten freien Plätze bekommen hatten. Maddy hatte dem Mädchen geholfen, weil es sie an sie selbst in jenem Alter erinnerte: hungrig, verzweifelt, voller Hoffnung darauf, wenigstens einmal ein klein wenig Glück zu haben.

Obwohl … so erging es Maddy doch immer noch!

Oh verdammt! Berthé stand hinter der Theke und grinste sie spöttisch an. Manchmal halfen sie und Odette in den Lokalen aus, aber nur, weil sie auf diese Weise neue Freier gewinnen wollten. Dass sie heute Abend hier war, verhieß nichts Gutes.

Schon seit Jahren war Maddy nicht mehr im *Silken Purse* gewesen, das sich seit ihrem letzten Besuch nicht verändert hatte. Da waren der Eingangsbereich und die zwei großen Säle, in denen Speisen und Getränke serviert wurden, außerdem das weniger hell erleuchtete Hinterzimmer, wo Prostituierte wie Berthé Getränke servierten und mit den jeweiligen Gästen aushandelten, was sie ihnen noch verkaufen konnten.

Gaslichter säumten die Wände im Schankraum, die Halterungen hatten sich durch den Tabakrauch gelblich verfärbt. Hinter der Theke hingen große Spiegel, in die man die Namen von Bier- oder Ginsorten eingraviert hatte.

Einige ältere Männer waren bereits betrunken und sangen lautstark Lieder aus der Zeit der Revolution, aber von ihnen und ein paar einsamen Trinkern abgesehen, herrschte gähnende Leere. Vor einigen Augenblicken hatte Madeleine die Türglocke gehört, doch da sie auf Berthé geachtet hatte, war ihr entgangen, wer hereingekommen war.

Es war typisch für ihr Glück, dass sie ausgerechnet an dem Abend in dem sonst überaus gut besuchten Lokal arbeiten durfte, an dem absolut nichts los war. Sie stützte die Ellbogen auf die Theke, legte das Kinn in die Hände und betrachtete ihr Spiegelbild. Auch mit dem Rouge auf den Wangen und der Schminke im Gesicht, die die dunklen Ringe unter ihren Augen verdecken sollte, machte sie einen übermüdeten Eindruck.

Plötzlich stutzte sie und rieb sich mit der Hand über den Nacken. Da war dieses unheimliche Gefühl, als würde jemand sie beobachten. Im Spiegel suchte sie den Raum hinter sich ab, doch da war niemand zu entdecken, der sie anstarrte. Im Hinterzimmer war es düster. Zwar sah sie dort die Umrisse eines Mannes, aber sie konnte sein Gesicht erkennen. Auch vermochte sie nicht zu sagen, in welche Richtung gewandt er dastand. Sie verspürte eine gewisse Neugier, doch sie war klug genug, nicht in dieses Zimmer zu gehen.

Nachdem sie sich gesagt hatte, dass niemand sie beobachtete und es nur Einbildung gewesen war, drehte sie sich um und stützte das Kinn wieder auf ihre Hände. *Nur eine kurze Pause vom Schicksal,* dachte sie. *Nur eine einzige, winzige Verschnaufpause.*

Sollte ihr diese Pause gewährt werden, dann würde sie sie ohne Zögern nutzen – so wie jeder in La Marais. Sie musste sich an die Hoffnung klammern, eines Tages von dort weggehen zu können. Zusammen mit Corrine und Bea träumte sie oft davon, mit einem Segelschiff irgendwohin zu reisen, vielleicht sogar bis nach Amerika. Maddy würde in einer Stadt wie Boston ein Geschäft für Damenmoden eröffnen, Corrine könnte dann Maddys Entwürfe nähen. Als sie das erste Mal über diese Idee sprachen, fragte Bea ganz bestürzt: »Und was soll ich machen?«

»Du präsentierst natürlich diese Kleider«, erklärte Maddy ihr, und Corrine nickte ernst. »Wir können kein Geschäft für Damenmoden eröffnen, wenn wir niemanden haben, der die Kleider vorführt.«

Daraufhin strahlten Beas blaue Augen. »Ich bin sehr gut darin, stillzustehen! Oh Maddée, du glaubst gar nicht, wie still ich stehen kann!«

Noch jetzt musste Maddy grinsen, als sie an diese Unterhaltung zurückdachte …

Als seien ihre Gebete erhört worden, drängte auf einmal eine große Gruppe englischer Touristen in das Lokal. Berthé riss sich diese Kunden sofort unter den Nagel, aber Augenblicke später folgte ein Haufen reicher Studenten von der Pariser Universität. *Ihr gehört alle mir,* dachte Maddy erfreut, setzte ihr freundlichstes Lächeln auf und stürzte sich auf die Gäste.

Wenig später war das Lokal überlaufen. Geschäftsleute, einfache Ladenbesitzer und *les Bohèmes* drängten sich in den Räumlichkeiten. Von Letzteren hielt Maddy sich fern, so gut es ging, vor allem von denen mit billigen Tonpfeifen und abgewetzten Ellbogen an den Ärmeln ihrer Jacken und Mäntel.

Sie machte ein gutes Geschäft mit Trinkgeldern, mehr als jemals zuvor, und es war ihr auch noch gelungen, an der Bar heimlich zwei Zitronen und mindestens ein halbes Dutzend Kirschen zu stibitzen, um etwas in den Magen zu bekommen. Als sie versuchte, das Dutzend vollzumachen, bekam der Oberkellner das mit und schlug ihr mit einem Stock brutal auf die Finger.

Vor Schmerzen presste sie die Lippen zusammen, schüttelte ihre Hand aus – und hatte abermals das Gefühl, dass jemand sie beobachtete.

Zum Glück konnte sie trotz des Schlags noch das Tablett tragen, sodass es ihr möglich war, im Laufe der nächsten zwei Stunden unzählige Krüge Bier, Gläser mit Bowle und Flaschen mit Absinth an die Tische zu bringen. Von Berthé wurde sie jedes Mal angerempelt, wenn sie sich an der Bar begegneten, aber Maddy war nach wie vor in der Lage, ein volles Tablett zu balancieren. Auch wenn ihre Stiefel zwei Nummern zu klein waren, war sie dennoch flink auf den Beinen.

Doch bei jeder Bewegung merkte sie, dass irgendjemand seinen Blick beharrlich auf sie gerichtet hatte.

Als Cigarette ihren Vorrat verkauft hatte, zeigte sich Maddy großzügig mit ihrem eigenen Gewinn und gab ihr fünfzehn Sous, die sie unter den Frauen aufteilen sollte, die draußen vielleicht noch auf eine Gelegenheit warteten, Madeleine zu verprügeln. Das Mädchen schob den Bauchladen zur Seite, um Maddy zu umarmen, dann eilte sie mit hin und her wippenden Zöpfen zur Hintertür.

Kaum war Maddy zu den Tischen zurückgekehrt, zog einer der Studenten sie auf seinen Schoß. Interessiert musterte sie durch den Zigarettenqualm hindurch die Decke, während sie den Mann reden hörte, der sie mit Leda und verschiedenen anderen Nymphen verglich und von seinen Hoffnungen und Träumen erzählte, die seine und Maddys Zukunft betrafen. Seine Schilderungen wurden mit der Zeit langweilig, sodass sie *zufällig* sein Glas umkippte und der Inhalt über seine Füße lief. Sie sprang auf und versprach ihm, ein neues Glas zu bringen – das sie natürlich auf seine Rechnung setzen würde.

Vier Männer im mittleren Alter trugen ihr Anliegen wesentlich direkter vor. Als Maddy zu ihnen sah, winkten sie sie zu sich, und einer von ihnen fragte ohne Umschweife, wie viel es kosten würde, damit sie mit jedem von ihnen schlief. Hundert Francs? Sie zwang sich zu einem Lächeln und verkniff sich eine angemessene Bemerkung. Als der Mann bei vierhundert Francs angelangt war – so viel würde sie vielleicht in einem wirklich erfolgreichen Jahr zusammenbekommen –, schüttelte sie immer noch entschlossen den Kopf. Um die vier nicht zu verärgern, empfahl sie ihnen eine der geneigteren Frauen im Hinterzimmer und bat sie, dort darauf hinzuweisen, dass Maddy sie an sie verwiesen hatte.

Zu ihrer Überraschung verhielten sich die Männer ihr gegenüber weiterhin sehr freundlich und bestellten sogar noch eine ganze Schale Bowle. Das war mit das Teuerste, was man im *Silken Purse* ordern konnte. Schnell lief sie zur Bar, um die Bestellung weiterzugeben.

Wenig später kehrte sie mit einer vollen Schale an den Tisch zurück und freute sich über so viel Glück …

Ethan hatte beschlossen, sich ein Bild davon zu machen, wie ein typischer Abend in Madeleines Leben aussah, um ihre gegenwärtige Situation zu verstehen. So wollte er herausfinden, warum sie gezwungen war, so hart zu arbeiten, anstatt in St. Roch auf einer Chaiselongue zu liegen und Schokolade zu essen. Mit jeder weiteren Minute wurde sein Unbehagen größer.

Diese Kneipe war nur eine von den vielen, in denen er schon gesessen und im Dienst für das Netzwerk Beobachtungen angestellt hatte. Doch dieses Mal musste er darum kämpfen, seine sonst selbstverständliche Distanz zu wahren. Maddys Verhalten fesselte ihn: ihr Geschick, wenn sie grapschenden Händen auswich, wie großzügig sie sich gegenüber dem Zigarettenmädchen verhielt, wie sie mit ihrem Humor die Männer zum Lachen brachte.

Er sah ihr jedes Mal an, wenn ihr ein eindeutiges Angebot gemacht wurde. Dann versteifte sie sich und war von einer arroganten Aura umgeben, während sie sich zwang, keine bissige Bemerkung zu machen. Mindestens ein Dutzend Mal passierte das, was bedeutete, dass er mindestens ein Dutzend Bewunderer töten wollte.

Wenn Ethan wirklich nichts weiter sein wollte als ein unbeteiligter Zuschauer, warum hatte er dann längst beschlossen, später wieder herzukommen und den Oberkellner zu bestrafen, weil der sie mit einem Stock geschlagen hatte? Und warum war er kurz davor gewesen, mit dem Gesicht des jungen Mannes den Boden aufzuwischen, der Maddy gegen ihren Willen auf seinen Schoß gezogen hatte?

Als sich der Abend dem Ende zuneigte, hatte er viel über Madeleine erfahren – und alles, was er beobachtete, musste er widerwillig bewundern.

Selbst jetzt, nach so vielen Stunden, arbeitete sie unermüdlich und trug mit stolzer Miene eine volle Punschschale vor sich her …

Plötzlich sah er, wie eine andere junge Frau ihr ein Bein stellte, sodass Madeleine den Halt verlor und der Länge nach hinfiel. Ehe er aufspringen und zu ihr eilen konnte, landete sie mit der vollen Schale auf dem Fußboden.

Im Lokal herrschte plötzlich Stille, wenn man vom leisen

Kichern einiger Männer absah, die Ethan am liebsten auf der Stelle gewürgt hätte.

Sie versuchte aufzustehen, aber ihr Fuß fand auf dem nassen Boden keinen Halt. Mit ihrer kleinen Faust schlug sie auf den Boden, ihre Miene zeigte eine Mischung aus Erschöpfung und Entschlossenheit. Im gleichen Moment, in dem er aufstand, um zu ihr zu gehen, rappelte sie sich auf und erhob sich. Sie wischte über ihren Rock, schluckte schwer und schloss die Augen, als bete sie dafür, dass die Kristallschale den Sturz heil überstanden hatte. Als sie dann die Augen wieder aufschlug, war ihr Blick benommen.

Der Oberkellner stieß auf Französisch einen Fluch aus, dann streckte er ihr eine Hand entgegen und tippte mit dem Zeigefinger auf die Innenseite. Das Kinn hoch erhoben, griff sie in die Rocktasche und schlurfte zur Bar. Als sie ihm die Münzen in die Hand drückte, klammerte sie sich an jede einzelne von ihnen, da sie sie am liebsten nicht wieder hergegeben hätte. Nachdem sie ihm wohl alles überlassen hatte, was sie an diesem Abend eigentlich mit nach Hause hätte nehmen wollen, zeigte der Oberkellner zur Tür. Vereinzelte Gäste buhten, aber der Mann ließ sich nicht erweichen.

Mit gestrafften Schultern ging sie zur Tür, doch ihr musste klar sein, dass die anderen Frauen auf sie warteten. Ethan folgte ihr und sah, wie sie den Trubel durch weitere eintreffende Gäste dazu nutzte, beim Hinausgehen von anderen unbemerkt einen Regenschirm aus dem Schirmständer zu nehmen.

Ethan verließ mit einigem Abstand das Lokal, während sie bereits die Stufen hinunterging. Wie erwartet standen Madeleines Rivalinnen längst bereit, um sie sich vorzunehmen. Mit vorgetäuschtem Mut klatschte sie den Schirm in ihre andere Hand und rief: »Also gut, wer von euch will den Anfang machen?«

Er blieb dicht hinter ihr stehen und warf über Madeleines Kopf hinweg den Frauen seinen vernichtendsten Blick zu. Die Frau, die ihnen am nächsten war, riss die Augen auf und wich zurück, die anderen folgten, und wenige Momente später waren sie in alle Himmelsrichtungen davongelaufen.

»So ist das richtig!«, brüllte Madeleine ihnen hinterher. »Und merkt euch meinen Namen!«

Plötzlich verstummte sie, hielt inne und drehte sich dann um.

Sein Herz raste. Nach wochenlangem Warten würden sie sich nun wieder in die Augen sehen. Mit dem Ärmel wischte er über seine feuchte Stirn.

Sie braucht mich mehr, als ich sie brauche, sagte er sich, dann fragte er: »Freundinnen von Ihnen?«

16

Maddy stieß keinen Schrei aus, sie zuckte nicht einmal zusammen. Stattdessen hielt sie den Regenschirm wie einen Kricketschläger umschlossen, als sie sich umwandte.

»Der Schotte!«, keuchte sie, als sie ihn erkannte. Er konnte eigentlich gar nicht dort hinter ihr stehen, aber diese Augen, dieser Akzent und seine beeindruckende Größe ließen keinen Zweifel zu. Sie betrachtete sein Gesicht und stellte mit Schrecken fest, dass der Mann, den sie für so vollkommen gehalten hatte, in Wahrheit furchtbar entstellt war.

Er stand völlig regungslos da, so als würde er sich für ihre Reaktion stählen. Es kam ihr vor, als würde er nicht mehr atmen, während sie auf die Narbe starrte.

»Na ja, jetzt wird mir klar, warum Sie Ihre Maske nicht abnehmen wollten.« Sie legte den Kopf schräg. »Sie mussten diese zehn Zoll lange Narbe verbergen, die sich über Ihr Gesicht zieht.«

Er kniff ein wenig die Augen zusammen. »*Aingeal,* an meinem Körper gibt es nur eines, was zehn Zoll lang ist, und wenn Sie überlegen, wird Ihnen sicher wieder einfallen, dass es nicht die Narbe ist.«

»Diese Narbe *ist* so lang.« Mit einem spöttischen Lächeln auf den Lippen fuhr sie fort: »Was alles andere angeht, so kann ich mich daran kaum noch erinnern.« Als ob sie jemals diesen brennenden Schmerz vergessen würde. »Wie lange spionieren Sie mir schon nach?«

»Ich habe Ihnen nicht nachspioniert. Ich wollte nur sicherstellen, dass Sie nicht von einem Haufen blutrünstiger französischer Barmädchen überwältigt werden. Nun halte ich den Zeitpunkt für gekommen, Ihnen meinen Namen zu nennen. Ich bin Ethan MacCarrick, und ich habe …«

»Warum?« Sie warf den Schirm weg, ging die restlichen Stufen hinunter und machte sich auf den Weg.

Als er sie eingeholt hatte, schaute er sie verständnislos an. »Warum was?«

»Warum glauben Sie, es sei jetzt nötig, mir Ihren Namen zu nennen? Warum meinen Sie, das könnte mich interessieren? Nun, es kümmert mich nicht im Geringsten, daher wünsche ich Ihnen *bonne nuit*.« Maddy hätte nicht gedacht, dass dieser Tag noch schlimmer werden könnte. Mit zügigen Schritten ging sie weiter, da sie nach Hause wollte, bevor noch mehr passierte. Sie würde diese qualvoll engen Stiefel in die Ecke werfen, die Bettdecke über sich ziehen und die nächsten Tage durchschlafen. Und sie würde vergessen, dass sie den Schotten je gesehen hatte.

»Wollen Sie gar nicht wissen, warum ich hier bin?«

So wie immer platzte sie auch jetzt fast vor Neugierde. *Wie hat er mich gefunden? Wie viel weiß er über mich?* Aber nach seinem abscheulichen Benehmen in jener Nacht und nach diesem aufreibenden Tag …

Ihre Gedanken wollten um kaum etwas anderes kreisen als um das Geld, das sie wegen der zerbrochenen Punschschale verloren hatte, sowie um ihre schmerzenden Füße und das Verlangen, endlich schlafen zu dürfen. »Nein.« Abrupt blieb sie stehen und tippte sich ans Kinn. »Es sei denn, Sie sind hergekommen, um mir meine Unschuld wiederzubringen, die ich dummerweise in einer Droschke in London verloren habe.« Fragend zog sie die Augenbrauen hoch. »Die haben Sie nicht zufällig mitgebracht, oder? Nicht? Nun, dann leben Sie wohl.«

Sie genoss seinen ungläubigen Gesichtsausdruck, und ging zügig weiter. Dieser Mistkerl hatte doch tatsächlich geglaubt, sie würde sich freuen, ihn wiederzusehen!

»Gehen Sie jetzt nach Hause?«, rief er ihr nach. »Dann grüßen Sie doch bitte die beiden Kerle von mir, die vor der Tür auf Sie warten.« Als sie langsamer wurde, fügte er an: »Wie viel schulden Sie ihnen?«

»Warum sollte Sie das interessieren?«, rief sie ihm über die Schulter zu.

Wieder holte er sie ein und ging neben ihr her. »Weil ich Ihnen womöglich anbiete, Ihnen zu helfen.«

»Und warum sollten Sie das tun? Etwa aus der Güte Ihres finsteren Herzens?«

»Nein. Ich gebe zu, ich möchte etwas von Ihnen. Wenn Sie sich meinen Vorschlag anhören könnten …«

»MacCarrick, richtig?« Als er nickte, redete sie weiter: »Ich glaube, ich kann mir vorstellen, *was* Sie mir vorschlagen möchten, und daran bin ich ganz besonders nicht interessiert.«

»Vielleicht, vielleicht auch nicht. Essen Sie mit mir, und wir können uns darüber unterhalten.«

»Für wie dumm halten Sie mich? Sie wollen wieder das Bett mit mir teilen, aber dazu wird es nie mehr kommen. Dazu hätten Sie mich nicht mal überreden können, *bevor* ich Ihr Gesicht gesehen habe. Und jetzt? Jetzt werde ich nicht meine Zeit damit vergeuden, darüber zu reden. Sie können mir nichts anbieten, um mich umzustimmen.«

Deutlich konnte sie hören, wie er mit den Zähnen knirschte. »Ich glaube, Sie brauchen viele Dinge, die ich Ihnen anbieten könnte.«

»Was soll denn das heißen?«

»Der Winter naht, und Sie leben in einem feuchten und zugigen Loch.«

Fast wäre sie gestolpert. »Sie waren in *meiner* Wohnung?«

»Aye, Bea ließ mich hinein. Wir haben uns eine Weile unterhalten.«

»Dann hat sie Ihnen erzählt, wo Sie mich finden können? Ich wüsste nicht, warum sie das machen sollte, es sei denn, Sie haben sie bedroht«, fuhr sie ihn an. »Waren Sie gemein zu ihr, weil sie … weil sie eine Prostituierte ist?«

»Nein, sie half mir, weil sie von Ihnen wusste, dass Sie mich mögen«, antwortete er und zog die Augenbrauen hoch.

Das hatte Bea verraten? Wie peinlich! Für ihn musste Maddy sich nach einem einfältigen Mädchen bei seinem ersten Tanz angehört haben.

»Und Corrine sagte mir, ich könnte Sie bei diesem Etablissement finden.«

Corrine ebenfalls? »Ich kann mir nicht erklären, warum die beiden Ihnen geholfen haben. Meine letzte Bemerkung zu Ihrer Person war, dass Sie ein Mistkerl sind.«

»Corrine bat mich, zu verhindern, dass eine Frau namens Berthé Ihnen wehtun kann.«

Sie sah ihn schief an. »Wie haben Sie überhaupt meine Wohnung gefunden?«

»Quin Weyland gab mir eine Adresse in St. Roch, von dort bin ich Ihrer Spur bis nach La Marais gefolgt.«

»Sie sind ein Freund von Quin?«

»Ich bin ein Freund der Familie Weyland. In gewisser Weise bin ich sogar mit den Weylands verwandt, da mein Bruder vor Kurzem Jane Weyland geheiratet hat.«

»Das ergibt doch keinen Sinn. Zuletzt hörte ich, Jane wolle irgendeinen reichen englischen Earl heiraten.«

»Glauben Sie mir, ich mache mir bei den beiden auch keine großen Hoffnungen.«

»Dann wussten Sie auf dem Maskenball, wer ich bin?«

»Nein, nur dass Sie eine Bekannte der Weylands sind. Hören Sie, Madeleine, wenn ich mir ansehe, wie viel Sie abgenommen haben, dann dürfte der Apfel in Ihrer Wohnung Ihr ganzes Abendessen darstellen, wenn Sie gleich nach Hause kommen. Und ich würde sagen, die zwei Männer vor dem Haus sind nicht von dem Schlag, der Gnade walten lässt.«

In keinem von beiden Punkten konnte sie ihm ernsthaft widersprechen.

»Ich bitte Sie nur, mit mir essen zu gehen und sich anzuhören, was ich Ihnen sagen möchte.« Als sie weiter den Kopf schüttelte, wurde er ungehalten: »Wollen Sie mir sagen, Sie müssen erst darüber nachdenken, was Ihnen lieber ist? Eine warme Mahlzeit in meiner Gegenwart, oder die beiden Männer vor Ihrem Haus?«

Wenn Toumards Leute ihr wieder auflauerten, würde sie abermals gezwungen sein, stundenlang durch das Viertel zu streifen. Und doch antwortete sie: »Ja, MacCarrick, das muss ich. Sie waren in jener Nacht gehässig zu mir, und das Einzige, was mich das durchhalten ließ, war der Gedanke, Sie niemals wiedersehen zu müssen. ›Danach werde ich entscheiden, was mit Ihnen geschehen wird‹, hatten Sie gesagt. Wie unverschämt. Ich wollte damals nichts von Ihnen, und ich will auch jetzt nichts von Ihnen. Seit ich vierzehn bin, passe ich auf mich selbst auf.« Sie war fast zu Hause. Ihr Bett war zum Greifen nah, ebenso der Schlaf, der Vergessen bringen würde.

»Aye, und das machen Sie richtig gut. Mit Armut, Hunger und Schulden. Da hätten Sie bis zu meiner Rückkehr auch bei Quin bleiben können, wenn die einzige Alternative darin bestand, hierher zurückzukehren.«

Obdachlose scharten sich um Feuer, die in Tonkrügen brannten und lange Schatten warfen. Aus einiger Entfernung waren Schüsse zu hören, irgendwo in der Dunkelheit war eine Schlägerei im Gange.

»Quin sagte, Sie seien intelligent und praktisch. Sicherlich werden Sie vernünftig genug sein, mich wenigstens anzuhören.«

»Quin hat mit Ihnen über mich geredet?«, fragte sie argwöhnisch.

»Aye, und er weiß, dass ich hier bin, um Sie aufzusuchen. Er würde sicher nicht gern erfahren, wo Sie in Wahrheit leben.«

Sie würde vor Scham vergehen, wenn Quin davon hörte, das wusste sie. Aber würde ihr Stolz sie zwingen, mit dem Schotten mitzugehen? Sie fürchtete, dass ihr Stolz soeben einen deutlichen Vorsprung vor ihrer Neugier erlangt hatte. Schließlich blieb sie stehen. »Er soll davon nichts wissen.«

»Dann kommen Sie mit«, forderte er sie in einem energischen Ton auf, der vermutlich jedermann dazu brachte, ihm Folge zu leisten. Das hätte jedenfalls erklärt, wieso er so perplex dreinschaute, als sie lediglich die Augenbrauen hochzog. »Kommen Sie mit, und ich besorge Ihnen ein Hotelzimmer. Dann können Sie ein gutes, warmes Mahl genießen.«

»Jetzt auf einmal geht es in Ihr *Hotel?* Halten Sie mich wirklich für so dumm? Außerdem dachte ich, Sie stillen Ihre Wollust bevorzugt in Kutschen.«

Er stieß einen ärgerlich klingenden Seufzer aus, dann holte er eine kleine Schmuckdose aus der Tasche und hielt sie ihr hin. »Essen Sie mit mir zu Abend, hören Sie sich meinen Vorschlag an, und dann gebe ich Ihnen das hier. Es verpflichtet Sie zu nichts.«

Ihre Hand schoss so unvermittelt nach vorn, dass er kaum seinen Augen traute. Sie wirbelte herum und öffnete die Dose. Ein Diamantring! »Sie haben doch nichts dagegen, wenn ich mir den Ring etwas genauer ansehe, oder?«, fragte sie ihn über die Schulter.

Er runzelte die Stirn und machte eine fahrige Handbewegung. »Nein, schauen Sie ruhig.«

Sie benötigte eine Straßenlaterne. Die einzige Lampe in La Marais war jedoch aus ihrer Verankerung gerissen worden, um sie als Altmetall an einen Schrotthändler zu verkaufen. Aber sie konnte das Gewicht des Steins spüren, und sie wusste, das konnte kein Strass sein. Ein Diamant, ein echter Diamant. Damit konnte sie Toumard die Schulden zurückzahlen, und auf *Jahre* hinaus hätte sie keine Geldsorgen mehr. »Ein Essen, und das hier gehört mir?«

»Aye, ganz gleich, wie Sie sich entscheiden, den Ring können Sie behalten.«

»Werden Sie mir schwören, dass Sie nichts Unziemliches versuchen werden?«

»Unziemliches? Aye, das kann ich Ihnen schwören.«

Da der Ring an ihren schmalen Fingern keinen Halt fand, holte sie ihr Schlüsselband aus der Rocktasche. Nachdem sie den Knoten geöffnet hatte, fädelte sie das rote Band durch den Ring, der damit gleich neben ihrem Wohnungsschlüssel hing, dann verknotete sie das Band wieder und steckte es weg.

Als sie sich zu ihm umdrehte, schien er sich ein überlegenes Grinsen nur mit Mühe zu verkneifen. Zweifellos glaubte er, sie habe allem zugestimmt, was er von ihr wollte. »Es ist nicht zu übersehen, dass Sie immer das bekommen, was Sie haben wollen«, sagte sie. »Vielleicht ist es gut für Sie, wenn Ihnen eine Frau aus dem Elendsviertel mal eine Abfuhr erteilt.«

Damit hatte sie ihn offenbar an seine Grenzen getrieben. Er machte einen Schritt nach vorn und machte den Eindruck, dass er sie über seine Schulter werfen wollte.

»Mh-mh«, machte sie und hob warnend den Zeigefinger,

»das würde ich an Ihrer Stelle nicht machen. Hier in meinem Viertel werden Sie mich nicht erwischen.«

Er bremste sich, wenn auch zähneknirschend, dann jedoch kam ihm eine Idee. Aus der Jackentasche zog er einen Apfel – *ihren* wertvollen Apfel, den er aus ihrer Wohnung entführt hatte.

»Nein!«, schrie sie ihn an und war gezwungen, ihm dabei zuzusehen, wie er ein großes Stück abbiss und es vor ihren Augen übertrieben genießerisch kaute.

»Dann darf ich davon ausgehen, dass Sie meine Einladung zum Essen annehmen«, sagte er zwischen zwei Bissen.

17

Als Ethan das Gehäuse des Apfels wegwarf, machte Madeleine ein Gesicht, als wollte sie jeden Moment in Tränen ausbrechen. Aus einem unerfindlichen Grund regten sich bei ihm Schuldgefühle. Mit sanfterer Stimme sagte er: »Kommen Sie. Ich verspreche Ihnen, Ihr Apfel war ein angemessenes Opfer.«

In ihrem Kleid wirkte sie in La Marais äußerst fehl am Platz. Sie war müde, aber im Schein der Feuerstellen glänzten ihre Haare, und ihre Augen leuchteten – ganz anders als die matten, kraftlosen Blicke der anderen Bewohner dieses Viertels. Sie erschien ihm so zerbrechlich, dennoch zeigte sie keine Reaktion auf die Schüsse, die in unregelmäßigen Abständen aus den Straßen ringsum zu hören waren.

»Ich muss trotzdem erst nach Hause gehen und meinen Freundinnen sagen, dass mir nichts zugestoßen ist«, erklärte sie. »Die werden sich sonst unnötig Sorgen machen.«

»Also wollen Sie sich in Gefahr begeben, um Ihre Freundinnen wissen zu lassen, dass Ihnen niemand etwas angetan hat? Das ist doch albern.«

»Ich begebe mich nicht in Gefahr«, schnaubte sie.

Allein der Gedanke, nachts mit ihr durch dieses Viertel zu gehen, war für ihn schier unerträglich. »Hören Sie nicht, wie überall geschossen wird?«

Sie reagierte mit einem Blick, der ihn wissen ließ, für wie einfältig sie ihn hielt. »Es ist ja nicht so, dass auf *mich* geschossen wird. Wenn Sie Angst haben, können Sie ja hier warten, bis ich zurückkomme.«

Du kleine Hexe! »Ich habe keine *Angst* …«

»Dann macht es Ihnen bestimmt nichts aus, hier zu warten. Sie können mir nicht erzählen, wie besorgt Corrine und Bea um mich sind, und dann von mir erwarten, dass ich mich nicht bei ihnen melde.«

Zu jeder anderen Zeit hätte ihre Loyalität und diese Sorge um ihre Freundinnen ihn sicherlich beeindruckt, doch in diesem Moment machte sie ihn damit nur wütend. »Wenn Sie glauben, ich lasse Sie allein weitergehen, dann müssen Sie verrückt sein.«

Sie stemmte ihre Hand in die Hüfte. »Und was wollen Sie dagegen unternehmen?«

Er machte einen Satz nach vorn, packte sie am Ellbogen und zog sie mit sich den Hügel hinauf.

»MacCarrick, ich lebe hier. Ich brauche nur fünf Minuten.« Sie fluchte auf Französisch. »Ich lasse mir von Ihnen keine Befehle erteilen, Schotte!« Mit ihren harten Stiefeln trat sie ihm gegen das Schienbein.

»Verdammt, Madeleine«, knurrte er. »Wir werden ihnen vom Hotel aus eine Nachricht zukommen lassen.«

»Niemand überbringt nach Sonnenuntergang in La Marais noch eine Nachricht!«

»Wenn ich genug bezahle, dann schon.« Er überlegte, ob er sie sich über die Schulter werfen sollte, doch damit hätte er riskiert, dass die Wunde aufplatzte. Als sie sich noch immer sträubte, schlug er vor: »Wir schicken ihnen auch etwas zu essen. Würde Sie das umstimmen?«

Ihr Widerstand ließ ein wenig nach. »Wie viel Essen?«

»Ist mir vollkommen egal. So viel Sie wollen.«

In ihren Augen bemerkte er ein Leuchten, von dem er glaubte, dass er sich schnell daran gewöhnen konnte. »Ich werde Sie beim Wort nehmen und …«

Plötzlich schrie hinter ihnen eine Frau auf. Sofort drehte sich Ethan um und stellte sich dabei schützend vor Madeleine. In einer düsteren Gasse stand eine Prostituierte gegen eine Hauswand gelehnt, begutachtete ihre Fingernägel und täuschte lustvolles Stöhnen vor, während ein Mann sie von hinten nahm. Ein zweiter stand ein Stück weit entfernt und wartete, bis er an der Reihe war.

Als Ethan sich zu Madeleine umwandte, zuckte die nur beiläufig mit den Schultern, als sei es völlig normal, dass Leute auf offener Straße Geschlechtsverkehr hatten. Es war jene Gleichgültigkeit, die er erstmals auf dem Maskenball bei ihr beobachtet hatte.

Seine Fantasie genügte nicht, um sich vorzustellen, was sie in ihrem jungen Leben wohl alles schon gesehen hatte.

Zum Teufel mit seiner genähten Wunde. »Ich will nicht, dass Sie sich hier herumtreiben«, erklärte er nur und war bereit, sie nun doch über seine Schulter zu legen und wegzutragen. Doch in dem Moment kam der Mann zu ihnen, der neben dem Pärchen gewartet hatte, und sprach ihn in einem ungewöhnlichen Tonfall an. *Argot,* ging es Ethan durch den Kopf, die Sprache der französischen Ganoven. Der Mann zeigte fragend auf Madeleine.

Sie lachte bitter auf und murmelte: »Er will wissen, ob Sie mit mir fertig sind.«

Wut trübte sekundenlang Ethans Blick. Wie durch einen Nebel hindurch hörte er ihre Antwort, die sie ebenfalls in Argot gab. Der Bastard hielt sie für eine Hure und wollte sie hier mitten auf dieser verdreckten Straße benutzen …

Er zog sie hinter sich, gleichzeitig griff er nach seiner Pistole. Der Mann deutete Ethans Absicht richtig und zückte ebenfalls seine Pistole, doch er war zu spät, da Ethan den Hahn bereits gespannt und sein Ziel erfasst hatte.

Madeleine schaute um ihn herum, dann tippte sie ihm auf die Schulter. »Tun Sie das nicht, MacCarrick«, drängte sie ihn. »*Allons-y.* Kommen Sie, ich bin jetzt bereit, Sie zu begleiten.«

»Warum sollte ich ihn nicht töten?«

»Weil seine Bande sich an mir und meinen Freundinnen rächen wird. Sie wollten nicht, dass ich mich hier herumtreibe, und jetzt will ich mit Ihnen mitgehen. Bitte, Schotte ...«

Schließlich ging er mit ihr rückwärts, hielt aber die Pistole weiter auf den Mann gerichtet, bis sie um eine Ecke gebogen waren. Erst dann steckte er die Waffe weg und zuckte vor Schmerz zusammen, da seine Wunde wieder pochte.

»Haben Sie immer eine Pistole dabei?« Auf sein knappes Nicken hin fragte sie: »Und wieso?«

Damit ich einen Verbrecher umbringen kann, wenn er meine Frau für eine Hure hält. Er schüttelte sich und versuchte, sich von dem intensiven Beschützerinstinkt zu befreien, der in ihm geweckt worden war. *Seine* Frau? Sie war doch das Mittel zum Zweck.

Sie legte den Kopf schräg. »Ich verstehe nicht, warum diese Schüsse Ihnen Angst machen, wenn Sie selbst eine Waffe bei sich tragen, und wenn Sie ganz offensichtlich auch wissen, wie man damit umgeht. So oder so hätte ich dafür gesorgt, dass Ihnen nichts zustößt.« Mit ernster Miene fügte sie an: »Na, jedenfalls hätte ich das vermutlich gemacht. Es sei denn, es hätte mir gerade nicht gepasst, mich einzumischen, oder ich hätte etwas Besseres ...«

»Ich hatte verdammt noch mal keine Angst«, fiel er ihr ins Wort. *Ich fürchte, noch bevor das hier alles vorüber ist, werde ich sie würgen.* »Verflucht, jetzt kommen Sie schon ...«

Als sie am Hotel ankamen, war die Brasserie im Parterre noch geöffnet, doch da wollte Ethan nicht mit ihr essen. Ihm war es egal, ob die Leute sein Gesicht anstarrten, weil er es gewöhnt war. Aber er wollte vermeiden, dass Madeleine jede seiner Reaktionen genau beobachtete und irgendwelche Schlüsse daraus zog.

»Wir essen in meinem Zimmer.« Er nahm ihre Hand und führte sie zur Treppe.

Anstatt zu protestieren, sah sie zu seiner Narbe. »Die macht Ihnen sehr zu schaffen, nicht wahr?« Es war kein verstohlener Blick, den sie ihm zuwarf.

Er kniff ein wenig die Augen zusammen. »Würde Ihnen so etwas nicht zu schaffen machen?«, gab er zurück.

Ein Schulterzucken war ihre ganze Antwort, dann gingen sie schweigend die Treppe hinauf bis zu seinem Stockwerk. In seinem Zimmer angekommen, stieß sie einen anerkennenden Pfiff aus und drehte sich im Kreis. »Teuer. Von allem nur das Feinste, wie?«

Er läutete nach einem Kellner. »Warum auch nicht?« Vorsichtig zog er seine Jacke aus.

Eben war sie vom Balkon zurückgekommen, wo sie die Aussicht bewundert hatte, da betrat ein Ober im Livree den Raum, um die Bestellung aufzunehmen. Er wollte Ethan die Speisekarte überreichen, doch der verwies ihn weiter an Madeleine.

Mit einem erhabenen Nicken nahm sie die Karte und setzte sich an den polierten Esstisch. »Sprechen Sie Französisch?«, fragte sie Ethan, während sie die Auswahl studierte.

»Nicht ein Wort«, log er. »Nur Gälisch und Englisch.«

»Hummer«, sagte sie darauf dem Kellner auf Französisch und warf Ethan einen verstohlenen Blick zu. Der reagierte mit einem nichts sagenden Gesichtsausdruck, woraufhin sie die Bestellung auf sechs Hummergerichte mit Beilagen ausweitete – Suppe, Käse, Gebäck, Obst, Salat.

»Und wenn Sie die Hälfte der Bestellung einpacken und an

eine Adresse in La Marais ausliefern, dann wird mein … Ehemann ein Trinkgeld in Höhe von vierzig Prozent der Summe zahlen.«

»In La Marais?«, wiederholte der Kellner und verschluckte sich fast an den Worten.

Seufzend lenkte sie ein. »Siebzig Prozent.«

Während Madeleine die Adresse notierte, ergänzte Ethan die Bestellung: »Bringen Sie uns Champagner, während wir auf das Essen warten.« An Madeleine gerichtet, fügte er dann hinzu: »Sie dürfen den Jahrgang wählen.«

Auf Französisch bestellte sie dann: »Bringen Sie den teuersten, den Sie haben.«

Der Mann verbeugte sich, dann verließ er das Zimmer. Kurz darauf kam er zurück, brachte den Champagner, schenkte beiden ein Glas ein und ging dann wieder nach draußen. Madeleine schien sich damit zu begnügen, ihren Champagner zu trinken und sich das Zimmer genauer anzusehen.

Ethan ließ sich in einen bequemen Sessel sinken und sah ihr zu, wie sie Schubladen aufzog, in Schränke schaute und sogar sein Gepäck durchwühlte. *Sionnach*, dachte er. Wieder erinnerte sie ihn an einen Fuchs, da sie so vorsichtig und zugleich so listig war.

Sie berührte jeden Stoff im Zimmer, strich mit den Fingerspitzen liebevoll über die Steppdecke, sogar über seine aufgehängte Hose, schien sich aber nicht ihrer Handlungen bewusst zu sein. Ihm war ihr Verhalten dagegen allzu bewusst, und insgeheim wünschte er sich, sie würde genauso über seine Hose streichen, wenn er sie trug. Ohne sich anstrengen zu müssen, erregte sie ihn in unerträglichem Maß.

Als sie ins Badezimmer schlenderte, lehnte er sich vor, damit er sie nicht aus den Augen verlor. Ihr Blick fiel auf die Wanne, die fast groß genug war, um darin zu schwimmen. »Unbegrenzt fließendes Wasser?«, fragte sie mit einem begehrlichen Blick auf die Wanne.

»Aye. Es steht Ihnen zur Verfügung.«

Er glaubte sie kontern zu hören: »Sie wollen sagen, Sie lassen zu, dass ich diese Gelegenheit ausnutze.«

Als wenig später das Essen serviert wurde, war Madeleine unübersehbar beschwipst. Das verwunderte aber auch nicht weiter, wenn man sich ihren zierlichen Körper ansah. Der recht großzügig bemessene Tisch erwies sich als zu klein für alle Gerichte, sodass Madeleine dem Kellner sagte, er solle alles auf dem dicken Brüsseler Teppich wie bei einem Picknick verteilen.

Nachdem der Mann gegangen war, setzte sie sich auf den Boden, wo sie von Tellern umgeben war. Ethan nahm ebenfalls auf dem Teppich Platz, bewegte sich aus Rücksicht auf die Wunde nur langsam und behutsam.

»So selbstverständlich wie immer«, merkte sie an.

»Was soll das heißen?« Er wollte nach dem Hummer greifen, doch sie drehte die Gabel in ihrer Hand so um, dass sie sie wie einen Dolch halten konnte.

Abwehrend hob er die Hände, sein Blick wanderte über ihren Körper. »Sie haben das eindeutig nötiger als ich.«

Ob das als Stichelei oder als bloße Feststellung gemeint war, vermochte sie nicht zu entscheiden, aber ihm selbst erging es nicht anders. »Jetzt sagen Sie schon, wie Sie das gemeint haben.«

»In dieser Nacht in der Kutsche gingen Sie mit mir so vertraut um.«

»Aye, so etwas passiert im Eifer der Leidenschaft.«

»Nein«, widersprach sie und schaute ihn verärgert an. »Sie benahmen sich, als wären wir schon seit Jahren zusammen – als wäre es nur eine Nacht von vielen gewesen.«

So fühlt es sich manchmal an …

»Hier, das können Sie haben.« Sie reichte ihm etwas von der *Garnierung*. Dann nahm sie selbst ihre erste Gabel in den Mund und verdrehte genießerisch die Augen.

Obwohl er erwartet hatte, dass sie ihr Essen runterschlingen würde, kaute sie jeden Bissen, als könnte der ihr letzter sein. Sie besaß eine sinnliche Art zu essen, die etwas … etwas Erregendes hatte. Als sie frische Erdbeeren mit geschlagener Sahne aß, strich er sich mit der Hand über den Mund. Als sie die Sahne von ihren Fingern leckte, konnte er kaum noch stillsitzen. Jeder Mann konnte sich leicht vorstellen, wie sie in einem anderen Zusammenhang ihren Mund und ihre Finger ganz ähnlich benutzte. Schließlich ertrug er es nicht länger.

»Das reicht«, sagte er, während er aufstand. »Sonst wird Ihnen noch schlecht.« Er nahm ihre Hand, um ihr aufzuhelfen.

Widerwillig ließ sie sich von ihm hochziehen. »Aber ich habe nicht mehr als eine normale Portion gegessen.«

»Womit Sie immer noch weitaus mehr zu sich genommen haben, als Ihr Magen es gewöhnt ist.«

Während er sie murrend zu einem Stuhl am leeren Esstisch brachte, schaute sie über die Schulter auf das Essen. Wieder fühlte er diesen beengenden Druck auf seiner Brust, wie es ihm zuvor widerfahren war, als sie wegen des Apfels in Tränen ausbrechen wollte.

»Mädchen, dort, wo das hergekommen ist, gibt es noch mehr davon. Sie müssen nicht so tun, als wäre das Ihre letzte Mahlzeit.«

Sie lachte humorlos auf. »So kann nur ein Mann reden, der nie auf eine Mahlzeit verzichten musste.«

18

Der Schotte hatte nicht einmal mit der Wimper gezuckt, als ein Tablett nach dem anderen ins Zimmer getragen wurde – Obst, Gebäck, Hummer, Salate und drei verschiedene Nachspeisen. Beim Anblick dieser Auswahl, bei der sie sich reichlich bedient hatte, wurde ihr klar, dass er recht gehabt hatte – der Apfel war es wert gewesen, geopfert zu werden.

Und doch war Maddy misstrauisch geworden, als er darauf bestand, in seinem Zimmer zu Abend zu essen. Fast hätte sie mit dem Ring in ihrer Tasche die Flucht ergriffen. Doch dann wurde ihr klar, warum er nicht im Restaurant essen wollte: Es lag an seinem Gesicht, was sie gut verstehen konnte, wenn sie überlegte, wie groß und auffällig die Narbe war. Sie konnte nicht glauben, dass er in jener ersten Nacht sein wahres Erscheinungsbild vor ihr versteckt hatte – absichtlich hinter einer Maske versteckt, sogar als er sie nahm.

Er brachte das Champagnerglas zu ihr und stellte es vor ihr auf den Tisch. Während sie bereits ein bisschen angetrunken war, hatte er noch gar nichts zu sich genommen. Ihr fiel auf, dass er sich so bewegte, als wolle er einen Teil seines Körpers schonen, und als er sich nun aufs Bett setzte, schien er Schmerzen zu haben.

»Sie sagten, Sie leben allein, seit Sie vierzehn sind«, begann er zu reden. »Mich würde interessieren, wie Sie Miete und Lebensmittel bezahlen.«

»Sie wollen wissen, ob der heutige Abend typisch für mich war?« Sie hatte ihre kurze Anstellung als Serviererin mit Verlust beendet – bis der Schotte ihr den Diamantring gab. Leider würde es sich als schwierig erweisen, den Edelstein in allernächster Zeit für seinen wahren Wert zu verkaufen, und das, wo sie dringend Geld benötigte. Andererseits hatte sie ihm inzwischen eine goldene Uhr aus der Tasche gezogen und einen Teil des silbernen Bestecks verschwinden lassen.

Er war klug genug, ihre Bemerkung nicht zu kommentieren. Sie war nicht darauf versessen, seine Fragen zu beantworten, aber sie würde es wohl machen müssen, wenn sie die Gelegenheit bekommen wollte, mehr zu essen und noch den einen oder anderen Löffel einzustecken. »Manchmal gebe ich Karten oder verkaufe Zigaretten in einem Café nahe Montmartre.« Mit einem Schulterzucken trank sie wieder einen Schluck Champagner. »Wenn es das nicht ist, dann versuche ich es mit Falschspielen, oder ich wette nebenbei beim Pferderennen.«

»Ich sah Ihr Buch neben dem Bett. Sagen Sie mir nicht, dass Sie sich als eine Bohemien ansehen.«

»Keineswegs. Das Buch ist neu und spielt in einem benachbarten Viertel. Ich habe mir lediglich Hinweise herausgesucht, wie man Dinge kostenlos bekommen kann. Für die Bohemiens habe ich nichts übrig, nicht mal für die, die ärmer sind als ich.« Gedankenverloren fügte sie hinzu: »Wissen Sie, wie viel Arbeit erforderlich ist, um ärmer zu sein als ich?« Sie schüttelte den Kopf. »Viele von denen verlassen vorsätzlich ihre reiche Familie, um in La Marais zu hungern.«

»Quin sagte, dass Ihre Mutter und Ihr Stiefvater in St. Roch leben. Haben Sie sich nicht ganz genauso verhalten, indem Sie von zu Hause weggegangen sind?«

»Ich verließ St. Roch nicht aus dem Grund, Armut und Elend *vorzutäuschen*. Außerdem möchte ich darüber nicht mit Ihnen reden.«

»Welche Frau lässt ihre Tochter freiwillig in einem Elendsviertel wohnen?« Maddy stellte das Glas ab, stand auf und ging zur Tür.

Als er nach ihrem Handgelenk griff, stellte sie erstaunt fest, wie flink dieser große, massige Mann doch war. »Warten Sie.« Er presste die Kiefer aufeinander, als habe er Schmerzen.

Sie betrachtete zornig seine Hand. »Ich sagte Ihnen, ich will nicht darüber reden.«

»Ich werde das Thema nicht wieder ansprechen.« Er ließ sie los, woraufhin sie an ihren Platz zurückkehrte und einen Schluck trank. »Aber ich frage mich, warum Sie so darauf aus sind, mich jetzt schon zu verlassen, wenn Sie noch gar nicht gehört haben, warum ich eigentlich hier bin.«

»Oh ja, Ihr ›Vorschlag‹. Ich bin mir ziemlich sicher, diesen Vorschlag zu kennen. Sie haben mir in jener Nacht schließlich mehr oder weniger deutlich gesagt, was Sie vorhaben.«

»Aye, ich hatte mit dem Gedanken gespielt, Sie zu meiner Geliebten zu machen. Und ich hätte gedacht, Sie wären bis zu meiner Rückkehr in London geblieben, wenn hier ein solches Leben auf Sie wartet.«

»Ich wollte nicht Ihre Geliebte sein, weil das bedeuten würde, dass ich die Handlungen jener Nacht wiederholen müsste.« Sie schauderte. »Lieber würde ich sterben. So etwas könnte ich wohl nur dann wieder ertragen, wenn ich verheiratet wäre …«

»Dann werde ich Sie wohl heiraten«, meinte er.

Sie warf ihm einen Blick zu, in den sie all ihre Verachtung legte. »So einen Tag wie den heutigen habe ich noch nie erlebt, MacCarrick. Da muss ich nicht auch noch hier sitzen und mir so etwas anhören.«

»Und wenn ich Ihnen sagen würde, dass ich genau deswegen hergekommen bin? Um Sie mitzunehmen und in Schottland zu heiraten?«

»Ich bin nicht für Ihre Späße aufgelegt.« Mit wachsendem Entsetzen betrachtete sie seine reglose Miene. »Oh mein Gott, das ist … Ihr *Ernst*. Sie haben entschieden, dass ich heiraten soll.« Mit einem Anflug von Panik redete sie weiter: »Ich habe eine Heirat nur erwähnt, weil ich mir sicher war, Sie würden sich wieder dagegen sperren.«

Bei ihren Worten blickte er sie grollend an, da er nicht zu wissen schien, wie er nun weitermachen sollte. Statt zu antworten, fuhr er sich mit der Hand durch den Nacken.

»Sie dachten tatsächlich, ich würde Ihren Antrag annehmen?«, fragte sie ungläubig. So etwas Arrogantes! »Sie haben meine ›Bude‹ gesehen, und Sie dachten, ich würde vor Freude in Tränen ausbrechen und Sie als meinen Retter ansehen. Soll ich etwa vor Ihnen auf die Knie sinken?«

»Das sollten Sie besser nicht machen, sonst werden die Bestecke scheppern, die Sie in Ihre Rocktaschen gesteckt haben.«

Verdutzt zog sie eine Augenbraue hoch. Sie fiel nicht oft auf, und heute Abend war sie besonders vorsichtig gewesen. Dieser Mann war äußerst wachsam. »Ich weiß nicht, wovon Sie reden.«

Sie rechnete es ihm an, dass er das Thema auf sich beruhen ließ und sich wieder seinem ursprünglichen Anliegen widmete. »Man sollte meinen, es müsste Ihnen behagen, überhaupt *irgendeinen* Heiratsantrag zu bekommen.«

»Sie erklärten mir, Sie würden sich niemals zu einer Ehe bewegen lassen.« Sie verlieh ihrer Stimme einen wehleidigen Unterton. »Ach, hätte ich doch nur zugehört! Dann hätte ich nicht versucht, Sie Sekunden später in eine Falle zu locken, damit Sie mich heiraten müssen.«

»Die Dinge sind nicht mehr so wie zu jenem Zeitpunkt. Ich wurde vor Kurzem verletzt, und dadurch hat sich meine Einstellung zum Leben geändert. Ich habe einen Titel, und mir ist klargeworden, dass ich einen Erben brauche. Also muss ich heiraten.«

»Was für einen Titel haben Sie?«

»In Schottland bin ich ein Earl, der Earl of Kavanagh.«

»Und Sie haben vor, mich zu einer Countess zu machen?«, hauchte sie und riss die Augen weit auf. »Wie originell! Die Geschichte habe ich in Montmartre *noch nie* gehört.«

»Sie ist wahr.«

»Und warum sollten Sie ausgerechnet mich aussuchen?«

»Keine meiner anderen Möglichkeiten empfand ich als verlockend, und dann kamen Sie mir in den Sinn. Nachdem ich Erkundigungen über Sie eingeholt und vieles über Sie erfahren hatte, gelangte ich zu dem Schluss, wir beide sollten zusammenpassen. Man sagt Ihnen eine ausgeglichene Persönlichkeit, Pragmatismus und große Intelligenz nach.«

»Sie könnten eine andere Frau finden, die für Sie von viel größerem Vorteil ist.«

»Da unterschätzen Sie Ihre Vorzüge.«

»Nein, das tue ich nicht. Ich weiß, ich bin hübsch und intelligent. Aber ich habe keinerlei Kontakte, und auch keine Mitgift. Für den Fall, dass es Ihnen noch nicht aufgefallen ist, ich bin arm wie eine Kirchenmaus.«

»Ich brauche keine Kontakte, und ich habe mehr Geld, als wir beide zusammen in unserem Leben ausgeben könnten. Ich kann mir eine Braut allein unter dem Gesichtspunkt aussuchen, ob sie *schön* und *intelligent* ist.«

»Was bringt Sie auf die Idee, ich könnte *Sie* haben wollen?«

»Auf dem Maskenball sprachen Sie davon, dass Sie einen reichen Mann suchen. Ich *bin* reich. Sie sagten, Sie wollen einen teuren Ring haben. Ich habe Ihnen einen gegeben, der ein kleines Vermögen wert ist. Sie werden eine Countess sein und über mehr Geld und Häuser verfügen, als Sie sich je hätten träumen lassen.«

Geld und Häuser? Eine Countess? Meinte dieser sonderbare Schotte das wirklich ernst? Hatte sie nicht eben noch das Schicksal angefleht, ihr eine kleine Verschnaufpause von ihrem endlosen Leid zu gewähren?

Und dann taucht wie aus dem Nichts dieser MacCarrick auf und macht ihr einen Heiratsantrag?

Nein! Solche Geschenke fallen nicht einfach so vom Himmel! Nicht für mich! Irgendetwas stimmt da nicht.

»Sie müssen nur Paris mit mir zusammen verlassen, dann werden wir in Schottland heiraten.«

»Warum heiraten wir nicht hier, in *la ville lumière?*« In ironischem Tonfall fügte sie hinzu: »Sie sind doch eindeutig ein romantischer Mann, und wir sind hier schließlich in *Paris* …«

»Weil ich das Oberhaupt meines Clans bin, und man erwartet von mir eine große Hochzeit auf einem Anwesen der MacCarricks, damit der ganze Clan anwesend sein kann. Außerdem bedeutet eine Heirat vor Zeugen in meinem County in Schottland, dass meine Kinder mich beerben können, ohne dass jemand das Erbe anfechten wird.« Da sie nach wie vor skeptisch dreinblickte, ergänzte er leise: »Geld, Sicherheit, ein sorgenfreies Leben – es ist alles zum Greifen nah. Ist eine Heirat mit mir wirklich ein so abstoßendes Ansinnen?« Gedankenverloren strich er mit dem Handrücken über seine Narbe.

»Ja, das ist es. Und bevor Sie das auf Ihre Narbe schieben« – er ließ die Hand sinken und wirkte überrascht, dass er sie an sein Gesicht gehalten hatte –, »möchte ich Sie bitten, sich Ihr Verhalten in jener Nacht ins Gedächtnis zu rufen. Sie haben das ruiniert, was wunderschön hätte sein können und sein *sol-*

len. Ich dachte, ich hätte eine klare Vorstellung davon, was Grausamkeit bedeutet, aber Sie haben mir beigebracht, dass es noch schlimmer sein kann.«

»So schlimm war es doch nicht …«

»Das war es sehr wohl. Ich habe davon gehört, dass es mancher Frau gefällt, von einem übereifrigen Highlander regelrecht überfallen zu werden, der ihr die Kleider vom Leib reißt und ihr unerträglichen Schmerz zufügt. Aus irgendeinem Grund konnte ich nie verstehen, was daran so verlockend sein soll.« Sie zuckte mit den Schultern. »Ich möchte wetten, es macht Ihnen zu schaffen, dass ich Sie als einen schrecklichen Liebhaber erlebt habe.«

Sein finsterer Blick an sich war schon jedes Wort wert. »Wenn ich noch einmal von vorn anfangen könnte, dann würde ich das alles anders machen.«

»Soll das eine Entschuldigung sein?«

»Ich glaube nicht an Entschuldigungen. Stattdessen biete ich Ihnen eine Zukunft an, wovon Sie mehr haben dürften als von einer Entschuldigung.«

»In jener Nacht machten Sie weiter, obwohl ich Schmerzen hatte.«

»Ich wusste nicht …«

»Wollen Sie mir weismachen, ein erfahrener Mann von Welt merkt nicht, wenn er einer Frau Schmerzen zufügt und sie bereits zu schluchzen beginnt?«

Hatte er soeben versucht, ein Zusammenzucken zu überspielen? »Sie trugen eine Maske. Ich konnte Ihre Tränen nicht sehen. Und ich schwöre Ihnen, als ich es bemerkte, hörte ich sofort auf.«

»Ja, und dann haben Sie … eigenhändig das zu Ende geführt, was Sie begonnen hatten, und mich damit noch weiter gedemütigt.«

»Es war nicht meine Absicht, Sie zu demütigen. Das geschah … unabsichtlich.«

Sie stutzte. »Unabsichtlich? Was soll das …« Sie ließ die Frage unvollendet, da sie merkte, dass sie bei der Vorstellung errötete, wie er von seiner Lust überwältigt wurde. »Oh. Nun, Tatsache ist, dass Sie selbst in dem Moment, als Sie es bemerkten, nicht aufgehört hätten.«

»Aber ich habe aufgehört, und eines Tages werden Sie verstehen, wie gottverdammt schwierig das war.« Er schaute rechts an ihr vorbei und sagte nachdenklich: »Sie können sich das kaum vorstellen, weil Sie Schmerzen verspürten – ich dagegen nicht.« Er legte die Stirn in Falten, als lasse er sich diese Begegnung wieder durch den Kopf gehen. Der Gedanke, es könnte so sein, bereitete ihr einen wohligen Schauer. »Ich verspürte so große Lust wie seit Jahren nicht mehr.«

»Und warum haben Sie dann aufgehört?«

»Weil ich Ihnen nicht wehtun wollte.« Ihre Blicke trafen sich wieder. »Ich nehme an, das bedeutet, dass mir noch Erlösung gewährt werden kann.«

»Erlösung? Ich hoffe, Sie sind nicht hergekommen, weil Sie erwarten, ich würde Sie erlösen, MacCarrick. Falls doch, dann haben Sie sich die falsche Frau ausgesucht.«

»Nein, ich kam her, weil ich erwartete, Sie würden mich heiraten.« Während er seinen hitzigen Blick über sie wandern ließ, fügte er an: »Und ich glaube, dafür habe ich mir die richtige Frau ausgesucht.«

19

Ethan war erstaunt, dass sie *nicht* augenblicklich auf sein Angebot einging.

»Und wie reich sind Sie? So reich wie Quin?«

»Nein. Um einiges reicher als er.«

Anstatt darüber erfreut zu sein, war ihre Miene nun wie versteinert. »Sie sind reich, Sie haben einen Titel, und Sie sind noch nicht allzu alt. Sie könnten jede Frau bekommen, die Sie haben wollen. Warum dann eine Frau ohne Mitgift, die Sie nicht mal kennen?«

Nicht allzu alt? »Das habe ich bereits erklärt.«

»Und ich akzeptiere diese Erklärung nicht. Etwas stimmt nicht mit Ihnen oder Ihrer Situation, und das verschweigen Sie mir. Also wählen Sie mich womöglich aus, weil ich im Ausland lebe und deshalb nichts von Ihren widerwärtigen Vorlieben weiß oder von Ihrer Trunksucht oder Ihren Finanzen, die auf wackligen Beinen stehen …«

»Ich trinke keinen Alkohol, und meine Finanzen sind auch standfest.« Er wunderte sich, warum er sich mit solchem Eifer rechtfertigte, obwohl er doch gar nicht die Absicht hatte, sie zu heiraten. »Und meine einzige widerwärtige Vorliebe besteht in meinem Vorhaben, Sie gründlich zu nehmen, bis wir beide jede Nacht erschöpft einschlafen.«

Sie verzog angeekelt das Gesicht. »Würden Sie mich tatsächlich wollen, wenn Sie wüssten, dass ich einen Mann wie Sie nur toleriere, um nicht Hunger zu leiden oder von irgendwelchen Ganoven gequält zu werden?«

»Der Grund ist mir egal. Hauptsache ist, Sie tun es.«

»Mir kommt das nicht richtig vor. Ich weiß, wie aristokratische Lords sind – irgendeine Sache stinkt *immer*, es gibt immer irgendwelche Geheimnisse.« Auch wenn er es nicht für möglich gehalten hätte, war sie sogar noch zynischer als er selbst.

Geduldig fragte er: »Sind die Gründe denn nicht offensichtlich, warum ich nicht eine beliebige andere Frau geheiratet habe?«

»Sie meinen diese lange Narbe?« Sie verdrehte die Augen.

»Verdammt, Hexe, sie ist nicht so lang«, zischte er sie an.

»Vielleicht nicht, wenn Sie nur von einem Ende zum anderen messen. Aber wenn Sie die Zacken zusammenrechnen, dann schon.«

Wie sehr hatte er sich gewünscht, eine Frau zu finden, die seine Narbe zur Kenntnis nahm, damit keine Verlegenheit zwischen ihnen herrschte. Und nun saß diese Frau da, sah ihm in die Augen und redete über diese Narbe – aber nicht auf die Weise, die er sich vorgestellt hatte. »Sie sind verrückt.«

Gereizt schnaubend kam sie zu ihm ans Bett, stützte sich mit einem Knie auf der Bettkante ab und legte den Kopf schräg, um ihn genauer mustern zu können. Sie duftete nach Erdbeeren und einer verlockenden Frau, und seine Männlichkeit versteifte sich noch stärker. Es kostete ihn Mühe, sie nicht zu packen und zu sich aufs Bett zu ziehen …

Plötzlich … *berührte* sie seine Narbe.

Konzentriert zeichnete sie den Verlauf der Verletzung nach.

Eine wunderschöne Frau berührte sein Gesicht, untersuchte es. Die Narbe war abscheulich, aber warum wurde Madeleine nicht davon angewidert?

Er zwang sich, nicht ihre Hand wegzureißen, da er wissen

wollte, was sie als Nächstes machen würde. *Was wird sie sagen? Wie wird sie mich bezeichnen …?*

Schließlich schien sie ihre Beschäftigung jedoch als langweilig zu empfinden. »Nun, es kann sein, dass ich mich geirrt habe«, verkündete sie. »Dennoch *ist* es eine große Narbe, eine sehr große Narbe sogar. Wie ist das passiert? War es schmerzhaft?«

»Natürlich war es schmerzhaft«, fuhr er sie an, da er wie stets daran denken musste, dass ihr Vater derjenige war, der für diese Entstellung verantwortlich war.

Sie wich vor ihm zurück, der intime Moment war jäh beendet. Mit einem herablassenden Gesichtsausdruck meinte sie schnalzend: »Sie haben wohl als Kind mit einer Schere gespielt, Schotte, oder?«

»Eines Tages werde ich es Ihnen erzählen«, erwiderte er, obwohl er nicht vorhatte, das jemals zu tun.

Sie kehrte zum Tisch zurück und sprach an Ethan gewandt tonlos das Wort »groß« aus, dann nahm sie sich eine weitere Erdbeere.

»Ich danke Ihnen für das Essen und den Ring«, sagte Maddy, als sie eine halbe Stunde später aufstand, um nach Hause zu gehen. »Beides war sehr erfreulich.«

»Madeleine, die Uhr, die Sie eingesteckt haben, gehörte meinem Großvater. Die können Sie nicht behalten, aber ich beschaffe Ihnen gern eine, die genauso aussieht.«

Trotzig schob sie das Kinn vor, wühlte in ihrer Tasche und warf die Uhr auf sein Bett.

»Und den Kerzenleuchter, den Sie so interessiert betrachtet hatten, konnten Sie auch in Ihrer Tasche unterbringen?«

Zum Teufel, wie hatte ihm das auffallen können?

»Bemerkenswert, *sionnach*.«

»Was bedeutet dieses Wort?«

»Es bedeutet ›Fuchs‹. An dieses Tier erinnern Sie mich.«

»Wissen Sie, an welches Tier Sie mich erinnern? An einen Wolf im Schafspelz. Heute Abend haben Sie sich recht zivilisiert gezeigt, aber es ist nicht zu übersehen, wie viel Überwindung Sie das kostet – weil es nicht in Ihrer Natur liegt.«

»Aye, damit könnten Sie recht haben«, antwortete er und überraschte sie mit seiner Ehrlichkeit. »Ich bin kein höflicher Mensch, und ich habe auch nichts für Schmeicheleien und Komplimente übrig. Ich sage, was ich denke, und das ohne Rücksicht darauf, ob eine Lady im Raum ist oder nicht. Aber …«

»Aber wenn ich hinter diese beschmutzte Fassade blicke«, unterbrach sie ihn in süßlichem Tonfall, während sie die Hände an die Brust legte, »finde ich dann dort einen guten Menschen? Einen Mann, der nur darauf wartet, dass die richtige Frau kommt und ihn ändert? Das könnten Sie Veilchen-Bea erzählen, die es Ihnen auf der Stelle glauben wird. Ich dagegen glaube es nicht.« Sie umfasste den Türgriff.

»Nein, ich werde nicht behaupten, dass ich ein guter Mensch bin. Das kann ich nicht für mich in Anspruch nehmen. Und ich glaube auch nicht, dass ein Mensch seine Natur ändern kann. Aber ich bin vermutlich der Beste, den Sie bekommen können. Ich werde Sie niemals schlagen, Ihnen wird es an nichts fehlen, und Sie müssen nie wieder einem anderen gegenüber klein beigeben. Es gibt einen guten Grund, warum Sie die Weylands nicht um Hilfe gebeten haben. Sie haben Ihren Stolz. Warum wollen Sie nicht als eine von ihnen nach England zurückkehren?«

»Auf den ersten Blick erscheint das logisch.« Warum aber kam sie sich dann so vor, als sei sie im Begriff, einen Schal zu stehlen, während ein Gendarm heimlich jede Bewegung überwachte? Plötzlich kniff sie die Augen zusammen und spürte, wie Misstrauen in ihr aufstieg. »Sie haben mich nie gefragt, was mit dem Heiratsantrag ist, von dem ich Ihnen in London erzählte.«

»Da Sie nach wie vor in Armut leben, ist es doch offensichtlich, dass Sie diesen Antrag nicht angenommen haben und auch nicht annehmen werden. Außerdem hatte ich nun wirklich nicht die Absicht, Sie daran zu erinnern, dass es da womöglich noch einen anderen Kandidaten gibt.«

»Nein, ich war durchaus gewillt, seinen Antrag anzunehmen, aber *er* weigerte sich. Nachdem er so lange gewartet hatte, hegte er Zweifel an meiner Unberührtheit.«

MacCarrick sah sie verwundert an. »Meinen Sie, ich könnte damit etwas zu tun haben? Natürlich habe ich ihm sofort von meiner neuesten Eroberung geschrieben.« Als sie ihn weiter skeptisch musterte, sagte er: »Was die Frage aufwirft: Warum ließen Sie ihn warten?«

»Ich hatte kein gutes Gefühl.«

Anstatt verächtlich zu schnauben, nickte er und fragte: »Haben Sie jetzt auch kein gutes Gefühl?«

»Ich weiß nicht.« Sie vermochte es tatsächlich nicht zu sagen. Sie war erschöpft und aufgewühlt, und vermutlich auch ein wenig betrunken. Eigentlich hätte sie ihm nicht glauben sollen, aber wenn sie ihren Instinkten vertraute … »Ich benötige etwas Zeit, um über all das in Ruhe nachzudenken.« *Tue ich hier etwas, das mich verwundbar machen könnte?* »Das ist ein großer Schritt.«

Er strich sich übers Gesicht. »Dann bleiben Sie wenigstens hier. Was wird geschehen, wenn diese Kerle Sie zu fassen bekommen? Die würden Sie doch bestimmt zu ihrem Boss bringen.«

»Mich bekommt niemand zu fassen.« Nein, das stimmte so

nicht, denn das war schon einige Male passiert. Nur hatte es noch niemand geschafft, sie bis zum nächsten Polizeirevier zu schleifen.

Als sie die Tür öffnete, sprang er auf und fasste sie am Ellbogen. »Sie wollen wieder hinaus in die Nacht? Tut mir leid, aber das kommt nicht infrage.« Ihn schien der Gedanke zu beunruhigen, sie könnte ihm entkommen. »Verdammt, Madeleine, wäre es denn so schrecklich, wenn ein Mann auf Sie aufpasst? Wenn er Sie beschützt?«

Beschützen? Sie schluckte und dachte an die Ladys in der Boulangerie, die sie durchs Schaufenster beobachtet hatte. Stand dieser Traum wirklich so dicht vor seiner Erfüllung?

»Ich werde Paris nicht ohne Sie verlassen, Mädchen.« In sanfterem Tonfall fügte er dann an: »Sie werden die Meine sein. Ich weiß noch nicht, wie ich das anstellen werde, aber es geht nicht anders.«

Maddy kannte sich mit Männern aus. Sie konnten Liebe und Zuneigung vortäuschen, doch Eifersucht war ein Gefühl, das sich nicht imitieren ließ, wenn man es nicht wirklich empfand. Sie erinnerte sich an MacCarricks Miene, als der Mann auf der Straße ihn gefragt hatte, ob er mit ihr fertig sei. Sie hatte gesehen, wie schnell er seine Pistole ziehen konnte.

Er war schon jetzt besitzergreifend. Warum aber hatte sie solche Angst davor? Sie konnte Grenzen festlegen, um sich selbst zu schützen und um das Risiko zu verringern, dass sie verwundbar war.

Vom Regen in die Traufe. Fürchtete sie sich davor, diese Chance zu nutzen, weil sie ihm nicht vertraute? Oder hatte La Marais sie bereits besiegt?

Niemals. *Das Glück ist mit den Mutigen.*

In diesem Moment wusste sie, sie würde darauf eingehen. »Ich werde über Ihren Vorschlag nachdenken.«

Er atmete tief durch, und obwohl er sich schnell wieder in den Griff bekam, entging ihr nicht, welche Erleichterung er bei ihren Worten empfand.

»Aber ich werde einige Bedingungen stellen.«

20

»Es kommt gar nicht infrage, dass wir bis zur Hochzeit auf Sex verzichten werden!«

»Ich meine das ernst, Schotte. Ich mache nicht zweimal den gleichen Fehler.«

Eben noch hatte er mit sich ringen müssen, damit sie ihm seine Erleichterung nicht anmerkte, und dann schleuderte sie ihm diese albernen Bedingungen an den Kopf. »Ich werde Sie nicht nach Ihrer Vergangenheit fragen, einverstanden. Und ich werde Ihnen treu sein. Dem stimme ich auch zu. Und was Ihren Wunsch angeht, sofort mit der Gründung einer Familie zu beginnen – wenn Sie das unbedingt wollen, dann bitte«, log er sie an. »Ich werde ganz gewiss meinen Teil dazu beitragen. Aber Ihre vierte Bedingung ist unannehmbar. Ich bin ein Mann und habe Bedürfnisse, und die werden während unserer Verlobung nicht einfach verschwinden …«

Sie ging zur Tür. Wie hätte er nur glauben können, dass dies ein einfaches Unterfangen werden würde?

»Das sind meine Bedingungen«, sagte sie ohne einen Blick zurück. »Ich glaube, ich bin noch sehr großzügig.«

»Das bin ich auch. Der Ring, mit dem Sie zur Tür hinausgehen wollen, bringt Ihnen genug, um jahrelang jeden Tag einen Apfel zu essen.«

Langsam drehte sie sich zu ihm um. »Ich *mag* Sie nicht einmal.«

»Und doch weiß ich aus zuverlässiger Quelle, dass Sie mich zumindest gemocht *haben*.«

Als sie die Lippen zusammenkniff, hätte er wetten können, dass sie sich in diesem Moment vornahm, ihre Freundinnen dafür umzubringen. »Schlimmer noch: Sie mögen *mich* gar nicht.«

Er widersprach ihr nicht, denn sie löste bei ihm viele Gefühle aus, doch es konnte nicht davon die Rede sein, dass er sie mochte. »Sie verhandeln mit mir, als befänden Sie sich in einer Machtposition. Woher nimmt jemand wie Sie diesen Mut und geht damit das Risiko ein, den Mann zu verlieren, der Macht und Geld besitzt und der Sie heiraten möchte? Sie sind entehrt, wissen Sie noch? Die meisten wohlhabenden Männer wollen eine Jungfrau heiraten. Nachdem ich Ihnen die Unschuld genommen habe, können Sie von Glück reden, dass ich immer noch an Ihnen interessiert bin.«

»Ich weiß, ich bin in keiner Machtposition, aber ich vertraue Ihnen nicht. Ich vertraue Ihnen kein bisschen.«

»Bestehen Sie auf diesen Bedingungen, weil Sie mich in der Hand haben wollen, oder haben Sie Angst, Sie könnten noch vor der Hochzeit von mir schwanger werden?«

»Sowohl als auch«, gab sie zu.

Da ihm klar war, dass sie zumindest für den Augenblick nicht nachgeben würde, erklärte er: »Also gut. Ich bin einverstanden zu warten – wenn Sie mir schwören, mich auf andere Art und Weise zu befriedigen, wann immer ich das will.« Als sie stutzte, sagte er: »Mir ist egal, wie ich Befriedigung erfahre. Hauptsache, ich erfahre sie.«

»Das sagen Sie nur, weil Sie glauben, mich dann zu mehr verleiten zu können.«

Es war genau das, was er plante, und ihm gefiel nicht, wie sie immer wieder seine Absichten vorausahnte.

»Dazu wird es aber nicht kommen, weil ich in dieser Hinsicht nicht an Ihnen interessiert bin«, ergänzte sie dann.

»Sie werden lernen, mich wieder zu begehren.«

»Sie sind wirklich erstaunlich. Wenn Ihr Verhalten bislang noch nicht den letzten Funken Verlangen nach Ihnen ersticken konnte, dann hat Ihr wahres Wesen das jetzt nachgeholt.«

Er kniff die Augen zusammen und ging mit steifen Bewegungen auf sie zu. Als er sie bis zur Wand zurückgedrängt hatte, streckte er seine Hand aus und legte sie um ihren Nacken. »Sie können nicht abstreiten, dass Ihnen mein Kuss gefallen hat«, flüsterte er und zog sie langsam an sich.

»W-weil ich da geglaubt hatte, Sie wären ein anderer Mann«, gab sie zurück, während ihr Atem plötzlich flacher ging.

»Denken Sie manchmal an das zurück, was in dieser Kutsche geschah, bevor ich Sie nahm?« Als ihre Wangen sich röteten, kannte er die Antwort auf seine Frage. »Ich auch«, räumte er ein. »Ich denke immerzu daran.« Er wusste, er musste sie auf eine gemäßigte Art verführen, um zu bekommen, was er haben wollte. Er nahm die Hand von ihrem Nacken und legte sie an ihre Wange. »Und ich erinnere mich noch sehr genau daran, wie ich Sie küsste und streichelte.«

Sie starrte auf seine Lippen, die Augenbrauen hatte sie zusammengezogen, als denke sie über das Gleiche nach wie er.

Er beugte sich vor und wisperte in ihr Ohr: »Sie waren so kurz davor, für mich zum Höhepunkt zu kommen.«

Unwillkürlich musste sie nach Luft schnappen, ein Schauer lief über ihren Körper.

»Warum glauben Sie, dass es Ihnen nicht wieder gefallen würde?«, hauchte er und strich mit dem Mund an ihrem Hals entlang. Ihr Atem ging so hastig wie seiner; außer diesen Atemzügen war im Zimmer kein Laut zu hören. »Ich werde Sie jetzt küssen, und wenn Sie nicht darauf reagieren, dann werde ich damit aufhören und Ihnen nie wieder zur Last fallen. Wenn Sie reagieren … dann gehören Sie mir.«

»Dem werde ich nicht zustimmen …« Sie musste schlucken. »Diesem albernen kleinen Test« – er kam noch etwas näher – »werde ich nicht zustimmen.« Ihre Fäuste lagen auf seiner Brust. »Das ist albern, so unglaublich albern …«

Sanft berührte er mit den Lippen ihren Mund, doch sie spannte sich an und wollte ihn wegdrücken. Doch Ethan gab nicht nach, neckte sie weiter mit seiner Zunge. Schließlich öffnete sie die Fäuste und legte die Hände flach auf seine Brust.

Augenblicke später teilten sich ihre Lippen für ihn, sodass er sie wieder so kosten konnte, wie er es sich seit Wochen gewünscht hatte. Ihre Hände wanderten Stück für Stück nach oben, bis sie die Finger hinter seinem Kopf verschränkte und sich fest an ihn drückte.

Als sein Kuss inniger wurde, wimmerte sie leise und erwiderte den Kuss dann so heftig, dass sich in ihm ein Gefühl des Triumphs regte. Vielleicht fand sie ihn gar nicht so abstoßend. Warum sollte sie ihm dies hier vorspielen? Die Bewegungen ihrer Zunge brachten sein Blut in Wallung, und er wollte seine Hände um ihr Hinterteil legen, um sie an sich zu drücken. Er hatte sich vorgenommen, sie zu verführen, sie zu umschmeicheln, ihr Lust zu bereiten, aber er hatte nicht erwartet, sich nur in einem Kuss zu verlieren – was ihm damit ein weiteres Mal widerfuhr.

Sie klammerte sich an ihn, rieb sich an seinem Körper, und Ethan konnte nicht anders, als aufzustöhnen. Wie konnte sie ihn nur so schnell um den Verstand bringen? Er war bereits kurz davor, die Beherrschung über sich zu verlieren. Nur mit Mühe hielt er sich davon ab, sie zum Bett zu tragen und dort mit ihr niederzusinken.

Mit großer Willenskraft, von der er gar nicht wusste, dass er sie besaß, gelang es ihm, sie loszulassen. Nachdem er einen Moment brauchte, um seine Gedanken zu sammeln und zu

Atem zu kommen, sprach er mit heiserer Stimme: »Es muss nicht schlecht sein, Madeleine. Ich werde Ihnen beibringen, mir wieder zu vertrauen, und dann können wir uns gegenseitig Lust schenken.«

Sie sah ihn verblüfft an, zugleich aber auch wachsamer als zuvor, sodass er sich um einen unbeschwerten Ton bemühte. »Allerdings glaube ich, nach ein paar Tagen wird es Ihnen leichter fallen, sich zu entspannen und mich zu empfangen.«

»Wieso? Ist es schwierig, Ihnen Lust zu bereiten? In der Kutsche hatte ich nicht den Eindruck.«

Ihre Bemerkung versetzte ihm einen Stich, aber er ließ es sich nicht anmerken. »Nicht unbedingt. Es ist nur so, dass Sie es drei- oder viermal täglich machen werden.«

»Mit einem Mann in Ihrem fortgeschrittenen Alter?«

Fortgeschrittenes Alter? Bei Gott, ich werde sie tatsächlich erwürgen! »Sagen wir einfach, ich habe einiges nachzuholen. Und damit fangen wir heute Nacht an.«

»Ich habe nicht zugestimmt, MacCarrick.«

»Das werden Sie aber. Vorher möchte ich mir allerdings das Recht auf den Versuch sichern, Sie mit Haut und Haar zu verführen.«

Nach langem Zögern entgegnete sie: »Ich werde damit einverstanden sein, wenn Sie mir für heute Nacht mein eigenes Zimmer beschaffen. Was alles andere angeht, kann ich für nichts garantieren.«

»Was wollen Sie mit einem eigenen Zimmer? Von diesem Augenblick an sind wir verlobt.« Oh, wie unnatürlich sich das anhörte.

»Ich möchte ein langes Bad nehmen und in Ruhe über alles nachdenken. In meinem Kopf dreht sich alles.« Dabei schwankte sie leicht vor und zurück. »Bitte. Wenn Sie wüssten, was für einen Tag ich hinter mir habe …«

»Und wer sagt mir, dass Sie nicht einfach davonlaufen? Das haben Sie zuvor auch schon gemacht.«

»Ich verspreche Ihnen, das werde ich nicht machen.«

»Ich werde Sie allein lassen, damit Sie in Ruhe baden können, aber davon abgesehen teilen wir uns das Zimmer.«

Sie atmete gereizt aus, nickte dann widerstrebend.

»In einer halben Stunde werde ich zurückkehren«, sagte er, bevor er aus dem Zimmer ging. Er verließ das Hotel, um in der kalten Luft einen klaren Kopf zu bekommen und sich von der Wirkung zu befreien, die Madeleine auf ihn hatte.

Verdammt, aber er würde in der Lage sein, sie für eine Nacht in Ruhe zu lassen. Damit sein Plan gelang, musste er dieses kleine Opfer bringen. Er wusste ohnehin nicht, wie gut er sich betragen würde. Seit dem Moment, da er sich entschlossen hatte, nach Paris zu reisen und nach ihr zu suchen, waren ihm nur ein paar Stunden Schlaf vergönnt gewesen. Zudem fühlte er immer noch eine leichte Schwäche als Folge seiner Verletzung.

Plötzlich stutzte er. Wie sollten sie heute Nacht schlafen? Er wusste, warum er darauf bestand, sich das Zimmer mit ihr zu teilen, aber selbst das war ihm bereits befremdlich erschienen, da er in seinem Leben noch nie die ganze Nacht über bei einer Frau geblieben war. Ihn hatte es bei dem Gedanken geschaudert, neben einer dieser Frauen aufzuwachen, und umgekehrt hätte er niemals tolerieren können, dass jemand in sein Leben trat und es aus seinen geordneten Bahnen brachte.

Wenn eine Frau nach dem Sex seufzte und die Arme nach ihm ausstreckte, um sich an ihn zu schmiegen, hatte er bisher jedes Mal die Flucht ergriffen. Er hatte sich aller Eile angekleidet und war hinausgestürmt in den Regen, den Schnee oder in welches Wetter auch immer. Wichtig war ihm nur, zu entkommen. *Sie alle klammerten sich an Männern fest, jede einzelne von ihnen.*

Frauen vertraten die beklagenswerte und alberne Ansicht, Sex und Zuneigung seien untrennbar miteinander verflochten. Sie begriffen einfach nicht, dass es zwei verschiedene Dinge waren – und dass er sich nur für Ersteres interessierte. Ethan fand, diese beiden Dinge sollte man auf gar keinen Fall zusammenbringen …

Ein lachendes älteres Paar – eindeutig ein Ehepaar – kam auf dem Weg ins Hotel an ihm vorbei. Er betrachtete die beiden und kam zu dem Schluss, dass manche Leute mit der Ehe Glück hatten. Ethans Eltern waren sehr ineinander verliebt gewesen, doch diese Ehe endete seinerzeit in einer Tragödie. Würde es seinen Brüdern besser ergehen?

Hat sich Madeleine gerade eben tatsächlich bereit erklärt, mich zu heiraten?

Wenn er das ganze Drumherum einmal außer Acht ließ, dann blieb nur die Tatsache übrig, dass sie seinen Antrag angenommen hatte – *nachdem* sie sein Gesicht gesehen hatte.

Seine Miene verfinsterte sich. Ein Mann, der so aussah wie er, konnte eine solche Schönheit wie sie nur deshalb für sich gewinnen, weil sie Hunger litt, weil sie bedroht wurde und weil sie glaubte, er könne sie beschützen. Und der Grund für sein abstoßendes Aussehen war das, was ihre Eltern ihm angetan hatten.

Im Geiste war sie die Seine. Sie *gehörte* ihm. Sie und ihr zierlicher Körper, der ihm zur Verfügung stehen würde, wenn ihm danach war. Es war sogar seine Pflicht, sie immer dann zu berühren, wenn ihm danach war. Hatte er ihr nicht ausdrücklich gesagt, sie solle ihn immer dann befriedigen, sobald er es wollte?

Warum hatte er aber dann das Zimmer verlassen? Wut erfüllte ihn, als er die Treppe zu seinem Zimmer hinaufging, um sich zu nehmen, was ihm zustand.

21

Als Maddy in der großen Wanne saß und Lavendelseife aus ihrem Haar ausspülte, überlegte sie, dass das Schicksal ihr vielleicht tatsächlich eine Verschnaufpause gewährt hatte. Allein der Ring, der an ihrem Schlüsselband hing, setzte ihrem Schuldenproblem sofort ein Ende.

Und wenn der Schotte sie tatsächlich heiraten wollte, dann würde sie sogar reich sein – und eine Countess werden!

Sie lehnte sich in der Wanne zurück, in der das Wasser so hoch stand, dass es fast bis an ihre Schultern reichte. Es war sehr entspannend, von dem warmen, duftenden Wasserdampf umgeben zu sein. Ja, an so einen Luxus konnte sie sich durchaus gewöhnen.

Doch dann würde sie dem Schotten erlauben müssen, sie zu lieben. Wenn er darin doch auch nur so gut wäre wie im Küssen. Andererseits konnte sie eine Menge erdulden, wenn sie dies alles dafür bekam. Außerdem war sie mittlerweile zu der Ansicht gelangt, dass er ihr in jener Nacht nicht hatte wehtun wollen. Jedes Mal, wenn sie ihn darauf ansprach, verzog er das Gesicht.

Sie schlug die Augen auf …

Da stand er vor ihr und betrachtete sie!

Im nächsten Augenblick war sie aufgesprungen und riss das Badetuch an sich, das sie wie eine Decke über ihre Schultern legte. Sie fürchtete, dass er trotz allem mit seinen Adleraugen ihren Arm gesehen hatte. Wieso hatte sie nicht gehört, dass er eingetreten war? »Sie sagten, Sie würden mir eine halbe Stunde geben.«

»Und Sie versprachen, Sie würden mich befriedigen, wann immer mir danach ist. Ich will es jetzt.« Er zog seine Jacke aus. »Lassen Sie das Handtuch fallen.«

»Ich … ich habe nie zugestimmt, dabei nackt zu sein.«

»Ich soll Sie heiraten, ohne je Ihren Körper bei Licht gesehen zu haben?«

»So machen es die meisten.«

Blitzartig zuckte seine Hand vor und bekam ihr Handtuch zu fassen. Als sie es packen wollte, wirbelte er sie herum und drückte ihre Arme auf den Rücken, und mit einem sanften und zugleich festen Griff hielt er sie an den Handgelenken fest. Er drehte sie langsam herum, als suche er nach ihrer Narbe, doch der Anblick ihrer Brüste schien ihn ins Stocken zu bringen.

Seine Stimme klang rau. »Ich sah sie zuvor nur im Schatten.« Ein kehliger Laut kam über seine Lippen, dann legte er seine große Hand auf ihre Brust. Die plötzliche Hitze seiner Finger ließ sie vor Schreck erstarren.

Würde er sie immer noch wollen, wenn er sie ganz gesehen hatte? Aber sie wollte ihn ja sowieso nicht. Oh, warum konnte ihr Busen nicht etwas größer sein? Sie kniff entsetzt die Augen zu.

Behutsam massierte er sie und flüsterte: »Nicht größer als eine Teetasse.«

Maddy wäre am liebsten im Erdboden versunken.

»Sie mögen intelligent sein, aber Sie sind nicht *hübsch*«, redete er weiter.

Er ließ den Arm sinken und legte die Hand auf ihren Po. »Sie sind *wunderschön*.« Es klang so, als würde ihn diese Tatsache ärgern.

Sie öffnete die Augen einen Spaltbreit und sah, wie angespannt sein Körper war. Außerdem war er auf das Äußerste erregt, da seine Männlichkeit sich gegen den Stoff seiner Hose presste.

Wunderschön? Nachdem er mich bei Licht gesehen hat?

Er ließ seine Hand über ihren Körper gleiten, über ihre Hüften, den Bauch, den Busen, als wisse er nicht, wo er sie als Nächstes berühren sollte – als sei er vom Anblick seiner Beute überwältigt. Sein Atem ging unregelmäßig, als er wie in Trance flüsterte: *»So unglaublich schön …«*

Obwohl er angezogen war und sein prüfender Blick weiter über sie wanderte, verstärkte sich Maddys Lust mit jeder weiteren Berührung. *Er hält mich für schön.* Dieser Gedanke war so wundervoll, dass sie die Augen schloss. Je länger er über ihre Haut strich, umso mehr wollte sie sich weiter so von ihm erkunden lassen. *Was geschieht mit mir?*

Als er seine Hand über die Locken zwischen ihren Schenkeln gleiten ließ und keuchte: »Die Farbe deines Haars«, da lief ihr ein Schauer über den ganzen Körper, und sie musste sich zwingen, nicht laut zu stöhnen.

»Aye, lass dich einfach nur ansehen, Mädchen«, brachte er heraus, als er merkte, dass sie sich entspannte.

Er ließ ihre Hände los, und sie atmete tief ein, als würde sie all ihren Mut zusammennehmen. Ihr war anzumerken, dass sie den Wunsch verspürte, ihre Nacktheit zu bedecken – sie errötete und wandte hastig den Blick von ihm ab –, doch sie tat es nicht.

Er hatte ihr die Unschuld genommen, sie genossen und sie berührt, aber dabei nie gesehen, wie wunderschön ihr Körper war.

Die Lampe im Zimmer warf ihr Licht auf Madeleines blasse, zarte Schultern. Ihr langes Haar fiel in nassen Locken herab und strich über ihre hart aufgerichteten Brustspitzen. Sein

Blick folgte den kleinen Rinnsalen, die sich von der Brust über den Bauch und weiter nach unten ihren Weg bahnten, und er wünschte, er könnte mit Zunge und Lippen der Spur dieser Rinnsale folgen.

Sie war schlank, zugleich wohlgeformt und in jeder Hinsicht weiblich. Ihre schmale Taille betonte ihre Oberweite ebenso wie die Hüften, sodass die Form ihres Körpers an eine Sanduhr erinnerte. Ihr Po hätte nicht fester und üppiger sein können, und die zwei Grübchen gleich darüber …? Ethan unterdrückte ein Aufstöhnen. Dort würden seine Daumen sie berühren, wenn er sie festhielt und an sich drückte. Aber ihre sinnlichen Brüste lockten ihn noch viel stärker. Sie waren klein, dennoch voll, und sie ragten steil empor. Die Brustspitzen waren so empfindlich, dass sie auf die leiseste Berührung reagierten.

Sie war vollkommen, bis auf eine Sache. Seine Aufmerksamkeit war auf ihre Narbe gerichtet, die sie ihn nicht hatte sehen lassen wollen. Er nahm sie am Arm und zog sie in den Schein der Lampe, dann hob er ihren Arm hoch. Die Narbe erstreckte sich etwa über ein Drittel der Unterseite ihres Unterarms und sah mit den gewundenen weißen Linien auf rotem Grund aus wie eine typische Brandverletzung.

»War der Arm auch gebrochen?«

Erschrocken riss sie die Augen auf, erst dann gelang es ihr, eine nichts sagende Miene aufzusetzen.

»Wann war das?«

Sie zuckte mit den Schultern, so gut es ging, da er ihren Arm festhielt. »Ich weiß nicht mehr. Es ist schon lange her.«

»Sie hielten den Arm hoch, um etwas Brennendes abzuwehren, und dieses Etwas zerschmetterte den Knochen.«

»Wie wollen Sie wissen … warum sagen Sie so etwas?«

»Ich kenne mich mit Narben aus.« Er verzog den Mund zu einem schiefen Lächeln. »Waren Sie in ein Feuer geraten?«

Sie zögerte einen Moment lang, dann erklärte sie in einem freundlichen Tonfall: »In dem Haus, in dem wir lebten. Als ich noch jünger war. Einer der Diener war betrunken und achtete nicht auf seine Pfeife.«

»Mit anderen Worten, Ihre Unterkunft wurde von einem betrunkenen Mieter in Brand gesetzt.«

»Ich war nicht immer arm, MacCarrick«, flüsterte sie. »Ich lebte in einem Herrenhaus, und wir hatten Diener und Gesellschaften und Freunde.«

»Aye, das weiß ich.« *Ich bin derjenige, der ihr das alles wegnahm.* »Sonst wären Sie wohl nicht mit den Weylands befreundet.«

»W-würden Sie mich jetzt bitte loslassen?«

Auf seiner Brust lastete ein schwerer, unangenehmer Druck, der ihn anstachelte, bis er sie endlich losließ.

Sie setzte sich in die Wanne und kehrte ihm den Rücken zu. Das Haar wallte ihr über die Schultern bis ins Wasser. Da sie vornübergebeugt saß und die Schultern angezogen hatte, konnte er ihre Rippen sehen, die sich unter der Haut abzeichneten. Nein, mager war sie nicht, aber es war mehr als deutlich, dass sie auf viele Mahlzeiten hatte verzichten müssen.

Verdammt, jetzt war nicht die Zeit, sich von seinem Gewissen plagen zu lassen. Er suchte nach einem Ausweg, nach irgendetwas, und erinnerte sich daran, wie sehr sie ihn heute Abend beleidigt hatte. »Sie haben sich doch auch zu *meiner* Narbe geäußert.«

Erschrocken atmete sie heftig ein.

»Stehen Sie auf und kommen Sie her«, verlangte er. »Ich will Sie berühren.«

»Nein! Es ist schon schlimm genug, dass ich nackt vor Ihnen stehe. Aber wenn Sie sich auch noch über mich lustig machen …«

»Lustig machen?«, fragte er ungläubig. »Es gibt nichts, worüber ich mich lustig machen könnte.«

»D-das, was Sie über meine Narben sagten. Und über meine Brüste … dass sie klein sind.«

»Sie haben mich heute Abend wiederholt beleidigt, und dabei ist es nicht so, als hätte ich Sie erst daran erinnern müssen, wie ich aussehe.«

Sie warf ihm einen Blick über die Schulter zu, ihre Wangen waren noch stärker gerötet als zuvor. *Fühlt sie sich schuldig, weil sie mich beleidigt hat?*

»Was Ihre Brüste angeht – nun, wenn Sie nicht bemerkt haben, dass es mich erregt, wenn ich sie berühre, und wenn Sie auch nicht gehört haben, dass ich Sie wunderschön genannt habe, dann möchte ich es jetzt noch einmal klar und deutlich aussprechen: Ich werfe einen Blick auf Ihren Körper, und damit verabschiedet sich jeder vernünftige Gedanke aus meinem Kopf. Wenn Sie also sehen wollen, wie ein Mann den Verstand verliert, dann erlauben Sie mir, Sie weiter zu berühren.« Als sie sich nicht rührte, erklärte er: »Wenn Sie nicht möchten, dass ich Sie liebkose, dann kommen Sie zu mir und berühren stattdessen mich.«

Als sie sich daraufhin auf die Unterlippe biss, war das für ihn Antwort genug, und er zog sich das Hemd aus.

»Oh, warten Sie. Das möchte ich auch nicht …« Plötzlich verstummte sie und betrachtete ernst die Naht auf seiner Brust. »Was ist Ihnen zugestoßen?«

»Keine Sorge, das wird bald vernarbt sein, und dann haben Sie noch einen weiteren Grund, womit Sie mich aufziehen können.«

Ohne auf seine Bemerkung einzugehen, redete sie weiter: »Sie haben auch abgenommen. Ist das die Verletzung, von der Sie sprachen?«

»Aye.«

»Was ist geschehen?« Als er nicht antwortete, zog sie eine Augenbraue hoch. »Sie müssen endlich aufhören, mit Scheren zu spielen.«

»Sie sind wirklich ein verrücktes Mädchen.« Als er sich in den Sessel setzte und seine Stiefel auszog, sagte er es ihr schließlich doch. »Ich wurde angeschossen.«

Neugier blitzte in ihren Augen auf. Sie lehnte sich gegen den Wannenrand und ließ das Kinn auf ihre Hände sinken. »Angeschossen?« Ein verständnisvoller Ausdruck huschte über ihr Gesicht. »Kein Wunder, dass Sie solche Angst hatten, als die Schüsse zu hören waren.«

»Ich hatte verdammt noch mal keine Angst …«

»Und wer hat auf Sie geschossen?«

»Ein schlechter Mensch«, meinte er beiläufig.

»Wie ich sehe, haben Sie schon früher schwere Verletzungen davongetragen. Was tun Sie, das so gefährlich ist? Sind Sie so etwas wie ein Abtrünniger? Oder ein Rebell? Oh, ich weiß – Sie sind ein Glücksritter!«

Ethan hatte nie ein großes Geheimnis daraus gemacht, *was* er tat. Nur wer sein Auftraggeber war, das bekam niemand aus ihm heraus. »Vielleicht bin ich von allem etwas.«

Sie setzte zu einer Erwiderung an, doch als sie sah, dass er seine Hose ablegte, wandte sie sich schnell von ihm ab. Diese Gelegenheit nutzte Ethan, um zu ihr in die Wanne zu steigen. Sie schnappte erschrocken nach Luft und machte Anstalten, aus dem Wasser zu fliehen. Doch Ethan hielt sie an den Schultern fest, und während er sich entspannt zurücklehnte, zog er sie zu sich heran und stöhnte wohlig auf, als ihr Busen über seinen Oberkörper glitt.

Sei sanft, ermahnte er sich und ließ eine Hand zu ihrem Po wandern. Es bestand immer noch die Gefahr, dass er sie erschreckte und sie die Flucht antrat. Nachdem er sie aber völlig nackt hatte bewundern können, wollte er auf keinen Fall, dass sie ihm entwischte.

Als sie sich von ihm abzustoßen versuchte, legte er die Hand um ihren Nacken und dirigierte sie zurück zu sich.

»MacCarrick, nein.« Sie umfasste zu beiden Seiten den Wannenrand, damit sie auf Abstand zu ihm blieb. »Ich bin nicht … ich will das nicht.«

»Wieso nicht?«, fragte er und strich mit dem Zeigefinger über die Haut zwischen ihren Brüsten.

»Weil ich erschöpft bin und mich wie erschlagen fühle. Ich muss über all das erst einmal *nachdenken*.«

Ihre Arme zitterten, da es sie so sehr anstrengte, sich ihm zu widersetzen. Zugleich bebten ihre Brüste lustvoll, und ihre Brustspitzen hatten sich versteift und schienen ihn zu verhöhnen. Am liebsten hätte er sie stundenlang mit Lippen und Zunge liebkost. Und er wollte, dass sie ihn berührte …

Plötzlich sah er wieder das Bild vor sich, wie sie im *Silken Purse* auf dem Boden gelegen und mit der Faust darauf eingeschlagen hatte. Er erinnerte sich an die Erschöpfung und die Entschlossenheit, die er in ihrem Gesicht gesehen hatte. Aufmerksam sah er Madeleine an. Sie hatte dunkle Augenringe. Der Tag, den sie hinter sich hatte, würde jeden zermürben.

Ihre Hände verloren fast den Halt am Wannenrand.

»Auch wenn Sie mehr als verlockend sind, werde ich Sie heute in Ruhe lassen, damit Sie sich erholen können«, sagte er und konnte seine eigenen Worte nicht glauben. »Im Tausch gegen einen Kuss.«

Plötzliche Enttäuschung war ihr anzusehen, als sie tonlos entgegnete: »Na, schön. Bringen wir's hinter uns.«

Er legte die Hände um ihr Gesicht, was sie stutzig werden ließ. Mit den Daumen strich er über ihre Wangen, während er sie auf Stirn, Nasenspitze und schließlich auf den Mund küsste, wobei seine Lippen ihre kaum berührten.

Als er sie losließ, brauchte sie einen Moment, ehe sie die Augen öffnete. »Die Grundregel für eine erfolgreiche Verhandlung«, murmelte sie. »Man gibt ein wenig, und dann nimmt man sich alles.«

»Bekomme ich nichts, Madeleine?«, fragte er und empfand aus einem unerfindlichen Grund Belustigung. Jedoch verkniff er sich ein Grinsen und schaute stattdessen auf ihren Mund. Es schien, als würde sie ihn jeden Moment küssen, doch dann wand sie sich plötzlich aus seinem Griff und stand auf.

Sie stieg aus der Wanne und griff nach einem Handtuch, als Ethan zu seiner eigenen Verwunderung die Hand ausstreckte und er ihr einen Klaps auf ihr wohlgeformtes Hinterteil gab. Schnell bedeckte sie ihre Blöße und warf ihm über die Schulter einen erschrockenen Blick zu, doch was immer sie in seinem Gesicht entdeckte, es entlockte ihr ein verblüfftes Lächeln.

Als sie das Zimmer verließ und den Ring mitnahm, machte sie einen deutlich entspannteren Eindruck.

Ethan fragte sich, warum er so verdammt freundlich gewesen war, wenn seine Erektion schier unerträglich pulsierte. Er sagte sich, dass es einzig und allein daran lag, dass sie seinem Plan zugestimmt hatte. Die erste Schlacht war gewonnen.

Es liegt nicht daran, dass sie mich akzeptiert und sich einverstanden erklärt hat, mich zu heiraten …

Nachdem er sich abgetrocknet hatte, wickelte er sich das Handtuch um die Hüften und ging nach nebenan. Madeleine hatte inzwischen eines seiner Hemden angezogen, das bei ihr so weit saß, dass es ihr bis zu den Knien reichte und ihr ständig von der Schulter rutschte. Um den Hals trug sie an dem langen roten Band den Ring, den er ihr geschenkt hatte.

Außerdem hatte sie ein paar dicke graue Socken aus seiner

Tasche genommen, die so groß waren, dass sie ihre Füße verschluckten und in Höhe der Knöchel eine dicke Wulst bildeten. Madeleine knabberte an ihrer Unterlippe und rieb die Füße aneinander, woraufhin er abermals diesen Druck auf seiner Brust wahrnahm. »Ich hoffe, es macht Ihnen nichts aus«, sprach sie leise.

»Nein, keineswegs.« *Aber kann sie überhaupt noch verlockender aussehen …?*

»Und wie … wie sollen wir schlafen?«

Er spannte sich an, und seine Laune verschlechterte sich schlagartig. »Mir egal.« *Solange sie es nicht mit mir macht …*

Als hätte sie seine Gedanken gelesen, ging sie langsam zum Wäscheschrank und holte eine Decke und Kissen heraus. »Sie müssen wissen, dass ich nicht richtig schlafen kann, wenn ich nicht allein im Bett liege.«

Ethan wurde hellhörig. »Dann wollen *Sie* sich mit *mir nicht* das Bett teilen?« Nach so vielen Frauen, die sich in der Vergangenheit danach gesehnt hatten, bei ihm zu sein, erweckte sie den Eindruck, als sei allein schon die Aussicht darauf abschreckend.

»Das ist ein Grund, warum ich ein eigenes Zimmer wollte«, antwortete sie. »Aber ich gebe mich gern mit der Chaiselongue zufrieden …«

Kurz entschlossen packte er sie, ignorierte ihren heftigen Protest und ließ sie auf sein Bett fallen. Er würde sie schon dazu bringen, die Nacht an seiner Seite zu verbringen – und sei es auch nur, um sie für ihre Widerworte zu bestrafen. Wäre Madeleine nicht so federleicht gewesen, hätte seine Verletzung sich sicher schmerzhaft gemeldet, doch selbst das wäre ihm gleichgültig gewesen. »Sie werden heute Nacht mit mir in diesem Bett schlafen.« Nachdem er das Handtuch zur Seite geworfen hatte, legte er sich zu ihr.

»Ich will nicht mit Ihnen schlafen!« Sie robbte zum Bettrand. »Das war meine fünfte Bedingung, MacCarrick.«

Mit einer Hand riss er an ihrem behelfsmäßigen Nachthemd und zog sie zu sich zurück. Ohne auf ihren rebellischen Blick zu reagieren, nahm er sie wieder in die Arme, um sie unter die Decke zu schieben.

Als sie wieder zur Bettkante zu entkommen versuchte, sagte er: »Bleiben Sie liegen, dann werde ich Ihnen morgen neue Kleider kaufen.« Das würde er ohnehin machen müssen. Sie konnten unmöglich am helllichten Tag gemeinsam auf die Straße gehen, wenn sie im Vergleich zu ihm so schäbig gekleidet war. Die Leute mussten sich sowieso schon wundern, was eine Frau wie sie an seiner Seite suchte. Dass Geld eine Rolle spielte, war der zwangsläufige Schluss, doch wollte Ethan ihnen den nicht auch noch auf einem Silbertablett servieren.

Sie erstarrte. »Aber nicht … nicht *jede* Nacht, MacCarrick?«

Der Gedanke daran, das Bett zu teilen, schien sie so sehr zu erschrecken, dass er nicht anders konnte, als zu sagen: »Doch. Jede … einzelne … Nacht.«

»Ich möchte, dass dieses Opfer nicht vergessen wird«, murmelte sie und schlug mit der flachen Hand auf ihr Kissen, bevor sie sich an die äußerste Bettkante legte.

Dieses Opfer? Gut, dann würde sie keine Frau sein, die sich an ihn klammerte. Was ihn natürlich freute.

Doch als sie eine Stunde später tief und fest schlief, lag er immer noch wach und betrachtete sie. Zwei Dinge fielen ihm an der Art auf, wie sie schlief: ohne einen Ton von sich zu geben, außerdem die Knie bis zur Brust hochgezogen – so wie jemand, der sich vor Schlägen zu schützen versuchte, die er anders nicht abwehren konnte.

Ethan wusste, durch ihr raues Leben war sie vorsichtig geworden, aber nun fragte er sich, was mit ihr geschehen sein mochte, nachdem sie England verlassen hatte. Er wusste nicht, wann sie in ein Feuer geraten war, doch nach der Narbe zu urteilen, musste sie zu dem Zeitpunkt noch recht jung gewesen sein. An ihrer Zähigkeit gab es keinen Zweifel, auch wenn sie in seinen Augen zerbrechlich und verwundbar war.

Da er nicht widerstehen konnte, strich er über ihre glänzenden blonden Locken, die langsam trockneten. Als er mit dem Daumen über die seidigen Haare strich, rätselte er, was wohl so angenehm daran war, einander im Schlaf in den Armen zu halten.

Manchen Männern schien das zu gefallen. Er konnte sich daran erinnern, wie Hugh in jungen Jahren einen Tag mit Jane verbracht hatte. Dabei trug sein Bruder einen glückseligen Gesichtsausdruck zur Schau, der noch ausgeprägter war als nach anderen Treffen mit ihr. Ethan war der Ansicht gewesen, dass es Hugh endlich gelungen war, sie ins Bett zu kriegen, doch der hatte auf diese Vermutung entrüstet reagiert. »Nein, ich habe sie nur in meinen Armen gehalten, während sie schlief.« Mit einem genussvollen Seufzer fügte er dann an: »Über eine Stunde lang.«

Und jetzt war es Ethan, der seine Hand weiter ausstreckte, um die verlockende Wärme von Madeleines Körper zu spüren. Da er sie nicht aufwecken wollte, rutschte er behutsam näher an sie heran, um nur einen Moment auszuprobieren, wie es sich wohl anfühlte. Doch sie wachte auf und versteifte sich. Nun, wenn sie schon wach war … Er schob eine Hand unter ihr durch und drückte sie an sich.

Er wartete, dass sie sich entspannte. Viele Minuten verstrichen, aber sie lag nach wie vor stocksteif da. Doch er konnte genauso störrisch sein wie sie, daher zwang er sie, in dieser Haltung zu verharren. Und um sie noch ein wenig mehr zu ärgern, drückte er sie etwas fester an sich, sodass ihr Po sich gegen seinen Schoß drückte und sein Gesicht ihren Nacken berührte – und er den Duft ihres Haars wahrnahm. Es wunderte ihn nicht, dass seine Männlichkeit reagierte. Er legte auch den anderen Arm um sie, bis er sie völlig umschlossen hielt.

Einerseits sehnte er sich danach, wieder in sie eindringen zu können, andererseits aber wunderte es ihn, dass er zugleich ein Gefühl tiefster Befriedigung empfand. Es kam ihm fast so vor, als sei er endlich dort, wo er seit Langem hatte sein sollen.

Die Müdigkeit vieler rastloser Tage und Madeleines Wärme lullten ihn schon bald in einen tiefen Schlaf. Sein letzter Gedanke vor dem Einschlafen galt ihr: Würde sie sich nur ein klein wenig entspannen, dann wäre es gar keine so große Mühsal, mit ihr das Bett zu teilen.

22

Männer sind einfach nicht mehr so gebaut wie früher, dachte Maddy seufzend. So wie Gladiatoren oder Krieger.

Sie neigte den Kopf mal zur einen, mal zur anderen Seite, während sie MacCarrick betrachtete, der neben ihr im matten Licht der Morgensonne fest schlief. Er lag auf dem Rücken und hatte einen Arm über den Kopf gelegt, während das Bettlaken gefährlich weit bis zur Taille gerutscht war und seine breite Brust und den muskulösen Oberkörper freilegte. Sie errötete, als sie sah, dass seine morgendliche Erregung das Laken in die Höhe drückte.

Maddy war in einem warmen, weichen Bett erwacht, ohne Hunger zu verspüren und ohne sich an irgendwelche Albträume zu erinnern, die sie sonst heimsuchten. Nachdem die wichtigsten Bedürfnisse – Essen, Unterkunft und Sicherheit – nun gestillt waren, verspürte ihr Körper ein ganz anderes Bedürfnis.

Sie war erregt, und sein männlicher Duft und die von seinem Körper ausgehende Wärme machten es nur noch schlimmer. Es kostete sie Mühe, ihn nicht zu berühren, während ihr gleichzeitig Szenen vom Abend zuvor durch den Kopf gingen – wie ihre Brüste über seinen kräftigen Körper strichen, als sie zusammen in der Badewanne gewesen waren, wie er später seine Arme um sie geschlungen und sie an sich gedrückt hatte. Auch wenn sie die Nacht nicht auf diese Weise hatte verbringen wollen, fühlte sie sich an seiner Seite überraschend sicher. Seine harte Männlichkeit hatte sich gegen ihr Hinterteil gepresst, doch MacCarrick hatte Wort gehalten und keinen Annäherungsversuch unternommen.

Nie wäre ihr in den Sinn gekommen, noch einmal Gefallen an solchen Wonnen zu finden, aber allmählich glaubte sie, dass sie es hinnehmen konnte – mit ihm. Und angenommen er beherrschte es so gut, wie er zu küssen verstand, dann war es denkbar, dass es ihr gefallen würde, wenn sie sich erst einmal an seine Größe gewöhnt hatte.

Natürlich bedeutete das nicht, sich von ihm vor der Hochzeit ganz erobern zu lassen. In diesem Punkt musste sie standhaft bleiben, denn sie kannte zu viele Frauen, denen man die Ehe versprochen hatte und die am Ende doch schwanger und am Boden zerstört nach La Marais zurückgekommen waren.

Aber wenn sie beide erst einmal verheiratet waren … Wie würde ein zweiter Versuch wohl sein? Sie wollte nicht behaupten, dass sie sich darauf freute, doch eine gewisse Neugier spürte sie schon.

Genau genommen weckte alles an ihm ihre Neugier. Zum Beispiel die Frage, wieso er so gut mit einer Pistole umgehen konnte. Und von wem er in jüngerer Zeit angeschossen worden war. Ihr war an ihm mindestens eine weitere Narbe aufgefallen, die nach einer Schussverletzung aussah, und sie hätte darauf gewettet, dass sie auf seinem Rücken weitere verheilte Verletzungen finden würde. Welche Tätigkeit übte er aus, die solche Gefahren für sein Leben mit sich brachte?

Und wer hatte sein Gesicht so fürchterlich bis auf den Knochen zerschnitten?

Ihr war durchaus klar, wie sehr ihm diese Narbe zu schaffen machte, aber die Wahrheit war, dass selbst jemand wie sie, der die Schönheit liebte, darüber hinwegsehen konnte. Denn MacCarricks Gesicht stellte mit den gefälligen, ebenmäßigen Zügen einen fesselnden Anblick dar. Seine Nase war kraftvoll und gerade, die Lippen waren fest, und seinen kantigen Kiefer überzog ein Hauch von Bartstoppeln.

Das Gute an diesem Mann war so außergewöhnlich, dass es das Schlechte bei Weitem überwog.

Vielleicht waren in der ihm vertrauten Welt rund um Grosvenor alle Menschen makellos, doch für Maddys Welt galt das längst nicht mehr. Sie war an den Anblick von Soldaten aus dem Krimkrieg gewöhnt, die einen Ärmel ihrer Uniform hochgeschlagen und mit einer Nadel festgesteckt trugen, da sie in der Schlacht den Arm verloren hatten. Im Vergleich dazu war MacCarricks Narbe unbedeutend.

Was die Eigenschaften anging, nach denen sie bei einem möglichen Ehegatten Ausschau hielt, so war eine makellose Haut nicht annähernd so wichtig wie Männlichkeit, Kraft und Reichtum – und davon hatte der Schotte mehr als genug.

Im Geiste ging sie durch, welche guten Seiten sie an ihm beobachtet hatte: Er war reich, und es schien, als sei er ein spendabler Mann. Er konnte sündhaft gut küssen, und er besaß den wundervollsten, verführerischsten Körper, den sie je gesehen hatte. In ihm loderte ein wildes Feuer, was Maddy gut gefiel, da sie keinen sanften Riesen hätte haben wollen.

Die Nachteile: Er war egoistisch, starrköpfig, rau, aggressiv und keineswegs vertrauenswürdig.

Würde es schwierig sein, Ethan MacCarrick zu handhaben? Auf jeden Fall. Es gab keinen Zweifel daran, dass sie ihr ganzes Geschick würde aufbieten müssen, um den Schotten im Griff zu haben – und dass sie jede Menge Geduld brauchen würde.

Aber das konnte sie schaffen, wenn es ihr dadurch möglich wurde, sich von ihren Schulden und ihrer armseligen Existenz zu verabschieden. Dafür würde sie gern ein neues Leben an der Seite eines mysteriösen Schotten beginnen, der ihr Blut zur Wallung brachte – aus Wut und vor Leidenschaft.

Schließlich gab sie ihrem inneren Drängen nach und strich mit den Fingerspitzen über die Unterseite seines erhobenen Arms, wobei sie fasziniert zusah, wie sich die Muskeln seiner Brust kurz anspannten. Vorsichtig berührte sie die Haut rings um die Wunde und verspürte eine unerklärliche Traurigkeit, dass jemand ihn hatte verletzen – oder sogar töten – wollen. Warum machte ihr der Gedanke an seine erduldeten Schmerzen so zu schaffen? Eigentlich war er für sie doch immer noch ein Fremder.

Sie schüttelte den Kopf und entschied für sich, dass sie sich nicht länger etwas vormachen würde. Er hatte etwas, das sie vom ersten Moment an zu ihm hinzog, was ihr noch bei keinem anderen Mann passiert war. Das war bereits der Fall gewesen, als sie nur sein Gesicht und nicht die Narbe gesehen hatte – und daran hatte sich auch jetzt nichts geändert. Und in der letzten Nacht, als er sie so ungeübt und verlegen anlächelte, während er sie umarmte, hatte sie eine andere Seite an ihm kennengelernt, die ihre Wut auf ihn zu besänftigen vermochte …

Sie ließ die Hand über seinen Bauch wandern, bis sie das kurze, krause Haar unterhalb seines Nabels erreicht hatte.

Als er ein Bein anwinkelte und sie bemerkte, wie sich seine Erektion unter dem Laken allmählich aufrichtete, hielt sie den Atem an und sah ihm ins Gesicht. Sie sah, dass er die Augen aufgeschlagen hatte und sie anschaute. Noch nie hatte sie in faszinierendere Augen geschaut, die pechschwarzen Pupillen, die von einem inneren Feuer zu glühen schienen, die bernsteinfarbenen Sprenkel, die sie umgaben.

Obwohl er sie unverwandt ansah, machte sie sich nicht die Mühe, ihr Verlangen zu überspielen. Er zog die Stirn kraus, als wisse er nicht, wie er darauf reagieren sollte.

Sie strich mit einem Finger über seine Narbe, woraufhin

sich sein Gesichtsausdruck änderte und mit einem Mal mürrisch wirkte. »Warum schlafen Sie so zusammengerollt?«, wollte er wissen. Jetzt, am Morgen, polterte seine Stimme noch tiefer als sonst. Auf ihren verständnislosen Blick hin sagte er: »Irgendwann in der Nacht sind Sie neben mir eingeschlafen, aber als ich später aufwachte, lagen Sie zusammengerollt auf der anderen Seite des Betts.« Sein Tonfall war merkwürdig vorwurfsvoll.

»Ich weiß es nicht. Vermutlich ist mir in dieser Haltung wärmer. In Paris kann es im Winter sehr kalt werden.«

»So kann Ihnen aber nicht wärmer sein, als wenn Sie sich an mich schmiegen.«

»Ich … ja, Sie haben recht. Ich fühle mich beengt, wenn jemand mit mir im Bett liegt.« Sie unterdrückte nur flüchtig ein plötzliches Schaudern. Zu deutlich war die Erinnerung an die Zeit nach dem Feuer, als sie diese schrecklichen Nächte im Hospital durchlebt hatte. Dort hatte sie sich das Bett mit anderen Mädchen teilen müssen, die sich im Schlaf bewegt und immer wieder gegen ihren verletzten Arm gestoßen waren. Die Schmerzen kamen ihr jetzt genauso intensiv vor wie damals, als sie elf gewesen war. »Fühlen Sie sich nicht eingeengt?«

Er warf ihr einen Blick zu, den er nur für sie reserviert hatte: eine Mischung aus Gereiztheit und Drohung. »Es ist ja nicht so, als würden Sie viel Platz in Anspruch nehmen, nicht wahr?«

Geduld, Maddy. Sie beschloss, das Thema zu wechseln. »Reisen wir heute nach Schottland ab?«

»Unsere Rückreise ist für morgen Abend vorgesehen, aber das können wir auch verschieben, falls es uns nicht gelingt, bis dahin Kleider für Sie zu bekommen, die wenigstens für eine Woche reichen.«

»Sie wollen tatsächlich mit mir einkaufen gehen?«

»Das hatte ich doch gesagt, oder nicht?«

»Nun ja, wenn Sie alles in die Tat umsetzen, was Sie sagen, dann bedeutet es, dass ich heiraten werde, nicht mehr hungern muss und mit Ihnen in Schottland lebe.« Heute würde sie ein neues Leben mit diesem rätselhaften Mann an ihrer Seite beginnen – und zum ersten Mal freute sie sich über ihr Glück. »Wie werden wir dorthin gelangen?«

»Mit dem Zug von hier nach Le Havre, dann über das Meer.«

»Ah, *la porte océane*. Wie lange wird das dauern?«

»Mit dem Dampfer brauchen wir bis zur Südwestküste von Schottland nicht mehr als vier Tage.«

»Mit einem Dampfer? Ich war noch nie auf einem Dampfer, abgesehen von den Nussschalen, die auf dem Kanal pendeln.«

»Die *Blue Riband* ist ein elegantes Schiff, Miss Van Rowen. Sie werden eine Menge Silber stehlen können.« Sein Tonfall mochte verletzend sein, aber sie freute sich viel zu sehr auf ihre Pläne und konnte sich ein fröhliches Grinsen nicht verkneifen. Er reagierte mit einem Stirnrunzeln darauf und fuhr fort: »Ich besitze ein kleineres Anwesen an der Küste gegenüber von Irland, dort werden wir ein, zwei Nächte verbringen und dann mit dem Zug weiterfahren zu meinem Familiengut Carrickliffe.«

»Wie ist dieses Carrickliffe? Glauben Sie, es wird mir dort gefallen? Ist Ihr Clan nett? Wird man mich mögen? Wenn ich ausgeschlafen bin und keinen Hunger habe, bin ich für gewöhnlich sehr umgänglich.«

»Es ist ein sehr schönes Anwesen in den Highlands mit einer Burg. Ja, jeder Braut würde es dort gefallen. Die Mitglieder meines Clans sind sehr ernste, gesetzte Menschen. Ich glaube nicht, dass einer von ihnen wüsste, was er mit Ihnen anfangen sollte.«

»Mit anderen Worten: Man wird mich nicht mögen.«

»Das ist nicht wichtig, weil ich nur selten dort bin. Außerdem mögen sie mich auch nicht.«

Sie nickte widerspruchslos.

»Was denn? Das glauben Sie mir so einfach?«

»Oh ja«, antwortete sie. »Sie sind selbst auch nicht sehr ernst und gesetzt, deshalb kann ich davon ausgehen, dass sie mit Ihnen auch nicht viel anfangen können.«

Fassungslos über ihre Worte schaute er sie an: »Natürlich bin ich ernst und gesetzt.«

»Nein, das sind Sie nicht. Auf dem Maskenball brachten Sie mich zum Lachen. Sie haben einen teuflischen Sinn für Humor, der mir sehr gefallen hat.«

»Ich glaube, ich sollte mich selbst doch am besten kennen«, knurrte er schroff.

»Ich werde mich nicht mit Ihnen streiten, aber jetzt muss ich mir natürlich die Frage stellen, warum man Sie dann nicht mag.«

»Lassen Sie uns das Thema noch einmal aufgreifen, wenn Sie ein paar Tage mit mir verbracht haben. Dann wird es offensichtlicher werden.«

Sie zog eine Braue hoch, beschloss aber, nicht weiter über diese Angelegenheit zu reden – jedenfalls für den Moment. »Was ist mit Ihrer Familie?«, fragte sie stattdessen. »Haben Sie eine große Familie? Ich wollte immer eine große Familie haben. Ich wünschte, ich hätte Geschwister. Ich weiß, Sie haben einen Bruder …« Sie ließ den Satz unvollendet. »Sie sagten, er hat Jane geheiratet – dann wird sie ja auch meine Schwägerin sein!«

»Ja, das ist richtig. Und ich habe noch einen Bruder, der ebenfalls vor Kurzem geheiratet hat. Meine Mutter lebt noch, aber zu ihr habe ich keinen Kontakt.«

»Oh. Stehen Sie denn Ihren Brüdern nahe?«

»Ich würde alles für sie tun, trotzdem glaube ich nicht, dass wir uns einander übermäßig verbunden fühlen.« In seiner Stimme schwang ein Hauch von Bedauern mit. Für einen Mann, der seine Gefühle bei jeder Gelegenheit abschirmte, war das ein sehr verräterischer Tonfall. »Genug gefragt. Wir haben für die Reise noch viel vorzubereiten.«

Sie nickte. »Bevor wir abreisen, muss ich noch einige Dinge zusammenpacken …«

»Sie müssen gar nichts packen. Ich sagte, ich kaufe Ihnen alles neu. Außerdem ist Ihr gesammeltes Diebesgut es nicht wert, erst noch eingepackt zu werden.«

Daraufhin presste sie wütend die Lippen zusammen. Wenn er weiter so herablassend von ihrer Armut sprach, dann konnte sie froh sein, dass sie noch nicht erwähnt hatte, sie könnte über seine Narbe hinwegsehen. Sie würde das Wissen um seine Schwäche erst aufgeben, sobald sie es für nicht länger nützlich hielt.

»Trotzdem möchte ich einiges davon meinen Freundinnen schenken und mich von ihnen verabschieden.«

»Wir werden sehen, ob dafür noch Zeit bleibt.«

Es ärgerte Maddy, wie bestimmend und rigoros er sich ihr gegenüber aufführte, aber sie würde sich schon noch zur Wehr setzen. Wenn sie sich in Geduld übte, würde sie ihn nach einer Weile durchschaut haben und mit ihm umzugehen wissen. Außerdem würde sie ihm in dieser Sache nicht widersprechen – jedenfalls nicht jetzt, sondern erst dann, wenn sich abzeichnete, dass er ihr tatsächlich nicht gestatten wollte, zu ihren Freundinnen zu gehen. »Wissen Sie, da es so aussieht, als würden Sie Ihren Plan wahrhaftig in die Tat umsetzen, sollten Sie mir erzählen, wie Sie zu dieser Narbe gekommen sind.« Als sie ihn wieder berührte, kam es ihr so vor, als habe er nur mit Mühe ein Zucken unterdrückt.

Nach kurzem Zögern antwortete er: »Ich war in einen Kampf mit Messern verwickelt.«

»Haben Sie jemanden getötet?«, fragte sie und riss die Augen auf. »Haben Sie gesiegt?«

»Zuerst nicht« – er warf ihr einen beunruhigenden Blick zu –, »aber letztlich habe ich gesiegt.«

»Geben Sie meiner Frau alles, was sie braucht«, sagte Ethan zu der Modistin in einem der exklusivsten Geschäfte in ganz Paris. »Ihr Gepäck ist verlorengegangen, also müssen wir ganz neu anfangen. Wir brauchen Kleidung, die wir heute noch mitnehmen können und die für eine Woche reicht.«

Als er und Madeleine das Geschäft betreten hatten, war ihm aufgefallen, wie einige der dort beschäftigten jungen Frauen die Nase rümpften, als sie Madeleines abgetragene Kleidung und die abgewetzten Stiefel sahen. Sie hatte sich zwar bemüht, es zu ignorieren, doch er merkte ihr an, dass sie verlegen war. *Wie konnten diese Frauen es wagen, über sie zu urteilen?*, dachte er wütend.

Ethan wandte sich an die Modistin. »Sie sollen wissen, dass mir für meine Frau nichts zu teuer ist. Und das sollte sich in ihre Garderobe widerspiegeln – und im Verhalten Ihrer Angestellten.«

Die Frau nickte, dann klatschte sie laut in die Hände, und sofort eilten die Mädchen los, um im rückwärtigen Ankleidezimmer Kleider und Stoff zusammenzustellen.

Unterdessen fasste Madeleine Ethan am Arm und versuchte, ihn zur Seite zu nehmen. »Nein, MacCarrick«, flüsterte sie hastig. »Eine komplette Garderobe? Aber doch nicht von hier. Das kostet ein Vermögen! Es gibt günstige Geschäfte in der Rue de la Paix.«

»Sagten Sie mir nicht mal, dass wir vieles gemeinsam haben«, gab er erstaunt zurück. »An Ihrer Stelle würde ich alles nehmen, was ich zu bieten habe.«

»Ich plane nicht kurzfristig. Mir ist sehr wichtig, dass Ihre Finanzen auch weiterhin gesund sind.«

»Damit Sie aufhören, sich Sorgen zu machen, werde ich Ihnen sagen, was ich im Jahr verdiene – und zwar lediglich die Pachteinnahmen.«

Er flüsterte ihr den Betrag ins Ohr, woraufhin sie ein wenig schwankte und den Mund nicht mehr zubekam. »Das ist nicht gelogen? Und auch kein Scherz?« Er schüttelte den Kopf. »Also unter diesen Umständen werde ich das Geld mit Freuden ausgeben.«

»Gut. Und machen Sie sich nichts aus diesen jungen Frauen, die Ihr schäbiges Kleid anstarren«, ließ er sie in herablassendem Tonfall wissen. »Niemanden kümmern diese Frauen.«

Sie zog eine Augenbraue hoch. »Und Sie sollten sich auch nicht unwohl fühlen. Selbst wenn diese Mädchen glauben werden, dass Ihre Narbe sehr« – sie machte eine kurze Pause, um ihren Worten mehr Nachdruck zu verleihen – »*groß* ist.«

Sobald er über ihre Armut spottete, machte sie eine spitze Bemerkung über seine Narbe. Allmählich betrachtete er dieses Hin und Her als ein Spiel. »Machen Sie sich nur lustig. Aber jetzt haben Sie ein Kleid weniger, das Sie als Ihr eigenes bezeichnen können.«

»Dann ist das auch ein Kleid weniger, das Sie mir vom Leib reißen können.«

»Haben Sie eigentlich auf alles eine Antwort?«, wunderte er sich.

»Ja, aber ich bin auf Fragen spezialisiert«, entgegnete sie und verließ ihn, um sich Schals anzusehen.

Oh, sie verblüffte ihn von Mal zu Mal mehr. Langsam glaubte er, dass sie eine Spur zu schlau war. Wenn er nicht aufpasste, würde sie womöglich irgendwann den Spieß umdrehen.

Als er am Morgen aufgewacht war, hatte er gespürt, wie sie sich über ihn beugte, und sich daraufhin schlafend gestellt. Sie hatte ihn auf eine sinnliche, zärtliche Weise gestreichelt, und als er die Augen aufschlug, sah er, dass sie ihn beobachtete.

Ohne jeden Zweifel war sie erregt gewesen. Ihre geweiteten Pupillen hatten sie ebenso verraten wie die flachen Atemzüge. Er hatte diesen Moment genossen, zumal er sich nicht daran erinnern konnte, von einer Frau wirklich begehrt worden zu sein.

Es hatte einige wenige Frauen gegeben, die den Anblick seiner Narbe als erregend empfunden zu haben schienen, die lieber Schmerz als Lust im Bett empfangen hatten. Ethan bevorzugte harten, fordernden Sex, aber er wollte ganz sicher nicht eine Frau auspeitschen.

Madeleine war wunderschön, und wenn sie sich von ihm angezogen fühlte, dann war er damit vielleicht doch nicht so schlecht bedient wie zunächst angenommen. Vielleicht war er nur zu empfindlich gewesen, was seine Narbe betraf, und seine negative Einstellung färbte darauf ab, wie Frauen ihn wahrnahmen.

Er wusste, bald würde er Madeleines Widerstand gebrochen haben, und wenn sie sich ihm vollkommen unterworfen hatte und er ihrer überdrüssig geworden war, dann konnte er das Gleiche mit anderen Frauen versuchen, mit kurvenreichen, vollbusigen Frauen, die für harten, rauen Sex zu haben waren …

Noch während er darüber nachdachte, wurde sein Blick wie magisch von Madeleine angezogen. Er musste zugeben, dass sie ihn mit ihrem ungewöhnlichen Verhalten immer wieder überraschte. Allein mit welcher Hingabe sie jetzt über die

Seidenstoffe strich, erregte ihn. Für einen Mann, der befürchtet hatte, dies nie wieder fühlen zu können, waren das überraschende Reaktionen.

Von plötzlichem Misstrauen erfüllt, beobachtete er sie aufmerksamer. Madeleine schien davon besessen zu sein, alles zu berühren, was ihr unter die Finger kam. Und nun wurde ihm klar, warum sie das machte: Damit täuschte sie einen zufälligen Betrachter, dass sie in Wahrheit heimlich etwas einsteckte. Sie besaß außerordentlich großes Geschick, und wäre er selbst nicht so darauf geschult, selbst auf kleinste Details zu achten, dann hätte er nie durchschaut, was sie tat.

Er ging zu ihr. »Legen Sie das zurück«, forderte er sie im Flüsterton auf.

Mit ihren großen blauen Augen warf sie ihm einen Unschuldsblick zu. »Wovon reden Sie …«

Er drückte ihren Ellbogen, damit sie den Mund hielt, und schließlich zog sie den Seidenschal aus dem Ärmel ihrer Bluse.

»Madeleine, diese kleinen Diebstähle müssen ein Ende haben.«

Fragend zog sie eine Braue hoch. »Sind Sie sich da so sicher, dass die wirklich *klein* sind?«

»Mein Gott, allmählich frage ich mich, ob Sie nicht noch schlimmer sind als ich. Sie stehlen, Sie beteiligen sich an Glücksspielen und Sie beherrschen den Jargon der Straße. Wenn ich derjenige von uns sein soll, der auf dem Pfad der Tugend wandelt, dann führt unser Weg unwiderruflich in die Hölle, Mädchen.«

Sie sah ihn an und verzog den Mund. »Aber dann wären wir wenigstens zusammen.«

Ihm war bewusst, dass sie ihn nur necken wollte, dennoch war ihre Art so entwaffnend wie immer, und sein Zorn löste sich in Wohlgefallen auf.

Als die Modistin Madeleine bat, sich zu ihr zu setzen, um gemeinsam Modezeitschriften durchzublättern, brachte man Ethan einen Kaffee und eine englische Zeitung. Zwar versuchte er, sich in seine Lektüre zu vertiefen, doch Madeleines Stimme lenkte ihn ab, sobald er sie leise auf Französisch reden hörte. Ihre Fragen und Kommentare verblüfften ihn ebenso wie ihr selbstbewusster Tonfall, wenn sie etwas zu der deutlich älteren Modistin sagte.

»Und was wäre, wenn Sie diesen Stoff nehmen, und dazu Rüschen in dieser Art? Mit etwas Bombasin?«, fragte sie. »Und warum muss das unbedingt symmetrisch sein? Wenn das jägergrüner Wollsatin ist, der umgeschlagen wird, dann bekommt das etwas Avantgardistisches und zugleich Elegantes.«

Die Frau murmelte eine unverständliche Antwort.

»Nein, nein, Madame, das sollte ein steifer Kragen sein, der im Nacken hochgeschlagen und hier offen ist. Und wenn das Unterkleid zu sehen ist, dann müssen wir darauf achten, dass es wirklich etwas Besonderes ist. Oh, ich weiß! Weißer Tüll über Glanzseide!«

Als sie fertig waren und Madeleine sich Handtaschen und Handschuhe aussuchte, kam die Modistin zu Ethan. Ihr Gesicht verriet, wie beeindruckt sie war, und vermutlich war seine Miene in der letzten Zeit ihrer sehr ähnlich, wenn Madeleine ihn wieder einmal verblüfft hatte.

»Der Geschmack Ihrer Frau ist …« Sie ließ eine Pause folgen, und Ethan erwartete, dass sie *ungewöhnlich* oder *interessant* sagen würde. »… höchst erstaunlich. Sie besitzt ein unfehlbares Gespür für Stoffe und Farben.«

»Aye, natürlich«, gab er zurück, als sei ihm das schon seit Langem bekannt. »Achten Sie nur darauf, dass Sie genug Stoff nehmen, damit die Kleider auch weiter gemacht werden können und …« Der Satz blieb unvollendet, da er in diesem Moment bemerkte, wie Madeleine an ihm vorbei mit aufgerissenen Augen aus dem Schaufenster sah.

Er folgte ihrem Blick und rechnete damit, die beiden Handlanger zu sehen, doch da draußen schlenderte ein gut angezogener Mann vorbei, bei dem sich eine übertrieben prunkvoll gekleidete Frau eingehakt hatte. Beide wurden langsamer und wollten offenbar das Geschäft betreten.

Ihm fiel auf, dass Madeleine nur den Mann anstarrte, und als er den genauer betrachtete, bemerkte er dessen kalte, gefährliche Ausstrahlung – was erklären mochte, warum Madeleines Gesicht kreidebleich geworden war.

23

Maddy eilte zu einem Stapel Stoffballen, um sich dahinter verstecken zu können. Erst dann versuchte sie, wieder ruhiger zu atmen. Sie hatte gemerkt, wie MacCarrick sie anschaute, und zweifellos wunderte er sich über sie. Aber dort draußen stand Toumard! Und es sah ganz so aus, als wolle er jeden Moment hereinkommen.

Ihre in Fleisch und Blut übergegangene Angewohnheit, beim Betreten eines Raums zuerst darauf zu achten, ob eine Hintertür für einen plötzlichen Rückzug vorhanden war, hatte sie auch in diesem Geschäft nicht im Stich gelassen, und jetzt war sie bestrebt, zu eben dieser Tür zu gelangen. Plötzlich jedoch hörte sie MacCarrick zu der Modistin sagen: »Wir möchten das Geschäft gern für uns allein haben.«

»Aber, Monsieur …«

»Schließen Sie ab. Ich werde in den nächsten Stunden mehr ausgeben, als Sie in dieser ganzen Woche verdienen könnten. Vorausgesetzt, wir werden nicht gestört und können in aller Ruhe auswählen.«

Maddy spähte um die Stoffballen herum und versuchte, MacCarrick so wahrzunehmen, wie es die Frauen in diesem Geschäft machten. Sein Auftreten war das eines wohlhabenden Mannes, das war sehr offensichtlich. Die Kleidung war dezent, aber von gutem Schnitt und eindeutig sehr kostspielig. Ja, er machte den Eindruck eines reichen und zugleich mächtigen Mannes – und seine Narbe verlieh ihm darüber hinaus etwas sehr Bedrohliches.

Es erstaunte Maddy daher gar nicht, dass die Geschäftsinhaberin zur Tür eilte, sie verriegelte und das Schild *Fermé* an die Scheibe hängte.

»Die Jalousien«, sagte MacCarrick. »Sonst werden andere Kunden klopfen.«

Mit verkniffener Miene erwiderte sie: »*Oui, Monsieur.*« Einer Angestellten bedeutete sie, die Vorhänge zu schließen.

Fast hätte Maddy vor Erleichterung die Hände auf ihre Brust gedrückt, während sie MacCarrick dankbar anlächelte. Einen Moment lang betrachtete er sie ausdruckslos, dann legte sich ein Schatten über seine Augen.

»Warum gehen wir diesem Mann dort draußen aus dem Weg?«

Er schien sie aufmerksam zu mustern, was es ihr schwierig machte, ihm eine Lüge aufzutischen. So etwas war ihr seit Jahren nicht mehr widerfahren. »Es ist nur jemand, dem ich lieber nicht begegnen möchte.«

»Haben Sie ihn bestohlen?«

»Nein, niemals! Ich habe ihm gar nichts getan. Es ist nur so, dass … dass ich ihm ein wenig Geld schulde.«

»Ist er derjenige, der die beiden Schläger auf Sie angesetzt hat?« Als sie nickte, fragte er: »Warum haben Sie sich von ihm Geld geliehen?«

»Weil ich Kleider für meine Reise nach London brauchte.«

»Wie viel bekommt er von Ihnen?« Er schien seine Taschen abzutasten, als suche er Geld. Wollte er Toumard bezahlen? Als sie zögerte, fügte er an: »Wollen Sie mir keine Antwort geben, Madeleine?«

»Ich weiß es selbst nicht«, gestand sie ihm ein. »Er hat immer wieder die Zinsen erhöht, sodass ich die Summe nicht nachhalten kann.«

»Haben Sie versäumt, eine Rate zu zahlen?«

»Nein, jedenfalls nicht, bevor er von seiner Seite aus die Bedingungen veränderte.«

MacCarrick kniff die Augen zusammen. »Tatsächlich? Fanden Sie das nicht etwas eigenartig?«

»Das schon. Aber es ist schließlich nicht so, als könnte ich mich bei irgendwem über ihn beschweren.«

»Jetzt können Sie es, Mädchen«, meinte er und schob seine Finger unter ihr Kinn. »Wir können uns darum kümmern, bevor wir aufbrechen. Ich will nicht, dass Sie sich deshalb Sorgen machen müssen.«

So wie in London gab er sich heldenhaft und sie beschützend, und so wie in London sah sie ihn in einer Art und Weise an, die ihm einen finsteren Blick entlockte.

Als die Modistin sich dezent räusperte, um auf sich aufmerksam zu machen, sagte er schroff: »Machen Sie weiter.«

Die Frau führte Maddy zurück ins Ankleidezimmer, das so groß war, dass dort Platz für ein silbernes Teeservice und für ein Weinregal war, um Mutter, Schwestern und Freundinnen einer Kundin zu bewirten, die sie bei der Auswahl einer neuen Garderobe oder eines Ballkleids beraten sollten. Maddy verspürte eine gewisse Enttäuschung, als sie daran dachte, dass sie ganz auf sich allein gestellt war.

Eben hatte sie sich bis auf ihr Leibchen ausgezogen, da kam MacCarrick in den Raum geschlendert, ließ sich auf die Chaiselongue sinken und entspannte sich mit einer tödlich anmutenden Eleganz. Er schien sich nicht im Mindestens fehl am Platz zu fühlen. »Sie kann sich in meiner Gegenwart umziehen«, ließ er die Modistin in gelangweiltem Tonfall wissen, während er die Zeitung aufschlug. »Da gibt es nichts, was ich noch nicht gesehen hätte.«

Die Frau zuckte mit den Schultern, als erlebe sie das nicht zum ersten Mal.

Wären sie hier nicht mitten in Paris gewesen, hätte Maddy wohl gegen sein Verhalten protestiert. Aber er hatte sie soeben vor ihrem verabscheuenswürdigen Gläubiger gerettet – wie konnte sie ihm da noch etwas abschlagen?

Diese Beinahebegegnung bestärkte sie nur in ihrer Absicht, bei dem Schotten zu bleiben. Der Gedanke, Toumard niemals wiedersehen zu müssen, war so verlockend, dass sie dafür praktisch alles in Kauf nahm – auch die Tatsache, sich vor MacCarrick an- und auszuziehen.

Doch jedes Mal, wenn sie ein Kleid über den Kopf zog, rutschte ihr Leibchen nach oben, sodass er sie mindestens von der Taille abwärts wegen des viergeteilten Spiegels von allen Seiten nackt betrachten konnte. Genauso peinlich war es ihr, als sie sah, wie er über ihre Narbe nachgrübelte.

Im Verlauf der nächsten Stunde probierte sie eine Reihe von Kleidern für den Tag und für den Abend, Röcke und Blusen, Mäntel und Handschuhe an. Eine Hutmacherin wurde dazugeholt, um sie mit Hüten und Hauben zu versorgen, und eine Schuhmacherin brachte ihr eine große Auswahl an verschiedenfarbigen Satinschuhen und Stiefeln aus butterfarbenem weichem Kalbsleder.

Inzwischen hatte sie genug Kleidung für mehrere Tage, doch dann unterhielt sich MacCarrick nebenan mit der Modistin, und prompt wurden ihr weitere Kleider ins Zimmer gebracht – alles Modelle, die für jemand anders geschneidert worden waren.

Auf den ersten Blick waren diese Stücke abscheulich, doch bei genauerem Hinsehen entdeckte sie unter der Fülle an geschmacklosen Verzierungen, dass die Kleider exzellent gearbeitet waren und sogar ein modernes Flair besaßen. Wie üblich hatten einige Pariserinnen es mit den Verzierungen maßlos übertrieben, aber vermutlich war es ihnen dabei in erster

Linie darum gegangen, ihren Wohlstand zur Schau zu stellen.

Um Kleider nach ihrem eigenen Geschmack zu bekommen, musste Madeleine die Näherin nur anweisen, sie etwas enger zu machen und allen überflüssigen Tand wie Quasten, Knöpfe, Seidenblumen und Pelztroddeln zu entfernen.

Nachdem sie bis auf neue Unterwäsche alles ausgewählt und MacCarrick so gut wie keinen Kommentar abgegeben hatte, zog man sie bis auf Strümpfe und Strumpfbänder aus, um verschiedene Modelle anzuprobieren.

Sie fühlte sich wie eine schüchterne Provinzlerin, als sie MacCarricks Blicke bemerkte, doch sie zwang sich, ihre Blöße nicht mit den Händen zu bedecken. Insgeheim atmete sie jedes Mal erleichtert auf, sobald sie ihr ein Nachthemd überstreiften.

MacCarrick hielt eine Zeitung hoch, aber sie wusste, er las nicht darin. Er nahm sie vielmehr immer wieder zur Seite, bis er sie schließlich ganz weglegte und sich auf der äußersten Kante der Chaiselongue sitzend nach vorn beugte. Seine Lider waren halb geschlossen, doch die Augen blickten hellwach und erfassten jedes Detail ihres Körpers. Dabei machte sie sich einmal mehr klar, dass sie diese forschenden Blicke und noch einiges mehr nur aushalten konnte, wenn sie daran dachte, was MacCarrick alles für sie tat. Dafür zeigte sie sich ihm sogar in Unterwäsche, wenn es ihm gefiel.

Während er an den Kleidern kaum Interesse gezeigt hatte, meldete er sich bei ihrer Intimwäsche umso energischer zu Wort. »In Rot. Ich möchte sie in Rot sehen«, forderte er mit belegter Stimme.

Maddy schluckte und zog das dunkelrote Nachthemd an, das an den Seiten bis zu den Hüften geschlitzt war. Obwohl sie von all diesen Frauen umgeben war, reagierte sie plötzlich auf seine

Blicke. Ihre Brüste fühlten sich voller und schwerer an, wenn er auf seinem Platz hin und her rutschte. Als sich die Spitzenkörbchen um ihren Busen legten und über ihre Brustspitzen strichen, musste Maddy daran denken, wie sich am Morgen seine Muskeln unter ihren Berührungen angespannt hatten. Und dann kam ihr in Erinnerung, wie er sie am Abend zuvor erkundet hatte …

Sie musste sich auf die Zunge beißen, damit sie nicht laut seufzte.

Ethan hätte sich nie träumen lassen, dass es ihm so viel Spaß machen könnte, für eine Frau einzukaufen.

Er kaufte ihr viel mehr, als sie eigentlich benötigt hätte, doch ihr zuzuschauen, machte ihm so viel Spaß, dass er einfach nicht aufhören wollte. Während er zusah, wie Madeleine an- und ausgezogen wurde, wie sie ein verruchtes Stück Seidenstoff gegen ein anderes tauschte, da hatte er nicht länger so getan, als sei er in seine Lektüre vertieft. Vielmehr diente die Zeitung von da an nur noch dem Zweck, seine Männlichkeit zu verdecken, die gegen den Stoff seiner Hose presste.

Zu Anfang hatte Madeleine ihm im Spiegel immer wieder nervöse Blicke zugeworfen, doch inzwischen sah sie ihm ohne Zurückhaltung in die Augen, während ihr Mund einen Spaltbreit geöffnet war. Ihre Knospen hatten sich versteift, und er sah, dass sie auffallend flach atmete.

Bei Gott, sie … sie wollte ihn. Sie hatte ihn von Kopf bis Fuß gesehen und sogar seine Narbe berührt, und doch wollte sie ihn. Sie verzehrte sich regelrecht nach ihm.

Vor Lust lief ihm beinahe ein Schauer über den Rücken. Ihr Verlangen war stärker als jedes ihm bekannte Aphrodisiakum.

»Raus«, befahl er plötzlich den Frauen.

»Monsieur?«

»Machen Sie Mittagspause. Jetzt sofort.« Sein Gesichtsausdruck ließ die Frauen verstummen, die nur Sekunden später aus dem Ankleidezimmer stürmten.

Als die Tür hinter ihnen zuging, schluckte Madeleine und blieb stumm.

»Sie wissen, was ich will, und Sie wissen, dass Sie nicht an mir zweifeln müssen«, sagte er, während er sich ihr näherte und seine Jacke auszog. »Das gefällt mir.«

»Ich zweifle nicht an Ihnen, auch wenn ich mich frage, ob Sie Ihre Begierde immer genau dann zu befriedigen gedenken, wenn Ihnen danach ist.«

»Aye, und zwar mit Ihnen. Außerdem ist es nicht nur *meine* Lust, die ich zu befriedigen gedenke.« Er schob eine Hand in den hohen seitlichen Schlitz des Nachthemds und ließ sie bis zwischen ihre Schenkel wandern. Als er ihre Weiblichkeit ertastete, stockte ihm sekundenlang der Atem. Sie fühlte sich feucht an, als erwarte sie bereits sehnlichst seine Berührungen. »Mir kommt es vor, dass Sie diese Befriedigung noch etwas nötiger haben als ich.«

Daraufhin drückte sie die Beine fest zusammen und befreite sich aus seinem Griff.

»Verschließen Sie sich nicht meiner Hand«, knurrte er.

»Dann hören Sie auf, mich in Verlegenheit zu bringen.«

»Ich habe nur eine Tatsache ausgesprochen.«

»Versuchen Sie, das nicht zu tun«, presste sie heraus.

»Als Ihr Ehemann werde ich nicht zulassen, dass Sie sich mir verweigern, Madeleine.«

»Noch sind Sie nicht mein Ehemann.«

»Wenn ich es wäre, würden Sie dann zulassen, dass ich Sie hier in diesem Zimmer nehme?«

»Ja, wenn Sie danach verlangen sollten.« Sie überraschte ihn mit dieser Antwort, aber sie schien es so zu meinen.

»Bald werde ich Ihr Ehemann sein, wo ist da also noch ein Unterschied? Ich möchte in Sie eindringen. Jetzt.«

Nachdrücklich schüttelte sie den Kopf. »Erst wenn wir verheiratet sind.«

»Vielleicht sollte ich Ihnen dann nicht so viele Kleider für eine Ehefrau kaufen, wenn ich noch nicht Ihr Ehemann bin.«

Sie versteifte sich und verschränkte die Arme vor der Brust. »Ich bin keine Hure. Kaufen Sie mir Kleider, oder lassen Sie es bleiben, aber erwarten Sie nicht im Gegenzug Sex. Und verwechseln Sie nicht mein Verlangen nach Ihnen – und nach Selbsterhaltung – mit Verzweiflung.«

»Sie verspüren also Verlangen nach mir?«

Trotzig hob sie ihr Kinn. »Ja, aber ich kann immer noch kehrtmachen.«

»Oh, *aingeal*, dafür ist es längst zu spät …«

24

MacCarrick schlich um sie herum, als überlegte er, was er als Erstes tun sollte.

»Sie wissen schon, dass Sie mich für mehr brauchen als nur für Geld und Kleidung, nicht wahr?« Er schien wütend auf sie zu sein, aber sie verstand nicht, was sie ihm getan haben sollte. Schließlich blieb er vor ihr stehen, beugte sich vor und küsste sie auf den Hals. Als er die Träger von ihren Schultern schob, bildeten seine rauen Handflächen einen wundervollen Gegensatz zur zarten Seide. »Antworten Sie mir.«

»Ja«, gab Maddy zu. Der Stoff glitt mit einem Flüstern zu Boden, und sie stand wieder in ihren Strümpfen und Strumpfbändern vor Ethan.

»Gutes Mädchen«, meinte er und nickte bedächtig, dann senkte er den Kopf zu ihren blassen Brüsten. Im Spiegel beobachtete Madeleine ihn und genoss, wie er es liebte, sie dort zu küssen. Seine Hände waren gigantisch groß, die Ballen schwielig, doch sie glitten in einer Art Bewunderung über ihren Körper.

Ihre Gedanken verschwammen, als er ihre Knospe in den Mund nahm und seine Zunge um die Spitze kreisen ließ. Nachdem er das mit beiden Brustspitzen gemacht hatte, bis sie sich steil aufrichteten, ging er um Maddy herum und stellte sich hinter sie. Er fasste ihren Oberschenkel und hob ihr Bein an, damit sie den Fuß auf einen flachen Hocker setzen konnte, sodass sie vor dem Spiegel stehend ihre Schenkel spreizte.

Als sie den Blick abwandte, sagte er: »Bleiben Sie genau so.

Ich will Sie betrachten.« Dann drehte er ihren Kopf so, dass sie sich im Spiegel ansehen konnte, während sein Blick über dieses Bild wanderte und auf eine besitzergreifende Art auf ihren Brüsten und Oberschenkeln hängen blieb. Die wenigsten Frauen würden auf die Idee kommen, sein Gesicht als schön zu bezeichnen, doch in diesem Moment war er der unwiderstehlichste Mann, den sie je gesehen hatte.

Gerade war sie im Begriff, ihn anzuflehen, er möge sie doch endlich berühren, da schob er eine Hand zwischen ihre Beine. Obwohl sie genau das gewollt hatte, zuckte sie dennoch vor Schreck zusammen.

»Ganz ruhig, ich will Sie nur streicheln«, erklärte er, während er ihre Schenkel etwas weiter auseinanderdrückte. »Sehen Sie, wie mein Finger Sie berührt«, flüsterte er mit tiefer Stimme in ihr Ohr. »Sie wollen doch nicht, dass ich damit aufhöre, oder?«

»Nein …«

»Dann sagen Sie noch mal, dass Sie mich begehren.«

»Das tue ich … Sie wissen, ich tue das.«

Mit einem triumphierenden Leuchten in den Augen drückte er sie gegen den Spiegel und drang mit seinen Fingern von hinten in ihr feuchtes, williges Fleisch ein. Ihre benetzten Brustspitzen berührten das kühle Spiegelglas, und Maddy stöhnte lustvoll auf.

Ihre Weiblichkeit umschloss seine Finger und erwies sich als atemberaubend eng, während Ethan gemächlich tiefer eindrang. Seine freie Hand schob er in ihr Haar und packte ihren Schopf, um ihren Kopf ein wenig nach hinten zu ziehen, damit er im Spiegel die Reaktionen in ihrem Gesicht beobachten konnte. Wie hatte er nur glauben können, sie sei erfahren? Ihre Bewegungen wiesen etwas Urtümliches, Unverfälschtes auf. Sie war so voller Leidenschaft – und sie gehörte ihm, sodass er mit ihr machen konnte, was er wollte.

Sie trug nichts bis auf Strümpfe und Strumpfbänder sowie bis auf seinen Ring, der zwischen ihren Brüsten an einem Band baumelte. Die rote Seide ihrer Strumpfbänder bildete einen deutlichen Kontrast zur blassen Haut ihrer Schenkel.

»So wundervoll«, hörte er sich sagen. Ihre Haut war glatt und zart, die Knospen hatten eine dunkelrosa Färbung, die der ihrer Lippen glich.

Ein quälender Laut entstieg ihr, als er versuchte, einen zweiten Finger in sie eindringen zu lassen, gleichzeitig griff sie hinter sich und schob seine Hand weg.

»Schon gut, ich höre auf.« Er zog seine Hand zurück. Wieder verspürte er diesen unerklärlichen Druck auf sich lasten, als er daran dachte, wie sehr er ihr an jenem Abend wehgetan hatte. Damals war sie nicht bereit gewesen. Er schwor sich, wenn er entscheiden sollte, sie noch einmal zu nehmen, dann würde er dies eine ganze Stunde lang machen, bis sie ihn vor Begierde anflehte. »Kommen Sie, legen Sie die Arme um meinen Hals.« Sie zögerte. »Vertrauen Sie mir.«

Nachdem sie seiner Aufforderung nachgekommen war und vorsichtig in seinen Nacken gefasst hatte, begann er mit ihren Knospen zu spielen und kniff leicht in die Spitzen. Als sie daraufhin stöhnte, ließ er eine Hand über ihren flachen Bauch bis hin zu ihrer Weiblichkeit wandern, doch sie reagierte darauf, indem sie sich verkrampfte. »Vertrauen Sie mir. Lassen Sie sich von mir zum Höhepunkt führen …«

Auf seine Worte hin kam nur ein Keuchen, aber sie ließ ihn gewähren. Mit einer Hand teilte er das Fleisch um ihre Weiblichkeit und strich mit der Spitze seines anderen Zeigefingers über ihre empfindsamste Stelle. »Gefällt Ihnen das?«

»Oh mein Gott, ja!«, brachte sie keuchend heraus. Einen Augenblick später begann sie zu zittern, die Hände fassten seinen Nacken fester. Wieder und wieder rieb er ihren empfindlichsten Punkt und spürte fasziniert, wie sie noch feuchter wurde. Als sie die Hüften hin und her bewegte, fürchtete er, sich in seine Hose verströmen zu müssen.

Die Augenbrauen zusammengezogen und eindeutig kurz vor ihrem Höhepunkt, sah sie ihn im Spiegel an. *»Ethan«,* hauchte sie und sprach zum ersten Mal seinen Vornamen aus.

In seinen Ohren klang das wie eine Segnung.

Plötzlich verstand er, dass sie sich nach dieser Leidenschaft und Lust verzehrte, aber auch noch nach etwas ganz anderem. In ihren Augen sah er ein so intensives, urtümliches Verlangen, das ihn fast zusammenzucken ließ. Dann machte sie die Augen zu, was er dankbar zur Kenntnis nahm, so erschüttert war er.

»Lass dich gehen«, forderte er sie auf und erkannte seine eigene Stimme kaum wieder, so angestrengt hörte sie sich an. »Tu es für mich, Madeleine.«

Als sie es tat, kam ihr ein erstickter Schrei über die Lippen. In diesem Moment wusste er, sie gehörte ihm.

Er betrachtete ihr Spiegelbild, wie sie den Rücken durchdrückte, während ihre Brüste vor Lust zuckten. Wie gebannt verfolgte er, wie sie sich fest gegen seinen Finger drückte und sich unter seiner Berührung anspannte, bis ihr ein Schauer über den Körper lief. »So ist es gut«, murmelte er. »So gefällt es dir.«

Seine Bewegungen wurden langsamer, als die Anspannung allmählich von ihr abfiel. Auch wenn er das dringende Verlangen hatte, selbst den Höhepunkt zu erfahren, beschloss er, ihr ein weiteres Mal zu beweisen, dass er kein Ungeheuer war, wenn es darum ging, eine Frau zu lieben. Er ließ seine Finger tief in sie eindringen, und ohne Vorwarnung zog er das Tempo noch einmal an.

»Was …?«, rief sie verdutzt, nahm die Arme herunter und versuchte sich aus seinem Griff zu winden, doch er hielt sie fester. »Oh Gott, das ist zu viel!«

Aber er gewährte ihr keine Gnade, sondern rieb sie, küsste sie und fuhr mit der Zunge über ihren Hals, bis sie aufhörte sich zu wehren. Als er an ihrem Ohrläppchen knabberte, griff sie wieder nach seinen Fingern. »Bin ich immer noch so ein schrecklicher Liebhaber?«

»N-nein …«

»Sag mir, wann du wieder zum Höhepunkt kommen wirst.«

»Jetzt! *Jetzt*!«, stöhnte sie laut. Als der Moment da war, ließ er den Zeigefinger seiner freien Hand tief in sie gleiten und stieß schnell und hart zu. »Oh ja, Ethan! Das … ist … *so gut*!«, rief sie.

Sein Kopf sank in den Nacken, und Ethan stöhnte, während ihre Weiblichkeit seinen Finger so fest umschlossen hielt, dass er ihn nicht bewegen konnte.

Obwohl es ihm so vorkam, als müsse er jeden Moment explodieren, ließ er sich Zeit, da sie erschöpft gegen ihn sank. Er wollte sie an dieses Gefühl gewöhnen, damit sie ihm vertraute, wenn er sie so zu berühren wünschte.

Ihre Reaktion darauf war so erfüllend, dass eine Seite in ihm sagte, er solle es dabei belassen und sich so verhalten, als könne er geben, ohne selbst unbedingt nehmen zu müssen. Doch wenn er sich so nach Erlösung sehnte wie in diesem Augenblick, fühlte er sich nicht in der Lage, nur zu geben.

Er knöpfte seine Hose auf und befreite seine Männlichkeit. Dann umfasste er ihre Hüfte und presste seine Erektion gegen ihre Pobacken, wobei seine Daumen in jenen zwei Grübchen in ihrem Kreuz lagen. Ein Stöhnen kam über seine Lippen, als er sich an ihrem Po rieb und die Feuchtigkeit auf ihrer Haut verteilte, die sich an der Spitze seiner Erektion gesammelt hatte. Es wäre ihm durchaus möglich, auf diese Weise zum Höhepunkt zu kommen, doch er wollte ihre Hände auf sich fühlen. »Ich brauche deine Berührung, um Erfüllung zu erfahren«, brachte er heiser heraus, während er seine Männlichkeit über ihre Hüfte schob. »Fass mich an.«

Sie rang nach Luft und nickte. Sie führte ihre Hand zu seinem Glied und berührte die Spitze, dann ließ sie die Finger verspielt kreisen, doch er fasste ihr Handgelenk und sorgte dafür, dass sie seine Männlichkeit fest umschloss. »Nein, jetzt keine Spielchen.« Im Spiegel sah er ihr in die Augen. »Ich halte es nicht länger aus, *aingeal*.«

»Wie soll ich … Was soll ich machen?«

»Streichle mich so, wie du es an jenem Abend in der Kutsche gemacht hast.«

Als sie ihn mit ihrer zarten Hand umschloss und die Hand nach vorn bewegte, überkam Ethan eine Woge der Lust und Erleichterung. Wie hatte er nur so lange ohne dieses Gefühl leben können?

»Fester«, wies er sie an, und sie drückte mit ihrer Hand fester zu. »Ja, genau so.« Mit den Daumen strich er über ihre Brustspitzen, um sie anzustacheln. »Gut, Madeleine …«, brachte er irgendwie heraus. »Das ist so verdammt gut.«

Er drückte sie an sich, bedeckte ihre Brüste mit seinen Händen, während er vor Wollust stöhnte und fluchte. »Schneller.« Wieder gehorchte sie und bewegte ihre Hand zügiger vor und zurück, wobei er sich gegen ihre Bewegungen stemmte. *»Gutes Mädchen«,* keuchte er und berührte mit dem Mund ihren schweißnassen Hals. *»Du bringst mich zum Höhepunkt.«*

In der letzten Sekunde legte er seine Hand auf ihre und drückte sie nach unten. Ein Schrei kam über seine Lippen, und dann ergoss sich sein Samen über ihren Schenkel.

Als er schließlich alles gegeben hatte, lief ihm ein Schauer über den Rücken. Er konnte kaum fassen, welch große Lust er soeben erfahren hatte. Vergleichbar war es nur mit jenem Abend mit ihr in der Droschke in London.

Noch immer hielt er sie an sich gedrückt und wollte sie weiter an seinem Körper spüren, während sie beide wieder zu Atem kamen. Zwar fürchtete er, sie könnte sich jeden Moment aus seinen Armen befreien, doch sie überraschte ihn abermals, indem sie den Kopf nach hinten sinken ließ, bis er an Ethans Brust ruhte. So wurde ihm das Vergnügen zuteil, ihr dabei zuzusehen, wie sich ihr Busen bei jedem Atemzug hob und senkte.

Sie bemerkte im Spiegel seinen Blick. Keuchend flüsterte sie ihm zu: »Wenn du mir eine Gelegenheit gibst, dann werde ich dir eine gute Ehefrau sein. Aber tu mir bitte nie wieder weh.«

»Das werde ich nicht«, antwortete er und drückte sie noch fester an sich. Für einen kurzen Augenblick war es möglich, dass er seine Worte tatsächlich so gemeint hatte.

25

Madeleine stellte sich auf die Zehenspitzen und gab ihm einen Kuss auf die Wange, wobei sie mit den Lippen seine Narbe berührte – was sie nicht mal zu bemerken schien.

Da er nie solch zärtliche Zuneigung von einer Frau erfahren hatte, wusste er nicht, wie er damit umgehen sollte. Was geschehen war, schien sie sehr zu freuen, denn sie begab sich fröhlich summend in das *salle de bain*, um sich frisch zu machen und eines der fertigen Kleider anzuziehen.

Das glänzende Haar hochgesteckt, kam sie mit neuem Kleid auf ihn zu, und er hörte sich sagen: »Wir gehen jetzt zu deiner Wohnung. Wenn du deinen Freundinnen etwas mitbringen möchtest, können wir ein paar Flaschen Champagner auf die Rechnung setzen lassen.«

»Wirklich? Für Bea und Corrine?«

»Aye.« Diese winzige Geste brachte ihm einen Blick von ihr ein, der er nur als *bewundernd* bezeichnen konnte – so wie in dieser Nacht in London.

Die vor Freude fast übermütige Modistin nutzte derweil die Pause, um die Rechnung zusammenzustellen, was ihm beim Bezahlen Zeit ersparte. Einen Moment lang glaubte er, Madeleine könnte beim Blick auf die Summe ohnmächtig werden. Aber er hätte auch das Zwanzigfache ausgegeben, hätte er gewusst, welche Belohnung auf ihn wartete.

Während die Angestellten die Champagnerflaschen einwickelten und in einen schmalen Korb platzierten, ließ Ethan die Modistin wissen, dass er ihr per Telegramm Anweisungen schicken würde, wohin Madeleines übrige Kleider geschickt werden sollten, sobald sie geschneidert waren. Was heute noch fertiggestellt werden konnte, sollte zum Hotel geliefert werden.

Als er und Madeleine das Geschäft verließen und er ihr seinen Arm anbot, hakte sie sich, ohne zu zögern, bei ihm unter. Auf der Straße spürte er die unverhohlen rätselnden Blicke mancher Passanten, die sich sicher fragten, was diese Frau an seiner Seite zu suchen hatte, was ihn daran erinnerte, dass er früher einmal ein gut aussehender Mann gewesen war. Damals wäre er ein geeigneter Partner für sie gewesen, heute dagegen musste er einer Frau Geschenke machen, damit sie ihm Aufmerksamkeit schenkte.

Ethan verspürte ein Gefühl von … von Wertschätzung für das, was eben zwischen ihnen geschehen war, doch genau das widerte ihn an. Er war wie ein verhungernder Wolf, dem man ein Bröckchen Fleisch hinwarf und der damit schon glücklich war – ein dreiunddreißig Jahre alter Mann, der dankbar war, dass eine Frau seine Erektion liebkoste. Vor Wut kochend knirschte er mit den Zähnen. So hätte er niemals enden sollen.

Und die Schuld an allem hatten ihre Eltern.

Früher war alles in Schwarz und Weiß eingeteilt. Er war ein Mann, der sich an keinen moralischen Kodex gebunden fühlte, sie war die Tochter zweier Menschen, die ihm Unrecht angetan hatten.

Wie konnte er da allen Ernstes zögern oder gar Zweifel an seinem Plan hegen?

Nein, weder zögerte noch zweifelte er. Ihm ging es nur darum, sich oft genug auf sie zu stürzen und sich zu vergnügen, damit er sie endlich vergessen konnte.

»Vielen Dank für den heutigen Tag«, sagte sie und lächelte ihn an. Freute sie sich, weil er ein Vermögen für sie ausgegeben hatte? Oder gefiel ihr, was zwischen ihnen geschehen war? Aber warum kümmerte ihn das überhaupt?

»Es war mir ein Vergnügen.« Vermutlich sagte er das zum ersten Mal in seinem Leben.

Als sie mit der Droschke La Marais erreichten und er ihr beim Aussteigen half, herrschte dort auf den Straßen wieder ein hektisches, chaotisches Treiben. Madeleine stand da wie ein Diamant in einer Wüste aus Staub und Schmutz.

»Oh, sieh nur, das ist Berthé«, flüsterte sie. »Sie hat mir gestern Abend ein Bein gestellt. Achte darauf, dass sie uns sieht.«

Er ließ sich nicht anmerken, dass er stutzte. Wollte Madeleine *mit ihm* gesehen werden? Oder ging es ihr nur darum, dass man von ihrem neuen Kleid Notiz nahm? Gerade hatte er sich für Letzteres entschieden, da bemerkte er, wie sie ihm einen besitzergreifenden Klaps aufs Gesäß gab.

»Madeleine«, knurrte er in warnendem Tonfall, woraufhin sie rasch die Hand wegzog.

»Entschuldige«, murmelte sie. »Ich konnte einfach nicht widerstehen.«

Warum er sich auf eine ganz eigenartige Weise geschmeichelt fühlte, konnte er nicht sagen.

Er folgte Madeleine ins Haus und die Treppe hinauf. »Halt dich am Seil fest«, wies sie ihn an, nahm den Korb mit dem Champagner an sich und eilte so schnell nach oben, als könnte sie in der Dunkelheit sehen.

Kaum knarrte die oberste Stufe, ging die Tür zu Beas Wohnung auf, doch es war Corrine, die in den Flur stürmte. »Toumards Männer waren wieder hier«, erklärte sie. »Du musst von hier verschwinden, Maddy. Sie haben sich Bea vorgenommen …«

»Was?«, rief Madeleine. »Bea?«

»Sie wollte ihnen nicht sagen, wohin du gegangen bist, und dann musste sie einem der Männer ins Gesicht spucken. Ihr ist weiter nichts passiert, aber im Moment liegt sie, um sich auszuruhen.«

Die Neuigkeit über diese Bedrohung weckte in ihm sofort wieder den Wunsch, Madeleine unbedingt zu beschützen. »Geh und sieh nach Bea«, sagte er zu ihr. »Corrine wird mir erzählen, was geschehen ist.«

Kaum war Madeleine zu Bea in die Wohnung gelaufen und hatte leise die Tür hinter sich geschlossen, wandte sich Corrine an Ethan. »Ich sehe den Ausdruck in Ihren Augen. Sie werden von nun an wirklich gut auf Maddy aufpassen.«

Nach kurzem Zögern nickte er knapp. »Madeleine hat meinen Antrag angenommen.«

Corrine seufzte erleichtert.

»Aber ich muss ein paar Dinge über ihre Vergangenheit erfahren, nur ist die Kleine sehr verschwiegen.« Als Corrine betrübt nickte, fragte er: »Bei welcher Gelegenheit hat sie sich den Arm verbrannt?«

»Oh, das war beim Feuer von Siebenundvierzig. Das Haus brannte wie Zunder, und sie saß oben in der Falle. Fast hätte sie den Arm verloren, und es stand eine Weile sogar schlecht um ihr Überleben.«

Wenn sie da elf oder zwölf gewesen war, dann hatte man sie erst kurz zuvor gezwungen, ihr Zuhause zu verlassen und in eine fremde Stadt zu ziehen. Und ihr Vater war gerade erst ums Leben gekommen …

»Das ist einer der Gründe, weshalb sie solche Angst vor Toumard hat – seine Leute lieben es, ihrem Opfer den Arm zu brechen«, fuhr sie fort. »In den letzten Wochen ist sie hier herumgeschlichen wie die Katze um den heißen Brei. Es konnte einem glatt das Herz brechen.«

Der Gedanke, dass sie Tag für Tag schreckliche Ängste ausgestanden hatte …

Toumard war schon jetzt ein toter Mann.

»Warum lebt Madeleine nicht bei ihrer Mutter?«

Corrine senkte die Stimme. »Sie möchte nicht, dass die Leute das wissen, aber ihre Mutter … sie ist tot.«

»Das kann nicht Ihr Ernst sein«, gab er zurück. Als sie nickte, hörte er auf einmal kaum noch etwas anderes außer dem lauten Pochen seines Herzens. »Tot …«

Die ganze Zeit habe ich damit verbracht, jemanden zu hassen, jemandem wehtun zu wollen … der längst nicht mehr lebte …

»Maddy ist seit Jahren Vollwaise«, erklärte sie. »Ihre Mutter starb, als Maddy vierzehn war.«

Er legte die Finger an seinen Nasenrücken. »Eine *Vollwaise*.«

Schon zuvor hatte Ethan gedacht, dass am Ende seiner Tage nur der Weg in die Hölle auf ihn wartete. Nun gab es daran keinen Zweifel mehr. Er lachte verbittert auf, weil das Ganze doch nur ein Scherz sein konnte. Ein schlechter, grausamer Scherz.

Er hatte ein mittelloses Straßenkind entjungfert. Ein Waisenkind.

»Sie hat doch Freunde in England«, wandte er ein. »Als ihre Mutter starb, hätte sie die um Hilfe bitten können, die sie ihr gern gewährt hätten.«

»Da war sie bereits eine Weile hier. Wer in La Marais lebt, der fühlt sich schnell … wertlos. Vor allem die jungen Menschen. Sie schämte sich. Dass sie überhaupt nach England reiste, lag nur daran, dass Bea und ich ihr keine Ruhe ließen. Schließlich konnten wir sie überreden, es zumindest zu versuchen, bevor sie Le Daex heiratete.«

»Le Daex? Der Comte?«, fragte er. »Ihre Mutter hat diese Heirat nicht arrangiert?«

»Doch, aber schon vor vielen Jahren. Nach ihrem Tod lief Maddy vor der Hochzeit weg. Diese Abmachung mit La Daex konnten wir erst vor Kurzem noch einmal erneuern, doch am Ende hat sich Maddy deswegen bis über beide Ohren in Schulden gestürzt.«

Und eine schutzlose junge Frau hatte sich einem Mann wie Toumard ausgeliefert.

Ethan vermutete, dass seine Hoffnung gewesen war, Madeleine und Sylvie könnten sich nahestehen und zwei vom gleichen Schlag sein. Stattdessen jedoch war Sylvie seit Langem tot, und Madeleine musste durch Ethan jahrelange Armut erleiden, da sie die Folgen einer Rache auszubaden hatte, die gar nicht ihr galt. Sie allein war die Leidtragende.

Und dann hatte Ethan sich auch noch vorgenommen, ihr weiteres Leid zuzufügen!

Was konnte noch schlimmer sein als das hier? Er erinnerte sich an ihren Gesichtsausdruck, als sie in der Schenke nach ihrem unverschuldeten Sturz wieder aufgestanden war. Wie oft hatte sie das in den letzten zehn Jahren machen müssen …?

Geh einfach weg.

Dieses Wissen und die Art, wie Madeleine seinen Vornamen das erste Mal ausgesprochen und keinen Hehl aus ihrem Verlangen gemacht hatte … *Nicht mal ich bin so grausam, dass ich ihr noch mehr antun könnte.*

Er schloss kurz die Augen, da der Moment gekommen war, sich die Wahrheit einzugestehen. Er war hergekommen, weil er Madeleine *wollte*. Die geplante Rache war für ihn nur Rechtfertigung dafür gewesen, dass ein Mann wie er ein junges unschuldiges Mädchen wie sie benutzte.

Wenn du sie gar nicht bestrafen willst, welches Recht hast du dann an ihr?

Gar keins. Nicht das geringste Recht.

Er konnte sie nicht mitnehmen, um ihr wehzutun, und er konnte sie ganz bestimmt nicht an seiner Seite halten. Er würde das Problem mit dem Geldverleiher aus der Welt schaffen und dann aus ihrem Leben verschwinden. Später konnte er ihr ja auch noch Geld schicken.

Aber sie hier zurücklassen? Nachdem er sie davon überzeugt hatte, dass er sie mitnehmen wollte?

Welche Wahl blieb ihm? Wenn er sie mitnahm, würde er sie dann am Hals haben? Er hatte einen Beruf, einen, der ihn zum Einzelgänger machte, und den wollte er wieder ausüben. *Verdammt, ich will mich nicht mit ihr belasten.*

Er konnte ihr helfen und dann immer noch weggehen. Ja, natürlich. »Sagen Sie mir, wo ich Toumard finde.«

26

»Solltest du dich nicht ausruhen?«, fragte Maddy, als Bea aus dem Bett aufstand und sich anzog.

»Maddée, wenn ich mich jedes Mal ausruhe, weil man mir ein blaues Auge geschlagen hat«, betonte sie so, als würde sie es einem kleinen Kind erklären, »dann würde ich kaum noch etwas anderes tun, *n'est-ce pas?* Komm, wir setzen uns auf deinen Balkon und du erzählst mir alles, was seit gestern Abend geschehen ist.«

Als Bea die Tür öffnete, schienen MacCarrick und Corrine soeben ihre Unterhaltung beendet zu haben. Sein versteinerter Blick war auf Bea gerichtet, dann presste er die Kiefer aufeinander. An Maddy gewandt sagte er: »Ich bin bald zurück.«

»Wirst du zu Toumard gehen?« Auf sein knappes Nicken hin fragte sie: »Kann ich mitkommen?«

»Auf keinen Fall. Du bleibst hier und genießt deinen Abschiedsumtrunk.«

»Na, gut«, willigte sie schließlich ein, auch wenn sein plötzlicher Stimmungswandel sie wunderte. Er schien Mühe zu haben, ihr in die Augen zu sehen, als er sich von ihr abwandte.

Die drei hatten sich gerade darauf geeinigt, den teuren Champagner lieber zu verkaufen, als die Tür zu Maddys Wohnung aufging und MacCarrick zurückkehrte – um die Champagnerflasche zu öffnen.

»Manche Dinge sind dazu bestimmt, sie bei passender Gelegenheit zu genießen, nicht wahr?« Er warf Bea abermals einen wütenden Blick zu. Dann steckte er ein paar Geldscheine in Maddys neue Handtasche: »Damit ihr nicht auf die Idee kommt, den Champagner gläserweise zu verkaufen.«

Einen Moment fehlten ihr angesichts der Geldscheine die Worte. »Das sind vierhundert Francs! Soll ich davon ein Piano kaufen? Oder eine Kutsche?«

»Un bateau!«, rief Bea und klatschte in die Hände. »Ein Boot!«

Maddy beugte sich zu ihr vor und stieß sie spielerisch mit der Schulter an. MacCarrick verzog dagegen keine Miene.

»Na, dann wollen wir den edlen Tropfen mal verputzen«, rief Corrine und holte abgeschlagene Porzellanbecher unter Maddys Ofen hervor. Als sie MacCarrick einen Becher anbot, winkte der ab.

»Ich trinke nicht.«

»Plus pour nous«, meinte Bea erfreut. *Umso mehr für uns.* Trotz ihrer Auseinandersetzung mit den Handlangern würde sie es für einen der besten Tage in ihrem Leben halten.

»Ich bin bald zurück«, versicherte er Maddy.

»Pass bitte auf dich auf.«

Nachdem die Tür zugefallen war und sie ihn die Treppe hinuntereilen hörten, fächelte Bea sich Luft zu und flüsterte. »Ich bin verliebt. Maddée, weißt du eigentlich, dass er uns gestern Abend Hummer geschickt hat? Das ist kein Scherz.« Seufzend fügte sie hinzu: *»Richtigen Hummer …«*

Maddy musste schmunzeln, weil MacCarrick sich als so … so generös erwiesen hatte, indem er ihr einen Neuanfang schenkte. Sie lief zum Balkon und sah ihn mit ausholenden Schritten die Straße entlanggehen. *So groß, so kräftig und selbstbewusst.* So wie damals bei ihrer ersten Begegnung, als er *ihr* nachgestellt hatte.

»Ich glaube, du hast da einen Rohdiamanten erwischt«, sagte Corrine, die hinter ihr stand.

Dieser Meinung war Maddy allmählich auch. In London war er der erste Mensch gewesen, der sich für sie einsetzte und für sie kämpfte – und nun zog er in die nächste Schlacht, um es wieder zu tun.

»*Très viril*«, fügte Bea an, nachdem sie sich zu ihnen gestellt hatte.

Auch darin musste sie zustimmen. Sie errötete, als sie daran dachte, wie er ihr in dem Modegeschäft Lust bereitet hatte – und das gleich *zweimal*. Sie war davon überzeugt, dass die Zeiten hinter ihr lagen, als sie sich einsam und sehnsüchtig in ihrem Bett hin und her wälzte.

»Nun, Maddy«, begann Corrine seufzend. »Bis er zurück ist, müssen wir zwei Flaschen Champagner geleert und deine Sachen gepackt haben.«

Maddy nickte, dann machte sie sich daran, MacCarricks vierhundert Francs, ihren Stapel Berechtigungsscheine und ihr Diebesgut zwischen ihren beiden Freundinnen aufzuteilen. Nachdem sie die wenigen Dinge gepackt hatte, die ihr etwas bedeuteten, setzten sie sich auf den Balkon, tranken Champagner und warteten auf seine Rückkehr.

Plötzlich traf Maddy die Erkenntnis, dass sie wohl zum allerletzten Mal so mit ihren Freundinnen zusammensaß. »Wenn er so reich ist, wie er sagt, werde ich euch bald mehr Geld schicken«, versprach sie ihnen. Genau genommen wollte sie sogar versuchen, die beiden nach England zu holen, aber sie wollte ihnen keine falschen Hoffnungen machen. Erst einmal musste sie wissen, dass sie ihm bedingungslos vertrauen konnte.

»Und wenn er das nicht ist?«, fragte Bea.

Maddy zögerte. »Corrine, kannst du mir nur zur Sicherheit das Zimmer für ein paar Monate freihalten?«

»Ja, natürlich«, erwiderte Corrine und fügte an: »Aber ich hoffe, du wirst mit ihm glücklich. Denk immer dran, Maddy, bei einem so willensstarken Mann kommst du mit Honig immer weiter als mit Essig.«

Sie nippte an ihrem Champagner. »Und wenn mir der Honig ausgeht?«

Was wäre für sie wohl schlimmer?, überlegte Ethan, nachdem er Toumard getötet und sich auf den Rückweg gemacht hatte. *Mit einem Mann wie mir zu leben oder allein zurückgelassen zu werden?*

Tief in seinem Herzen war Ethan ein egoistischer Bastard. Wenn er Madeleine mitnahm, würde dieser oberflächlich betrachtete edle Zug früher oder später verblassen. *Ein Mensch kann seine Natur nicht ändern.*

Lass sie zurück … denk wenigstens erst mal darüber nach, anstatt unüberlegt zu handeln.

Doch die Vorstellung, sie hier zurückzulassen, erschien ihm so unmenschlich, dass es ihm körperliche Schmerzen bereitete.

Wenn Maddy diesem Viertel nicht entkam, würde sie bestenfalls so enden wie Corrine, die bis zur Erschöpfung arbeitete und vorzeitig alt wurde. Oder sie endete wie Bea – oder noch schlimmer. Dann würde es Madeleine sein, die in einer stinkenden Gasse für einen wildfremden Mann die Röcke hob, während dessen Freund dabeistand und wartete, bis er an der Reihe war.

Allein bei dem Gedanken an diese Möglichkeit ballte er wütend die Fäuste. Wäre es nach Toumard gegangen, hätte das schon in wenigen Wochen für sie schreckliche Wahrheit werden können.

Ihm war von Anfang an klar gewesen, dass er Toumard würde töten müssen. Als der Mann ihn ohne eine Gefühlsregung hatte wissen lassen, was er beabsichtigte – nämlich Madeleine erst selbst zu benutzen, bevor er sie für sich arbeiten schickte –, war sein Zorn kaum noch zu bändigen gewesen. Er hätte den Mann kaltblütig erschossen, doch da der in dem Moment selbst eine Waffe gezückt hatte, war es letztlich ein Fall von Notwehr gewesen.

Und dass er Toumards Handlangern die Arme gebrochen hatte? Nun, das war nicht mehr als ein beiläufiges Vergnügen gewesen.

Wenn Ethan Madeleine hier zurückließ, dann warteten tausend andere Toumards nur darauf, über diese leichte Beute herzufallen. Außerdem war nun niemand mehr da, der sie heiraten würde. Ausgenommen der elende Quin. Das durfte Ethan nicht vergessen. Sobald Quin erfuhr, dass sie in Paris geblieben war, würde er sich auf den Weg machen, um sie zu retten. Vielleicht sollte er ihn einfach gewähren lassen.

Aber sich die beiden als Paar vorzustellen, das war nicht viel angenehmer.

Verdammt, tu nichts Unüberlegtes … Ethan war ein Mann, der gern nach einem Plan vorging. Da sein ursprünglicher Plan nun in jeder Hinsicht hinfällig geworden war, musste er überlegen, was er als Nächstes tun wollte. Tatsache war, er wurde von der Frau begehrt, die er selbst so begehrte wie keine zweite. Zudem hatte er dazu beigetragen, dass ihre Vergangenheit so schmerzhaft verlaufen war, und nun war es ihm möglich, sie für diesen Schmerz zu entschädigen. Er hatte sich geschworen, keine Ruhe zu geben, bis er sie wieder nehmen konnte, und wenn er einen Entschluss fasste, dann hielt er auch daran fest. Er würde sie von hier wegbringen, sie verführen und ihr dann Geld geben, damit sie abgesichert war. Ja, er wollte sie hier herausholen, denn am Ende würde sie ihm dankbar sein.

Als er aber an ihrem Haus angekommen war, fühlte er sich noch immer unentschlossen. Dann sah er sie, wie sie ihm von der Haustür aus entgegenlief und erleichtert lächelte. Da er es längst gewohnt war, überall nur von enttäuschten oder verängstigten Mienen empfangen zu werden, musste er erst über die Schulter schauen, um sich zu vergewissern, dass sie tatsächlich ihn meinte.

Sie blieb vor ihm stehen und schien ihn erst von Kopf bis Fuß zu mustern, ob er auch wirklich unversehrt war. Augenblicke später kamen auch Bea und Corrine aus dem Haus, um Maddy eine kleine Tasche zu überreichen und sich von ihr zu verabschieden.

»Schreib uns mal«, sagte Corrine zu ihr und wischte eine Träne weg.

»Natürlich mache ich das«, versprach Maddy und begann selbst zu schniefen, als sie die beiden umarmte. »Passt gut auf euch auf.«

Bea nickte nur, da ihre Stimme versagte, und abermals verabschiedeten sie sich voneinander, dann dirigierte Ethan Madeleine behutsam fort von ihren Freundinnen. Als sie den Hügel hinaufgingen, winkte sie den beiden immer wieder über die Schulter zu, bis sie nicht mehr zu sehen waren.

Während sie darauf warteten, dass eine Droschke ihres Weges kam, eröffnete Ethan ihr plötzlich: »Madeleine, ich muss mit dir reden.« Es kam ihm so vor, als würde man sie von jeder Freitreppe aus beobachten. »Ich habe über einiges nachgedacht.«

»Ich verstehe.« Sie wirkte nicht überrascht. Hatte sie bereits damit gerechnet, von ihm enttäuscht zu werden?

Aber warum? Sie *mochte* ihn. Nicht mal seine Brüder schienen ihn zu mögen, auch wenn sie für ihn ihr Leben gegeben hätten. Court war in seiner Gegenwart stets skeptisch, und Hugh enttäuschte er ein um das andere Mal.

Was würde Hugh wohl von ihm denken, wenn er wüsste,

dass sein älterer Bruder einer schutzlosen Frau die Unschuld geraubt hatte? Und diese Frau dann in Paris zurückließ?

Hughs Abschiedsworte in London hallten in seinem Kopf nach. »*Was, wenn sie die Eine ist?*«, hatte er ihn gefragt. »*Was wäre das für eine bittere Ironie, wenn es dir gelungen wäre, die eine Frau für dich zu finden, die auch bei dir bleiben will, und die du dennoch so sehr verletzen willst, dass sie es dir niemals wird verzeihen können?*«

Doch Ethan hatte sie bereits verletzt, noch bevor er ihr überhaupt begegnet war. Und je länger sie bei ihm war, umso wahrscheinlicher wurde es, dass er ihr abermals wehtun würde. Es lag einfach in seiner Art, er besaß kein Talent, um anderen Gutes zu tun.

Vielleicht musste er Madeleine deutlicher zu verstehen geben, wie er wirklich war.

»Was willst du mir sagen?«, fragte Maddy, die ihre Enttäuschung zu verbergen versuchte. Sie wusste, das alles war viel zu schön, um wahr zu sein, und nun erweckte MacCarrick den Eindruck, dass ihn Zweifel plagten. Als er ansetzte, aber kein Wort herausbrachte, fragte sie: »Hast du Toumard bezahlt?«

»Du schuldest ihm nichts mehr«, antwortete er rätselhaft.

Sie stutzte. »Hast du … hast du ihn umgebracht?«

»Aye, ich habe ihm eine Kugel in den Kopf gejagt.« Er musterte sie, als wolle er in ihrem Gesicht eine Reaktion sehen.

Der eifrige Beschützer, der aus der Schlacht heimkehrt, dachte sie leise seufzend. Als sie dann verständnisvoll nickte, schien es ihn zu verwundern, dass sie nicht vor Entsetzen davonlief.

»Verdammt, Mädchen, warum siehst du mich so an? Ich habe dir gerade eben erzählt, dass ich heute Morgen einen Mann getötet habe.«

Vielleicht waren es ja keine Zweifel, sondern Schuldgefühle für das, was er getan hatte. »Ich hoffe, das macht dir nicht zu schaffen. La Marais ist ohne Toumard besser dran. Aber du musst jetzt unbedingt von hier verschwinden. Meinst du, wir könnten an Bord des Dampfers bleiben, bis der morgen ablegt?«

Er hielt inne, dann legte er den Kopf in den Nacken. »Aus dir werde ich wohl niemals schlau werden, das ist mir jetzt klar. Weil du verrückt bist.«

Mit einer lässigen Geste wischte sie seine Bemerkung beiseite. »Hast du ihm angeboten, das Geld zurückzuzahlen?«

Er schwieg.

»Dann hast du es ihm also angeboten, und er lehnte es ab. Es ging ihm niemals darum, dieses Geld von mir zurückzubekommen. Er wollte mich so wie Berthé für sich arbeiten lassen, nicht wahr?«

In MacCarricks Augen loderte eine unbändige Wut. Seine Stimme hatte einen zornigen Unterton, als er entgegnete: *»Aye, nachdem er dich erst zu sich ins Bett geholt hätte.«*

»Ich verstehe.« Sie schüttelte sich vor Ekel. »Nun, dann hat er dir ja keine Wahl gelassen. Wenn er dein Geld nicht wollte, dann hätte er nach meiner Abreise Bea und Corrine das Leben zur Hölle gemacht. Was hast du mit seinen Leuten gemacht?«

»Ihnen die gottverdammten Arme gebrochen.« Sie wusste nicht, was er in ihrem Gesicht sah oder nicht sah, auf jeden Fall drehte er plötzlich beinahe durch. »Nicht schon wieder! Du sollst mich nicht so ansehen. Ich sagte doch, ich mag das nicht.«

»Ja, ist gut. Aber wir müssen dich wirklich aus der Stadt schaffen, und zwar schnell.« Als eine Droschke vorbeifuhr, pfiff Maddy ihr hinterher, wurde aber nicht bemerkt. Sie murmelte einen Fluch, dann bekam sie auf einmal große Augen. »Oh,

MacCarrick, was ist mit deiner Wunde? Es ist doch hoffentlich nicht die Naht aufgerissen, oder?«

Er setzte zum Reden an, schloss dann den Mund wieder und fuhr sich durchs Haar. »Du … du kannst nicht bei Sinnen sein, wenn dir das alles nichts ausmacht. Du ignorierst alle Warnungen, was mich betrifft, weil du unbedingt aus diesem Loch hier herauswillst.«

»So oft habe ich hier den Tod mitangesehen, da ist Toumard es nicht wert, dass man überhaupt einen Gedanken an ihn verschwendet.«

»Toumard war nicht der erste Mann, den ich getötet habe.«

»So etwas hatte ich mir bereits gedacht. Ich vermute, du übst einen gefährlichen, streng geheimen Beruf aus.«

»Aye, und den möchte ich auch nicht aufgeben – nicht mal wegen einer Heirat.«

Maddy betrachtete sein Gesicht. »Es geht nicht darum, dass du dich schuldig fühlst. Du willst mich loswerden.«

Er sagte nichts. *Zum Teufel, nein!*

Sie hatte den Ring, Geld und Kleidung. Toumard stellte keine Bedrohung mehr dar. Sie konnte also wieder an eine Zukunft glauben. Warum nahm sie das nicht als ein gutes Zeichen hin, solange es anhielt?

Weil sie *ihn* wollte! Sie wollte sein rares Lächeln öfter sehen! Und sie sehnte sich nach mehr von der Lust, die er ihr heute Morgen geschenkt hatte.

»Du willst mich loswerden.«

Streite es ab … nun streite es schon ab! Aber er blieb stumm.

»Dann möchte ich dir etwas vorschlagen. Tu etwas wirklich Schreckliches, um mich zu verjagen. Etwas, das viel schlimmer ist, als einen Verbrecher zu töten, damit ich und meine Freundinnen wieder in Frieden leben können. Ich bin schon ein großes Mädchen«, erklärte sie mit falscher Tapferkeit. »Ich werde es überleben, wenn du deine Meinung geändert hast«, log sie, obwohl sie wusste, sie würde tagelang heulen. »Offenbar muss ich ja irgendetwas getan haben, das …«

»Nein, das hast du nicht!«, fiel er ihr energisch ins Wort.

»Warum hast du mich dann gestern Abend so sehr umworben, und jetzt kannst du mir kaum noch in die Augen sehen? Nichts hat sich geändert, außer dass du mich heute noch besser kennst als gestern.« Dabei konnte sie nicht verhindern, dass ihr die Tränen kamen.

Er fasste sich in den Nacken. »Verdammt, Mädchen, alles, was ich über dich erfahren habe, mag ich an dir. Aber vielleicht bin ich zu der Einsicht gekommen, dass du etwas Besseres verdienst als mich.«

»Wie meinst du das?«

Als würde jedes Wort mühsam aus seinem Mund gezogen, antwortete er: »Als ich London verließ, meinte Quin, du könntest dich in einer … einer verfänglichen Lage befinden.«

»Was meint du mit ›verfänglicher Lage‹?«

»Nun, er dachte, die Dinge seien womöglich nicht so, wie er es angenommen hatte.« MacCarricks Stimme wurde leiser. »Quin beabsichtigte, dich zu heiraten, wenn ich es nicht mache.«

Sie öffnete den Mund einen Spaltbreit. War das der Grund für MacCarricks Zögern? Hielt er Quin für den besseren Mann? Zugegeben, Quin war ein guter Mann, und sie wäre stolz gewesen, mit ihm verheiratet zu sein. Doch zu ihm hatte sie sich nie so hingezogen gefühlt, obwohl sie ihn schon ihr Leben lang kannte. Ganz anders als dieser raue Highlander, über den sie kaum etwas wusste.

»Er ist derjenige, den du wolltest. Also könntest du …«

»Ich will Quin nicht«, unterbrach sie ihn ruhig und sah ihm in die Augen. »Ich will dich.«

Er schaute sie so bestürzt an, als hätte sie ihn geschlagen, und musste sich erst räuspern, ehe er etwas sagen konnte. »Hast du mich nicht verstanden? Du kannst den Mann heiraten, den du ausgewählt hattest.«

»Den ich ausgewählt hatte, bevor ich *dir* begegnet bin.« Endlich hielt eine Droschke an. »Ich habe dir gesagt, was ich will. Jetzt musst du dich entscheiden, aber ein für alle Mal.«

Seine Hand umschloss den Türgriff, während er wie erstarrt dastand.

Nach einem langen Atemzug fuhr sie fort: »Du kannst nicht von hier weggehen und dann einen Monat später zu mir zurückkommen. Und genauso kannst du mich nicht mitnehmen, um mich dann in ein paar Wochen wieder …«

Gereizt legte er die Hände um ihre Taille, hob sie in die Droschke und knurrte: *»Jetzt beweg schon deinen Hintern da rein.«*

27

Ethan starrte an die Decke des Zugabteils und konnte noch immer nicht so richtig fassen, was er getan hatte.

Die Frau schien entschlossen, so hartnäckig wie Leim an ihm zu kleben. Weil sie ihn *mochte*. Er hatte ihr einen Mord gestanden, und ihre einzige Reaktion war ein bewundernder Blick.

Manchmal kam es ihm in ihrer Gesellschaft so vor, als würde er mit Hugh auf die Jagd gehen. Sein Bruder war ein Meister im Umgang mit dem Gewehr, so schnell zielte er. Ethan, beileibe nicht der Langsamste, schaute hingegen immer erst zweimal hin. Und genauso wie mit Hugh erging es ihm mit Madeleine. Immer wieder verblüffte sie ihn mit ihren Reaktionen, und er musste sich erst vergewissern, ob ihm nicht etwas entgangen war.

Wenn er nicht ganz genau aufpasste, würde er sich noch an diese Blicke gewöhnen, die sie ihm immer wieder zuwarf.

Als sie ihm tief in die Augen gesehen und ihm erzählt hatte, dass sie ihm den Vorzug vor Quin gab, da war er von einer unbeschreiblichen Freude erfüllt worden …

»Ich muss dich warnen«, riss sie ihn aus seinen Überlegungen. »Bei Zugfahrten werde ich immer sehr« – sie gähnte – »schläfrig.«

Keine fünf Minuten nach der Abfahrt sank sie in sich zusammen, doch als sie mit der Stirn seine Schulter berührte, war sie gleich wieder wach. Das Spielchen wiederholte sich einige Male, bis er zu ihr sagte: »Schlaf ruhig ein. Ich werde schon darauf achten, dass dir nichts passiert.«

Sie nickte. »Vielleicht kann ich dort meinen Kopf hinlegen …« Ihr Blick war auf seine Brust gerichtet, und ganz offensichtlich träumte sie davon, seinen Oberkörper als Kissen zu benutzen.

»Ich dachte, du schläfst lieber allein.«

»Nur im Bett.«

»Wie kommt das?« Bevor ihm bewusst war, was er da eigentlich tat, hatte er ihr bedeutet, den Kopf auf seine breite Brust zu betten. Als sie sich an ihn schmiegte, schien sich sein Arm wie aus eigenem Antrieb um sie zu legen. »Wieso nur im Bett?«

»Nachdem ich mir den Arm gebrochen hatte, kam ich ins Hotel Dieu, ein Armenhospital. Vier Mädchen mussten sich ein Bett teilen«, antwortete sie mit leiser werdender Stimme. »Jede Nacht schlugen diese anderen Mädchen im Fieberwahn um sich und trafen immer wieder meinen Arm. Wäre der Boden nicht so eisig kalt und schmutzig gewesen, dann hätte ich lieber dort geschlafen.« Als sie verstummte, stieß er sie leicht an, und sie redete prompt weiter. »Ich musste tagelang dableiben, ehe ich entlassen wurde.«

»War da deine Mutter bereits tot?«

»Corrine hat es dir erzählt«, meinte sie seufzend.

»Aye, aber gib ihr nicht die Schuld. Ich kann sehr überzeugend sein, wie du selbst weißt. Jetzt beantworte meine Frage.«

»Nein, da lebte sie noch.«

»Warum musstest du dann im Hospital bleiben?«

»Meine Mutter … vergaß mich eine Zeit lang. Als sie versuchte, für uns eine andere Wohnung zu finden.«

Ethan schloss kurz die Augen. Oh ja, er hatte wirklich gehofft, sie und Sylvie würden vieles gemeinsam haben. In Wahrheit jedoch gab es viel mehr Gemeinsamkeiten zwischen *ihm* und Maddy, denn es war ein und dieselbe Frau, die ihnen beiden wehgetan hatte.

»Warum hast du mir nicht gesagt, dass deine Mutter tot ist?«

»*Waisenkind* klingt so … so bemitleidenswert. Und Claudia und Quin sollten nichts davon erfahren, wie schrecklich es in La Marais ist … *war*. Ich wusste nicht, ob ich darauf vertrauen konnte, dass du ihnen nichts sagen würdest.«

»Wie ist Sylvie gestorben?«

Madeleine wurde stutzig. »Kanntest du sie?«, fragte sie irritiert.

»Ich bin ihr nie begegnet«, kam es ihm mühelos über die Lippen.

»Du hast ihren Vornamen benutzt.«

»Von Quin kenne ich den Namen deiner Eltern, und Corrine nannte sie heute auch so.« Er legte eine Hand seitlich an ihren Kopf und drückte sie zurück an seine Brust.

»Ach so. Jedenfalls starb sie an der Cholera, als ich vierzehn war.«

Diese Krankheit zog einen grausamen Tod nach sich, wie er bei seiner Arbeit mehr als einmal aus erster Hand miterlebt hatte. Der Körper des Erkrankten verlor all seine Flüssigkeit, dann wurden die Muskeln von Schmerzen und Krämpfen heimgesucht, während sich das Blut in den Adern verdickte – und das alles bei vollem Bewusstsein des Betroffenen, der sein Sterben ganz genau miterlebte.

Er empfand eine tiefe Befriedigung, weil er nun wusste, welches Ende Sylvie ereilt hatte, doch im nächsten Moment wurde er stutzig. »Als sie starb … warst du da nicht bei ihr?«

»Doch, aber es ging sehr schnell. Nach einem Tag war es vorüber.«

Noch einen Schrecken, den sie hatte mit ansehen müssen. »Du hast dich nicht bei ihr angesteckt?« Die Cholera war äußerst ansteckend, wenn man nicht wusste, welche Vorsichtsmaßnahmen zu treffen waren.

Sie spannte sich spürbar an. »Ich bin stärker, als es den Anschein hat, Ethan.«

»Ja, das bist du, Mädchen.« Sie war eine der stärksten Frauen, die er je kennengelernt hatte, und dabei sah sie aus wie ein wehrloses Straßenkind. Und sie war tapfer und erfindungsreich.

Stundenlang konnte er dasitzen und sie einfach nur ansehen.

Er hatte sie mitgenommen, aber bei Gott, er war froh, sich dazu durchgerungen zu haben.

Als Maddy erwachte, war sie allein. Sonnenlicht fiel durch das Bullauge in die luxuriöse Kabine und verriet, dass es später Morgen war. Ihr war noch in Erinnerung, dass sie im Zug gestern Abend eingeschlafen war. Vermutlich waren es die Strapazen und Sorgen der letzten Wochen, die ihren Tribut gefordert und sie wie tot hatten schlafen lassen. Ethan musste sie an Bord des Schiffes getragen und ins Bett gebracht haben.

Sie stand auf und sah sich genauer in der Kabine um, strich mit dem Finger über das mit Bronze und Gold verzierte Rosenholzfurnier, dann über die flauschige Tagesdecke.

Bett und Badewanne waren fast so groß wie im Hotel. Überhaupt war alles so groß in dieser Kabine, als hätte der Schiffsbauer beweisen wollen, dass auf seinem Schiff alles in solchen Dimensionen machbar war. Wie es schien, gab sich Ethan nie mit etwas Zweitklassigem zufrieden.

Da sie nach ihm suchen und sich zudem auf dem Schiff umsehen wollte, wusch sie sich schnell, dann zog sie das kobaltblaue Kleid aus steifer Seide an. Eben hatte sie den breitkrempigen Hut mit seinem passenden kobaltblauen Band ausgepackt, als Ethan die Kabine betrat.

»Ah, gut, du bist ja wach.«

»Guten Morgen, Schotte«, begrüßte sie ihn und schenkte ihm ein breites Lächeln.

Stirnrunzelnd sah er sie an. »Du siehst erholt aus.«

»Das sollte ich auch, immerhin habe ich bestimmt achtzehn Stunden geschlafen.« Sie machte eine ausholende Geste. »An so einen Luxus könnte ich mich gewöhnen. Du hast nicht übertrieben, als du sagtest, es würde ein luxuriöses Schiff sein.«

Er nahm an dem fest am Boden montierten Schreibtisch Platz und bedeutete ihr, sich aufs Bett zu setzen. »Jetzt, da wir auf dem Schiff sind, gibt es ein paar Dinge, die ich mit dir besprechen möchte. Ein paar Regeln.«

»Aber sicher.« Sie setzte sich und legte die Hände in den Schoß.

»Erstens wirst du *absolut nichts* stehlen. Wir werden als Ehepaar auftreten, und das heißt, dass du keinem Mann schöne Augen machen wirst.« Er blickte finster drein. »Und steck verdammt noch mal nichts ein, das dir nicht gehört.«

Sie blinzelte ihn an. »Wenn ich dich richtig verstehe, dann soll ich also nicht … klauen?« Dann wurde sie ernst. »Es hat mir keinen Spaß gemacht, Dinge einzustecken. Ich habe es aus Not getan. Wenn die Not nicht mehr besteht, gibt es für mich auch keinen Grund, weiter Diebstähle zu begehen.«

»Was ist mit dem Flirten?«

»Eifersüchtig?«

»Wohl nicht. Aber wenn du anderen Männern schöne Augen machst, werden die Leute vermuten, mit unserer Ehe stimme etwas nicht.«

»Sind das alle Regeln? Die sollte ich mir merken können. Wie lange sind wir verheiratet?«

»Eine Woche. Wir sind in den Flitterwochen.«

»Möchtest du, dass ich um dich herumscharwenzele, wenn wir uns in der Öffentlichkeit zeigen?«

»Keineswegs. Ich möchte dich auch nicht immer um mich haben. Es gibt keinen Grund dafür, dass wir ständig zusammen sein müssen.« Als sie ihn überrascht ansah, erklärte er: »Du musst das verstehen, Madeleine. Ich bin seit vielen Jahren Junggeselle – und ein Einzelgänger noch dazu. Wenn du unentwegt in meiner Nähe wärst, würde ich gereizt reagieren.«

Auch wenn seine Worte sie verletzten, lächelte sie. »Ich werde mich rarmachen.«

»An Bord befinden sich über hundertfünfzig Passagiere. Ich bin mir sicher, wenn du dir ein wenig Mühe gibst, kannst du dich mit einer der anderen Ehefrauen an Bord anfreunden.«

»Ich bin keine Ehefrau.«

»Das weiß ja niemand. Es müsste dir also möglich sein, dich tagsüber zu beschäftigen – und zwar den ganzen Tag lang.«

»Ich werde mich bemühen, Freundschaften zu schließen und mich zu beschäftigen, damit du den ganzen Tag Ruhe vor mir hast.« Sie stand auf, küsste ihn auf die Wange und griff nach ihrer Handtasche.

»Du gehst an Deck?«

»Natürlich«, erwiderte sie gut gelaunt. »Ich wünsche dir einen schönen Tag, Ethan.«

Sein verblüffter Gesichtsausdruck, als sie die Kabine verließ, war schlicht unbezahlbar. Hatte er etwa erwartet, sie würde um ihr Recht kämpfen, an seiner Seite zu sein? Sie konnte ihn nicht zwingen, mehr Zeit mit ihr verbringen zu wollen. Das musste sich von selbst ergeben.

Außerdem konnte Maddy nur zu gut verstehen, was es bedeutete, jemanden um sich zu haben, der einem nicht von der Seite wich. Auch ihre Mutter war so gewesen, und damit hatte sie Maddy regelmäßig wahnsinnig gemacht. Es müsste schon mit dem Teufel zugehen, wenn sie jetzt das gleiche Verhalten an den Tag legen würde. Nein, sie würde sich distanziert und reserviert geben.

An Deck stellte Maddy fest, dass die *Blue Riband* eines der schönsten Schiffe war, das sie je gesehen hatte. Es war ein Dampfer mit kompletter Takelage, und oberhalb der Wasserlinie waren keine Schaufelräder zu entdecken. Sie würde Ethan danach fragen. Wären ihr nicht sofort die beiden Schornsteine aufgefallen, dann hätte sie geglaubt, auf einem Segelschiff zu sein.

Obwohl sie erst beim Höchststand der Flut am Abend auslaufen würden, schien auf dem Schiff alles bereit zu sein. Paare schlenderten auf einer gekennzeichneten Promenade entlang, Spieltische waren aufgestellt worden, jeder mit speziellen Halterungen, damit die Spielkarten nicht weggeweht wurden. Kindermädchen liefen Jungen und Mädchen quer über das im grellen Sonnenschein glänzende Deck hinterher.

Diese Aktivität lenkte sie von ihren verletzten Gefühlen ab, und da sie sich nun den Luxus leisten konnte, einen ganzen Tag lang zu faulenzen, würde sie das auch ausnutzen. Sie würde sich einen Liegestuhl nehmen und sich einen Tee bringen lassen, während sie sich an der Tatsache erfreuen konnte, dass ihre Stiefel nicht drückten. Ja, dieses Leben gefiel ihr.

Der Wind frischte auf und ließ die Seide ihres Kleides leise rascheln. Madeleine hatte sich an Deck umgesehen und festgestellt, dass ihr Kleid edler war als die der anderen Frauen.

Eine Gruppe junger Frauen, die in Liegestühlen zusammensaßen, musterte sie aufmerksam. Bei ihrem Anblick fühlte sich Maddy an die Frauen aus der Boulangerie erinnert, doch diese hier sahen wohlhabender aus. Sie hob ein wenig das Kinn, aber erst, nachdem sie ihnen im Vorbeigehen so knapp zugenickt hatte, als gehöre sie einem Königshaus an.

Jede der Frauen trug Schmuck – Perlenohrringe, Halsketten, Diamantbroschen –, sodass sich Maddys Ohren und Hals nackt anfühlten. Doch das war nicht schlimm, da sie sich aus der Affäre ziehen konnte, indem sie irgendwelche Gründe erfand, wieso sie keinen Schmuck zur Schau stellte.

L'audace fait les reines. Frechheit siegt.

Als das Schiff am Abend auslief, hatte sie die »anderen Ehefrauen« davon überzeugt, dass sie nur allzu gern Schmuck getragen hätte, sich aber stets dem neuesten Modediktat unterwarf. Und die Pariser Mode schrieb in diesem Jahr leider vor, auf Schmuck jeder Art zu verzichten – außer natürlich, wenn man am Hofe eingeladen war.

28

»Verdammt, Madeleine«, rief Ethan. »Du sollst aufwachen, habe ich gesagt.«

Im nächsten Moment saß Maddy aufrecht im Bett und rang nach Luft. Ihre Wangen waren feucht, das Bett war zerwühlt, und sie starrte wie benommen in die Dunkelheit, während die Tränen weiter über ihr Gesicht liefen.

Er zündete eine Lampe an, dann kam er zum Bett zurück und schaute sie mit besorgter Miene an. Vorsichtig schüttelte er sie an der Schulter, zog die Hand aber gleich wieder zurück. »Schon gut. Du solltest … du musst aufhören zu weinen. Sofort.« Ihre Tränen schienen ihn zu bestürzen. »Warum hattest du einen Albtraum? Weil du jetzt nicht mehr zu Hause bist?«

»Nein, ich habe oft Albträume«, flüsterte sie. Oh, das war so demütigend. Der restliche Tag war so schön verlaufen, nachdem sie in die Kabine zurückgekommen war – sie hatten zu Abend gegessen, sich geküsst und gestreichelt und nun …

Maddy hatte ihm nichts von ihren Albträumen erzählen wollen – jedenfalls noch nicht.

Ihr kam eine Ausgabe von *Godey's Lady's Book* in Erinnerung, in der sie einen Artikel darüber gelesen hatte, dass sich potenzielle Ehemänner zu strahlenden, sorglosen Frauen hingezogen fühlten. *»Eine Braut aus einer glücklichen Familie garantiert eine glückliche Familie«,* verkündete *Godey's*.

Und nun hatte Ethan ein Beispiel dafür erlebt, dass sie gar nicht so sorglos war.

»Willst du mir erzählen, was du geträumt hast?«, fragte er.

Selbst wenn sie es gewollt hätte, sie war noch nicht bereit, ihm Einzelheiten ihrer Albträume zu schildern – und auch nicht ihre Sorge, sie könnte eines Tages eine genauso schlechte Mutter sein, wie ihre eigene Mutter es für sie gewesen war. Als sie den Kopf schüttelte, wirkte er erleichtert. Für ihn sprach, dass er ihr ein Angebot machte. »Nun ja, dann … vielleicht morgen?«

»Vielleicht«, gab sie schniefend zurück und zeigte auf die Lampe. »K-können wir die anlassen?« Als er die Stirn runzelte, fügte sie hastig an: »Außer natürlich, das Öl muss extra bezahlt werden.«

»Wenn du es möchtest, können wir dafür sorgen, dass es hier drin taghell ist.«

»Ich habe mich immer gefragt, warum man freiwillig im Dunkeln liegen will, wenn man es sich leisten kann, Licht zu machen.« Sie wischte die letzten Tränen weg. »Hast du auch schon mal Albträume gehabt, Ethan?«

»Früher ja, aber jetzt nicht mehr.«

»Wirklich?« Es überraschte sie, dass er ihr so bereitwillig dieses Geständnis machte. »Wie hast du dich von ihnen befreit?«

»Ich habe die Sache aus der Welt geschafft, die mich belastete.« Auf ihren fragenden Blick hin sagte er: »Ich lasse Unrecht nicht auf sich beruhen. Jemand hatte mir Schmerzen zugefügt« – seine Miene wurde so brutal, dass Maddy erschrak –, »und ich zahlte es ihm heim.«

Maddy gab sich alle Mühe, nicht falschzuspielen, als sie bei einer Partie *Siebzehnundvier* mit den Damen ihres neuen Bekanntenkreises zusammensaß. Die jungen Frauen, die sie um sich geschart hatte, hielten sie für königlich reich und ihren Stil für wunderbar avantgardistisch – so sehr, dass sie Maddys Beispiel folgten und keinen Schmuck mehr trugen. Ethan hatte es überrascht, dass Madeleine nicht nur *eine* neue Freundin, sondern gleich ein ganzes Dutzend gefunden hatte. Ihre neuen Bekannten halfen ihr, den Tag über beschäftigt zu sein und Ethan aus dem Weg zu gehen.

So konnte er im stickigen Klubraum sitzen und in aller Ruhe seine landwirtschaftlichen Journale lesen.

Erst seit vier Tagen waren sie verlobt, und doch musste Maddy feststellen, dass er ihr fehlte, wenn er nicht in ihrer Nähe war. Und seit ihrem Albtraum war er noch mehr auf Abstand zu ihr gegangen. Stunde um Stunde spielte Maddy Karten und Würfel, während sie sich anhörte, wie die Frauen von ihren Ehemännern und ihren Kindern erzählten, bis schließlich die Sonne unterging und sie in ihre Kabine zurückkehren konnte.

Von all den Frauen war ihr Owena Dekindeeren noch am liebsten. Sie war eine ernste junge Waliserin, die einen belgischen Geschäftsmann geheiratet hatte. Obwohl sie erst zwanzig war, hatte sie bereits zwei Kinder.

Maddy war so in Gedanken, dass sie Owenas Bemerkung fast überhört hätte. »Wir können nicht alle so viel Glück haben wie Madeleine mit ihrem aufmerksamen Ehemann.«

Maddy mischte die Karten langsamer und fragte: »Wie meinst du das?«

»Zuerst dachte ich, dein Mann würde dich beim Kartenspiel überwachen, so wie mein Neville es bei mir macht«, erklärte Owena. »Aber ich schwöre dir, ich glaube, dein Mann will dich einfach nur anschauen.«

»Oh ja«, schnaubte Maddy. »Er ist so aufmerksam, dass er nur ein Mal am Tag vorbeikommt.«

»Nein, nein«, warf eine andere Frau ein. »Er kommt nur ein Mal am Tag zu dir, doch wir sehen, dass er sich oft in deiner Nähe aufhält.«

»Sein Gesichtsausdruck ist so düster« – Owena lächelte sie

an – »und so … *begehrend.*« Die Frauen kicherten und wedelten sich scheinbar entrüstet mit ihren Fächern aus Straußenfedern Luft zu.

Aber warum sollte Ethan vorbeigehen, ohne mich anzusprechen?, überlegte Maddy und mischte gedankenverloren die Karten. *Warum bleibt er so auf Abstand …?*

Die Erkenntnis traf sie so plötzlich, dass ihr einige Karten entwischten und auf den Tisch fielen. *Ethan beginnt sich in mich zu verlieben!*

Sie murmelte eine Entschuldigung, während sie die Karten einsammelte. Oh ja, er verliebte sich in sie, und deshalb blieb er auf Abstand zu ihr!

»Soll ich geben, Madeleine?«, fragte Owena amüsiert. »Du scheinst gerade nicht so ganz bei der Sache zu sein.«

»Oh ja, bitte«, erwiderte Maddy, deren Gedanken sich überschlugen.

Ihre Mutter hatte sie nicht geliebt, Quin war nicht von ihr angetan gewesen, und selbst Ethan schien sie manchmal nicht zu mögen. Dennoch glaubte Maddy fest daran, ein liebenswürdiger Mensch zu sein.

Im Allgemeinen war sie beliebt bei den Menschen, und sie fand schnell neue Bekannte und Freunde. Und wenn sie ihren Charme spielen ließ? Dann konnte nichts und niemand sie aufhalten. MacCarrick hatte gar keine Chance, ihrem Charme *nicht* zu erliegen, und der Ärmste merkte wohl bereits, dass sein Herz schon bald vor ihr kapitulieren würde – was sein zunehmend kühles Verhalten erklärte.

Natürlich kehrte er dann seine schroffe Seite nach außen, um sich unangreifbar zu machen. Für einen Junggesellen in seinem fortgeschrittenen Alter war es ein großer Entschluss, sich zu einer Heirat durchzuringen, und es bedeutete für ihn einen weiteren Schritt, seinem Herzen zu folgen.

Außerdem hatte er bereits Anzeichen für seine wachsende Zuneigung erkennen lassen. Bis spät in die Nacht hinein berührten und küssten sie sich, redeten über Belangloses und erkundeten gegenseitig ihre Körper. Er zeigte ihr, wie sie ihn liebkosen sollte, und bat sie, ihm zu sagen, was sie sich von ihm wünschte. Er küsste sie sanft auf den Mund, streichelte ihre Brüste und bereitete ihr Lust und bestand dann mürrisch darauf, dass sie in seinen Armen schlief.

Wenn sie sich in ihrer Kabine aufhielten, war er nackt und schamlos – welcher Mann mit einem solchen Körperbau hätte sich nicht so verhalten? –, während sie bäuchlings auf dem Bett lag, das Kinn in die Hände stützte und ihn fasziniert betrachtete. Bei seinem Anblick erinnerte sie sich unwillkürlich an manche Szene, die sie in La Marais miterlebt hatte. Sie stellte sich vor, das dort Beobachtete bei ihm anzuwenden, und platzte fast vor Neugier, wie er darauf reagieren würde.

Jeden Morgen, wenn er am Waschbecken stand und sich auf seine Rasur zu konzentrieren versuchte, gesellte sie sich zu ihm. Mit den Fingerspitzen strich sie ihm über Rücken und Brust und von dort weiter nach unten, was jedes Mal mit einer Rückkehr ins Bett belohnt wurde.

Ihre Sehnsucht nach ihm wurde immer stärker, und im gleichen Maß steigerte sich ihre Zuneigung – vor allem seit er seinen Sinn für Humor unter Beweis stellte, den sie so an ihm liebte. Ihr Herz schmolz jedes Mal dahin, wenn er ihr mit einem selbstbewussten Grinsen neckende Worte zuflüsterte.

Heute beim Frühstück schaute er sie plötzlich über den Rand seiner Zeitung an und fragte: »Hast du beim Kartenspielen falsch gespielt?«

»Als ob ich das nötig hätte. Gegen diese Leute zu gewinnen ist in etwa so anspruchsvoll, als würde ich Jagd auf Kühe machen.«

»Sag das nicht, Mädchen«, gab er mit tiefer Stimme zurück. »Kühe können wilde Bestien sein.«

Sie senkte ihre Augenlider und fragte ihn: »Ethan, würdest du dein Leben riskieren, wenn mich eine Kuh in eine Ecke getrieben hätte?«

»Aye« – er las weiter seinen Artikel –, »ich würde das Rindvieh niederschlagen.«

Maddy musste so von Herzen lachen, dass er schließlich die Zeitung zusammenfaltete und den Mund zu diesem frechen Grinsen verzog.

Glücklich seufzte sie auf. Natürlich würde MacCarrick *versuchen*, ihr zu widerstehen. *Aber am Ende wird ihm das nichts nützen.*

In diesem Moment – mitten in einer Partie Blackjack – beschloss sie, den Highlander dazu zu bringen, dass er sich in sie verliebte.

Madeleine zu sagen, sie solle nicht allgegenwärtig sein, hatte ein Problem geschaffen: Sie hörte auf ihn.

Ethan hatte erwartet, dass sie sich mit ein oder zwei Frauen anfreundete, doch sie wartete gleich mit einer ganzen Schar junger Ehefrauen auf, die ihr auf Schritt und Tritt folgten und alles nachahmten, was sie vormachte. Sie trugen sogar keinen Schmuck mehr, weil Madeleine es nicht tat.

Zwar hatte sich Madeleine als charmant und gesellig erwiesen, dennoch staunte Ethan darüber, mit welcher Leichtigkeit sie Freundschaften schloss. Ihm wollte das nie so recht gelingen, und ohnehin hatte er das immer für schwierig gehalten.

Sie spielte den ganzen Tag Karten und plauderte mit den anderen Frauen, und es schien ihr keine Schwierigkeiten zu bereiten, sich bis Sonnenuntergang von ihm fernzuhalten.

Für ihn bedeutete es, das ganze Schiff nach ihr abzusuchen, wenn er sie sehen wollte. Er bemühte sich, nicht zu ihr zu gehen, und verbrachte den größten Teil des Tages in der Klubkabine des Schiffs. Da die Mehrzahl der männlichen Passagiere Landbesitzer waren, fanden sich dort fast nur landwirtschaftlich ausgerichtete Journale, aber kaum andere Lektüre.

Ethan konnte mit diesem Themenkreis nichts anfangen, verstand er sich doch darauf, wie man eine Haubitze bediente oder wie man aus einer halben Meile Entfernung seinem Gegner genau zwischen die Augen schoss. Er kannte die wichtigsten geopolitischen Bedingungen jedes europäischen und asiatischen Landes, aber die neuesten Techniken für die Bearbeitung von Lehmboden waren für ihn ein Buch mit sieben Siegeln.

Da sie nach Carillon reisten – einem seiner Anwesen –, beschloss er, sich mit den dortigen Abläufen zu befassen, wenn er schon im Lande war. Also vertiefte er sich in die Zeitschriften, um etwas zu lernen – und um nicht immer an Madeleine zu denken.

Doch zu ihr auf Abstand zu bleiben, erwies sich als immense Herausforderung, da er wusste, was ihm dadurch entging. Bei den wenigen Gelegenheiten, wenn er sich ihr näherte, hellte sich ihre Miene sofort auf, was es noch erfreulicher machte, sie zu sehen. Er erinnerte sich nicht, dass ihn je eine Frau mit einem so strahlenden Lächeln angeschaut hatte.

Heute hatte er es geschafft, sich eine gute Stunde lang zu beschäftigen, bevor er sich auf die Suche nach Madeleine begab. Dabei genügte es ihm, sie nur aus der Ferne zu betrachten.

So verbrachte er jeden Tag in einer Verfassung, die einem verdammten Schmachten gleichkam, da er die Stunden und Minuten zählte, die noch bis zum Anbruch der Nacht vergehen würden, bis er sie wieder ganz für sich haben würde.

Er, Ethan MacCarrick, verzehrte sich nach der Aufmerksamkeit einer Frau.

Und er spürte auch, wie in ihrer Gegenwart jener Schutzwall zusammenbrach, mit dem er sich gegen sie abschirmte. Einmal ertappte er sich dabei, wie er überlegte, welches Urteil sie wohl über Carrickliffe, über seine Brüder und deren Ehefrauen fällen würde.

Madeleine war bereits mit Jane befreundet. Diese Situation würde äußerst knifflig werden, wenn Ethan dem Mädchen wehtat.

Was hatte Quin ihm prophezeit? Ethan würde nicht mehr wissen, wo vorn und hinten sei? *Ein Punkt für dich, Quin, du hast richtiggelegen.* Er musste grinsen. *Aber sie hat mir den Vorzug gegeben, du Schweinehund.*

Für Ethan hatten sich die Dinge immer sehr klar und deutlich gestaltet. Er blieb zu anderen Menschen auf Distanz, aber jetzt war er sich da nicht mehr so sicher – zumindest nicht mit Blick auf Madeleine. Selbst wenn er akribisch nach ein paar Eigenschaften suchte, die er an ihr nicht ausstehen konnte, fanden sich sogleich weitere Beispiele dafür, dass sie perfekt zu ihm passte.

Jede Nacht genossen er und Madeleine ihre Lust. Er erfuhr durch sie und ihre Berührungen mehr Befriedigung als durch irgendeine andere Frau in den letzten zehn Jahren. Daran *konnte* er sich durchaus gewöhnen, wenn er nicht auf der Hut war.

Wenn dann der Morgen zu dämmern begann, setzten sie ihren allnächtlichen Kampf fort, in dem er versuchte, sie dazu zu bringen, an ihn geschmiegt zu schlafen, anstatt sich von ihm wegzudrehen und zusammenzurollen.

Hätte ihm noch vor einer Woche jemand gesagt, er würde mit einer Frau darum ringen, dass sie sich beim Schlafen an ihn schmiegte, wäre Ethan in schallendes Gelächter ausgebrochen.

Wenn sie sich ihm doch noch einmal so hingeben würde wie in ihrer ersten Nacht in der Droschke, dann würde das sein beharrliches Verlangen nach ihr ganz sicher stillen. Jedes Mal, wenn er sie berührte, gab er ihr mehr, drang mit seinem Finger etwas länger in sie ein, damit bei ihr der Wunsch geweckt wurde, tiefer und intensiver von ihm erfüllt zu werden.

Aber sie ließ sich von ihm nicht in Versuchung führen, so sehr er sich auch anstrengte. Allmählich glaubte er, dass sie tatsächlich erst nach der Hochzeit mit ihm schlafen wollte. Wenn dem so war, dann würde er sie nach ihrer Ankunft in Schottland allenfalls ein paar Wochen hinhalten können, bevor sie von ihm die Einlösung seines Eheversprechens forderte. Sonst würde sie ihn zweifellos verlassen.

Weder das eine noch das andere war für ihn annehmbar.

In seinem Kopf nahm ein Plan Gestalt an. Andere Frauen hatten ihren Spaß daran gehabt, von ihm grob behandelt zu werden. Die kalte, dominante Art war in der Vergangenheit oftmals der richtige Weg gewesen, mit der er bei mehr Frauen Erfolg gehabt hatte, als er an seinen Fingern abzählen konnte. Vielleicht würde er damit bei ihr auch ans Ziel kommen.

29

An diesem Abend aßen sie erst in aller Ruhe, badeten gemeinsam und lagen schließlich beide nackt im Bett, wo Ethan Maddys Theorie wieder und wieder belegte.

Obwohl er sie mit Champagner verwöhnte, war er schroff und abweisend, was sie als amüsant empfand, da sie es als den letzten verzweifelten Versuch eines Mannes betrachtete, der sein Junggesellendasein nicht aufgeben wollte.

Mit seinen Launen kam sie problemlos zurecht, da ihr der Gedanke immer besser gefiel, ihr Leben mit ihm zu teilen, vor allem nach einem Tag wie diesem. Sie hatte einen Tee genossen, ohne erst einen Eimer Wasser sechs Stockwerke hochzuziehen. Und nach den zarten, neckenden Berührungen im Bad schwebte nun das Versprechen lustvoller Erfüllung zwischen ihnen.

»Ethan, mir ist aufgefallen, dass du mit mir heute Abend wegen irgendeiner Sache böse bist«, sagte sie in unschuldigem Tonfall. »Habe ich etwas getan, das dich verärgert hat?« *Abgesehen davon, dass ich den Schutzwall um dein Herz in Gefahr bringe?*

»Ich will dich nehmen«, antwortete er knapp. »Du sollst mein sein, und ich habe bereits meinen Anspruch auf dich angemeldet. Heute Nacht will ich dich haben.«

»Ehrlich gesagt verwirren mich deine wechselhaften Launen so sehr, dass ich sie kaum noch nachvollziehen kann. Vielleicht liegt es am Champagner, oder ich bin einfach zu empfindlich, aber dein Verhalten mir gegenüber ist sehr widersprüchlich …«

Er drückte ihre Schultern auf die Matratze und schob seinen mächtigen Körper über ihren. Trotzdem verspürte sie keine Angst vor ihm. »Leg dich einfach hin, Weib.«

»Hast du mich gerade Weib genannt?«, fragte sie kichernd. »Wie altmodisch. Damit hast du dich ganz gewiss als uralt verraten, nicht wahr? Manchmal vergesse ich völlig dein Alter. Wie alt bist du überhaupt? Siebenunddreißig? Achtunddreißig?«

»Ich bin *dreiunddreißig*.« Er ließ von ihr ab und betrachtete sie ratlos. »Bin ich … glaubst du, ich bin *zu alt* für dich?«

»Keineswegs, Ethan«, antwortete sie.

»Dann gib zu, dass du wegen meiner Narbe nicht mit mir schlafen willst. Für mich war es nie ein Problem, Frauen zu verführen, bis ich sie …«

Sie musste lachen und presste die Hände auf den Bauch, während sie sich auf dem Bett hin und her rollte. »Du willst, dass ich dir Komplimente mache!«

»Bist du verrückt? Und hör gefälligst auf zu lachen!«

Erst nach mehreren Versuchen wurde sie wieder ernst. »Tut mir leid, aber ich hätte nicht gedacht, du könntest so eitel sein.«

»Ich war nicht auf Komplimente aus.«

»Und wie erklärst du mir dann diese Bemerkung, wenn du den Grund ganz genau kennst, warum ich nicht mit dir schlafen werde? Du weißt, es hat überhaupt nichts mit deinem Aussehen zu tun. Damit aber deine Eitelkeit gestillt wird …«

»Zum Teufel, du Hexe, ich bin nicht …«

»… werde ich dir sagen, dass ich dich äußerst anziehend, gut aussehend und sehr männlich finde.«

Ihm schienen seine Worte im Hals stecken zu bleiben, und er zog die Brauen zusammen, als sei er völlig verwirrt.

»Ich wollte dir das schon an jenem Morgen in Paris sagen«, erklärte Maddy, »aber da hast du dich die ganze Zeit über meine Armut lustig gemacht. Und ich wollte nicht die eine empfindliche Stelle ansprechen, die ich bei dir entdeckt hatte.«

Er schaute zur Seite, als er fragte: »Und meine Narbe?«

»Es tut mir leid, wenn du in irgendeinem Kampf verletzt wurdest, über den du nicht sprechen willst.« Sie strich mit den Fingerspitzen über sein Gesicht. Diesmal ließ er ihre Berührung zu und schloss sogar einen Moment lang die Augen. »Jedoch unterstreicht diese Narbe, dass du ein starker Mann bist, den ein hartes Leben geprägt hat.«

Mit dem Handrücken fuhr er über ihren Nacken. »Ich werde aus dir nicht schlau.«

»Du willst mich doch nur auf die Probe stellen, nicht wahr? Um herauszufinden, wie tief meine Gefühle für dich sind, oder um festzustellen, ob ich mit deiner Griesgrämigkeit zurechtkommen und dich als Ehemann erdulden kann.«

»Aye, wenn du das glauben willst, bitte. Beweisen kannst du das aber nur auf eine Art, indem du dich mir jetzt hingibst.«

»Ethan, das ist nicht gerecht.«

»Willst du mich nicht überzeugen?«

Sie biss sich auf die Unterlippe und fragte sich, wie er wohl reagieren würde, wenn sie etwas versuchte, das sie in La Marais immer wieder beobachtet und sie neugierig gemacht hatte. Ethan wirkte auf sie nicht wie ein Mann, der sie dafür tadeln würde, wenn sie etwas Forsches wagte.

»Ich überlege« – sie küsste ihn auf die Brust –, »ob ich dir meine Zuneigung wohl auf eine andere Weise beweisen könnte.« Mit dem nächsten Kuss liebkoste sie seinen Bauch. Ethan spannte seinen ganzen Körper an, seine erregte Männlichkeit pulsierte. »Etwas, wovon ich oft geträumt habe.«

»Das kann nicht dein Ernst sein.« Er schüttelte energisch den Kopf. »Doch nicht *das* …« Er rang nach Luft, als sie sich unterhalb seines Nabels weiter durch die lockigen Haare wühlte und er ihren heißen Atem auf der Haut spürte. Er legte die Hände um ihr Gesicht und raunte heiser: »Oh, du wundervolles Mädchen, du bist …« Ein Schaudern durchfuhr ihn, und er schlang seine Beine um Maddy. »Davon … davon hast du geträumt?«

»M-hm«, murmelte sie und küsste ihn weiter. »Immer wenn ich dir beim Rasieren zusehe.«

»Du kannst nicht so mit mir spielen.« Sein Gesicht war verzerrt, als litte er starke Schmerzen. »Du ahnst gar nicht, wie sehr ich das möchte.«

»Das wollte ich schon immer mal ausprobieren.« Sie rieb ihre Wange an seiner Erektion.

»Nimm deine Haare zur Seite, ich will sehen, was du machst.«

Nachdem sie ihre Haare über eine Schulter gelegt hatte, beugte sie sich wieder vor, ließ ihn ihren Atem auf seiner Spitze spüren und verwöhnte ihn lustvoll.

Er verdrehte daraufhin die Augen, was für sie ein Zeichen war, dass sie das Richtige machte. Er sehnte sich zutiefst nach etwas, das sie ihm mit Freuden geben konnte. Als sie ihre Zunge weiter genüsslich um die Spitze kreisen ließ und die Augen schloss, wurde ihr deutlich, dass sie selbst auch danach verlangte. Fasziniert von dieser neuen Art, Lust zu geben, spielte sie mit ihm und wünschte, sie könnte das die ganze Nacht so machen.

»Oh Gott, das ist es«, keuchte er. »Jetzt nimm ihn in den Mund …«

Sie zögerte und überhörte seine Aufforderung, da sie spürte, dass nun sie diejenige war, die das Zepter in die Hand nahm. Wieder und wieder leckte sie wollüstig über die feuchte Spitze seiner Erektion, bis Ethan den Rücken durchdrückte, als müsse er eine qualvolle Tortur erdulden.

»Das habe ich seit sehr langer Zeit nicht mehr erlebt.« Er presste die Worte heraus. »Du kannst später spielen.« Mit zitternden Händen griff er nach ihrem Kopf, um sie nach unten zu dirigieren.

Sie zog sich jedoch zurück. »Ich will mein erstes Mal genießen«, erklärte sie.

»Lass … Milde … walten«, knurrte er.

»Und wenn ich das nicht will?« Sie schürzte die Lippen. »Sieht so aus, als hätte ich alle Trümpfe in der Hand …«

Sofort packte er sie an den Hüften und warf sie so abrupt auf den Rücken, dass sie nur einen erstickten Schrei ausstoßen konnte. Er drehte sie herum, damit sie so lag, dass er sich revanchieren konnte. Furchteinflößend kauerte er über ihr und hielt ihre Handgelenke hinter ihren Rücken gedrückt, sodass sie zu keiner Bewegung in der Lage war.

»Sieht so aus, als sollten kleine Mädchen wie du nicht mit Männern wie mir spielen.« Als er sich in aller Ruhe zwischen ihren Beinen in Position brachte, konnte sie nur hilflos nach Luft schnappen. Sie wusste, sie war nie erregter gewesen als in diesem Moment. »Vor allem nicht im Bett.«

Ethan schob sich zwischen ihre Schenkel, bis sie die Beine anwinkelte und um seinen Rücken schlang. Dann strich er sanft mit dem Mund über die seidenweichen Innenseiten ihrer Schenkel und brachte Maddy zum Keuchen, während er zusah, wie sich bei jedem Atemzug ihre Brüste hoben und senkten. Gemächlich verteilte er Küsse auf ihrem Bauch und wanderte langsam weiter nach unten.

»Spreiz die Beine weiter auseinander.« Sie tat es, und als ihre Weiblichkeit ungeschützt vor ihm lag, da pulsierte seine Männlichkeit so lustvoll, dass er nichts anderes mehr wollte, als in diese Wonne einzutauchen.

Obwohl er nur vorgehabt hatte, sie in der gleichen Weise zu necken, wie sie es mit ihm gemacht hatte, konnte er sich bei diesem Anblick nicht zurückhalten. Er beugte sich zu ihr und fuhr mit der Zunge über ihr feuchtes Fleisch, um sie zum ersten Mal zu kosten.

Unwillkürlich begann er zu stöhnen und presste die Finger auf ihre zarten Schenkel. Plötzlich schrie Madeleine auf und rieb sich an seinem Mund. Als er mit seiner Zunge tiefer vordrang und mit ihrem empfindlichsten Punkt zu spielen begann, drückte sie in völliger Hingabe ihre Fersen gegen seinen Rücken.

Irgendwie gelang es ihm dann, sich zurückzuziehen.

Sie hob den Kopf und schlug die Augen auf. »M-mehr«, japste sie, während sie ihn flehend ansah. Bei diesem Blick wäre es ihm fast nicht möglich gewesen, ihr diesen Wunsch zu erfüllen.

»Weißt du jetzt, wie ich mich gefühlt habe?«

»Ja, ja.« Sie versuchte ihre Hände zu befreien und wand dabei ihre gespreizten Beine, bis er nicht mehr wusste, wie er sich noch länger zurückhalten sollte. »Ethan, ich werde nicht wieder so mit dir spielen. Versprochen.«

»Gut, Maddy.« Er drückte ihre Schenkel weiter auseinander, um tiefer einzudringen und mehr von dem wunderbaren Geschmack zu bekommen, den er nur kurz gekostet hatte.

»Oh mein Gott!«, stöhnte sie, was ihn ebenfalls nach Luft ringen ließ. Er liebkoste mit Zunge und Lippen ihre Weiblichkeit. *»Ja!«* Sie presste ihre Hüften gegen seinen Mund. *»Oh, Ethan …«*

Als sie dem Höhepunkt entgegenstrebte, rief sie wieder und wieder seinen Namen, was ihm das Gefühl gab, in einem Sinnestaumel zu versinken – kein Mann konnte wirklich etwas so Lustvolles erfahren. Nachdem sie ihre Wonne herausgeschrien hatte und ihre Ekstase abebbte, schlang sie ihre zitternden Beine um ihn.

Er ließ von ihr ab und legte sich neben Madeleine, die sich an seine Brust klammerte und ihr Gesicht an seinen Hals drückte. *»Ich liebe, was du mit mir machst«*, flüsterte sie ihm ins Ohr, was ihn mit Stolz erfüllte und zur Folge hatte, dass seine Männlichkeit in einem schier unerträglichen Maß erregt wurde.

Schließlich wanderte sie wieder mit ihren Küssen von der Brust über den Bauch und weiter nach unten, wobei ihr Haar auf seiner glühenden, empfindlichen Haut kitzelte. Er stieß einen heiseren Schrei aus, als sich ihr Mund begierig um sein hartes Glied schloss …

»Das ist mein braves Mädchen. Schön tief«, knurrte er und musste sich zwingen, nicht ihren Kopf festzuhalten, während er ihr sein Becken entgegendrückte. Sie nahm ihn begierig in sich auf und gab lüsterne Laute von sich. Es kam ihm vor, als sei er nur ein Beobachter, der Zeuge wurde, wie sie zärtlich und liebevoll mit ihrem Mund, ihren Lippen und ihrer Zunge einen Mann verwöhnte.

Diese Erfahrung war schlicht unglaublich. Madeleine war sanft und wollüstig zugleich, doch als ihm klar wurde, dass sie so bis zum Ende weitermachen wollte, und er spürte, dass er jeden Moment alle Kontrolle über sich verlieren würde, da stöhnte er geschlagen auf und zog sie von ihm weg.

»Ethan?«, fragte sie benommen, als er sie zu sich nach oben zog. »Habe ich etwas verkehrt gemacht?«

»Nein, nein. Ich möchte nur nichts machen, das … das dir den Spaß daran nehmen könnte.« Da er fühlte, dass er jeden Moment explodieren würde, legte er einen Arm um ihren Hals und küsste sie.

Während er sie mit ihrem eigenen Aroma neckte, umfasste er seine Erektion. »Es ist etwas ganz Besonderes«, hauchte er.

»Ich möchte, dass es dir genauso gefällt wie mir.« Er bewegte die eine Hand schneller vor und zurück, während er die andere um Maddys Po legte. Plötzlich löste er sich von ihr und fragte: »*Willst du mir dabei zusehen?*«

Mit großen Augen sah sie ihn an, dann nickte sie, woraufhin er sie losließ, damit sie ihn beobachten konnte, wie er sich selbst wie rasend streichelte.

Dass ihr Blick dabei ganz auf seine Männlichkeit konzentriert war, erregte ihn nur noch mehr. Als er kam, glich es einer Urgewalt, die sich unaufhaltsam ihren Weg bahnte. Er schrie laut auf, während sich sein Samen auf ihre Brust ergoss.

Als es vorbei war, lagen sie beide da und mussten erst einmal wieder zu Atem kommen. Über alle Maßen befriedigt hielt er Madeleine eine Weile an sich gedrückt und strich über ihr Haar. Verdammt, hätte es ihr nicht so sehr gefallen, ihn mit dem Mund zu verwöhnen … so aber war es nur ein weiteres Beispiel dafür, wie gut sie beide zusammenpassten.

Schließlich stand er auf und säuberte sich, doch als er zum Bett zurückkam, rief sie erschrocken: »Oh, Ethan! Deine Wunde! Sie blutet!«

Er sah auf seine Brust und zuckte beiläufig mit den Schultern.

»Komm her.« Sie kniete sich im Bett hin und winkte ihn zu sich. »Lass mich das genauer ansehen.« Als er dann vor ihr stand, musterte sie seine Wunde. »Die Nähte haben zum Glück gehalten, aber es blutet stärker, als ich dachte.«

Sie stand auf, um ein feuchtes Tuch zu holen, doch er konnte nichts anderes machen, als ihr dabei auf den Po zu starren. »Ich hatte dich gar nicht für den fürsorglichen Typ gehalten«, sagte er.

»Bei einem Mann wie dir werde ich das sein«, gab sie zurück, als sie mit dem Handtuch zu ihm kam.

»Einem Mann wie mir?«

Sie stieg zu ihm ins Bett. »Ja, Ethan, du bist der Außenseiter, auf den ich setze.« Liebevoll strich sie ihm die Haare aus der Stirn und sah ihm in die Augen. »Du bekommst von mir allen Zucker und alle Äpfel.«

»Was ist mit meinem Dienst an Stuten? Es gibt da eine, zu der ich geführt werden möchte.«

»Und ich möchte wetten, sie will von einem starken Hengst gedeckt werden. Aber erst einmal will sie eine grüne Wiese ihr Eigen nennen, damit ihre Zukunft gesichert ist.«

Sogar er selbst musste sagen, dass seine Stimme fasziniert klang, als er murmelte: »Ein verrücktes, keckes Mädchen.«

Als sie mit einem hinreißenden Lächeln reagierte, konnte er sie nur anstarren. Denn er hatte urplötzlich begriffen, warum eine Frau einen Mann verrückt machen konnte.

30

In der Nacht kam kräftiger Wind auf, und der Seegang brachte das Schiff stärker als bislang zum Schaukeln.

»Erzähl mir, wie du nach La Marais gekommen bist«, sagte Ethan und es schien, als wolle er Madeleine von dem Sturm ablenken. Er lag gegen das Kopfbrett gelehnt da, ihr Kopf ruhte auf seiner Brust.

»Was hat dir Quin über mich erzählt?«, wollte sie wissen und richtete sich weit genug auf, um ihn ansehen zu können.

»Dass dein Vater bei einem Duell starb und eure Gläubiger sich dein Zuhause einverleibten. Deine Mutter war Französin, und sie nahm dich mit nach Paris.«

Sie nickte knapp. »Das ist auch eigentlich schon alles.«

»Nein, das ist es nicht. Ich will alles wissen.«

»Weil du dann mehr gegen mich in der Hand hast, womit du mich ärgern kannst?«

»Nein, weil du mich neugierig machst.«

»Ich werde es dir erzählen, aber zunächst musst du etwas von dir verraten, das ich nicht weiß.«

Er stutzte. »Zum Beispiel?«

»Irgendetwas aus deiner Vergangenheit. Ein finsteres Geheimnis.«

Er schien lange darüber nachzudenken und ließ sich mit seiner Antwort Zeit. »Eine Zeit lang dachte ich, verflucht zu sein.«

»Wirklich?« Ungläubig riss sie die Augen auf.

»Aye. Es gibt ein Buch, das über Jahrhunderte hinweg in meiner Familie weitergegeben wurde und das Prophezeiungen enthält, die sich alle erfüllt haben. Auch die Prophezeiungen, die meine Brüder und mich betreffen.«

»Erlaubst du dir einen Spaß mit mir?«, fragte sie argwöhnisch. »Ich habe nämlich nicht den Eindruck, dass du abergläubisch bist.«

»Natürlich bin ich abergläubisch. Ich bin ein verdammter Schotte.«

»Auf jeden Fall hört es sich für mich nicht nach einem finsteren Geheimnis an. Ich finde es entzückend, wenn jemand, der so stark und so mächtig ist wie du und der Herr über sein Schicksal ist, wenn so jemand an unlogische Dinge wie Flüche glauben kann.«

»Entzückend?« Er spie das Wort förmlich aus. »Und ich soll wohl denken, dass du nicht an unlogische Dinge glaubst, oder wie?«

»Oh doch, daran glaube ich sogar sehr. Allerdings habe ich auch keine Kontrolle über mein Schicksal.«

Beide schwiegen sie.

Plötzlich legte sie eine Hand auf seine Schulter. »Ethan, ich wollte nicht den Eindruck erwecken, als würde ich mich gezwungen fühlen, dich zu begleiten. Diesen Schritt bin ich aus freien Stücken gegangen, und ich bin froh darüber.«

»Ich habe dir gesagt, was du wissen wolltest«, entgegnete er. »Jetzt bist du an der Reihe.«

»Es ist keine schöne Geschichte. Und ich möchte nicht, dass du eine schlechte Meinung von mir bekommst.«

»Wie soll ich das verstehen?«

»*Eine Braut aus einer glücklichen Familie garantiert eine glückliche Familie.* So steht es in *Godey's*, einer unwiderlegbaren Quelle.«

»An meiner Meinung wird sich deshalb nichts ändern. Und nun erzähl es mir.«

»Willst du die lange Fassung hören oder lieber die kurze?«, fragte sie.

»Sag mir alles.«

Sie atmete tief durch. »Im Gegensatz zu dem, was alle glauben, verwandelte sich mein Leben nicht an jenem Tag in einen Scherbenhaufen, an dem mein Vater starb, sondern bereits sechs Monate früher.«

In einer Nacht voller Geheimnisse und voller Zorn, die ihr bis heute ein Rätsel geblieben war.

»Es war wie ein böser Traum, Ethan«, fuhr sie fort und schauderte, als draußen auf See ein Blitz vom Himmel zuckte. »Ich ging wie jeden Abend zu Bett, doch als ich am nächsten Morgen erwachte, befand ich mich in einer fremden Welt, in der ich von Fremden umgeben war. Es ist nicht so leicht, das zu erklären.«

Mit seiner großen, rauen Handfläche rieb er ihren Arm. »Versuch es.«

»Ich habe jahrelang versucht dahinterzukommen, was sich in jener Nacht zugetragen hatte.« Sie legte die Stirn in Falten, als die Erinnerungen sie überrollten. »Als Erstes fiel mir am Morgen auf, wie nervös die Dienerschaft war. Alle sahen mich so seltsam an, als wollten sie herausfinden, ob ich gehört hatte, was sich in der letzten Nacht zugetragen hatte. Schließlich erfuhr ich, dass zwei der vertrauenswürdigsten Angestellten unseres Hauses entlassen worden waren – die rechte Hand meines Vaters und die Zofe meiner Mutter, die zugleich ihre Vertraute gewesen war.« Sie verstummte und betrachtete Ethans Miene. »Wirst du alles ins Lächerliche ziehen, was ich dir erzählen werde?«

»Ich habe nicht vor, mich darüber lustig zu machen.«

Sie atmete aus, dann gestand sie ihm: »Ich glaube, mein Vater hat meine Mutter mit einem anderen Mann im Bett überrascht.«

»Wie kommst du darauf?«

»Weil deutlich wurde, dass mein sonst so gutmütiger Vater in jener Nacht meine Mutter geschlagen hatte.« Maddy konnte sich noch sehr gut an das blaue Auge erinnern. Und sie wusste auch noch, dass ihr Vater es nicht fertiggebracht hatte, seine bis dahin über alles geliebte Ehefrau auch nur anzuschauen.

»Das heißt doch nicht ...«

»Er war in dieser Nacht früher als geplant von einer geschäftlichen Reise zurückgekommen. Und so, wie ich meine Mutter kannte, wäre ich wohl eher schockiert gewesen, wenn sie meinen Vater während ihrer Ehe *nicht* regelmäßig betrogen hätte. Sie war eine schwache, egoistische Frau, und mein Vater war erheblich älter als sie.«

»Ich verstehe.« Ethan lag so starr wie ein Brett neben ihr. Während sie ihn ansah, überlegte sie, ob das Gehörte ihn anwiderte oder ob er sich vor dem fürchtete, was sie als Nächstes sagen würde.

»An diesem Tag strich mein Vater mir gedankenverloren über den Kopf und sagte: ›Maddy, dein Papa hat einiges verkehrt gemacht.‹ Dann wanderte er ziellos umher. Von dem Tag an war er nie wieder der Alte. Es kam mir vor, als würde ich meine Eltern gar nicht kennen.«

»Und was geschah nach jener Nacht?«

Ihr entging nicht seine verbissene Miene. »Ich weiß nicht, ob ich dir das wirklich erzählen soll.«

»Ich muss es hören, Madeleine.«

»Aber es ist nicht ...« Sein eindringlicher Blick ließ sie den Satz abbrechen, und sie murmelte: »Na, gut.«

Ethan wusste, was sich zugetragen hatte – er selbst hatte es so arrangiert –, und nun schilderte sie ihm mit leiser, von Qual erfüllter Stimme die Folgen seines Handelns.

»Ein halbes Jahr darauf starb mein Vater, und die Gläubiger fielen über uns her. Als meine Mutter und ich von der Beerdigung meines Vaters nach Iveley Hall zurückkehrten – so hieß das Anwesen, auf dem ich meine Kindheit verbrachte –, verwehrte man uns den Zutritt, und wir mussten in einem schrecklichen Unwetter wieder gehen. Ich hatte entsetzliche Angst, vor allem, weil meine Mutter gar nicht darauf vorbereitet war, sich um mich zu kümmern. Ich weiß noch, wie ich sie fragte: ›Werden wir bald einen Platz finden, an dem wir leben können?‹ Sie hätte antworten können: ›Natürlich, wir werden schon bald Glück haben und einen Ort finden, an dem wir bleiben können.‹ Stattdessen herrschte sie mich an: ›Ich weiß nicht mehr als du, Madeleine. Also sag schon, was denkst du?‹«

Ein Ort zum Bleiben …

Während Madeleine ihm schilderte, wie schrecklich es für ein elfjähriges Mädchen war, alles Vertraute zu verlieren, spürte Ethan plötzlich ihre Tränen auf seiner Brust. Er erfuhr, wie schmerzhaft es war, nicht ins eigene Haus zurückkehren zu können, und alles zu verlieren, was für ein junges Mädchen eigentlich unverzichtbar war – Puppen, Kleider, die geliebten Haustiere …

… und wie fremd ihr La Marais vorgekommen war, als sie es das erste Mal gesehen hatte.

Ihm wurde klar, dass Madeleine genügend Einzelheiten kannte, um sie zum richtigen Gesamtbild zusammenzufügen. Sie war äußerst aufmerksam, und offenbar hatte sie schon als Kind eine sehr genaue Beobachtungsgabe besessen. Und sie vermutete völlig zu Recht, dass ein anderer Mann bei ihrer Mutter gewesen war.

Wie lange würde es noch dauern, bis sie etwas herausfand, das sie auf Ethan bringen würde?

Als sie schließlich eingeschlafen war und den Ring festhielt, den sie am Band um ihren Hals trug, betrachtete Ethan sie und strich über ihr weiches Haar.

Jetzt war ihm auch wesentlich klarer, wo ihr Mut und ihr unbezwingbarer Wille ihren Ursprung hatten. Diese Eigenschaften machten Ethans Schwächen umso offensichtlicher.

Vor zehn Jahren – er war damals älter gewesen als sie es jetzt war – war er in Selbstmitleid zerflossen, hatte dem Alkohol zugesprochen und hatte sich grausam benommen. Und er war für sein Verhalten bestraft worden. Madeleine dagegen hatte nichts getan, sondern nur Charakter und Willensstärke in einem Maß gezeigt, das ihn beschämte. Und doch war auch sie bestraft worden – für die Fehler ihrer Eltern.

Und es war Ethan gewesen, der sie bestraft hatte. Wie oft hatte er schon überlegt, wie er ihr das erklären sollte: »Eines Abends war ich betrunken und beschloss, mit deiner Mutter zu schlafen. Deinem Vater machte sie weis, ich habe sie vergewaltigen wollen. Dein Vater war ein willensschwacher Mann, der sich mühelos Hörner aufsetzen ließ und Handlanger bezahlte, die für ihn die Drecksarbeit erledigten. Brymer zerschnitt mir das Gesicht, darum weidete ich ihn später aus. Und nachdem ich deinen Vater in den Bankrott getrieben hatte – was zweifellos dazu beitrug, dass er Selbstmord beging –, eignete ich mir euer Haus und euer Hab und Gut an und schickte dich und deine Mutter weg.«

Wenn sie bis dahin noch nicht schreiend davongelaufen war, konnte er noch anfügen: »Dann nahm Sylvie dich im zarten Alter von elf Jahren mit in die Hölle, und ich wusste davon. Ich ließ es geschehen, obwohl ich es dir hätte ersparen können. Und als wäre das nicht schon schlimm genug, vereitelte ich auch noch deine Heirat mit dem Comte und kam persönlich nach Paris, um dich zu täuschen und zu benutzen.«

»*Was, wenn sie die Eine ist?*«, hatte Hugh ihn gefragt, aber insgeheim konnte Ethan nur verbittert lachen.

Hugh war nicht bewusst, dass es egal war, ob sie »die Eine« war oder nicht. Denn der Fluch, selbst wenn er Wirkung haben sollte, hatte damit nichts zu tun. Ethan würde Madeleine niemals haben können, weil der Schaden längst angerichtet war. Und letztendlich würde sie ihn dafür hassen.

Was auch immer er mit ihr haben würde, das Ende war unvermeidlich. Verdammter gesunder Menschenverstand …

Für Ethan waren die Würfel längst gefallen.

31

»Das ist eine *kleinere Residenz*?« Maddy bemühte sich, ihr Erstaunen nicht allzu offen zu zeigen, während sie aus dem Kutschenfenster das am Meer gelegene Herrenhaus betrachtete, dem sie sich näherten.

»Aye, es heißt Carillon und wurde nach den Glocken der Dorfkirche benannt«, erklärte MacCarrick, als sie den Kiesweg entlangfuhren. »Und es ist tatsächlich nicht so prachtvoll wie meine anderen Güter. Dafür liegt es etwas abgeschiedener.«

Sie schluckte, dann nickte sie. »Ja, natürlich.«

Das stattliche Anwesen war aus großen Quadersteinen erbaut worden, so wie es bei Burgen üblich gewesen war, und dies hier war eine Variante aus cremefarbenen, glatten Steinen. Die Auffahrt führte vorbei an Terrassengärten, von Mauern umsäumten Gärten, verwilderten Gärten. Grasbewachsene Wege und kristallklare Bäche zogen sich durch das Land.

»Es ist sehr schön«, sagte sie gedankenverloren, doch *schön* war nicht einmal eine annähernde Beschreibung für diesen Ort. Als sie plötzlich einen Pfau über eine Wiese stolzieren sah, begriff sie, dass Carillon wie ein Märchenschloss war. »Das da … das ist ein Pfau.«

»Meine Großmutter war recht exzentrisch und brachte die Tiere hierher. Inzwischen sind sie verwildert.«

»Ist das dort eine *Palme*?«

»Aye. Das Wasser der Irischen See ist warm, deshalb schneit oder friert es hier kaum.«

Und das sollte zum Teil ihr gehören? »Ich glaube nicht, dass ich jemals ein so prachtvolles Zuhause gesehen habe.«

»Der Verwalter hat es schändlich vernachlässigt.«

»Woran erkennst du das?«

»Zu dieser Jahreszeit sollte das Heu eingefahren und die Herbstsaat auf den Feldern ausgebracht sein, an denen wir vorhin vorbeigekommen sind. Beides ist nicht geschehen. Ich sehe, dass die Farbe vom Haus und von den Ställen abblättert, und die Zäune müssen repariert werden. In den Brunnen fließt kein Wasser. Da ich dem Personal ein Telegramm geschickt und meine Ankunft angekündigt habe, muss das bedeuten, dass sie wohl bankrott sind. Keines meiner Anwesen befindet sich jemals in einem solchen Zustand – absolut *keines*!«

»Ich finde, so schlimm sieht es doch gar nicht aus«, gab sie in dem Bemühen zurück, seine Laune ein wenig zu heben.

Sein Blick war aus dem Fenster gerichtet. »Das glaube ich dir gern.«

»Wie meinst du denn das?«

»Würde im Vergleich zu La Marais nicht jedes Haus wie ein Palast aussehen?«

Zwar hatte sie das Gleiche gedacht, doch sie war seine ständigen Spitzen leid. Seit ihrer Ankunft im Hafen gab er sich wieder kühl und abweisend – schlimmer noch als zuvor. *Honig, kein Essig,* hielt sie sich vor Augen.

Aber der Vorrat an Honig war so gut wie erschöpft. »Und ich dachte bereits, es würde ein Tag vergehen, an dem du mich nicht daran erinnerst, wo du mich rausgeholt hast.«

»Ich wollte nur etwas klarstellen.« Das Gespräch nahm ein jähes Ende, da die Kutsche vor dem Gebäude haltmachte. »Wenn man vom Teufel spricht«, knurrte Ethan, als er sah, dass ein Mann im mittleren Alter und eine Frau sie erwarteten. »Silas, der Verwalter.«

Nachdem Ethan Maddy aus der Kutsche geholfen hatte, ignorierte er den Mann und sagte stattdessen: »Madeleine, das ist Sorcha, die Haushälterin von Carillon. Sorcha, meine Frau Lady Kavanagh.«

Maddy verstand, warum er sie so vorstellen musste, aber Lügen behagten ihr nicht. Sorcha lächelte schüchtern und machte einen Knicks.

»Bringen Sie Lady Kavanagh nach oben in unsere Zimmer und sorgen Sie dafür, dass sie alles bekommt, was sie braucht.« Maddy ließ er wissen: »Wir sehen uns beim Abendessen.«

Wieder machte Sorcha einen Knicks, dann ging sie vor Maddy her zur Tür. Dahinter erstreckte sich ein mit Marmor verkleidetes Foyer, das in einen Raum mit hoher Decke führte. Elegante, mit Läufern belegte Holztreppen verliefen in Hufeisenform nach oben.

Nachdem sie Sorcha die Stufen hinauf bis auf den Treppenabsatz im ersten Stock gefolgt war, warf Maddy einen kurzen Blick über das Geländer und entdeckte unten Ethan. Der durchquerte das Zimmer in eine andere Richtung, seine wütenden Schritte hallten nach, während ihm ein sichtlich verängstigter Silas folgte.

Sie schaute wieder zu Sorcha, die jetzt die schwere Tür zur Hauptsuite öffnete. Maddy folgte ihr hinein. Die Wände und Decken beider Schlafzimmer der Suite waren mit kunstvoll bearbeiteter Holzvertäfelung verkleidet – Maddys Zimmer in einem hellen Farbton, das von Ethan deutlich dunkler. Die Räume waren mit flauschigen Teppichen ausgelegt, und die Decken schienen unendlich hoch.

Während sie in der Verbindungstür stand, betrachtete sie zunächst ihr elegantes Himmelbett, dann Ethans, das so groß wirkte wie ein gewöhnliches Zimmer. Wie sollten sie hier schlafen, wenn sie sich nicht länger ein Zimmer teilten?

»Das ist sehr schön«, sagte sie zu Sorcha. Auf das Bauwerk traf das zweifellos zu, doch die Einrichtung war ein wenig altmodisch. Einige der Räume, die sie im Vorbeigehen sah, machten sogar einen eher düsteren Eindruck. Es würde sicher eine lohnenswerte Aufgabe sein, hier vieles wohnlicher und gemütlicher zu gestalten.

Als ihr klar wurde, dass sie als Herrin des Hauses solche Veränderungen schon bald tatsächlich in Angriff nehmen konnte, beschloss sie, Ethan zu fragen, ob sie wieder herkommen und alles neu dekorieren könne, wenn erst einmal Ruhe eingekehrt war.

»Es ist schön, das stimmt«, erwiderte Sorcha leise, »aber Sie haben die Aussicht noch nicht gesehen.« Mit diesen Worten zog sie die Vorhänge zur Seite, und zum Vorschein kamen Erkerfenster und eine Tür aus Glas, die die ganze Wand in Anspruch zu nehmen schien. Maddy ging hinaus auf den Balkon – und vergaß fast das Atmen.

Die See … die See lag direkt vor ihr. Tiefblaues Wasser reflektierte glitzernd die Sonne und erstreckte sich meilenweit bis zum Horizont.

Das Bauwerk stand auf einer Klippe, davor erstreckten sich eine felsige Landzunge und ein breiter Strand. Unterhalb befand sich eine marmorne Terrasse, gesäumt von einer Balustrade, die zu der des Balkons passte. Von jedem Punkt des Hauses aus hatte man freie Sicht auf den Strand und die Irische See.

»Mein Gott«, flüsterte Maddy. Hatte der Anblick Carillons von den Gärten aus sie schon betört, so verzauberte die zur See gelegene Seite sie umso mehr.

In ihre Begeisterung mischte sich jedoch ein allmählich stärker werdendes Unbehagen. Der Gedanke, Herrin über ein solches Anwesen zu sein, war eigentlich zu schön, um wahr zu sein.

Das Glück ist mit den Mutigen, sagte sie sich einmal mehr. *Ja, aber das hier ist doch wohl lächerlich.*

»Und weißt du nun, warum Silas seine Pflichten vernachlässigt hat?«, fragte Madeleine ihn nach einem unbehaglichen, steifen Abendessen. Als Ethan mit dem Essen fertig gewesen war, hatte er sich plötzlich erhoben und war in sein Arbeitszimmer gegangen. Sie war ihm unaufgefordert dorthin gefolgt.

»Aye, zu viel Alkohol, und das den ganzen Tag lang«, erwiderte er und setzte sich an einen beeindruckend großen Mahagonischreibtisch. »Das Anwesen hat er sträflich vernachlässigt. Was für mich Grund zur Sorge ist, wie es um mein übriges Hab und Gut bestellt sein mag.«

Er machte eine so bedrückte Miene, dass sie sich hinter ihn stellte, und ihm die Schultern massierte. »Bestimmt wird es dir gelingen, einen geeigneten Ersatz für Silas zu finden. Unter der Führung eines jeden anderen Verwalters würde Carillon gleich wieder aufblühen.«

»Vermutlich ja.«

»Du könntest doch eine Anzeige aufgeben und dir die Bewerbungen zuschicken lassen«, überlegte sie.

»Was soll das heißen?« Er spannte sich unter ihren Fingern an. »Wir bleiben hier, bis das Problem gelöst ist.«

Sie zwang sich zu einem neutralen Tonfall. »Was glaubst du, wie lange wir dadurch hier aufgehalten werden?«

»Ich muss einen Ersatz finden und ihn in die Abläufe einarbeiten.«

Schließlich nahm sie die Hände weg und ging um den Tisch herum. »Wie lange?«

»Ein oder zwei Wochen.«

Maddy erschrak. »So lange kann ich nicht unverheiratet mit dir hier bleiben.«

»Ich habe allen gesagt, dass wir verheiratet sind«, wischte er ihren Einwand beiseite.

»Du könntest mich in dem Dorf heiraten, von dem Sorcha mir erzählt hat, danach können wir hier so lange bleiben, wie wir wollen.«

»Mein Gott, ist das denn alles, was dich interessiert? Es ist Silas' Schuld, dass meine Pächter drei harte Winter ertragen mussten, und für den kommenden Winter gibt es keine Vorräte, weder Heu noch Gemüse.«

»Ich verstehe das nicht. Was hat er denn getan?«

»Es geht um das, was er *nicht* getan hat. Wenn ein Feld unter Wasser stand, hat er es nicht trockengelegt. Er hat die Termine verpasst, um während des Jahres Saatgut zu bestellen. Und es gibt noch ein Dutzend Beispiele mehr für seine Nachlässigkeit.«

»Aber warum hat dir niemand geschrieben, um dich wissen zu lassen …«

»Weil keiner von ihnen lesen oder schreiben kann, verdammt noch mal! Außerdem sind nicht *sie* dafür verantwortlich, sondern *ich*.« Er legte die Finger an den Nasenrücken und seufzte müde. »Madeleine, ich werde die meisten Tage damit zu tun haben, diese Situation in den Griff zu bekommen. Ich hoffe, du findest etwas, womit du dich in der Zwischenzeit beschäftigen kannst.«

»Ja, natürlich«, erwiderte sie enttäuscht. »Ich bin ja daran gewöhnt, dich bis Sonnenuntergang nicht zu sehen.« Sie ging zur Tür, drehte sich aber dann zu ihm um. »Ich werde längstens zehn Tage hierbleiben.«

»Was soll das sein? Eine Drohung?«

»Nein, ich erkläre dir nur, was ich vorhabe. Vielleicht bin ich egoistisch, doch ich brauche diese Sicherheit.«

Er kniff die Augen zusammen. »Du vertraust mir nicht.«

Dass sie daraufhin nickte, überraschte ihn sichtlich. »Das stimmt. Ich vertraue dir nicht. Jedenfalls noch nicht.«

»Und was muss ein Mann wie ich machen, um dein Vertrauen zu gewinnen?«

»Ehrlich gesagt, das weiß ich selbst nicht. Ich glaube, es muss mit der Zeit wachsen.«

»Innerhalb von zehn Tagen?«, gab er zurück. »Mehr Zeit gesteht mir Miss Van Rowen also nicht zu.«

Auf dem Schiff war es wie in einer anderen Welt gewesen.

Nun befand sich Ethan auf seinem Besitz und stellte Madeleine allen hier als seine Ehefrau vor. Die Lüge selbst machte ihm weniger zu schaffen als die Leichtigkeit, mit der sie ihm über die Lippen kam.

Seine Probleme mit dem Verwalter waren zwar erheblich, aber gleichzeitig nutzte er sie zu seinem Vorteil. Tatsächlich hätte er eine Anzeige aufgeben und sich die Bewerbungen zuschicken lassen können, und ebenso gut hätte er Madeleine hier im Dorf heiraten können.

Er war seinen Entscheidungen und Plänen immer treu geblieben. Jetzt jedoch bekam er das Gefühl, allmählich die Kontrolle zu verlieren – so als würden ihm die Zügel eines Pferds entgleiten.

Den Entschluss, die diversen Anwesen zu behalten, hatte er gefasst, weil sie alle sich seit Generationen in Familienbesitz befanden. Und wenn sie ordentlich geführt wurden, konnten sie sich selbst finanzieren oder sogar Gewinn abwerfen. Und er war überzeugt gewesen, die besten Verwalter eingestellt zu haben.

Stattdessen jedoch hatten seine Pächter Not gelitten, und er verspürte ein wachsendes Unbehagen, wenn er daran dachte, in welchem Zustand sich seine übrigen Besitzungen befinden mochten. Als er zum Netzwerk zurückgekehrt war, hatte die Zeit nicht gereicht, jedes einzelne davon in Augenschein zu nehmen und mögliche Fehlentwicklungen zu korrigieren.

Ein Fehler.

Stattdessen hatte er damals entschieden, seine Wut am einzigen Kind der Van Rowens auszulassen. Und nun begehrte er diese Frau mit jedem Tag mehr. Noch ein Fehler.

Ethan war brutal und egoistisch. Er wusste das, und er wollte daran auch nichts ändern. Und doch ertappte er sich dabei, dass er Madeleines Bedürfnisse über seine eigenen zu stellen versuchte. Ein weiterer Fehler.

Im Bett hatte er einen Teil seines Wesens bisher immer unter Kontrolle halten können, doch bei ihren Küssen drohte er den Verstand zu verlieren …

Ich glaube, ich will sie … ganz für mich allein. Verdammt! Wenn ein Mann eine Frau zehn Jahre lang in die Hölle verbannte, dann sollte er sich besser keine rosige Zukunft mit ihr ausmalen.

Ethans Gefühle waren schon immer viel zu intensiv gewesen, und wenn er sich gestattete, tiefer für Madeleine zu empfinden, und er sie dann verlieren sollte … nein, er konnte sich nicht vorstellen, dass er dann je wieder der Alte sein würde.

Ihm wurde bewusst, dass sein Blick zum Tablett mit dem Whisky gewandert war. *Ein weiterer drohender Fehler?*

32

»Nein, nein, Ethan, das ist kein Problem«, murmelte Maddy vor sich hin. »Ich schaue mir Carillon auch gern allein an.« Sie stieß mit dem Fuß einen Stein zur Seite, der mitten auf dem Weg lag.

Seit nunmehr drei Tagen durchstreifte sie die Umgebung des Hauses. Bei ihren Erkundungsgängen war sie auf eine Orangerie mit Wänden und einem Kuppeldach aus Glas gestoßen, doch noch bevor sie sich über ihre Entdeckung freuen konnte – *Zitronen und Orangen,* zum Greifen nah –, erkannte sie, dass die Orangerie nicht mehr genutzt wurde und es nur noch ein paar knorrige Bäume gab. Der große Ofen, von dem mehrere Rohre abgingen und dann weiter unter dem Boden verliefen, durch die wohl Wärme und Dampf in das Treibhaus geleitet worden war, schien seit langer Zeit nicht mehr in Betrieb zu sein.

An einem anderen Tag stieß sie auf eine Treppe, die zu einem Ausguck auf dem Dach des Hauses führte. Von dort oben hatten früher die Ehefrauen aufs Meer geblickt und Ausschau nach ihren heimkehrenden Männern gehalten. Maddy gab sich Mühe, sich tagsüber von Ethan fernzuhalten, indem sie lange Spaziergänge unternahm. Leider gab es hier niemanden, dem sie sich hätte anschließen können. Sorcha war zwar nett, wahrte aber Distanz zur Hausherrin. Maddy fühlte sich schrecklich einsam, und ihr fehlten Bea und Corrine so sehr, dass sie es wie einen körperlichen Schmerz empfand.

Wenn sie Ethan begegnete, gab er sich schroff und unnahbar. Aber wenn er sich nachts zu ihr legte, dann erzählte sein Körper eine völlig andere Geschichte.

Er küsste ihren Hals, mit heiserer Stimme verriet er ihr, wie sehr es ihm gefiel, wie sie einander berührten. Diese nächtliche Idylle war so vollkommen und erfüllend, dass sie sich danach zu sehnen begann, absolut mit ihm vereint zu sein. Oft versuchte sie, sich auszumalen, wie es sich anfühlen würde, ihn wieder in sich zu spüren. Es fiel ihr mit jeder weiteren Nacht schwerer, ihm diesen letzten Schritt zu versagen, auch wenn er sie aus unerfindlichen Gründen nicht mehr bedrängte.

Wenn sie den Höhepunkt erreicht hatten, nahm er ihr Gesicht in seine Hände und küsste sie so unglaublich zärtlich, dass sie glaubte, sie müsse in Tränen ausbrechen. Jede Nacht nahm er sie in seinen Armen gefangen, damit sie an ihn geschmiegt schlief, und sie begann sich daran zu gewöhnen, nicht allein im Bett zu liegen.

Nachts fühlte sie sich von ihm bewundert und beschützt, aber am Tage kam sie sich von aller Welt verlassen vor.

Die Widersprüchlichkeit seines Verhaltens verunsicherte Madeleine. War es die Sorge um sein Eigentum, die ihn so sein ließ? So strikt, wie sie ihm aus dem Weg ging, konnte er ihr unmöglich vorwerfen, ihn mit ihrer Anwesenheit abzulenken.

Maddy wusste, dass es einige Dinge gab, die sie für einen potenziellen Ehemann uninteressant machten – erst recht für einen wohlhabenden, einflussreichen Mann. Sie war ohne Mitgift, sie hatte keine Bildung genossen, und genau genommen war sie eine ehemalige Kriminelle. Ethan wusste das alles über sie, und dennoch war er zu ihr gekommen, um ihr einen Heiratsantrag zu machen.

Aber vielleicht hatte ihn das Wissen um die hässlichen Einzelheiten ihrer Vergangenheit bewogen, seine Pläne in Bezug auf sie zu ändern …

Vom Fenster seines Arbeitszimmers aus beobachtete Ethan, wie Madeleine mit Brotkrumen versuchte, den Pfau zu zähmen. Als der ein Rad schlug und quer über den Rasen auf sie zuhielt, ergriff sie lachend die Flucht.

Wie gern wäre Ethan in diesem Moment bei ihr gewesen.

Nach nur einer Woche auf Carillon war ihm bewusst geworden, dass es egal war, ob sie an seiner Seite war oder nicht. Seine Gedanken kreisten immerfort um sie. Er konnte nicht essen, er schlief schlecht, und jeder Tag brachte ihn dem unvermeidbaren Schmerz ein Stück näher, was er nicht akzeptieren wollte.

Niemals hätte er diese Frau so sehr mögen sollen.

Aber mit ihrer fröhlichen Art und ihrem von Herzen kommenden Lachen verkörperte sie alles, wonach sich ein seelenloser Bastard wie er sehnte – so wie ein sterbender Mann nach dem Leben verlangte. Das war ein Gefühl, das ihm nur zu vertraut war.

Doch da war mehr als nur das, da war etwas Grundlegendes. Eine Verbindung, eine gestillte Sehnsucht, die er so noch nie empfunden hatte. Manchmal kam es ihm vor, als sei sie bereits ein Teil von ihm – als sei sie es schon immer gewesen.

Je stärker diese Gefühle für sie wurden, umso deutlicher wurde ihm, dass es seinen Untergang bedeuten würde, wenn sich ihre Wege trennten. *Was, wenn ich sie einfach bei mir behalte?*, hatte er sich mindestens ein Dutzend Mal gefragt.

In solchen Momenten versuchte er sich vorzustellen, wie es wäre, wenn er das Netzwerk verließ und in die Rolle schlüpfte, die das Leben eigentlich für ihn vorgesehen hatte. Wenn er heiratete, sich um seinen Besitz kümmerte, mit seinen Pächtern Kontakt hielt. Ihm war nicht entgangen, dass diese enge Bindung an seine Ländereien etwas tief in seinem Inneren ansprach, fast so, als würde diese Arbeit nach ihm rufen.

Doch als er das letzte Mal solche Überlegungen zugelassen hatte, war das Resultat eine Tragödie gewesen.

Als er sich entschlossen hatte, Sarah MacReedy zu heiraten, war es aus dem Gefühl heraus geschehen, dass sein Titel diesen Schritt von ihm verlangte. Doch nun musste Ethan feststellen, dass er dieses Leben womöglich *brauchte* – solange Madeleine ein Teil dieses Lebens war.

Doch wenn er sie an sich band, dann würde er ihr letztlich nur noch mehr wehtun. Das war unvermeidlich. Irgendwann käme sie dahinter, auf welche Weise er mit ihrer Vergangenheit verbunden war, und spätestens dann würde ihr bewusst, dass er sie belogen und betrogen hatte. Und sie würde am Boden zerstört sein, davon war er überzeugt.

Aber sollte er Maddy die Wahrheit über ihre Eltern enthüllen, nur damit er sich zum Teil freisprechen konnte? Sollte er ihr sagen, dass der von ihr so verehrte Vater in Wirklichkeit ein jämmerlicher Schwächling gewesen war? Und dass ihre Mutter nicht nur verwöhnt und egoistisch, sondern durch und durch schlecht gewesen war?

Musste Madeleine wissen, dass ein dreiundzwanzig Jahre alter Mann im Stall ihrer Eltern aufgehängt und gefoltert worden war und dass sie allein dafür verantwortlich gewesen waren?

Keine Verbindung konnte sicherer dem Untergang geweiht sein als die zwischen ihm und Madeleine. Sollte sie von ihm Kinder bekommen, dann wären sie *Van Rowens* Enkel – *Sylvies* Enkel! Und Ethan hatte auch noch dafür gesorgt, dass Madeleine jahrelang hungern musste.

So etwas konnte nur dem Untergang geweiht sein!

Verdammt, er hatte entschieden, sie nicht zu heiraten, und er blieb seinen Entscheidungen stets treu. Wann um alles in der Welt war ihm die Kontrolle über seine Entscheidungen und Pläne verloren gegangen? Sein erster Impuls war, sie zu verlassen. Er konnte ihr Geld geben, damit sie glücklich war, und sie konnte eines seiner Anwesen bekommen, von ihm aus auch alle seine Anwesen. Das Problem war jedoch, dass er sich ihr bereits viel zu verbunden fühlte, um sie noch freiwillig zu verlassen. Ethan hatte sich selbst in eine Falle manövriert.

Er hatte ihr wehgetan, und sie belohnte ihn unwissentlich auch noch dafür, indem sie einfach sie selbst war. Jedes Mal, wenn er sie genießerisch etwas essen sah, und jede Nacht, wenn sie tränenüberströmt aus einem ihrer Albträume erwachte, ging ihm ein Stich durchs Herz.

Je stärker er sich zu ihr hingezogen fühlte, umso mehr musste er gegen seine Schuldgefühle und gegen seine Hilflosigkeit ankämpfen. Seine Reue machte ihm schwer zu schaffen, und da ihm dieses Gefühl bisher völlig fremd gewesen war, wusste er nicht damit umzugehen.

Alles in ihm sträubte sich, diese unerträgliche Schuld auf seinen Schultern zu tragen. Zugleich hasste er Madeleine dafür, dass sie alles verkörperte, was er sich von einer Ehefrau erträumte.

Seit Jahren hatte er keinen Schluck Alkohol mehr zu sich genommen, doch jetzt musste er sich mit zitternden Händen einen Whisky einschenken.

Während er in das Glas starrte, murmelte er: »Und noch ein Fehler.«

Es kam Maddy vor, als versuchte Ethan, sie zu vergraulen. Zwei Nächte lang hatte er sich nun schon nicht mehr zu ihr ins Bett gelegt, stattdessen betrank er sich stundenlang. Obwohl er ihr wiederholt versichert hatte, er rühre nie einen Tropfen an.

Maddy kannte angenehmere Trinker als ihn, vor allem die, die in La Marais auf den Freitreppen lagen und friedlich ihren Rausch ausschliefen.

Wenn sie und Ethan sich tagsüber begegneten, herrschte er sie regelmäßig an. Zeitweise hätte sie sogar schwören können, dass er sich über ihre Anwesenheit auf Carillon ärgerte. Hin und wieder ertappte sie ihn dabei, wie er sie vom Fenster seines Arbeitszimmers aus beobachtete, manchmal nachdenklich, manchmal aber auch mit einer beunruhigenden Wut in seinen Augen.

Jeden Tag stieg sie die Treppe hinauf zur Dachterrasse. Bei gutem Wetter konnte sie am Horizont die irische Küste sehen. Während sie dann stundenlang dasaß und über ihre Situation nachdachte, beobachtete sie die Fähren auf ihrem Weg von und nach Irland.

Sie war inzwischen zu der Auffassung gelangt, dass Ethans Verhalten nichts mit der Belastung durch seine Arbeit zu tun hatte. Entweder war er der Ansicht, dass sie jede noch so demütigende Behandlung hinnahm, nur damit er sie heiratete, oder er versuchte sie zu vertreiben …

An diesem Abend kehrte sie bei Sonnenuntergang ins Haus zurück und fand Ethan im Arbeitszimmer vor, wo er mit leerem Blick den Whisky in seinem Kristallglas anstarrte. Sie erschrak, als sie sah, dass er auf dem besten Weg war, sich sinnlos zu betrinken.

Ohne seine Aufforderung abzuwarten, betrat sie den Raum und setzte sich ihm gegenüber an den Schreibtisch. »Wie war dein Tag, Ethan?« Als er nur mit den Schultern zuckte, fragte sie: »Was hast du gemacht?«

»Gearbeitet.«

»Du hast getrunken«, korrigierte sie ihn.

»Gut beobachtet.«

Honig, kein Essig! Sie konnte geduldig sein. »Gibt es bereits einen Kandidaten für die Stelle des Verwalters?«

»Nein.«

»Kann ich dir irgendwie behilflich sein? Ich habe sehr viel freie Zeit«, fügte sie hinzu, während sie ihr Temperament zu zügeln versuchte.

»Nein, da gibt's nichts.«

»Wir wollen in vier Tagen abreisen.«

Endlich sah er sie an. »Meinst du, das wüsste ich nicht? Als ob du mich das vergessen lassen würdest. Es geht immer nur um Madeleine, um nichts anderes.«

»Wir sind hier schon seit …«

»Und ich bin hier noch nicht fertig!«

So gelassen wie möglich sagte sie: »Vielleicht schaffst du mehr, wenn du weniger trinkst.«

Sein Gesicht nahm einen bedrohlichen Zug an, die Narbe hob sich deutlich von der gebräunten Haut ab. »*Aingeal*, darüber willst du ganz bestimmt nicht mit mir reden. Erst recht nicht heute Abend.«

»Habe ich dir etwas getan, Ethan? Habe ich dich beleidigt oder dich in irgendeiner Hinsicht nicht zufriedengestellt?«

»Aye, und das magische Wort ist Liebemachen.«

Jetzt reichte es ihr. Zum Teufel mit dem Honig. »Das bekommst du, sobald wir verheiratet sind. Wie vereinbart. Es ist schließlich nicht so, als hätte ich dir diese Bedingung erst in letzter Sekunde gestellt.«

»Nein, aber ich hatte nicht erwartet, dass du dich daran hältst. Sonst hätte ich diesem Blödsinn niemals zugestimmt.«

»Du kannst so abscheulich sein, Ethan. Es gefällt dir wohl, mich immer wieder daran zu erinnern, dass ich dich besser nicht heiraten sollte.« Wie sie vermutet hatte, machte er genau das mit voller Absicht. So weit kannte Maddy die Männer gut genug.

Dieser Mann versuchte, sich aus seinem Versprechen davonzustehlen.

»Ich bin der Beste, den du kriegen wirst« – demonstrativ hob er sein Glas –, »und das solltest du lieber nicht vergessen.«

Sie zuckte zurück, als hätte er ihr eine Ohrfeige gegeben. Es schmerzte aber noch schlimmer als eine Ohrfeige, weil … weil er recht hatte. »Ich verstehe. Das Gespräch wird allmählich ermüdend.«

Er lachte humorlos auf. »Aye, das sage ich ja die ganze Zeit …«

»Für mich, Ethan. Für *mich*.«

33

Maddy hatte genug.

Durch Beas Beispiel war sie über die Jahre hinweg zu der Ansicht gelangt, dass eine Frau noch so liebenswürdig sein und sich noch so sehr bemühen konnte, einem Mann zu gefallen. Wenn der Mann nicht einsehen wollte, dass er eine Frau vor sich hatte, die er schätzen sollte, dann war all diese Mühe vergebens. Anders als Beas Mann war MacCarrick nie handgreiflich geworden, dennoch fühlte sie sich von ihm verletzt.

Letzte Nacht hatte sie fast bis zur Morgendämmerung wach gelegen und überlegt, wie sie sich weiter verhalten sollte. Sie hörte ihn fast die ganze Zeit im Nebenzimmer wie einen Tiger in seinem Käfig hin und her gehen.

Bevor sie ins Bett gegangen war, hatte sie eine beunruhigende Feststellung gemacht: MacCarrick war keineswegs der Beste, den sie kriegen konnte.

Nach dem Aufstehen begann sie daher ihre Sachen zu packen.

Maddy wusste nun, warum sie MacCarricks Heiratsantrag angenommen hatte – sie hatte sich eingeschüchtert gefühlt, sie hatte Hunger gehabt und sich vor Toumard gefürchtet. Kein Wunder, dass der Schotte ihr wie ein von Gott gesandter Erretter vorgekommen war.

Inzwischen aber war sie zu dem Entschluss gekommen, diesen Mann nicht zu heiraten. Ihr standen noch andere Möglichkeiten offen, und im schlimmsten aller Fälle könnte sie immer noch seinen Diamantring verkaufen und sich von dem Geld einige Jahre über Wasser halten.

Als er später am Morgen nach unten kam und ihre Taschen sah, fragte er: »Du verlässt mich?«

»Gut beobachtet«, gab sie zurück und wiederholte damit seine Worte vom Abend zuvor. Resigniert stellte sie fest, dass er schon um diese Zeit betrunken war.

Er lehnte sich gegen die Wand und verschränkte die Arme vor der Brust. »Und wie gedenkst du, irgendwo hinzukommen?«

»Mit der Postkutsche. Ich habe die letzten Tage sehr viel Zeit draußen verbracht, und weiß daher, dass sie jeden zweiten Tag genau um fünf Uhr vorbeifährt.«

Mit Genugtuung stellte sie fest, dass sein spöttisches Grinsen rasch einer ernsten Miene wich.

»Du kleines Dummerchen. Du willst auf Ehe und Reichtum verzichten, nur weil du ungeduldig bist? Ich sagte dir doch, ich bin hier noch nicht fertig.«

Sie warf ihm einen bedauernden Blick zu. »Du nicht, aber ich. Ethan, ich war zu oft gezwungen, zu lange in unbefriedigenden Situationen auszuharren. Meinst du, ich merke nicht, dass ich von einer Falle in die nächste geraten bin? Du willst mich nicht heiraten, das hast du mir mehr als deutlich zu verstehen gegeben. Ich mache es dir nur leichter.«

»Nein, das machst du nicht. Du setzt mich immer mehr unter Druck mit deiner leeren Drohung, aber du musst wissen, dass ich auf Druck nicht sehr freundlich reagiere.«

»Ich meine es ernst.«

»Du hast gesagt, du bleibst zehn Tage. Drei Tage habe ich noch.«

»Treib keine Spiele mit mir, Ethan. Du hättest mich in dieser Stadt heiraten können oder in deinem County. Du hättest vieles anders machen können. Ich wollte nichts weiter, als dass ein anständiger Ehemann mich gut behandelt. Es wäre von deiner Seite nicht viel Mühe nötig gewesen, damit ich dich liebe.«

»Mich *lieben*?« Er gab einen verächtlichen Laut von sich. »Ich hätte also nichts weiter machen müssen, als dir ein paar Brocken Freundlichkeit hinzuwerfen und dafür zu sorgen, dass ich meinen Schwanz in meiner Hose lasse?«

Sie machte keinen Hehl daraus, wie sehr es sie anekelte, dass er im Rausch so ordinär wurde.

»Glaubst du, ohne mich wird es dir besser ergehen?«, fuhr er sie an. »Wie lange wird es dauern, bis du wieder in der Gosse landest?«

»Wenn du es genau wissen willst – ich beabsichtige, Claudia zu besuchen …«

»Du meinst wohl Quin?« Er kniff die Augen zusammen. »Nun, es ist so, wie ich es dir gesagt habe: Dein geschätzter Quin war bereit, um deine Hand anzuhalten. Besonders nachdem ich ihm offenbart hatte, dass ich dir in der Nacht des Maskenballs die Unschuld genommen habe.«

Sie öffnete den Mund. »Das hast du ihm gesagt?« *Oh Gott, wie peinlich!* »Du elender Mistkerl! Du machst es mir wirklich leicht. Aber danke, dass du mich an Quin als mögliche Alternative erinnert hast. Ich werde ihn auf jeden Fall fragen, ob er immer noch Interesse an mir hat.«

Ethan presste die Lippen zusammen und starrte Madeleine an. »Das würdest du fertigbringen«, zischte er. »Du würdest ihn auf der Stelle heiraten.«

»Es wäre dumm von mir, das *nicht* zu machen. Er ist freundlich und ehrbar – und ich weiß, wenn er versprochen hat, mich zu heiraten, dann wird er das auch tun!«

Dann wollte sie ihn tatsächlich verlassen? Der Gedanke machte ihn schwindlig.

Wann war sie ihm nur so ans Herz gewachsen? Wann war der Gedanke an ein Leben ohne sie für ihn unerträglich geworden? Ihm wurde übel, wenn er sich Quin und sie als Paar vorstellte. Sie würden perfekt zueinanderpassen. *Ganz im Gegensatz zu ihm selbst und Madeleine.*

Das musste ein Ende haben.

Sie hatte gewonnen. Ob er sie nun heiratete oder nicht, er war von ihr besiegt worden.

»Wenn du zu egoistisch oder zu ungeduldig bist, um auf mich zu warten«, sagte Ethan, »was soll ich dann noch machen?« In seinen Blick legte er all seinen Zorn, den er in sich verspürte, und er sah, dass sie blass wurde.

Zum Teufel. Er wusste eine gute Methode, wie er sich von dieser Anziehung befreien konnte, die er für sie fühlte. Da war doch dieses Versprechen an sich selbst gewesen, Madeleine irgendwo unterzubringen und sich dann anderen Frauen zuzuwenden, damit er sich an seinem wiederbelebten Appetit erfreuen konnte. Wenn er bei Madeleine im Handumdrehen erregt war – und das gerne auch fünfmal täglich –, dann war er offensichtlich geheilt.

Warum hatte er nicht schon früher daran gedacht? Er würde seine Vorlieben mit einer erfahrenen Frau ausleben und dabei zu seinem alten, grausamen Selbst zurückkehren. Dann konnte er sich, so wie von Anfang an geplant, von Madeleine trennen und sich wieder seiner Arbeit widmen – jener Arbeit, für die er, der Einzelgänger, wirklich geschaffen war.

»Wenn du so entschlossen bist, mich zu verlassen, dann werde ich entsprechend reagieren«, erklärte er mit Nachdruck, stürmte aus dem Zimmer, in dem sie mit ihrem trotzig erhobenen Kinn stand, und ritt ins Dorf.

Am Hafen angekommen, stieg er die Stufen zu der im Kellergeschoss gelegenen Schenke hinunter – den Rücken durchgedrückt, die Schultern gestrafft und erfüllt von dem Selbstbewusstsein eines Mannes, der mit einer Frau wie Madeleine geschlafen hatte – einer Frau, die sich wünschte, ihn zu heiraten. Die es sich zumindest gewünscht *hatte*, denn jetzt verließ sie ihn. Aber das war jetzt auch egal, denn mit ihr war er fertig. Es ging gar nicht anders.

Er ließ sich an einem Tisch nieder und bemerkte, wie voll es heute in diesem Lokal war. All die armen Kerle versuchten vermutlich, ihren Ehefrauen zu entkommen. *Das wäre kein Leben für mich.*

Vergiss sie. So konnte es nicht weitergehen. Die letzten drei Nächte hatte er versucht, sich von ihr fernzuhalten, doch am Ende war er bis zum Morgengrauen durch sein Zimmer getigert und hatte sich betrunken, weil er ohne sie verdammt noch mal nicht schlafen konnte.

Die Schuldgefühle, dass sie seinetwegen so sehr hatte leiden müssen, schnitten sich wie eine Klinge in sein Herz.

Nimm dir eine andere und vergiss sie. Lass deinen gesunden Menschenverstand walten.

Ihm fiel eine attraktive dunkelhaarige Kellnerin auf, die ihm ein abschätzendes Lächeln schenkte – und das, nachdem sie sein Gesicht von beiden Seiten gesehen hatte. Sie trug ein Halsband so wie Madeleine an jenem Abend in Paris, doch an ihr sah es nicht annähernd so gut aus.

Dafür hatte diese Frau große Brüste, was ganz und gar seinem Geschmack entsprach. An ihnen würde er sein Gesicht reiben können. Auf dem Schiff hatte er das Gleiche mit Madeleines kleinem Busen gemacht. Mit seinen feinen Bartstoppeln war er über ihre Brustspitzen gestrichen, hatte dann an ihnen zu lecken begonnen. Sie war dahingeschmolzen und zum Höhepunkt gekommen, noch bevor er einen Blick auf ihre Weiblichkeit hatte werfen können.

In seinen Lenden machte sich ein Ziehen bemerkbar. Die Frau bemerkte seine Erregung und glaubte irrtümlich, sie sei der Grund dafür. Sichtlich beeindruckt atmete sie tief ein, wobei ihr üppiger Busen sich hob. Nein, diese Erregung galt nicht ihr – aber war das wirklich wichtig? Wenn er an Maddy denken musste, um mit dieser Dirne seinen Spaß zu haben, dann sollte es so sein.

Befrei dich. Die einzige Alternative war schlicht undenkbar.

Zwei Gläser Whisky später wurde eine Frau mit Schmollmund auf ihn aufmerksam. Aus irgendeinem Grund ließ ihre Miene ihn wissen, dass ihr gefiel, was sie sah.

Weitere drei Gläser Whisky später – und lange bevor er begriff, was eigentlich geschehen war – betrat er mit der dunkelhaarigen Kellnerin ein Zimmer im ersten Stock. Als er schwankend versuchte, die Tür hinter sich zu schließen, stellte er überrascht fest, dass sich ihre Freundin mit dem Schmollmund zu ihnen gesellt hatte.

So wie früher in der guten alten Zeit. Ethan wusste, sein Grinsen wies in diesem Moment etwas sehr Verruchtes auf. Ein Mann konnte nun mal sein Wesen nicht ändern.

Maddy war zum Ausguck hinaufgestiegen. Stundenlang saß sie dort und wartete auf die Kutsche. Mit Tränen in den Augen hatte sie ein letztes Mal zugesehen, wie die Fähren von einer Küste zur anderen fuhren.

MacCarrick war nicht zurückgekehrt.

Was hatte sie denn auch erwartet? Dass Ethan vor ihr auf die Knie fiel und sie anflehte, ihm noch eine Chance zu geben? Oder ihr zumindest höflich eine gute Reise wünschte und sich von ihr verabschiedete? Wütend wischte sie eine Träne weg.

Er fehlte ihr jetzt schon. Oh ja, in den letzten Tagen hatte er sich ihr gegenüber abscheulich verhalten, aber die Nächte mit ihm waren voller Sinnlichkeit, Lust und Zärtlichkeit gewesen … niemals in ihrem Leben hatte sie sich einem anderen Menschen so hingegeben wie ihm.

Hätte ich mehr um ihn kämpfen, ihm mehr Zeit geben sollen?

Traurig schüttelte Maddy den Kopf. Sie wusste, dass Zuneigung nicht erzwungen werden konnte. Es gab keine Möglichkeit, ihn dazu zu bringen, sie zu vermissen. Sie hatte alles versucht, damit er sie begehrte.

Und doch war da dieses Bedauern. *Wäre es mir lieber, ihn weiter so zu erdulden, wie er sich momentan verhält, oder ein Leben ganz ohne ihn zu führen?*

Sie musste schlucken, und wieder lief ihr eine Träne über die Wange. Maddy hatte dem Schotten seine Grenzen gezeigt, aber vielleicht hätte sie das nicht machen sollen. Vor allem deshalb nicht, weil sie hoffnungslos in ihn verliebt war.

34

Die Kellnerin versuchte, ihn auf den Mund zu küssen, doch Ethan wandte sich ab und gab ihr stattdessen einen Kuss auf den Hals. Dabei strich er mit der Wange über das Halsband, so wie bei Maddy in jener ersten Nacht in Paris – bevor er auch nur geahnt hatte, was sie ihm schon wenig später bedeuten würde.

Die Frau schmeckte nicht schlecht, aber sie schmeckte *verkehrt*. Sie duftete gut, aber nicht *richtig*.

Stell dir Madeleines Duft vor, stell dir vor, wie sich ihre zarte Haut anfühlt.

Als die Kellnerin sein Hemd aufknöpfte, küsste die Freundin mit ihrem Schmollmund seine Brust. Nachdem die beiden ihm das Hemd ausgezogen hatten, überzogen sie seinen Körper bis unter den Nabel mit Küssen, und er wusste, was jeden Moment folgen würde. Madeleine hatte es genossen, ihn mit dem Mund zu verwöhnen, und es hatte sie wollüstig werden lassen.

Eine der Frauen öffnete seinen Hosenbund.

»Es wäre von deiner Seite nicht viel Mühe nötig gewesen, damit ich dich liebe«, hatte Madeleine gesagt. Sie wollte nichts weiter als einen treuen Ehemann, der sie gut behandelte – und in ihn würde sie sich verlieben.

Verlieben? In *ihn*?

Wenn sie ihn liebte, dann würde sie ihm vergeben müssen, was er ihr in der Vergangenheit angetan hatte.

Sie würde es einfach tun müssen. Denn damals hatte er sie

nicht gekannt, und es war nie seine Absicht gewesen, ihr wehzutun. Aber nun … wenn er das hier fortführte …

Sollte er nicht wenigstens versuchen, sie zu überreden, ihn zu lieben, bevor er alles aufgab? Hatte er nicht von ihr gelernt, dass man kämpfen musste, wenn man etwas Bestimmtes wollte?

»Halt«, krächzte er, aber die Frauen machten weiter und widmeten sich weiter dem Öffnen seiner Hose.

Lass sie doch … Hier konnte er eine Frau haben, sogar zwei Frauen, und das *wollte* er nicht? Was war nur los mit ihm? Er hatte von diesem Tag geträumt, an dem er endlich wieder ein Mann sein würde, denn er hatte sich geschworen, sich dann zu verausgaben. Madeleine hätte ihm geben sollen, was er von ihr verlangte. Und sie hätte ihn schon gar nicht so selbstsüchtig unter Druck setzen und auf einer Ehe bestehen dürfen. Ethan konnte es nicht ausstehen, wenn man ihn unter Druck setzte …

Madeleine würde sich in ihn verlieben.

Die Erkenntnis traf ihn wie ein Blitzschlag.

Oh Gott, es ist Maddy. Sie ist diejenige. Sie war die *Eine*, die *Einzige* für ihn, und es würde immer nur sie sein.

»Halt!«, fauchte Ethan, schob die Hände weg, die ihn streichelten, und wich vor den beiden Frauen zurück. Stockbetrunken, wie er war, taumelte er. Maddy war die Verkörperung seiner Zukunft, aber er benahm sich so wie vor zehn Jahren, als er gedacht hatte, für ihn gäbe es keine Zukunft mehr. *Schwach, dem Alkohol verfallen, willenlos* … und sie, die sie heute so alt war wie er damals, kämpfte mit allen Mitteln für ein besseres Leben. Er konnte für sie kämpfen, er *konnte* sich verändern, und zwar so grundlegend, wie sein Bruder es ihm gesagt hatte.

Aber Ethan war im Begriff, etwas so Unwiderrufliches zu tun, dass er diese Frau für immer verlieren würde. Ihm schauderte.

»Was ist los mit dir?«, fragte die Kellnerin verwundert.

Er dachte zurück an jene Nacht vor so vielen Jahren und erinnerte sich daran, wie gehässig er sich gegenüber Sylvie – und gegenüber den Barmädchen – verhalten hatte und wie er dafür bestraft worden war. »Tut mir leid, Ladys«, erklärte er, »aber ich bin ein verheirateter Mann, und ich benehme mich wie ein Narr.« Wie ein völliger Narr. Er schloss seinen Hosenbund, streifte das Hemd über und knöpfte es zu, dann klemmte er seine Jacke unter den Arm.

»Es ist ja nicht so, als würden verheiratete Männer keine anderen Frauen genießen wollen«, wandte die andere Frau ein.

»Ich nicht.«

De Kellnerin seufzte. »Deine Frau kann froh sein, dich zum Mann zu haben.«

»Umgekehrt trifft es besser zu«, versicherte er den beiden, dann verließ er das Zimmer und stürmte die Treppe hinunter.

Ethan war daran gewöhnt, intensiv zu empfinden, doch die wachsende Panik, die er nun verspürte, als er daran dachte, dass Maddy schon fort sein könnte, war ihm völlig fremd. Oh Gott, es hatte ihn wirklich erwischt. Er sehnte sich nach der Liebe einer Frau, er verzehrte sich danach, und lief gerade Gefahr, diese Frau zu verlieren.

Mit ein paar Kneipendirnen ins Bett zu gehen! Wirklich genial, Ethan. Was hast du dir nur dabei gedacht?

Wie spät war es? Halb vier. Die Kutsche kam um fünf Uhr an. Wenn er sein Pferd zur Eile antrieb, würde er Carillon noch rechtzeitig erreichen. Aber wenn er mit leeren Händen zurückkehrte und ihr nur ein weiteres Mal seine abgedroschenen Versprechen präsentierte, würde sie ihn vielleicht doch verlassen. Er könnte einen Umweg zum Standesamt im Dorf nehmen, um eine Sondererlaubnis für eine Heirat zu bekommen, doch dann würde er vielleicht Madeleine verpassen.

Das Dumme war, dass ihr Verhalten immer unberechenbar war. Wenn sie abreiste, bevor er Carillon erreichte, würde sie vielleicht entschlossen sein, ihm keine weitere Gelegenheit zu geben. Oh verdammt, möglicherweise war es so oder so zu spät, so, wie er sich in den letzten Tagen benommen hatte – aber er musste es wenigstens versuchen.

Kurz entschlossen ritt er geradewegs zum Standesamt. Zwar kamen ihm immer wieder Zweifel, was seine Vergangenheit anging, doch die verdrängte er. *Halt sie auf*, befahl ihm sein Verstand. *Mach sie zu der Deinen.*

Über den Rest konnte er sich noch Gedanken machen, wenn er sichergestellt hatte, dass sie ihn heute nicht verließ.

Er stürmte so außer sich vor Hast in das Standesamt, dass der Beamte verständlicherweise Angst bekam, als er den unrasierten, narbigen Highlander vor sich sah, der eine Whiskyfahne hatte und mit der Faust auf den Tisch schlug. Wie durch einen dichten Nebel hörte Ethan den Mann sagen, eine Sondererlaubnis zu bekommen dauere mehrere Tage, worauf er erwiderte, dies hier sei das elende Schottland, die Heimat der ehelichen Schlupflöcher. Und er erwähnte auch noch, im Gegenzug würde er für das Dorf eine neue Kirche errichten.

Eine Kirche – was für eine passende Strafe. Eine Dreiviertelstunde später verließ er mit der Lizenz in der Hand das Gebäude, saß auf und ritt wie der Teufel nach Carillon …

Ethans Vater hatte ihm einmal gesagt, ein Mann werde die für ihn bestimmte Frau erkennen, weil sie ihn schwach machte. Erst wenn er sie für sich beanspruchte, wurde er durch sie wieder stark.

Maddy hatte nur auf ihn gewartet.

Sein Magen verkrampfte sich, als er auf dem Hügel nahe Carillon die Postkutsche entdeckte. Er trieb sein Pferd zu noch größerer Eile an. Nur mit einem winzigen Vorsprung erreichte er die Auffahrt zu seinem Anwesen und sprang so hastig von seinem Pferd, dass ein stechender Schmerz durch seine Wunde zuckte.

Dann sah er Maddy am Ende der Auffahrt stehen, das Gepäck neben ihr auf der Erde. Mit ihren schwarzen Glacéhandschuhen und dem hauchdünnen Schleier, der von ihrem Hut bis über ihre Wangen reichte, sah sie aus wie eine perfekte Lady. Gleichzeitig wirkte sie so kühl wie aus einem Eisblock gemeißelt. Letzteres machte ihm klar, dass sie ihn verlassen und nie zurückgeschaut hätte, wäre er nicht rechtzeitig zurückgekommen.

Er begehrte sie so sehr, und er wollte den Rest seines Lebens mit ihr verbringen. Und das Bemerkenswerteste an allem war, dass sie zumindest gestern noch einen Bastard wie ihn zum Ehemann genommen hätte. Ob das heute auch noch so sein würde?

Mit ernster Miene und außer Atem hielt er ihr die Eheerlaubnis hin. »Willst du mich heiraten, Mädchen?«

Sie legte den Kopf schräg.

So skeptisch wie immer, die Kleine. Aber dazu gab es für sie auch allen Grund. Er hatte nicht den mindesten Versuch unternommen, ihr ein Gefühl von Sicherheit zu geben. Es war nicht egoistisch von ihr gewesen, auf eine Heirat zu bestehen – sondern sehr klug. »Morgen um zehn Uhr. Wenn du mich nimmst, Maddy, werde ich gut zu dir sein«, sagte er voller Überzeugung und Gefühl, weil er es ehrlich meinte. »Ich war ein verdammter Idiot, dich so schlecht zu behandeln.«

»Und warum warst du so grausam zu mir?«, fragte sie ungläubig. »*Du* kamst zu *mir* nach Paris, weißt du noch?«

Er ging einen Schritt auf sie zu. »Und das war die beste Entscheidung meines Lebens.« Erschrocken sah er, dass sich ihnen die Kutsche näherte. »Maddy, ich weiß, ich habe mich egoistisch aufgeführt. Ich habe gesagt, ich bin der Beste, den du kriegen wirst, aber das stimmt gar nicht. Ich weiß das besser als jeder andere. Mein Name und ich, wir sind ein wenig … verrufen. Vermutlich wärst du besser dran, wenn du mich jetzt verlässt – ganz gleich wie sehr ich mir wünsche, dass du bleibst.«

Sie sah an ihm vorbei zur Kutsche. Es schien so, als würde sie ihm nicht einmal zuhören. *Nein, sie muss bleiben.*

»Maddy, ich weiß nicht, ob ich zum Ehemann tauge, ich jedenfalls *möchte* es. Ich will meinen Titel wieder annehmen und mich um meine Ländereien kümmern. Aber nur, wenn du einverstanden bist, meine Lady zu sein. Wenn du nur eine Möglichkeit siehst, um mir zu vergeben …«

»Soll das heißen, du wirst diesen gefährlichen Beruf aufgeben, den du ausübst?«, fragte sie, sah ihn aber immer noch nicht an.

»Wenn ich dich so an meiner Seite halten kann, dann werde ich ihn gern aufgeben.«

»Ist die Eheerlaubnis der Grund, warum du so lange unterwegs warst?«

Er errötete vor Unbehagen. »Ich musste dem Dorf eine neue Kirche versprechen, um das Dokument zu bekommen«, antwortete er ausweichend.

»Was hat sich seit heute Morgen geändert?«

»Ich habe endlich erkannt, was ich an dir habe.« Endlich schaute sie ihm ins Gesicht. »Sag, dass du mich heiraten wirst.«

Ihr Schweigen, so kam es ihm vor, dauerte eine schiere Ewigkeit. Dann auf einmal murmelte sie: »Also gut.«

Fassungslos betrachtete er sie, während seine Beine vor Erleichterung unter ihm wegzuknicken drohten. »Du meinst … du *wirst* mich heiraten? Morgen früh?«

Bedächtig nickte sie. »Wehe, wenn ich es bereue, Ethan.«

»Dazu wird es nicht kommen.« Seine Hände zitterten, als er

sie an seine Brust drückte und das Gesicht in ihrem Haar vergrub. *Ja, das ist der Duft, der mir gefällt.* »Ich habe mich wie ein Dummkopf benommen.«

Wie hatte er wagen können, dieses Glück aufs Spiel zu setzen? Es kam ihm so vor, als sei er soeben in letzter Sekunde einer Pistolenkugel ausgewichen – und da er in der Vergangenheit einige davon abbekommen hatte, wusste er um die Wahrheit dieses Vergleichs.

Wenn sie wüsste, wo er in Wahrheit gewesen war, wäre sie zutiefst schockiert. Sie würde ihn mit ihren großen blauen Augen anschauen und Tränen vergießen, während er sich das Herz aus dem Leib riss, um es ihr zu überreichen, damit sie aufhörte zu weinen.

Er drückte sie fester an sich. Als die Kutsche neben ihnen anhielt, winkte er sie weiter und rief: »Sie bleibt hier.« Sobald die Postkutsche abgefahren war, wandte er sich mit einem Grinsen auf den Lippen wieder Maddy zu, doch sie legte den Kopf an seine Brust, als genieße sie seine Nähe.

»Du hast mir gefehlt, Ethan.« Ihre Stimme klang so sinnlich, dass er augenblicklich einen lustvollen Schauder verspürte. Es waren nur drei Tage, an denen er sie weder berührt noch gekostet hatte, doch sie kamen ihm vor wie eine Ewigkeit.

Er beugte sich vor, um sich einen einzigen kurzen Kuss zu stehlen, doch so wie immer, verwandelte sich der Kuss in eine Explosion der Verzückung. Wieder und wieder presste er seinen Mund auf ihren, während er sie in seinen Armen sanft nach hinten drückte und seine freie Hand auf ihren Po legte.

Als sie leise stöhnte, richtete er sich wieder auf und zog sie mit sich. Doch dann schüttelte er energisch den Kopf und ließ sie los. »Jemand könnte uns sehen«, brachte er heraus. Dieses eine Mal kümmerte es ihn wirklich, denn er wollte nicht, dass man schlecht über seine Frau redete.

»Es ist Markttag, alle sind im Dorf.«

Deshalb war die Schenke so überlaufen gewesen. Oh nein! Hatte ihn dort jemand gesehen? Würde sie erfahren, wo er in Wahrheit den Tag verbracht hatte?

»Habe ich dir auch gefehlt?«, fragte sie leise und schüchtern. Ihm war klar, was sie damit meinte.

»Mehr, als du dir vorstellen kannst. Aber ich kann bis nach der Hochzeit warten. Das ist schließlich das, was du wolltest.«

»Kann es nicht … kann es nicht wenigstens so sein wie zuvor? In den Nächten?«

Der Gedanke, dass sie sich in gleichem Maß nach ihm sehnte wie er nach ihr, war schlichtweg überwältigend. »Alles, was du willst«, flüsterte er und hob sie hoch. »Was immer du willst.« Er küsste sie, trug sie ins Haus und die Treppe hinauf. Auf dem Treppenabsatz wäre er fast gestolpert, als sie die Hände an sein Gesicht legte und mit ihrer kleinen Zunge über seine Lippen fuhr.

Kaum hatte er die Schlafzimmertür hinter sich zugetreten, zerrten sie zwischen wilden Küssen gegenseitig an ihrer Kleidung. Als sie nur noch ihr Unterhemd trug, zog er sein Hemd aus.

Mit beiden Händen versuchte sie, seinen Hosenbund zu öffnen »Oh Gott, ich will unbedingt …« Sie ließ den Satz unvollendet und sah ihn verwundert an. »Ethan, wieso ist da Lippenrot? Da – unter deinem Bauchnabel?«

Oh verdammt!

»In zwei verschiedenen Farbtönen?«

Verdammt, verdammt, verdammt!

»Ich … das ist nicht …« Er war so dicht davor, ihr eine Lüge aufzutischen, doch zum ersten Mal in seinem Leben konnte er es nicht – und das ausgerechnet, als es nötiger denn je gewesen wäre.

Es gelang ihm nicht einmal dann, als ihr Tränen in die Augen stiegen und ihre Unterlippe zitterte. »Ethan?«, flüsterte sie.

Der Blick, den sie ihm zuwarf, bevor sie in ihr Zimmer lief, ließ ihn erkennen, dass sein Herz zu böse war, um es ihr anzubieten.

35

»Ich habe *nichts gemacht*!«, rief er zum wiederholten Male, als er vor der verschlossenen Tür zu Maddys Schlafzimmer stand.

Maddy war von den tiefsten Tiefen zu den höchsten Höhen aufgestiegen und in die tiefsten Tiefen zurückgefallen. Als sie Ethan nach Carillon hatte zurückkehren sehen, da hatte ihr Herz einen Freudensprung gemacht, und als er ihr dann mit ernster Miene die Eheerlaubnis gezeigt hatte, war sie völlig überwältigt gewesen.

Aber nun … »Geh weg!«

Von allen Tiefschlägen und Tragödien, die sie hatte ertragen müssen, schmerzte dieser am schlimmsten. Warum glaubte sie nur weiter an das Gute in ihm, wenn er ihr doch gar keinen Grund dafür gab?

»Verdammt, ja, ich war in der Schenke, und ich gebe zu, dass ich nach oben aufs Zimmer gegangen bin. Aber dann konnte ich es nicht tun. Darum sagte ich ihnen, sie sollen aufhören.«

»Dann *waren* es also *zwei*?«, rief sie und verspürte das Bedürfnis, sich zu übergeben. Sie hatte den Beweis dafür gesehen und sich dennoch geweigert zu glauben, er könnte tatsächlich mit zwei Frauen in dieses Zimmer gegangen sein.

»Warte, warte! Das klingt schlimmer, als es war …«

»Du bist mit zwei Frauen in ein Schlafzimmer gegangen – oder waren es etwa mehr als zwei?«

»Aber ich habe mit ihnen nichts *gemacht*!«

»Natürlich nicht! Du hast dich nur von ihnen bis unterhalb deines Nabels küssen lassen. Praktisch jeder Mann kommt wieder zur Vernunft, wenn eine Frau mit ihrem Mund gleich seine Männlichkeit berühren wird. Und natürlich bittet er die Frau dann, sofort aufzuhören. Ganz besonders, wenn dieser Mann auch noch betrunken ist!«

»Ich konnte es nicht machen. Verdammt noch mal, du kannst ja zur Schenke mitkommen und die zwei fragen.« Seine Stimme klang bestürzt, als er anfügte: »Du hast mich für jede andere Frau ruiniert!«

Obwohl sie es gar nicht wollte, glaubte sie Ethan, dass er tatsächlich aufgehört hatte, bevor mehr passieren konnte. Aber letztlich war das egal. »Wir kennen uns jetzt gerade einmal zwei Wochen, und da bist du auf dich stolz, dass du mir nicht untreu geworden bist? Was soll denn sein, wenn wir länger verheiratet sind?«

»Findest du nicht, du spekulierst jetzt ein bisschen zu weit im Voraus?«

»Oh, du bist unmöglich! Ich wünschte, ich wäre dir nie begegnet. Ich bin ja so dumm gewesen. Wann werde ich endlich begreifen, wie abscheulich du doch eigentlich bist?«

Und nun musste sie wieder zwei Tage auf die nächste Postkutsche warten.

»Schön. Wie du willst.«

Sie legte sich hin, zog die Knie hoch bis an die Brust und weinte so viele Stunden lang, dass sie jedes Zeitgefühl verlor. Sie hörte, wie er in seinem Zimmer auf und ab ging. Als nach einer Weile kein Laut mehr zu vernehmen war, vermutete sie, dass er zu Bett gegangen war.

Wie kann er jetzt nur schlafen?

Sie hörte ihn auf Gälisch fluchen, dann ging er erneut hin und her.

»Zum Teufel«, brummte er, als er wieder vor ihrer Tür stand. »Ich kann ohne dich nicht schlafen.«

»Dann musst du es eben lernen.«

»Selbst wenn ich etwas getan hätte – was nicht der Fall ist –, sind wir ja nicht mal verheiratet.«

Abscheulich. »Und soeben hast du dafür gesorgt, dass es dazu auch nie kommen wird.«

In der zweiten Nacht konnte Ethan es kaum fassen, dass er abermals vor einer verschlossenen Tür stand und Madeleine anflehte, ihn einzulassen.

Sie hatte ihn verhext. Sie fehlte ihm, wenn sie nicht neben ihm schlief. Und letzte Nacht hatte sie stundenlang geweint, nur um ihn in Rage zu bringen, dessen war er sich sicher. Um ihn für seine gedankenlosen Worte und Taten zu bestrafen.

Zwar konnte sie es nicht sehen, aber wenn eine seiner Bemerkungen in ihrem Streit harsch ausfiel, zuckte er förmlich zusammen. Wenn er kämpfte, dann war es ein Kampf bis aufs Blut, und diese Gewohnheit war nur schwer abzulegen – auch wenn es ihn am meisten schmerzte, wenn er ihr ein weiteres Mal wehtat.

Er wollte zu ihr, doch die Art, wie sie ihn angeschaut hatte, kurz bevor sie ihm die Tür vor der Nase zuschlug, hielt ihn davon ab, sie zu sehr zu bedrängen.

Bis jetzt …

»Es reicht, Maddy. Du hast mich genug bestraft. Ich habe ein Recht darauf, mit dir zu schlafen!«

»Du hast jedes Recht verwirkt, als du dich mit einer anderen Frau vergnügt hast. Oh, Verzeihung, ich meinte, mit *zwei* anderen Frauen.«

»Ich habe mich nicht vergnügt.«

»Aber natürlich hast du das nicht«, gab sie sarkastisch zurück.

»Ich dachte dabei an dich, daran, dich zu berühren. Die ganze Zeit über.«

»Hast du denn gar kein Schamgefühl?«, rief sie. »Du *Kretin!«*

»Mach die verdammte Tür auf.«

»Niemals.«

»Mach auf, oder ich trete sie ein! Du hast das schon mal erlebt.«

»Du würdest nicht wagen …«

Er trat mit Wucht gegen die Tür, die fast aus den Scharnieren flog. Dann holte er aus, um fester zuzutreten, und in dem Moment, da sein Fuß das Holz berühren sollte … riss Maddy die Tür auf!

Ethan kam ungebremst in das Zimmer geschossen, verlor den Halt und fiel der Länge nach zu Boden, woraufhin sie nur trotzig das Kinn hob, um ihn herumging und zur Tür hinausschlenderte.

»Oh verdammt, Mädchen«, rief er ihr nach. »Jetzt ist die Wunde aufgeplatzt!«

»Was?« Erschrocken machte sie kehrt und eilte zu ihm. »Lass mich nachsehen!«

»A-ha!« Er schlang einen Arm um ihre Taille und zog Maddy zu sich auf den Schoß. »Du bist also immer noch um mich besorgt!«

»Das ist ja wohl unglaublich!«, entrüstete sie sich. »Du bist grausam und gehässig …«

»Dann wirst du die Frau eines grausamen und gehässigen Mannes werden.«

»Den … Teufel … werde … ich … tun!« Sie ballte die Fäuste, um seine Brust zu traktieren.

»Solltest du das machen, wird es höllisch schmerzen. Aber wenn ich dich so dazu bekomme, mir zuzuhören, dann werde ich dich gewähren lassen.«

Sie ließ die Fäuste sinken und versuchte aufzustehen, schnaubte dann verärgert, weil er ihre Handgelenke nicht freigab. »Ich werde dich loslassen, wenn du mir fünf Minuten lang zuhörst, ohne mich zu unterbrechen.«

»Auf gar keinen Fall«, entgegnete sie, doch er ignorierte sie, erhob sich und packte sie am Ellbogen, stieß sie aufs Bett.

»Nützt es etwas, wenn ich dir noch einmal versichere, dass ich nichts gemacht habe?«

Maddy verschränkte die Arme vor der Brust und setzte sich auf die äußerste Bettkante. »Selbst wenn ich dir das glauben würde, ändert es nichts an deiner Absicht. Du hattest dir vorgenommen, mit einer anderen Frau zu schlafen – mit *zwei* anderen Frauen!«

»Aye, ich hatte mir vorgenommen, mit so vielen Frauen wie möglich zu schlafen«, gestand er, was sie vor Empörung nach Luft schnappen ließ. »Ich bin kein guter Mensch, Maddy.« Er begann vor ihr auf und ab zu gehen. »Jeder weiß, dass ich ein Bastard von der übelsten Sorte bin. Sogar meinen Brüdern ist das klar«, erklärte er.

Seine Brüder? Wie können sie es nur wagen … Sie unterbrach diesen Gedanken jäh, schließlich war sie mit ihnen einer Meinung.

»Als ich jünger war, da nahm ich mir jede Nacht eine andere Frau. Wenn es eine verheiratete Frau war, umso besser. Aber wenn du all die Lust zusammenrechnest, die ich in diesen Jahren erfahren habe, dann macht das nicht einmal einen winzigen Bruchteil dessen aus, was ich bei dir empfinde.« Er betrachtete sie, um ihre Reaktion einzuschätzen. »Ich brauche *mehr* von dir, aber das ist eine Erkenntnis, die mir ungeheure Angst einjagt.«

»Wieso?«

Er fuhr sich durchs Haar. »Weil ich mich frage, was passiert, wenn du etwas über meine Vergangenheit erfährst, das du nicht ertragen kannst und das dich dazu bringt, mich zu verlassen. Was soll dann aus mir werden? Ich sage dir, das wäre mein Untergang.«

Sie öffnete den Mund, um etwas zu erwidern, doch er kam ihr zuvor.

»Du bist so wunderschön. Viel zu schön und zu klug. Und wenn du irgendwann keine Angst mehr verspürst und wenn die Erinnerung an die Zeit verblasst, als du Hunger gelitten hast, dann wirst du dir die Frage stellen, warum du ausgerechnet jemanden wie mich geheiratet hast.«

Ethan wirkte so … gequält, dass sie kein Wort herausbrachte.

»Du verwirrst mich total, Frau. Ich weiß nicht mehr, wo oben und unten, wo vorn und hinten ist, und immerzu muss ich an dich denken.«

Er zog sich einen Stuhl heran, setzte sich und stützte die Ellbogen auf die Knie. »Wenn ich etwas interessant finde, dann ist mein erster Gedanke, ob es dich wohl auch interessieren würde. Wenn ich etwas esse, möchte ich dich davon kosten lassen. Und dabei frage ich mich immer wieder, was nur mit mir los ist, dass ich mich so benehme. Das ist einfach nicht … nicht *richtig*. In meinem ganzen Leben habe ich immer nur mich selbst wichtig genommen.«

Kopfschüttelnd sagte sie: »Aber das erklärt nicht, was du getan hast. Und warum.«

»Maddy – vor dir hatte ich lange keine Frau mehr. Drei Jahre lang lebte ich … enthaltsam. Ich war nicht ich selbst, und ich schwor mir, wenn ich wieder ganz der Alte bin, dann würde ich alle versäumte Befriedigung nachholen. Durch dich kehrte das alles zurück, und ich dachte … ich dachte, wenn ich *jetzt* eine andere Frau habe, dann … Gott, ich weiß nicht … ich dachte, es würde das *schwächer* werden lassen, was ich für dich empfinde. Aber es hat sich genau das Gegenteil herausgestellt, weil ich den Beweis bekam, dass ich mir nicht einmal mehr vorstellen kann, mit einer anderen Frau zusammen zu sein.«

Als Maddy seine ehrliche Verwirrung und sogar einen Anflug von Panik bei ihm erkannte, wurde ihre Wut schwächer. Dieser Mann hatte sich in sie verliebt.

Endlich.

So schwer es ihr auch fiel, es zuzugeben, so war sie beeindruckt, dass Ethan die Schenke verlassen hatte, bevor etwas passiert war. Bei all den sonderbaren und bizarren Szenen, die sie in La Marais beobachtete, war sie nie Zeuge geworden, dass ein Mann absichtlich abgebrochen hatte, bevor er seine Erfüllung erreicht hatte. Dennoch … »Was würdest du sagen, wenn die Situation umgekehrt wäre? Zwei Männer, die meinen Körper küssen?«

Sein Gesicht wurde bleich, und er ballte die Fäuste. »Dann würde ich zum Mörder werden.«

»Wieso hast du diesen Frauen gesagt, sie sollen aufhören?«

»Weil du gesagt hast, du würdest dich in mich verlieben, wenn ich treu bin.« Er schaute zur Seite und fügte leise an: »Ich will … ich glaube, ich will, dass du dich in mich verliebst.«

Sie legte die Finger an die schmerzenden Schläfen und massierte sie. »Und Quin?«

»Was ist mit Quin?«

»Was hat dich bewogen, ihm zu sagen, dass wir beide miteinander intim waren?«

»Ach, das«, meinte er. »Ich wollte nicht, dass er an dich herantritt. Ich habe ihn gewarnt, dass du mir gehörst, aber er redete weiter, als wäre das etwas, worüber man diskutieren kann.«

Wie diese Unterhaltung abgelaufen sein mochte, konnte sie sich nicht vorstellen. »Tut es dir leid, Ethan?«

»Du weißt, ich halte nichts von Entschuldigungen. Und letzten Endes *bin* ich dir treu geblieben.« Er sah ihr in die Augen. »Trotzdem – es tut mir leid, wenn ich dir wehgetan habe.«

Er wollte Absolution. Er wollte … *sie*. Mehr als alles andere.

Doch genügte das? Sie konnte so nicht weitermachen. Ihr konnte nicht ein ums andere Mal das Glück in Aussicht gestellt und gleich wieder entrissen werden. »Ich muss in Ruhe darüber nachdenken.«

»Aye, natürlich.« Er stand auf und stutzte, als sie weiter sitzen blieb. »Kannst du nicht darüber nachdenken, wenn du mit mir im Bett liegst?«

Ein wütender Blick war ihre einzige Reaktion darauf.

»Ich werde auch nichts tun.«

»Erst gestern hast du dich von zwei Frauen küssen lassen. Gib mir etwas Freiraum, Ethan.«

In den frühen Morgenstunden hörte er Maddy aufschreien. Offenbar war sie nach vielen Nächten wieder von einem Albtraum heimgesucht worden.

Er lief zu ihr und nahm sie in die Arme. »Schhhht … schhhht, meine Liebe. Es ist alles gut.« Behutsam strich er ihr über den Rücken, weil er wusste, es gefiel ihr. »Schon gut, Mädchen, es ist vorbei.« Keine verlegenen Berührungen mehr – er war gut darin geworden, sie zu trösten.

Als ihre Tränen schließlich versiegten, lag sie auf seinem Schoß, beschützt von seinen Armen. Ihr Körper fühlte sich schlaff und kraftlos an. »Lass mich bei dir sein, wann immer du mich brauchst. Heirate mich morgen früh.«

Nach langem Zögern fragte sie: »Aber wie kann ich dir vertrauen?«

»Gib mir nur eine weitere Chance. Du wirst es nicht bereuen.«

Endlich nickte sie kaum merklich. »Wenn du mir schwörst, treu zu sein, werde ich dich heiraten.«

Er nahm ihr Gesicht in seine Hände und sah in ihre funkelnden Augen. »Maddy, das schwöre ich dir. Ich werde dir treu sein.«

»Aber du musst wissen, Ethan, dass ich es nicht ertragen kann, wenn meine Hoffnungen noch ein weiteres Mal zerschlagen werden. Ich garantiere dir, so etwas habe ich dir das letzte Mal durchgehen lassen. Tu mir also nicht wieder weh.«

»Das wird nicht passieren, meine Liebe. Ich schwöre es dir.« Diesmal war es auch tatsächlich so gemeint. Er würde alles in seiner Macht Stehende tun, um ihr jeden Schmerz zu ersparen.

Jedoch fürchtete er, dass allen guten Absichten zum Trotz seine Vergangenheit ihn als Lügner entlarven würde. Die Wahrheit war vernichtend, und sie würde Madeleine nur noch mehr Leid bereiten.

Also musste er sicherstellen, dass sie diese Wahrheit niemals herausfand.

36

Oh Gott, was mache ich hier nur?, ging es Maddy während der Hochzeitszeremonie durch den Kopf. Wollte sie das wirklich? Wenn nicht, dann blieben ihr vielleicht noch zwei Minuten, um die Flucht zu ergreifen, bevor sie und Ethan ihre Ehegelübde ablegen mussten.

Du hast doch so sehr darauf gedrängt, Maddy! Ja, aber das war vor zwei Tagen gewesen! Jetzt war sie sich längst nicht mehr so sicher, was ihn anging …

Geleitet wurde die Zeremonie vom Standesbeamten des Dorfes, Mr Barnaby, einem freundlichen älteren Schotten, und bis jetzt hatte sich für Maddy das alles irgendwie unwirklich angefühlt. Wie aus weiter Ferne hörte sie Mr Barnabys Stimme: *»Der oberste Standesbeamte hat mir das Recht übertragen, im Einklang mit den Gesetzen Schottlands Ehen zu schließen. Wir sind heute hier zusammengekommen, um Ethan Ross MacCarrick und Madeleine Isobel Van Rowen in den heiligen Stand der Ehe zu geleiten …«*

In Maddys Kopf überschlugen sich widerstreitende Gedanken, doch sie gab sich alle Mühe, sich davon nichts anmerken zu lassen. Ethan stand neben ihr und beobachtete sie mit Argusaugen, da er vermutlich ahnte, worüber sie nachdachte: in letzter Sekunde davonzulaufen.

Als sie am Morgen aufgewacht war, war der Kummer verschwunden gewesen, der sie zwei Tage fest im Griff gehabt hatte. An seine Stelle war etwas anderes getreten – nackte Panik.

Warum nur? Ethan bedauerte von Herzen sein Verhalten,

eine Katastrophe war abgewendet worden, und in der letzten Nacht war er einfach wundervoll zu ihr gewesen, hatte er über ihr Haar gestrichen, bis sie eingeschlafen war. Endlich würde sie so sein wie diese jungen Ehefrauen in der Boulangerie.

Tue ich etwas, das mich verwundbar machen könnte?

Sie wollte sich Luft zufächeln, den kleinen Raum verlassen und tief durchatmen. Ihre Hände, in denen sie den kleinen Brautstrauß hielt, waren schweißnass, und ihr Korsett zwängte sie unbarmherzig ein. Immer wieder spitzte sie die Lippen und blies gegen den kurzen, cremefarbenen Schleier, der ihr Gesicht verhüllte. Sie war nicht nur in Panik, sondern wohl auch paranoid, da sie hätte schwören können, dass Ethan leicht zusammengezuckt war, als Mr Barnaby ihren Namen gesagt hatte.

Unmittelbar bevor Ethan begann, sein Gelübde zu sprechen, warf sie ihm einen Seitenblick zu. Die Schultern hielt er gestrafft, und er machte einen stolzen und erleichterten Eindruck. Dann sah sie ihn angestrengt schlucken. Auch er war nervös, aber er stand neben ihr, bereit, sein Leben in ihre Hände zu legen.

Es war ganz natürlich, dass man während der Heiratszeremonie nervös war. So sollte es auch sein.

Dann sprach er sein Gelübde und sah Maddy dabei an. Das Verlangen in seinen Augen war überwältigend. Seine Stimme war tief und rau und klang unwiderstehlich, als er die Worte sprach: »Ich, Ethan MacCarrick, schwöre, dich, Madeleine Van Rowen, zu lieben, zu ehren und zu respektieren. Ich schwöre, dir ein treuer, ehrlicher und hingebungsvoller Ehemann zu sein, in guten wie in schlechten Zeiten. Dieses Versprechen gebe ich dir heute und für den Rest meines Lebens.«

Oh, Ethan. Das erste Mal an diesem Morgen gelang es ihr, durchzuatmen, und sie spürte, dass sie ruhiger wurde. In diesem Moment kam es ihr vor, als habe alles in ihrem Leben zu diesem einen Moment hingeführt, zu diesem Mann – einem stolzen, starken Highlander, der sie mit wachen dunklen Augen ansah und der allein ihretwegen seine sanfte Seite hervorgekehrt hatte.

Sieh sie dir nur an …, dachte Ethan, als sie ihr Ehegelübde sprach. Wie hätte er nicht alles in seiner Macht Stehende tun können, damit sie die Seine wurde.

Ihre blauen Augen kündeten von ihrer Klugheit, und ihre Haltung bezeugte ihren Stolz. Ihre Nervosität an diesem Morgen war nicht zu übersehen, aber sie machte keinen Rückzieher. *Tapferes Mädchen, dass sie es mit mir versucht.*

Welcher Mann würde nicht lügen, rauben oder töten, um sie zu bekommen?

Nachdem die Gelübde gesprochen waren, schwor sich Ethan, dass er mit seiner Vergangenheit abschließen und seine Spuren verwischen würde …

Mr Barnaby ergriff ein letztes Mal das Wort. »Nach der verbindlichen Antwort, die Sie beide mir gegeben haben, erkläre ich Sie, Ethan Ross MacCarrick, und Sie, Madeleine Isobel MacCarrick, nun zu Mann und Frau.«

Voller Erleichterung ergriff Ethan Madeleines Hand.

»Ethan, wir sind beide unbekleidet und liegen im Bett. Gibt es einen bestimmten Grund, warum du jetzt untätig bleibst?«, wunderte sich Maddy kurz nach ihrer Ankunft auf Carillon. Während sie sich gegenseitig ausgezogen hatten, war sie von ihm fast bis zur Besinnungslosigkeit geküsst worden, aber plötzlich hatte er innegehalten. Er sah sie an. »Ich bin nicht untätig, ich genieße deinen Anblick. Es kommt nicht jeden Tag vor, dass ein Mann wie ich heiratet, und in diesem Fall hat es sehr lange gedauert.«

»Glaubst du, ich werde das lange Warten wert sein?«

»Das *bist* du bereits. Außerdem solltest du vielleicht froh sein, dass ich mir noch etwas Zeit lasse. Denn danach gibt es für dich kein Entkommen mehr.«

Sie legte ihre Hand auf seine Brust und fühlte, wie schnell sein Herz schlug. »Bist du nervös?«

»Aye.« Er nickte ernst. »Als ich dies das letzte Mal versucht habe, da war mein Verhalten nicht das Beste.«

»Ich bin mir sicher, jetzt wird es das sein.« Mit einem verruchten Lächeln beugte er sich vor. »Dann, Maddy MacCarrick, werden wir diese Ehe jetzt vollziehen.«

Als sie ihm die Arme entgegenstreckte, um ihn zu sich zu ziehen, strich er mit seinen Fingern über ihren Bauch. *»So wunderschön«*, flüsterte er. »Bist du auch nervös?«

»Willst du die Wahrheit wissen?«

»Ja.«

»Ich habe ein wenig Angst, Ethan.«

»Ich werde es langsam machen. Es wird dir nicht wieder Schmerzen bereiten.«

Sie bewegte leicht die Hüften. »Es tut mir jetzt schon weh.«

»Bei Gott, das glaube ich dir.« Behutsam legte er eine Hand zwischen ihre Beine und stöhnte leise, als er einen Finger in sie gleiten ließ. »*Aingeal*, du musst dich entspannen.«

»Ich kann nicht«, antwortete sie resigniert. »Vielleicht sollten wir wirklich noch ein wenig warten. Ich glaube, ich habe es mir anders überlegt.«

Er legte seine Stirn gegen ihre. »Maddy, du bist so bereit, wie du es nur sein kannst. Je länger wir warten, umso schlimmer werden deine Befürchtungen werden. Das ist mir jetzt klar.«

»Aber du warst beim ersten Mal so schrecklich. Mich plagt dieser Albtraum, dass ich einwillige, und dann setzt du wieder dieses gemeine Grinsen auf und sagst mir etwas Gehässiges. Und dann …«

»Und dann?«

»Dann verlässt du mich.«

»Maddy, du wirst mich nicht wieder los. Ich verlasse dich nicht, und du verlässt mich nicht.« Um ihre Stimmung aufzulockern, ergänzte er: »Aber du solltest es gut machen, damit keine Zweifel bei mir aufkommen.«

Ungläubig öffnete sie den Mund, doch er gab ihr einen liebevollen Klaps, woraufhin sie ausgelassen lachte.

»Du bist einfach schamlos«, keuchte sie, während ihre Augen amüsiert funkelten.

»Aye, aber gerade das liebst du an mir so sehr.« *Oh nein, sie leugnet es nicht.* »Vertrau mir, und du wirst von mir nicht enttäuscht werden.«

Nach einer scheinbaren Ewigkeit nickte sie, und er begriff, dass nun tatsächlich der Augenblick gekommen war. Er würde zum ersten Mal in ihrer Ehe seine Frau nehmen. Bei Gott, er würde dafür sorgen, dass es ihr diesmal gefiel.

Sie biss sich auf die Lippen. »Sag mir, was ich tun soll.«

Obwohl er wusste, auf welche Pein er sich einließ, erwiderte er: »Ich möchte, dass du oben bist.« Auf ihr Stirnrunzeln hin fügte er hinzu: »Dann kannst du es so langsam machen, wie es dir am liebsten ist. Nimm mich so tief in dich auf, wie es geht – ganz nach deinem eigenen Tempo.«

Er rollte sich mit ihr herum, sodass er auf dem Rücken lag. Mit einer Hand strich er über ihren Rücken und ihren Po, bis er erst einen, dann zwei Finger in sie eindringen ließ. Als sie sich an ihn drückte, stöhnte er lustvoll auf. Wieder und wieder tauchte er seine Finger in sie ein, und sie spreizte ihre Beine weiter. »Ja, so ist es gut.«

Er versuchte es mit drei Fingern, und diesmal entlockte er ihr ein lautes Stöhnen, während sie sich vorbeugte und mit der Zunge über seine Lippen fuhr.

»Ich werde jetzt meine Finger wegnehmen«, hauchte er. »Und du wirst dann etwas in dir spüren wollen.« Sie wimmerte, als er sich tatsächlich zurückzog. »Fass mich an« – er nahm ihre Hand und legte sie um seine Männlichkeit – »und führe mich in dich ein, wenn du bereit bist.«

Er führte ihre Hand, bis die Spitze ihren feuchten Eingang berührte. Er strich über ihre Weiblichkeit, dann ließ er Maddys Hand los.

Ihr Atem ging schwer, die Augen hatte sie halb geschlossen, während sie immer wieder mit seiner Erektion an sich entlangstrich. Jedes Mal führte sie damit die Spitze zu ihrem Zentrum, und für einen Moment war Ethan mit ihr verbunden, auch wenn er dabei kaum in sie eindrang. Er musste sich zwingen, in diesen Augenblicken nicht die Hüften nach oben zu drücken.

Als sie ihn mit langsam kreisenden Bewegungen an ihrer empfindlichsten Stelle rieb, wäre er beinahe schon gekommen. Eine Willenskraft, wie er sie noch nie aufgebracht hat, war nötig, damit er sich nicht rührte. Obwohl er sich kaum bewegte, war er schweißgebadet.

Es war eine absolute Folter, aber Madeleine konnte nicht ahnen, was sie ihm damit antat. »Führe ihn ein, Maddy«, brachte er heraus. »Ich werde dich auf diese Weise kommen lassen.« Wie lange würde er noch aushalten können, bevor er die Kontrolle über sich verlor, sie packte und auf den Rücken drehte, um ungestüm in sie einzudringen?

Doch dann wurde ihm bewusst, dass er es so lange hinauszögern würde, wie sie benötigte, um …

In diesem Moment ließ sie ihn in sich hineingleiten.

»So ist es gut, Mädchen«, sagte er heiser und entspannte sich leicht, während Maddy ihren geschmeidigen Körper auf seinem bewegte. Damit er nicht der Versuchung erlag, ihre Hüften zu umfassen und sie nach unten zu drücken, streckte er die Arme aus und ergriff das Kopfbrett des Bettes. »Das ist meine gute Ehefrau.« Vor Wonne lief ihm ein Schauer über den Rücken. »Oh Gott … so tief, wie du kannst …«

37

Maddy war überzeugt, ihn nicht noch tiefer in sich aufnehmen zu können. Doch als sie erkannte, wie viel Mühe es ihn kostete, sich noch länger zurückzuhalten, wollte sie es für ihn doch versuchen.

»Ethan, ich weiß nicht, was ich tun muss.« Es war eine Sache, andere Paare in dieser Position zu sehen, aber eine ganz andere, es selbst zu versuchen. Sie fühlte sich verlegen und unsicher.

»Beweg dich auf und ab, und wenn du dich nach unten bewegst, dann geh jedes Mal ein kleines bisschen weiter.« Seine Stimme klang belegt, die Worte kamen nur abgehackt über seine Lippen.

»Zeig mir, wie das geht.«

»Wenn ich dich anfasse, dann verliere ich die Kontrolle über mich.« Seine Hände umschlossen noch immer fest das Kopfbrett, die Muskeln seiner Arme waren ebenso angespannt wie die seiner Brust. »Ich brenne darauf, ganz in dich einzudringen …« Ihre Blicke trafen sich. »So tief in dich einzudringen, dass …«

»Das wirst du nicht. Ich vertraue dir. Zeig es mir bitte.« Ihre Worte hatten sogar für sie selbst einen panischen Klang.

»Oh, Mädchen. Das soll eigentlich Freude machen«, sagte er in einem Tonfall, der im Widerspruch stand zu seinem nur mühsam gebändigten Leib.

Sie griff nach seinen Händen und war entsetzt, wie sehr sie zitterten, als sie sie auf ihr Gesäß legte. Plötzlich stöhnte er heftig und zuckte anscheinend ungewollt mit den Hüften. Er umfasste sie, hob sie hoch und zog sie dann wieder an sich.

Was sie dabei verspürte, war ausgesprochen lustvoll. »Oh! Das ist wundervoll.«

Er wiederholte die Bewegung und ließ sie abermals ein Stück tiefer auf seine Erektion sinken. Zwar rechnete sie jeden Moment mit einem stechenden Schmerz, doch nichts geschah. Stattdessen nahm sie eine Erfüllung wahr, die sich … unverzichtbar anfühlte. Er hatte recht gehabt – sie brauchte das tatsächlich.

»Ich werde dich zuerst kommen lassen, und wenn es mich umbringt«, brachte er heraus. »Spreiz deine Beine noch etwas weiter.«

Als sie seiner Aufforderung nachkam, drang er tiefer in sie ein, aber sie empfand keinen Schmerz. »Ethan … es ist ein wundervolles Gefühl, dies zu spüren«, hauchte sie voller Erstaunen.

Seine Antwort war ein kaum unterdrücktes Stöhnen.

Maddy beugte sich vor und klammerte sich an seinen Schultern fest, während sie ihn so tief in sich aufnahm, wie sie nur konnte.

Ihr glänzendes Haar umrahmte ihr Gesicht, ihre strahlenden Augen waren frei von Angst – und voller Vertrauen. Sie war so reizend anzusehen.

Als sich ihre Blicke kurz trafen, flüsterte er einen Schwur auf Gälisch, der sie für immer aneinander binden sollte. Obwohl sie keines der Worte verstand, schien sie deren Bedeutung zu erfassen, denn sie legte ihre Hände an sein Gesicht und beugte sich tiefer vor, um ihn zärtlich zu küssen.

Als sie sich wieder aufrichtete, keuchte sie: »Ich will mehr von dir, Ethan.« Sie griff hinter sich und ließ seinen Atem stocken, als sie mit den Fingernägeln über die Innenseite seiner

Oberschenkel strich und ihm dann in den Schritt fasste. Ihr zufriedenes Lächeln verriet ihm, dass sie gespürt hatte, wie tief seine Erektion in ihr pulsierte.

»Ich will es dir geben.« Er winkelte die Knie an und legte die Hände auf ihre verlockenden Brüste, dann drückte er ihren Rücken gegen seine Schenkel. Gleichzeitig liebkoste er ihre Brustspitzen unablässig mit seinen Daumen. Als sie sich hilflos auf ihm wand, hob er sie leicht hoch und drang noch tiefer in sie ein. Sie schrie auf und warf den Kopf nach hinten, sodass ihr Haar wie eine Welle über seine Beine floss.

Er zwang sich, langsamer zu sein, und ließ sie wieder auf sich sinken. Während er mit zwei Fingern ihre empfindlichste Stelle berührte, bewegte sie behutsam ihre Hüften hin und her, als wolle sie erkunden, was sie dabei fühlte. Als er immer wieder seine Finger eindringen ließ, wurde ihr Rhythmus schneller und schneller, ritt sie ihn mit kurzen, knappen Bewegungen. Sie stöhnte und sehnte sich den Höhepunkt herbei. Sie überraschte ihn so sehr, dass er nur noch wie in einem Rausch keuchen konnte: *»Oh, du bist wunderbar.«*

Seine Männlichkeit war nur zur Hälfte in sie eingedrungen, obwohl er wusste, sie konnte ihn tiefer in sich aufnehmen – aber er musste langsamer vorgehen als beim ersten Mal.

Allerdings wusste er nicht, wie lange er sich noch zurückhalten konnte. »Komm für mich«, forderte er sie auf und massierte sie schneller.

Als sie es tat, zog sich ihr Leib mit solcher Kraft zusammen, dass sie ihn sofort seines Samens beraubte. Er explodierte in ihr und tauchte ihr Innerstes in glühende Hitze. Wieder und wieder verströmte er sich in ihrer Weiblichkeit.

Sie sank kraftlos auf ihn, ihr Herz raste mit seinem um die Wette. Als er längst nur noch reflexartig zusammenzuckte, drang er trotzdem unverändert erregt weiter in sie ein.

Da er nicht aufhören wollte, drehte er sich mit Maddy um, bis sie auf dem Rücken lag, während er noch immer mit ihr vereint war. »Kann ich dich noch einmal nehmen?« Aus einem unerfindlichen Grund baute sich das Verlangen schon wieder auf, diesmal noch fordernder als zuvor.

In ihren Augen entdeckte er keine Abscheu, sondern unverfälschtes Verlangen. Irgendwie hatte er es geschafft, dass eine Frau wie sie sich in ihn verliebte. »Ich gehöre dir, Ethan. Alles, was du willst, ist dein.«

Der Wunsch, sie wild und heftig zu nehmen, um sie für alle Zeiten für sich zu beanspruchen, war nahezu übermächtig. »Ich will dir nicht wehtun. Aber ich … ich muss dich hart nehmen.«

Sie drückte ihm die Hüften entgegen. »Mach es so, wie du es brauchst.«

Als sie sah, wie seine Augen vor Lust brannten, hätte Maddy ihre Worte fast zurückgenommen.

Er legte die Hände in ihren Nacken und zog sie an sich. »Ich lasse dich nie wieder gehen«, sagte er heiser und beugte sich vor, um sie küssen zu können. »Niemals …« Er verlor die Kontrolle über sich, das konnte sie deutlich spüren. Sein großer Körper lag wie ein schwerer Schatten auf ihr, die Haut war von einem Film aus winzigen Schweißperlen überzogen.

Eines ihrer Knie drückte er gegen seine Brust, während er mit einer Hand den Oberschenkel umfasste, damit er Halt hatte, um seine Hüften zu bewegen. Die andere Hand legte er so auf ihren Bauch, dass er mit dem Daumen ihre empfindlichste Stelle sanft massieren konnte, was sie dazu brachte, sich ihm lustvoll entgegenzudrängen.

Jedes Mal, wenn er tief in sie eintauchte, drückte er ihr angewinkeltes Bein zur Seite, damit sie sich ihm weiter öffnete.

Ihm schien es zu gefallen, wie seine Brust dabei über ihren Unterschenkel rieb.

Doch es dauerte nicht lange, da wechselte er in einen schnelleren Rhythmus, und jedes Mal, wenn sie glaubte, er könne nicht noch tiefer eindringen, tat er genau das und entlockte ihr einen überraschten und zugleich verzückten Aufschrei.

Das war noch viel schöner als alles, was sie sich je erträumt hatte. Von seinem wilden Ausdruck war sie ebenso gefesselt wie vom Spiel seiner Muskeln unter ihren Händen. Wenn er nicht ihren Mund, den Hals oder die Brüste küsste, hörte sie seinen angestrengten Atem. Dafür hatte sich das Warten mehr als gelohnt …

Die Hände in ihre Kniekehlen gepresst, stemmte er sich wieder und wieder zwischen ihre gespreizten Schenkel, bis sie vor Ekstase den Kopf in den Nacken warf. Sie kämpfte dagegen an, sich von diesem Wohlgefühl mitreißen zu lassen, weil sie es noch länger genießen wollte, am liebsten bis in alle Ewigkeit. Aber sie wusste, diesen Kampf konnte sie nicht gewinnen, da Ethan sie immer weiter und in neue Höhen trieb.

Als ihr klar wurde, dass sie kurz vor einem erneuten Höhepunkt stand, keuchte er: *»Ich will fühlen, wie du noch einmal kommst.«*

Nur wenige Augenblicke später war es so weit, sie schrie seinen Namen, begleitet von einem gutturalen Laut, der tief in ihr seinen Ursprung hatte. Ihre Blicke trafen sich, als er sich in sie verströmte. Mit heiserer Stimme brachte er noch ein *»Du bist mein«* heraus, dann sank er erschöpft auf sie.

Sein rauer Atem strich heiß über Madeleines Hals, die Arme hatte er um sie geschlungen. Er wusste, er hielt sie viel zu fest, doch er war noch zu ergriffen von dem, was sich zwischen ihnen abgespielt hatte.

Das habe ich nicht gewusst.

Während sie mit den Fingernägeln über seinen schweißbedeckten Rücken strich, flüsterte sie ihm ehrfürchtig ins Ohr: »Oh, Ethan, du hast völlige Wiedergutmachung geleistet.« Daraufhin drückte er sie noch enger an sich und fragte sich, ob er je in der Lage sein würde, sie wieder loszulassen.

Das ist es also.

Bis zu diesem Moment war er so ignorant gewesen, indem er verspottet hatte, was er niemals hatte verstehen können, ohne sich mit Leib und Seele hinzugeben.

Ihm wurde auch bewusst, dass er in der Vergangenheit auf all das verzichtet hatte, was er nun von Maddy bekam. Es war, als hätte er sein Leben lang gegessen, ohne Hunger verspürt oder ohne irgendetwas richtig gekostet zu haben.

Jetzt fühlte er sich wie ausgehungert, und er wollte alles genießen, was er bekam.

Es sollte nie wieder so sein wie früher.

38

Wenn Männer wie wir sich ändern, dann ist es eine grundlegende Veränderung …

Hugh hat recht gehabt, überlegte Ethan, der im Bett lag und die schlafende Maddy in seinen Armen hielt. Draußen regnete es in Strömen, aber die kalte, stockfinstere Nacht war weit weg von ihrem Bett vor dem Kaminfeuer.

Das Sonderbare war, dass Ethan weniger das Gefühl hatte, sich zu verändern. Vielmehr empfand er es so, als würde er sich in den Menschen zurückverwandeln, der er einmal gewesen war – auch wenn er sich nicht rücksichtsvoll oder freundlich gegeben hatte. Bei ihr fiel ihm das aber erstaunlich leicht.

Wenn sie an seiner Seite war, *fühlte* er sich wie ein Ehemann. Vielleicht sogar wie ein … ein *guter* Ehemann.

Nach der Hochzeit hatte Maddy ihn gebeten, ob sie die Reise in die Highlands bis in den Frühling verschieben könnten. Es gefiel ihr auf Carillon, und sie wollte gern noch bleiben. Ethan hatte dagegen nichts einzuwenden.

In den letzten zwei Monaten hatte sie sein Leben mit Begeisterung und Freude erfüllt, doch ihm war es nach wie vor ein Rätsel, dass ihr diese Fähigkeiten erhalten geblieben waren, da sie doch Jahre der Entbehrung hatte durchstehen müssen. Er war dankbar dafür, dass es nicht anders gekommen war. Sie schien auch die Erinnerungen an La Marais weitgehend verdrängt zu haben, da sie nachts kaum noch durch Albträume aus dem Schlaf gerissen wurde.

Jede Nacht verbrachte sie in seinen Armen, und oft streckte sie ihren zierlichen Körper und schlief auf ihm liegend ein.

Wenn er sie für einen Nachmittag allein ließ, weil er auf dem Anwesen zu tun hatte, kam sie ihm bei seiner Rückkehr stets freudestrahlend entgegengelaufen und warf sich ihm in die Arme. »Du hast mir so gefehlt«, gestand sie ihm dann außer Atem, obwohl er nur wenige Stunden unterwegs gewesen war.

Erst letzte Woche noch sagte er zu ihr: »Maddy, weißt du, wie das ist, dich zu sehen, wenn du auf mich zugelaufen kommst?«

Sie wich einen Schritt zurück und reagierte mit einem listigen Lächeln. »Und weißt du, wie das ist, nicht warten zu können, bis du den kurzen Weg bis zur Tür zurückgelegt hast?«

Man hatte Ethan immer für verbittert und kaltherzig gehalten – aber wenn dem so war, warum jagte er dann seine Ehefrau mindestens einmal am Tag durch das Haus, während sie vor Lachen kreischte?

Überhaupt wurde in ihrem Zuhause viel gelacht, da sie es so einladend machte. Sie freundete sich mit allen Nachbarn an, und manchmal kam es ihm so vor, als würden täglich Einladungen ins Hause gebracht.

Sie war für ihn wie eine Brücke zu anderen Menschen. Vermutlich meinten die Leute, er sei genauso sympathisch und vergnügt wie Maddy. Es gab keinen Zweifel, dass sich auch die Einstellung des Clans ihm gegenüber verändern würde, wenn der erst einmal Maddys Bekanntschaft gemacht hatte.

Am besten von allen verstand sie sich mit einer Witwe namens Agnes Hallee, die mit ihren sechs Kindern ein Stück die Küste entlang wohnte. Maddy genoss es, mit den Kindern zu spielen – Drachen steigen zu lassen, streunende Tiere aufzulesen, vor dem starrsinnigsten aller Pfauen davonzulaufen –, was Ethan daran erinnerte, auf wie viel sie in ihrer eigenen Kindheit hatte verzichten müssen …

Von Zeit zu Zeit zweifelte er an seiner Entscheidung, die Vergangenheit vor ihr zu verschweigen, und dann machte ihm sein Gewissen zu schaffen, das ihn zu einem Geständnis drängte. Aber sie war so verdammt glücklich, und das zeigte sie ihm auch immer wieder. Warum sollte er dieses Glück zerstören?

Ein um das andere Mal machte er sich etwas vor und vergaß, wie schnell dies alles ein Ende haben konnte.

Wenn er nicht darüber nachdachte, war er glücklicher als jemals zuvor in seinem Leben. Nur ein Mal zuvor hatte er so ein Glück empfunden – als sein Vater ihm versprochen hatte, ihn an seinem vierzehnten Geburtstag mit auf die Hebriden zur Jagd zu nehmen. Eine Woche, nachdem er dieses Versprechen gegeben hatte, war sein Vater gestorben. Obwohl er den Leichnam seines Vaters gesehen hatte, blieb Ethan die Tatsache seines Todes unbegreiflich. Jeden Morgen war er voller Vorfreude aufgewacht, weil der versprochene Jagdausflug wieder einen Tag näher gerückt war. Und dann war jedes Mal die Erinnerung zurückgekehrt, und er hatte sich in Grund und Boden geschämt, weil er den Tod seines Vaters verdrängt und trotz des tragischen Verlusts Freude empfunden hatte.

Nun lag Ethan da und starrte an die Decke, während er Maddy fester an sich drückte. Damals war es das letzte Mal gewesen, dass er mit seinem Leben so zufrieden war wie jetzt.

Er konnte sich nicht vorstellen, wie Maddy je die Wahrheit herausfinden sollte. Alle, die mit den Ereignissen jener Nacht etwas zu tun gehabt hatten, hielten sich entweder nicht mehr in England auf oder waren seit Langem tot. Als zusätzliche Vorsichtsmaßnahme hatte Ethan den Verwalter auf Iveley entlassen – der ohnehin weder Tatkraft bewiesen noch besonders viel Eifer bei der Arbeit gezeigt hatte. Anschließend gab er seinem Anwalt den Auftrag, Iveley auf Maddy zu überschreiben und alles zu tun, was nötig war, um die Identität der Vorbesitzer zu verschleiern. Erst nachdem das Anwesen überschrieben war, stellte Ethan einen neuen Verwalter ein – einen jungen Mann mit nur wenig Erfahrung, der aber allen Zeugnissen zufolge außergewöhnlich gut und eifrig arbeitete.

Hinzu kam, dass niemand, der von Ethans Vergangenheit Kenntnis besaß, wusste, wo er und Maddy sich aufhielten. Überhaupt war das kaum jemandem bekannt. Corrine wusste es nur, weil Maddy ihr und Bea Geld schickte. Er selbst hatte darauf bestanden, denn ohne Corrine hätte Maddy ihre erste Zeit in La Marais vielleicht nicht überlebt. Die beiden Frauen gehörten praktisch zu ihrer Familie, und er war gewillt, sie so zu unterstützen, wie er es mit Blutsverwandten gemacht hätte.

Jetzt, da Madeleine ihm gehörte, wollte er sie nach allen Regeln der Kunst verwöhnen, weil er so vielleicht das wiedergutmachen konnte, was er ihr in der Vergangenheit angetan hatte. Er kaufte ihr Delikatessen und alle möglichen Köstlichkeiten, und jeden Tag nahm sie an genau den richtigen Stellen ein klein wenig zu, was sie noch atemberaubender aussehen ließ. Sie strahlte vor Stolz, als ihr der Ring endlich nicht mehr vom Finger rutschte.

Wenn er darüber nachdachte, dass seine Frau seinetwegen Hunger hatte leiden müssen, verspürte er eine unbändige Wut auf sich selbst. Als Konsequenz daraus strengte er sich noch mehr an, Madeleine glücklich zu machen.

»Weißt du, was mir fehlt?«, hatte sie ihn vor einigen Wochen gefragt. »Mein Pferd, das ich auf Iveley hatte. Diese Stute war faszinierend, sie hatte rotbraunes Fell und unglaublich ausdrucksvolle Augen. Und ich schwöre dir, unsere Bindung beruhte wirklich auf gegenseitiger Zuneigung.«

Also hatte er Maddy eine rotbraune Stute gekauft, weil er so war wie jeder verliebte Trottel, der bereit war, für die Frau seines Herzens Drachen zu töten, nur damit sie ihm ein Lächeln schenkte. Seitdem ritten sie jeden Tag aus.

Sein eigenes neues Pferd aus dem gleichen Stall wie Maddys Tier war ein stattlicher Wallach – der schnell eine starke und beharrliche Antipathie gegen Ethan entwickelte. So wie üblich wurde er von Tieren entweder geliebt oder gehasst, auch wenn Maddy dazu erklärte: »Ich glaube, alle Tiere haben was gegen dich. Ausgenommen Katzen.« Als sie seine Miene bemerkte, fügte sie rasch hinzu: »Aber es ist wichtig, ob Katzen einen Menschen mögen oder nicht.«

Bei jeder sich bietenden Gelegenheit versuchte der Wallach ihn abzuwerfen. Maddy kommentierte das mit schallendem Gelächter, und sie musste sich an der Mähne ihres Pferds festhalten, damit sie nicht vor Lachen aus dem Sattel fiel. Irgendwann war dann der Punkt erreicht, an dem auch Ethan nicht mehr ernst bleiben konnte.

Obwohl er fürchtete, er könne Maddy zu viel kaufen, war er nicht in der Lage aufzuhören. Er konnte es sich mühelos leisten, und es gab so vieles, was sie brauchte und worauf sie in den letzten Jahren hatte verzichten müssen. Zum Beispiel sollte sie eine so große Auswahl an Kleidung und Schmuck haben, dass er jedes Mal auf sie warten musste, weil sie so lange brauchte, um sich zu entscheiden. Wenn es etwas gab, von dem Ethan wusste, wie Ehemänner sich zu verhalten hatten, dann war es, auf die Ehefrau zu warten, bis sie sich fertig angekleidet hatte.

Als er ihr vor einigen Wochen eine Perlenkette geschenkt hatte, hatte sie gesagt: »Ethan, das ist alles etwas … überwältigend.« Dabei hatte sie ihn dankbar angelächelt.

»Ich dachte, du wolltest einen reichen Ehemann«, gab er zurück. »Das ist genau das, was reiche Ehemänner machen.«

»Ich wollte keinen reichen Ehemann, damit der mich mit Schmuck und allem anderen beschenkt. Ich wollte nur Sicherheit und finanzielle Unabhängigkeit von anderen. Für mich und … na ja, auch für die Kinder, die ich bekommen möchte …«

Kinder. *Was, wenn ich ihr keine schenken kann?*, ging es ihm einmal mehr durch den Kopf.

Der verdammte Fluch schwebte schon so lange über Ethan, dass er sich allmählich sorgte, weil Madeleine noch immer nicht von ihm schwanger geworden war. Es ärgerte ihn, dass sein Bruder Court in drei Wochen das geschafft hatte, was ihm selbst auch nach Monaten nicht gelungen war.

Es war nicht so, als hätte Ethan bis dahin mit Nachwuchs gerechnet. Aber aus einem unerfindlichen Grund fühlte er, mit Madeleine könnte ihm das gelingen, fast schien es, als sei das eine völlig zwangsläufige Entwicklung.

Während Maddy noch schlief, drehte er sie behutsam auf den Rücken, zog das Laken weg und betrachtete ihren nackten Körper. Er streichelte ihren flachen Bauch und stellte sich vor, wie sie aussehen würde, wenn sie sein Kind in sich trug, und *er freute sich* schon jetzt darauf, wenn es so weit sein würde.

Ethans Männlichkeit regte sich schnell und heftig, als dieses Bild vor seinem geistigen Auge entstand.

Der Gedanke, seine Saat in sie zu pflanzen, sie dann zu beschützen und für ihr Glück zu sorgen, während diese Saat heranwuchs …

Sie wachte auf, als er ihre Arme über ihrem Kopf ausstreckte, sie auf die Matratze drückte und in sie eindrang. Maddy nahm ihn in sich auf und drängte sich ihm entgegen. Er nahm sie härter und härter und ergoss seinen Samen in sie.

39

An einem schönen Frühlingsmorgen wurde Maddy auf dem Weg zum Strand von dem schwarzen Kätzchen begleitet, das Ethan ihr aus dem Dorf mitgebracht hatte. Der kleine Kater war von Maddy auf den Namen Petit Chat Noir getauft worden.

Nachdem sie ihre Decke ausgebreitet und sich gesetzt hatte, fuhr sie mit den Fingern durch den Sand, bis der Kater einen Satz machte und sich auf ihre Hand stürzte. Doch er verlor schnell wieder das Interesse an dem Spiel und wollte lieber gekrault werden. Während Maddy ihm den Gefallen tat, schaute sie hinaus aufs Meer und ließ die vergangenen Monate als Ethans Ehefrau Revue passieren.

Seine Verwandlung vom rauen, schweigsamen und aggressiven Highlander hin zum sanftmütigen und fürsorglichen Ehemann war glatt und scheinbar mühelos verlaufen.

Zumindest war es das, was sich Maddy gern einredete, denn die Realität sah anders aus.

Er behütete sie in einem Maße, das bereits ans Lächerliche grenzte. »Du kannst nicht allein hinunter zum Strand gehen«, verkündete er. »Und erst recht nicht ins Dorf.«

»Hast du schon vergessen, wo ich aufgewachsen bin?«, hielt sie dagegen. »Ich wage zu behaupten, dass ich mit allem zurechtkommen werde, was dieses bedrohliche Dorf am Meer aufzubieten hat. Was glaubst du, gegen wen ich mich zur Wehr setzen muss? Quallen? Seetang? Ah, Muscheln! Oh ja, immer diese verdammten Muscheln.«

»Mach dich nur lustig, Mädchen. Aber ich lasse mich davon nicht abbringen. Du musst Sorcha mitnehmen.«

Er konnte launisch sein. Manchmal starrte er so viele Stunden lang aufs Meer hinaus, dass sie wirklich alles gegeben hätte, um zu erfahren, was ihn so zum Grübeln brachte. Er verhielt sich besitzergreifend und wollte sie am liebsten ganz für sich allein haben. »Besucher? Was soll denn das heißen?«, hatte er sie erst heute Morgen gefragt. »Wir hatten erst vor zwei Wochen Besucher. Gefällt es dir nicht, die Zeit nur mit *mir* zu verbringen?«

Außerdem entpuppte er sich als maßlos eifersüchtig. Einmal hatten sie ein Wochenende in Irland verbracht, und ein nichts ahnender amerikanischer Geschäftsmann hatte ihr auf der Fähre schöne Augen gemacht. Sie tröstete sich damit, dass die blauen Flecken des Mannes wieder verblassen würden. Und der Mann sollte nie wieder die Frau eines Highlanders auch nur ansehen, womit er sich weitere Prügel ersparte.

Ihr wurde auch bewusst, dass Ethan viel abergläubischer war als bis dahin angenommen. Beispielsweise glaubte er, ein Seher habe *vor fünfhundert Jahren* die Ehe von Ethan und Maddy prophezeit …

Hätte Maddy nicht gewusst, wie hoch Ethans Einnahmen waren, dann hätte sie ihn einen Verschwender genannt. Immer neue Pakete und Päckchen wurden angeliefert, und nicht nur, dass er ihr ein Pferd geschenkt hatte – er überschüttete sie auch mit Diamanten, Saphiren, Smaragden und mehr Kleidern, als sie in ihrem ganzen Leben tragen konnte. Im Dorf gab es längst nichts mehr, was er ihr von dort noch hätte mitbringen können. Als sie beiläufig erwähnte, sie würde gern die Orangerie nutzen, wurden innerhalb einer Woche Ersatzteile für den Ofen sowie mehrere Zitrusbäume herangeschafft.

Sie fragte sich, ob er ihr das alles schenkte, weil er sie dafür entschädigen wollte, wie arm sie gewesen war. Ihm konnte nicht bewusst sein, dass jedes Geschenk ihr eigentlich nur umso deutlicher vor Augen führte, was ihr in all den Jahren vorenthalten worden war.

Über seinen jüngsten Bruder erfuhr sie, dass dessen Frau ebenfalls reich war und mit dem spanischen Königshaus verwandt war. Maddy war sich nur zu deutlich darüber im Klaren, dass beide Brüder mit Frauen aus wohlhabenden Familien verheiratet waren, während Ethan ein forsches Mädchen aus einem Elendsviertel gewählt hatte. Sie fürchtete sich davor, den Rest seiner Familie kennenzulernen, und sie merkte Ethan an, dass auch er sich auf ein Wiedersehen mit seinen Verwandten nicht freute.

Sie wollte Ethan dazu bewegen, mit ihr Iveley Hall zu besuchen, damit er sah, dass sie bis zu einem gewissen Punkt ebenfalls in gehobenen Verhältnissen aufgewachsen war. Ihre Kindheit war viele Jahre lang sehr idyllisch gewesen, und er musste nicht versuchen, ihr die Sterne vom Himmel zu holen, damit sie glücklich war.

Für den Sommer plante er einen Besuch eines seiner Anwesen. Iveley Hall lag zwar nicht direkt auf dem Weg dorthin, aber der Umweg würde mit der Eisenbahn nicht mehr als eine Stunde in Anspruch nehmen. Sie hatte beschlossen, den neuen Eigentümern einen Brief zu schreiben und sie zu fragen, ob sie und Ethan ihnen einen Besuch abstatten durften, damit sie noch einmal den Ort sehen konnte, an dem sie die ersten Jahre ihres Lebens verbracht hatte.

Sicherlich würde Ethan damit einverstanden sein, mit ihr dorthin zu reisen. Noch während sie darüber nachdachte, kamen ihr Zweifel. Aus einem ihr unerfindlichen Grund wirkte Ethan immer dann angespannt und nervös, wenn sie Iveley erwähnte. Ihrer Ansicht nach war ihm selbst das gar nicht bewusst, aber sobald von ihrem einstigen Zuhause die Rede war, bemerkte sie bei ihm diese kaum wahrnehmbare Veränderung. Und wenn sie es recht überlegte, dann reagierte er auch so, sobald sie ihre Eltern erwähnte.

Er behauptete zwar, weder ihre Eltern gekannt noch Iveley je besucht zu haben, dennoch stellte sie sich die Frage, ob er sie womöglich belog.

Mehr als einmal hatte er Mutters Vornamen Sylvie benutzt, was Maddy immer wieder aufhorchen ließ. Und als sie ihm einmal gestand, sie fürchte, eine so schlechte Mutter zu werden, wie ihre eigene Mutter es gewesen war, da widersprach er ihr so energisch, dass sie erschrak. »Wie kannst du dir da nur so sicher sein?«, fragte sie ihn. »Bist du ihr vielleicht doch mal begegnet?«

»Nein. Aber es ist für jeden klar erkennbar, dass sie dich schlecht behandelt hat. Und da du nichts Schlechtes in dir trägst, kannst du unmöglich so sein wie sie«, erwiderte er fast schon zu forsch.

Aber trotz dieser Schattenseiten gab es in ihrer Ehe auch viel Sonnenschein.

Ethan hatte ihr gesagt, er betrachte Corrine und Bea als ihre Familie, und er forderte Maddy auf, die beiden Frauen nach England zu holen. Er bot ihr sogar an, Corrine als Verwalterin einzustellen, da er ihren Fleiß und ihre Einstellung aus erster Hand kennengelernt und für Carillon nach wie vor niemanden gefunden hatte, der ihm wirklich vertrauenswürdig erschien. Und Beas Aufgabe? »Eine Gefährtin?«, schlug er vor. »Wenn man bedenkt, wie viele streunende Tiere du mitbringst, könnte sie hier gut als deine persönliche Tierpflegerin wirken.«

Zwar bekniete Maddy die beiden, sie sollten sich auf den Weg nach England machen, doch sie blieben unentschlossen und fürchteten, vom Regen in die Traufe zu kommen. Aber in jedem ihrer Briefe schilderte sie ihnen, wie schön es auf Carillon war, und sie hatte das Gefühl, dass der Widerstand allmählich bröckelte. Bis es ihr gelang, sie zu überreden, sollte sie ihre Freundinnen doch mit einem Geldbetrag unterstützen, hatte Ethan vorgeschlagen und sich dabei so großzügig gezeigt, dass es ihr die Sprache verschlagen hatte.

Mit jedem Tag lachte Ethan mehr und bewies seinen Humor. An einem Morgen war sie in der Orangerie mit einigen Pflanzen beschäftigt, als er hereingeschlendert kam. »Was ist das?«, fragte er todernst. »Ich verstehe den Sinn dieser Übung nicht.« Sie stutzte, und erst dann sah sie das Kätzchen, das sich mit Krallen und Zähnen an Ethans Hosenbein festklammerte. Maddy musste von Herzen lachen, bis ihr Tränen übers Gesicht liefen. »Das ist eine Klette, die ich einfach nicht abschütteln kann«, meinte er nur und ging mit der Katze am Bein wieder hinaus.

Wie er sie liebte, das war atemberaubend und verrucht zugleich, doch selbst sein Verlangen nach ihr hatte etwas von diesem Eifer, mit dem er sie mit Geschenken überhäufte.

Erst diese Woche waren sie beim Ausreiten von einem Regenguss überrascht worden. Er hatte sie unter eine Eiche an einem rauschenden Bach geführt, und als sich ein leichter Nebel herabgesenkt hatte, drückte er sie gegen den Baumstamm und küsste ihren regennassen Hals.

»Hier, Ethan?«, keuchte sie.

Seine Antwort bestand darin, langsam ihre Röcke hochzuheben, und nachdem er den Schlitz in ihrem Unterhöschen weit aufgerissen hatte, bebte sie vor freudiger Erwartung. Als er durch den nassen Stoff ihrer Bluse hindurch an ihren Brustknospen leckte, da war das wohlige Gefühl fast überwältigend. Sie verlor sich in der Erregung, die er ihr bereitete, indem er seinen heißen Mund auf ihre Brust drückte, während sie unter ihren Händen fühlen konnte, wie er die Muskeln anspannte. Der intensive, verlockende Duft seines Körpers vermischte sich mit dem Geruch des Regens und der nassen Erde.

Er hob sie hoch, mit seiner großen Hand drückte er ihren Kopf fest an seine Brust. Den anderen Arm hatte er um ihren Po geschlungen, und in dieser Position hielt er sie, während er in sie eindrang. Als sie zu stöhnen begann, hatten seine Stöße einen schnellen, dringlichen Rhythmus angenommen. Sie erreichte den Höhepunkt, und er ergoss sich in sie, wobei er hauchte: *»Nimm dies …«*

Sie wusste, ihm war nicht klar, dass er diese Worte laut ausgesprochen hatte. Doch diese Verzweiflung in seinen Worten und in allem, was er tat, beunruhigten sie mehr und mehr.

Es waren Momente wie jener, die ihr das Gefühl gaben, etwas Unheilvolles komme auf sie zu. Momente, in denen Ethan ein unerklärliches Verhalten an den Tag legte, Momente, in denen sie spürte, dass es zwischen ihnen Geheimnisse und vielleicht sogar Lügen gab.

Immer wieder redete sie sich ein, dass ihre Vorbehalte nur aus einem Grund erwacht waren: Als sie das letzte Mal in ihrem Leben so glücklich und zufrieden gewesen war, hatte man fast im nächsten Augenblick ihre ganze Existenz zerstört. Sie war völlig unvorbereitet gewesen für diese Welt, die sie in La Marais erwarte hatte. So verängstigt und so … *wertlos*.

Maddy war immer wieder auf die Füße gefallen und hatte dabei zu überleben gelernt. Wenn sie aber heute zurückblickte, dann wusste sie nicht, wie ihr das gelungen war.

Vom Regen in die Traufe. Sie konnte einfach nicht anders – sie hatte begonnen, ihr Nadelgeld zu sparen.

40

Ethan fand Maddy an einem ihrer liebsten Orte auf Carillon – in der Orangerie, wo der kleine schwarze Kater es sich an einer der warmen Glaswände bequem gemacht hatte. Das Tier konnte ihn tatsächlich gut leiden, womit er Maddys Theorie über Ethans Verhältnis zu Katzen bestätigte.

Nachdem Ethan Maddy einen Kuss auf den Nacken gegeben hatte, erklärte er: »Ich habe eine Nachricht von meinem Bruder erhalten.«

»Stimmt etwas nicht?«

»Ich weiß nicht.« Die rätselhafte Mitteilung kam von Hugh, deshalb konnte sie sowohl das Netzwerk als auch eine familiäre Angelegenheit betreffen. »Ich weiß nur, es ist etwas Dringendes. Er erwartet mich umgehend in London. Wie lange brauchst du, bis du zur Abreise bereit bist?«

»Wie lange werden wir weg sein?«

»Nicht lange. Vielleicht drei oder vier Tage.«

»Könnte ich dann nicht hierbleiben?«, fragte sie. »Du wirst es ja wohl sehr eilig haben.«

»Warum? Ist etwas los?«

»Nein, nein, ich fühle mich nur ein bisschen unpässlich.«

Er legte die Finger um ihr Kinn und betrachtete ihr Gesicht von beiden Seiten. »Ganz sicher kommt das von diesem kalten Raum.« Auch wenn das Glas von der Sonne erwärmt wurde, war es morgens in der Orangerie kalt und feucht. Es war ihm bislang nicht gelungen, den Ofen in Gang zu setzen. Er hätte einen Handwerker damit beauftragt, aber irgendwie schien

Maddy zu glauben, er könne das selbst erledigen. Und so kam es, dass er jede freie Minute unter diesem verdammten stotternden und spuckenden Heizkessel verbrachte.

»Ethan, es ist hier genau richtig …«

»Du glaubst doch nicht, dass ich abreise, wenn du krank bist, oder?«

»Ich bin nicht *krank*«, gab sie zurück. »Du warst in der letzten Zeit sehr fordernd und hast mich nächtelang wachgehalten. Und wenn du bleiben würdest, dann würde ich nur noch mehr davon haben wollen.« Sie lächelte ihn an, doch konnte das nicht über ihre Müdigkeit hinwegtäuschen. »Agnes und die Kinder können für ein paar Tage herkommen, das würde mir gefallen. Wir essen Süßes und spielen, und dann ruinieren wir dein Haus wie eine Horde Barbaren, die über ein Dorf herfällt.«

»Unser Haus«, berichtigte Ethan sie. »Vergiss lieber nicht, dass dir von allem, was ihr zerschlagt, die Hälfte gehört.«

So sehr er auch den Gedanken verabscheute, von ihr getrennt zu sein, wusste er doch, dass sie nicht versuchte, die erste Begegnung mit seiner Familie hinauszuzögern. Außerdem konnte er es derzeit noch nicht wagen, sich mit jemandem zu treffen, denn möglicherweise hatte Hugh alles Jane erzählt. Ethan bezweifelte das zwar, dennoch konnte er nicht das Risiko eingehen, dass Maddy die Wahrheit von jemand anderem als ihm erfuhr. Warum sollte er das ruinieren, was ihnen beiden gehörte, nur weil er glaubte, keine drei Tage ohne sie auskommen zu können?

Außerdem musste er sich mit Edward Weyland treffen und ihm sagen, dass er seinen Dienst offiziell quittierte.

»Aye, wie du meinst«, willigte er schließlich ein. »Aber nur, wenn Agnes und die Kinder herkommen. Entweder ich bin in vier Tagen wieder hier, oder ich schicke jemanden her, der dich nach London eskortiert.«

Kaum hatte sich Maddy von Ethan an diesem Morgen verabschiedet – mit so ausgiebigen Küssen, dass er fast seinen Zug verpasst hätte –, begannen sie und Sorcha zu backen. Für sechs Kinder waren eine Menge Scones erforderlich.

Agnes und ihr Nachwuchs sollten erst am Nachmittag eintreffen, deshalb ging Maddy nach oben und legte sich hin, als es ihr in der Küche zu heiß wurde.

Auch wenn sie Ethan schon jetzt schrecklich vermisste, war sie doch froh, dass sie nicht mitgereist war. Allein bei dem Gedanken, Ethans Familie kennenzulernen, wurde ihr schwindlig. Und zum anderen wollte Maddy einige Fragen an Agnes richten, immerhin hatte die Witwe sechs Kinder.

Wenn ihr jemand helfen konnte festzustellen, ob sie ein Kind erwartete oder nicht, dann Agnes.

So oder so freute sich Maddy aber darauf, die Kleinen zu sehen. Aus Vorhängen und Kissen würde sie für sie Festungen bauen, wie sie sie noch nie gesehen hatten.

Sie saß an ihrem neuen Sekretär und griff nach dem Stapel Briefe, die in den letzten Tagen gekommen waren. Gestern war keine Zeit geblieben, die Post durchzusehen, weil Ethan sich als geradezu unersättlich erwiesen hatte.

Als sie die Absender durchsah, fand sie verschiedene Einladungen, einen Brief von Corrine und einen von Owena Dekindeeren, die sie auf der *Blue Riband* kennengelernt hatte. Sie stutzte, als sie einen dicken Umschlag in der Hand hielt, mit dem sie gar nichts anzufangen wusste. Nachdem sie das Siegel gebrochen hatte, las sie den Absender. Der Brief kam aus Iveley! In aller Eile überflog sie die Zeilen.

Erst zwei Wochen war es her, dass sie ihre Anfrage wegen eines Besuchs abgeschickt und darin erklärt hatte, wer sie war und was sie mit dem Anwesen verband. Der Verwalter hatte schnell reagiert, schickte aber voraus, er sei erst vor Kurzem eingestellt worden und habe erst noch mit einigen Problemen zu kämpfen gehabt, deshalb die späte Antwort, aber … »*Sie, Lady Kavanagh, sind die Eigentümerin von Iveley Hall.*«

Wie bitte? Maddys Augen wurden größer. Hatte Ethan ihr etwa auch Iveley gekauft? »Dieser Mann!«, sagte sie in aufgebrachtem Tonfall, jedoch mit einem Lächeln auf den Lippen. Wann wollte er sie denn nur damit überraschen?

Sie konnte kaum fassen, dass Iveley ihr gehören sollte. Offenbar war Ethan endlich auf einen fleißigen Verwalter für eines ihrer Anwesen gestoßen, denn in dem Umschlag befand sich auch ein umfassender Bericht über alle vorgenommenen Renovierungsarbeiten.

Mit zitternden Fingern nahm sie sich die zweite Seite des Schreibens und überflog auch diesen Text, der aber mit jeder Zeile befremdlicher wurde. *Ihre rätselhafte Anfrage hatte mich in große Verwirrung gestürzt. Erst nach vielen Stunden intensiver Suche konnte ich herausfinden, dass Ihr Ehemann Ihnen Iveley vor vier Monaten überschrieben hat, nachdem es seit fast zehn Jahren in seinem Besitz gewesen war. Sein unmittelbarer Vorbesitzer war im Übrigen Ihr Vater …*

»Das kann doch nicht wahr sein«, flüsterte sie und legte eine Hand an die Stirn.

Warum hatte Ethan ihr nichts davon erzählt, dass ihr einstiges Elternhaus ihm gehörte? Und das schon seit so vielen Jahren? Diese Verbindung musste ihm doch klar gewesen sein!

Ganz sicher war es nicht Ethan gewesen, der die Rückzahlung der Kredite gefordert hatte. Maddy wusste, Iveley war ihnen weggenommen worden – wie könnte sie jemals den Moment vergessen, als man ihr verbot, ihr eigenes Zuhause zu betreten? –, aber es konnte nicht Ethan gewesen sein, der sie am Tag der Beerdigung ihres Vaters auf die Straße gesetzt hatte.

Das war so unvorstellbar, dass sie diesen Gedanken kaum fassen konnte. Sie las den Brief noch einmal, aber es änderte nichts an dessen Inhalt, so sehr sie sich das auch wünschte.

Ein Zufall war das nicht. Ihr Mann hatte ihr das ganz bewusst verschwiegen und sie getäuscht. Maddy dachte daran, wie distanziert er sich jedes Mal verhielt, wenn sie auf Iveley oder auf ihre Eltern zu sprechen kam. *Denk nach.* Obwohl sie sich dagegen sträubte, fügten sich die Dinge, die sie über Ethan wusste, zu einem Bild zusammen.

Er kam ihretwegen nach Paris, obwohl sie hätte schwören können, dass er sie nicht einmal mochte. Er hielt um ihre Hand an – um die Hand eines Mädchens aus einem Elendsviertel, anstatt eine Frau auszusuchen, die seines Titels würdig war. Anschließend sträubte er sich mit Händen und Füßen dagegen, sie zu heiraten – bis sie ihm drohte, ihn zu verlassen. Sie erinnerte sich an diesen erschreckenden Zorn, mit dem er ihr zunächst begegnet war, und die Art, wie er sie jetzt mit Geschenken überhäufte.

Was passiert, wenn du etwas über meine Vergangenheit erfährst, das du nicht ertragen kannst?, hatte er sie gefragt. Ja, er hatte *tatsächlich* versucht, etwas wiedergutzumachen – jedoch nicht das, wovon sie ausgegangen war.

Er war derjenige, der so gewissenlos ihr Eigentum an sich gerissen und sie in Armut und Elend gestürzt hatte.

Aber warum? Er musste irgendeinen Groll gehegt haben. Warum nur gegen ihre Familie?

Wie ist Sylvie *gestorben?*, hatte er gefragt. Maddy kniff die Augen zusammen. Ihre Vermutung war richtig gewesen: Er hatte ihre Mutter gekannt! Warum aber bestritt er diese Verbindung so beharrlich?

Und *was* für eine Art von Verbindung war das gewesen?

Maddy bekam ein ungutes Gefühl. Ihre Mutter war unersättlich und untreu gewesen, Ethan ein Freigeist, der jede Nacht einem anderen Ehemann Hörner aufgesetzt hatte. Sie erinnerte sich an seine Worte: »*Wenn es eine verheiratete Frau war, umso besser.*« Ihre Mutter war nur ein paar Jahre älter gewesen als er.

Hatte er eine Affäre mit ihrer Mutter gehabt? Warum sonst sollte er ihr so hartnäckig seine Lügen auftischen?

Es war seit Jahren Maddys Bestreben, die Geheimnisse dieser einen Nacht zu enthüllen, in der ihr Leben aus den Fugen geraten war. Die Fragen hatten sie nahezu wahnsinnig gemacht. Und nun schienen die Antworten zum Greifen nah zu sein.

War ihr Vater überraschend heimgekehrt und hatte seine junge Frau mit Ethan im Bett entdeckt?

Maddy presste die Hand auf den Mund, um einen entsetzten Aufschrei zu unterdrücken. Mit dreiundzwanzig und ohne diese Narbe wäre Ethan ein Mann gewesen, dem die Frauen hinterherliefen. Ihr ältlicher Vater, der ihr mehr bedeutet hatte als alles andere auf der Welt, wäre am Boden zerstört gewesen, hätte er seine von ihm angebetete Ehefrau mit einem attraktiven jungen Highlander im Bett ertappt.

Zugegeben, Maddy konnte nicht mit Gewissheit sagen, das Sylvie und Ethan … dass die beiden …

Energisch schüttelte sie den Kopf. Das konnten doch nur Hirngespinste einer in Panik geratenen Frau sein. Allerdings wusste sie nun ohne jeden Zweifel, dass Ethan sie wiederholt belogen und an ihrer Familie Rache genommen hatte. Wofür ihre Eltern bestraft worden waren, konnte sie nur vermuten, aber ganz gleich, wie sehr die beiden das verdient haben mochten, sie selbst hätte davon verschont bleiben müssen.

Es war eine Sache, wenn man den Umständen zum Opfer fiel, doch es war etwas ganz anderes, wenn ein Mann an die Tür klopfte, der gekommen war, um einen zu vernichten. Maddy hatte es nicht verdient, noch einmal in diese Tragödie hineingezogen zu werden.

In Anbetracht dessen, wie sie von Ethan getäuscht worden war, stellte sich ihr die Frage, ob überhaupt etwas von dem stimmte, was er ihr gesagt hatte. Sie dachte an die in aller Eile beschaffte Heiratserlaubnis – die Ethan noch irgendwie auftreiben konnte, *nachdem* er im Rausch die Verführung von zwei Barmädchen geplant hatte – und an die sehr schlichte Trauung durch den Standesbeamten, und auf einmal kamen ihr Zweifel, ob sie überhaupt dem Gesetz nach verheiratet waren.

Also letztlich doch keine der Ladys aus der Boulangerie …

Ethan hatte ihr in die Augen gesehen und ihr geschworen, wenn sie ihm noch eine letzte Chance gab, würde er ihr nicht wieder wehtun.

Alles Lüge. Er hatte diesen Schwur genauso gebrochen wie einige andere. *Die wohlüberlegte Täuschung.*

Er hatte sie benutzt. Es machte sie fassungslos, und sie fühlte sich so verraten, dass es sie nicht wunderte, in der völligen Stille das laute Pochen ihres Herzens zu hören.

Ihr kam in Erinnerung, dass Ethan einmal zu ihr gesagt hatte, sie solle La Marais hinter sich lassen und niemals zurückschauen. Was hatte er zu jenem Zeitpunkt mit ihr vorgehabt? Und wenn ihre Freundinnen hergekommen wären, die bei ihnen gelebt hätten und finanziell von ihnen abhängig gewesen wären? Von ihm! Vielleicht bedrängte er sie deshalb so sehr, sie solle die beiden herkommen lassen.

Was soll ich jetzt tun? Sie wusste nur, dass sie weit weg sein wollte, wenn er zurückkehrte. Langsam stand sie auf und betrachtete durch Tränen die stürmische See.

Maddy hatte dieses Anwesen als einen Ort aus einem Märchen bezeichnet, und so wie in einem Märchen entpuppte sich auch hier alles nur als eine allzu schön klingende Geschichte. Hier war alles nur eine Illusion. *Pfauen und Palmen, Juwelen und Sonnenuntergänge über der Irischen See?* Es klang nicht nur zu schön, um wahr zu sein …

Du Dummkopf!

Der Dreck und die Gefahren in La Marais waren ihr hundertmal, tausendmal lieber als die Lügen ihres Ehemannes. »Nur noch eine letzte Chance« hatte er von ihr bekommen wollen, obwohl er längst gewusst hatte, dass ihr Vertrauen zu ihm verschwendet sein würde. Früher oder später würde sie die Wahrheit über ihn herausfinden, so viel war ihm klar gewesen. *»Was passiert, wenn du etwas über meine Vergangenheit erfährst, das du nicht ertragen kannst?«*

Sie hatte ihn angefleht, ihr nicht noch einmal wehzutun. *Wie oft werde ich es noch ertragen müssen, dass meine Hoffnungen zerschlagen werden?* Wie oft *konnte* sie es noch ertragen?

Nein, jetzt war Schluss. Diesmal hatte sie endgültig genug von ihm und seinen Lügen.

»Ich werde dich niemals gehen lassen«, hatte er ihr geschworen, und das glaubte sie ihm auch jetzt noch. Irgendwann hatte er sich tatsächlich in sie verliebt – jedenfalls in dem Maß, in dem es ihm angesichts der Lügen möglich war.

Was er für sie empfand, das grenzte sogar schon an Besessenheit. Wenn sie fortging, würde er keine Ruhe geben, bis er sie gefunden hatte.

Aber sie war Maddy *la gamine* – sie fand immer einen Ausweg. Da war der Schmuck, den er ihr geschenkt hatte, und da war auch das viele Geld, das sie in weiser Voraussicht zurückgelegt hatte.

Sie würde nach La Marais zurückkehren – jedoch nur, um ihre Freundinnen abzuholen und sich woanders eine Unterkunft zu suchen.

41

Ethan hörte die Schreie, die aus seinem Stadthaus in Grosvenor drangen, noch bevor er es erreicht hatte. Zu seinem Entsetzen sah er dann Court und Hugh auf dem Gehweg stehen, ohne dass sie Anstalten machten, der Frau zu Hilfe zu eilen, die diese erbärmlichen Schreie ausstieß. Allerdings machte Court ein Gesicht, als wollte er jeden Moment jemanden umbringen.

»Warum zum Teufel hilft ihr keiner von euch …«, brüllte Ethan die beiden an, als er absaß, doch ein weiterer Schrei ließ ihn verstummen. Gleichzeitig schrie auch Court gequält auf und trommelte mit den Fäusten gegen die Hauswand, wobei er blutige Abdrücke hinterließ, von denen sich bereits etliche auf den Steinen fanden.

»Hör auf, Court«, herrschte Hugh ihn an. »Es wird ihr nicht gefallen, dass du dich selbst verletzt.«

»Warum haben die mich hinausgeschickt?«, fragte Court mit heiserer Stimme.

»Tja, das frage ich mich auch«, gab Hugh ironisch zurück.

Endlich kam Ethan wieder zu Wort: »Was ist denn überhaupt los?«

»Sie haben ihn gebeten, bis auf Weiteres unten zu bleiben.«

»Wer?«

»Hast du unsere Briefe nicht bekommen?«

»Keinen einzigen, nur ein knappes Telegramm nach Carillon …«

»Ich war mir nicht sicher, ob dir das noch gehört«, sagte Hugh. »Telegramme habe ich dorthin geschickt, wo ich dich am wenigsten vermutete.« Er kniff argwöhnisch die Augen zusammen. »Was hast du denn da gemacht?«

»Den Winter verbracht. Und jetzt sag mir endlich, was hier los ist!«

»Dort drinnen kommt deine Nichte oder dein Neffe zur Welt«, erklärte Hugh stolz. »Und gleichzeitig verliert dein Bruder vermutlich den Verstand.«

»Eine Geburt?« Ethan stolperte rückwärts, bis er gegen sein Pferd stieß. Das idiotische Tier wich sofort aus, und er wäre fast hingefallen. »Jetzt?«

»Sie hat mich weggeschickt. Warum nur?«

»Wie gesagt: Das frage ich mich auch«, wiederholte Hugh, dann wandte er sich an Ethan: »Annalía liegt jetzt seit zehn Stunden in den Wehen. Du kommst gerade rechtzeitig, um mir zu helfen, Court zurückzuhalten, damit er drinnen nicht im Weg steht.«

»Annalía liegt in den Wehen?«, staunte Ethan. Noch nie hatte er auch nur im Entferntesten mit einem solchen Ereignis etwas zu tun gehabt.

Court warf ihm einen aufgebrachten Blick zu. »Fang gar nicht erst damit an, Ethan. Das ist mein Kind. Ich *kenne* sie, und ich *fühle* es. Ein zweifelndes Wort, und ich bringe dich um.«

Abwehrend hob Ethan die Hände. »Ich werde zu gar nichts ein zweifelndes Wort von mir geben.«

»Du wirst mir keine Vorwürfe machen oder das verdammte Buch erwähnen?« Court war sichtlich verwirrt.

»Nein, ich … ich wünsche dir nur alles Gute.«

Nun stutzte auch Hugh, und er wandte sich an Ethan: »Fiona ist hier. Sie will mit dir reden.«

»Sie ist hier? In meinem Haus?«

»Aye, sie …«

Ein noch lauterer Schrei gellte bis hinaus auf die Straße, und Court wurde kreidebleich. Er rannte in Richtung Haustür, aber Hugh bekam ihn am Kragen zu fassen und hielt seinen Bruder fluchend fest. »Hilfst du mir mal, Ethan?«

»Aye. Komm, jetzt beruhige dich schon, Court«, sagte Ethan und half, ihn vom Haus wegzuziehen. »Frauen machen so was ständig …«

»Wenn ich diesen Mist noch ein einziges Mal hören muss …«, fauchte Court.

»Das bringt ihn um«, erklärte Hugh. »Er wollte nie, dass Analía ein Kind bekommt.«

»Wieso nicht?«, wunderte sich Ethan. Das wollten doch alle Männer, oder etwa nicht? Er versuchte es doch auch mit Maddy, wenngleich bislang erfolglos.

»Er wollte sie nicht in Gefahr bringen. Und er wollte sie mit niemandem teilen. Hätte er gewusst, dass sie von ihm schwanger werden kann, dann hätte er es nie versucht.«

»Sie haben mich aus dem Zimmer geschickt«, warf Court kläglich ein.

»Wie wär's, wenn du mir hilfst, ihn abzulenken?«, flüsterte Hugh ihm zu.

»Und wie?« Als Hugh nur mit den Schultern zuckte, fragte Ethan nach hektischem Überlegen: »Hast du … hast du dir bereits einen Namen überlegt?«

Den Blick zur Tür gerichtet und sichtlich in Gedanken versunken, leierte Court wie auswendig gelernt herunter: »Wenn es ein Junge ist, dann müssen wir ihn Alex nennen, nach Annas Bruder Alexandre. Weil ich ihn ins Gefängnis gebracht und ihm sein Haus gestohlen habe und so weiter. Ist es ein Mädchen, nennen wir es Fiona.«

Der eigenen Tochter den Namen seiner Mutter zu geben? *Haben jetzt eigentlich alle den Verstand verloren?*

»Warum sind keine Schreie mehr zu hören?«, wollte Court plötzlich wissen und versuchte, sich aus ihrem Griff zu befreien.

»Ich werde mal nachsehen«, meinte Hugh. »Pass auf, dass er hierbleibt.« Er lief zur Treppe, und Augenblicke später rief er: »Court kann jetzt raufkommen.«

Der stürmte so rasch nach oben, dass Ethan sich beeilen musste, ihm zu folgen. Fiona stand an der Tür zu Courts Zimmern. »Dieses Mal kannst du hereinkommen Courtland. Du hast einen Sohn, einen wunderhübschen Jungen.« Sie sah an Court vorbei. »Hallo, Ethan. Ich bin froh, dass die Briefe dich noch rechtzeitig erreicht haben.«

Er machte eine finstere Miene, da ihm diese Situation in vieler Hinsicht nicht behagte. »Ich habe nicht einen einzigen verdammten Brief bekommen.«

»Achte auf deine Wortwahl, Ethan«, fuhr sie ihn an.

»Ich habe seit Jahren nicht mehr mit dir gesprochen, und da glaubst du, du kannst mich jetzt in meinem eigenen Haus zurechtweisen?«, konterte Ethan und kochte bereits vor Wut.

»Aye«, entgegnete sie gelassen. »Schließlich bin ich immer noch deine Mutter.«

Court stürmte ins Zimmer und eilte zum Bett. Als Hugh eintrat und sich zu Jane stellte, folgte ihm Ethan ins Zimmer, während er sich bemühte, äußerlich Ruhe zu bewahren. *Jane* war hier?

»Jane«, begrüßte er sie mit einem knappen Nicken.

»Ethan«, erwiderte sie, dann fügte sie hinzu: »Hervorragende Arbeit, was Grey angeht. Durch dein beherztes Eingreifen bekam ich die Gelegenheit, ihn zu töten.«

Angesichts ihrer Dreistigkeit zog er eine Augenbraue hoch. *Sie ist mit Maddy befreundet,* überlegte er und verkniff sich einen bissigen Kommentar.

»*Sìne*«, sagte Hugh warnend und benutzte damit die gälische Form von Jane. Im Gegenzug nahm sie seine Hand und warf ihm ein strahlendes Lächeln zu. Der unerschütterliche Hugh hatte diesem Charme offenbar nichts entgegenzusetzen.

Court sank neben dem Bett auf die Knie und nahm Annalías Hand. »*Mo chridhe*, schwör mir, dass du niemals noch ein Kind haben willst. So etwas können wir nicht noch einmal durchstehen.«

Sie lächelte ihn matt an. »Ich weiß, es war schlimm für dich. Oh, Courtland, was ist mit deinen Händen passiert? Du Ärmster …«

Wenn Annalía von Court schwanger werden konnte, warum hatte Ethan dann bei Maddy keinen Erfolg? Im nächsten Moment überkam ihn Panik: Was, wenn er sie doch geschwängert hatte? Maddy war viel zierlicher als Annalía, die so aussah, als habe sie die Entbindung nur mit knapper Not lebend überstanden.

»Courtland, willst du nicht deinen Sohn sehen?«, fragte Fiona.

Doch Court zeigte kein Interesse an dem Jungen, sondern drückte sein Gesicht an Annalías Hals. Der arme Kerl konnte ihr einfach nicht nahe genug sein. »Kann ich sie in meine Arme nehmen?«, fragte er.

»Nein, Court, noch nicht. Sie braucht Ruhe«, antwortete Jane energisch.

Nachdem er sich wieder an sie gedrückt hatte, wandte er sich abermals um. »Ich werde auch ganz sanft zu ihr sein.«

»Nein, Court!«, herrschten Fiona und Jane ihn gleichzeitig an, und Fiona fügte noch hinzu: »Aber du kannst Alex in deine Arme nehmen.«

Erstaunt nahm Ethan zur Kenntnis, dass Court dem Jungen nicht mal einen Blick zuwarf.

»Da es ihn im Moment nicht kümmert« – Fiona kam mit dem Kind zu Hugh und Ethan –, »wollt ihr vielleicht euren Neffen kennenlernen.«

»Ich habe noch nie ein Baby angefasst«, murmelte Hugh.

Jane lachte amüsiert auf. »Wirklich nicht?«

Ethan erging es nicht anders als Hugh, aber er schwieg lieber. Ein Blick auf den Jungen genügte ihm, um zu erkennen, dass der ein richtiger MacCarrick war.

Der Fluch hatte sich als völliger Unsinn erwiesen, doch auch wenn diese dunkle Wolke nicht länger über Ethan schwebte, machte ihm ein anderes Geheimnis zu schaffen, das schwer auf ihm lastete …

»Wenn ich schlafe«, sagte Annalía zu Court und lächelte ihn müde an, »dann musst du für mich auf Alex aufpassen.« Als er schließlich nickte, fielen ihr die Augen zu und sie war sofort fest eingeschlafen.

Da sie erwartete, dass er gleich in Panik ausbrach, erklärte ihm Fiona: »Court, sie hat viele Stunden in den Wehen gelegen. Gönne ihr jetzt ein wenig Ruhe.« Er wollte protestieren, aber sie fuhr ihm sofort über den Mund: »Du willst, dass sie bekommt, was für sie am besten ist. Schlaf ist jetzt das, was sie dringender benötigt als alles andere. Sie war mehr um dich als um sich selbst besorgt. Jetzt nimm dein Kind und geh mit deinen Brüdern nach draußen.« Als sie ihm Alex übergeben und zugleich zeigen wollte, wie Court das Baby halten musste, riss der vor Entsetzen die Augen auf, doch dann schluckte er für alle hörbar, überwand seine Angst und drückte seinen Sohn an sich. »Ja, so ist das genau richtig«, lobte ihn Fiona. »Jetzt leg eine Hand unter seinen Kopf …«

Fünf Minuten später standen die drei Brüder draußen vor der geschlossenen Tür, und Hugh kratzte sich verwundert am Kopf. »Kann sein, dass ich mich irre, dennoch glaube ich, sie hat uns soeben rausgeworfen und uns mit dem Baby allein gelassen.«

Ethan nickte und wollte sich gerade darüber aufregen, wie verkehrt das war, aber dann sah er, wie Court seinen Sohn sorgenvoll musterte. »Er ist ein kräftiger Junge, Court«, beruhigte er ihn. »Du solltest stolz sein.«

»Ehe du dich versiehst, wirst du ihm Reiten und Fischen beibringen«, ergänzte Hugh.

Der Kleine fuchtelte bereits mit geballten Fäustchen herum – eindeutig ein MacCarrick.

»Mein Junge«, flüsterte Court. »Wie seltsam das klingt.«

Hugh begann zu lachen. »Ungefähr so seltsam wie bei mir, als ich zum ersten Mal ›meine Frau‹ sagte.« Dann wandte er sich an Ethan. »Wann wirst du etwas machen, das dein Leben verändern wird?«

»Vielleicht früher, als du denkst«, antwortete er.

Hugh zog eine Braue hoch, während Court gar keine Reaktion zeigte, da er nur noch Augen für seinen Sohn hatte.

Als der Kleine eine Bewegung machte und es schien, als wolle er nach Courts Finger greifen, hob der den Kopf und blickte erstaunt drein. »Habt ihr das gesehen?« Er wandte sich ab, um durch das Zimmer zu schlendern. *»Mein Junge ist ein verdammtes Genie!«*

»Ich habe mal gehört, das wird umso schlimmer, je älter das Kind ist«, merkte Hugh sarkastisch an.

»Allerdings.«

»Dann erzähl mir doch mal, was in den letzten Monaten alles passiert ist«, forderte Hugh Ethan auf. »Jane und Claudia hatten an Madeleine Van Rowen geschrieben, an ihre Adresse in Paris. Aber die Briefe sind zurückgekommen. Ich dachte mir, du könntest damit vielleicht etwas zu tun haben.« Hugh schien sich auf Ethans Antwort gefasst zu machen.

»Aye, das stimmt. Und sie ist nicht länger eine Van Rowen.«

Hugh grinste und schlug ihm auf den Rücken. »Oh, du kannst dir gar nicht vorstellen, wie viel Kopfzerbrechen mir das bereitet hat, aber jetzt … jetzt kann ich nur sagen, dass ich stolz auf dich bin, Bruder.«

Ethan machte eine erstaunte Miene, denn Hugh hatte noch nie etwas in dieser Art zu ihm gesagt. Und sein Lob war ihm gar nicht einmal unangenehm.

»Du hast ihr alles dargelegt, und sie hat deinen Antrag trotzdem angenommen?«

»Nicht so ganz.« Ethan legte eine Hand in den Nacken. »Ich habe ihr nicht alles erzählt. Davon muss sie nichts wissen«, fügte er zu seiner Verteidigung an.

Hugh war bestürzt und sah ihn mitleidig an. »Ethan, dann kannst du nur hoffen, dass du eine Frau geheiratet hast, die dir das verzeihen kann.«

42

Schüsse, Schreie, das Geräusch von splitterndem Glas.

Home, sweet home, dachte Maddy mit einem Seufzer.

Vielleicht war ihre Rückkehr nach La Marais doch ein wenig unüberlegt gewesen. Nach einem halben Jahr in England hatte sie schlicht vergessen, welch schlimme Verhältnisse hier herrschten.

Als sie früh am Morgen angekommen war, hatten sie, Corrine und Bea sich als Erstes für eine Tasse Tee auf Maddys Balkon eingefunden. Wenigstens das war etwas Erfreuliches, da ihr das Zusammensein mit den beiden gefehlt hatte.

Nach Maddys Bericht über jede einzelne von Ethans Schandtaten wollte Corrine prompt wissen: »Und was hat er gesagt, als er von dir zur Rede gestellt wurde?«

»Ich … ich war so wütend«, antwortete Maddy und lief unter den wachsamen Blicken ihrer beiden Freundinnen rot an. »Außerdem wollte ich seine Ausreden und Ausflüchte gar nicht hören. Was ich mit Sicherheit weiß, ist schon schlimm genug …«

Corrine sah sie enttäuscht an. »Dann hast du nicht mal abgewartet, bis du seine Darstellung der Ereignisse gehört hast?«

»Nein«, murmelte Maddy und starrte auf ihre Teetasse. »Aber er lügt immer. Ich kann nicht einem einzigen Wort trauen, das über seine Lippen kommt.«

»Das erlebe ich nicht zum ersten Mal«, sagte Corrine traurig. »Manchmal kommt es mir so vor, als wollten die Leute *unbedingt* zurück nach La Marais.«

Bea nickte weise. »*C'est vrai.*«

»Ich wollte nicht hierher zurückkommen!«, beharrte Maddy. Seit sie wieder hier war, kam ihr La Marais rauer und dreckiger vor, als sie es in Erinnerung hatte. »Aber ich bin es leid, dass man mit mir spielt und mich täuscht. Und habe ich euch nicht gerade erzählt, dass Ethan vielleicht mit meiner Mutter geschlafen hat?« Der bloße Gedanken bereitete ihr Übelkeit. »Ich bin euretwegen zurückgekommen, damit wir gemeinsam woanders neu beginnen können. Vielleicht könnten wir das Geschäft eröffnen, von dem wir immer gesprochen haben. Ich habe jetzt genug Geld, das für uns drei reicht.«

»Vom Regen in die Traufe, Maddy«, meinte Corrine daraufhin. »Meine Situation hier ist gar nicht so schlimm.«

»Bea, was ist mit dir?«, fragte Maddy. »Willst du denn keine Kleider mehr präsentieren?«

»Ach, Maddée, können wir später darüber reden?«, gab Bea zurück und rieb sich über ihre Waden. »Meine Beine und mein Rücken tun mir weh.«

»Wir könnten irgendwo leben, wo wir keine Treppen mehr steigen müssen«, erklärte Maddy und kämpfte darum, gute Laune auszustrahlen.

Bea lächelte, wirkte aber erschöpft. »Ich glaube, ich werde erst mal ein paar Stunden schlafen, dann können wir reden.«

»Ja, natürlich, Bea. Leg dich ruhig hin«, sagte Maddy und drückte sie an sich.

Bevor sie in ihre Wohnung ging, schaute Bea noch einmal durchs Fenster auf den Balkon. »Ich weiß, ich bin egoistisch, aber ich freue mich, dich wiederzusehen, Maddée.« Dann ging sie aus dem Zimmer.

Corrine war nicht annähernd so erfreut, Maddy zu sehen. »Ich weiß, du hast auf die harte Weise gelernt, dass man manchmal bleiben und kämpfen muss, und bei anderen Gelegenheit nimmt man am besten die Beine in die Hand. Dabei kann man sich auf einem sehr schmalen Grat zwischen beiden bewegen.« Leise seufzte sie. »Ich glaube nur, diesmal hättest du bei deinem Schotten bleiben und ihn zur Rede stellen sollen.«

Maddy errötete vor Unbehagen und entschied, dass dies kein guter Zeitpunkt war, um Corrine anzuvertrauen, sie erwarte von dem Schotten vermutlich ein Kind …

Als Maddy am nächsten Morgen in ihrem kalten Bett erwachte, musste sie sich zusammenreißen, um die Kraft zum Aufstehen und Anziehen aufzubringen.

Während der letzten Monate an der Seite von Ethan hatte sie gedacht, alle Tragödien in ihrem Leben hinter sich gelassen zu haben. Doch seit sie dahintergekommen war, was er getan hatte – und ihr klar war, wen genau die Schuld traf –, ging sie im Geiste alle Enttäuschungen durch, die sie mitgemacht hatte. Es wunderte sie, dass es ihr gelungen war, das alles zu überleben.

Wie oft würde sie in der Lage sein, einen Schlussstrich unter ihre Vergangenheit zu ziehen und ein neues Kapitel zu beginnen?

Eben hatte sie ihr Haar hochgesteckt, da wurden die Glocken der nahe gelegenen Kirche geläutet. Sie stutzte und stieg durchs Fenster auf den Balkon, als gerade Chat Noir sie mit seinem Besuch beehrte. Sie nahm den Kater hoch und drückte ihn an sich, was sie daran erinnerte, wie sehr ihr das Kätzchen auf Carillon bereits fehlte.

Plötzlich fauchte der Kater. »Was ist los, mein Kleiner?« Dann begann er zu strampeln, weil er von ihrem Arm herunterwollte. »Ja, ja, einen Moment …« Doch Chat Noir war schneller und verpasste ihr einen langen, blutenden Kratzer am Arm, dann sprang er auf den Balkon und verzog sich. Die

Glocken wurden immer noch geläutet, und Maddy bemerkte, dass weitere Kirchen in der Umgebung in das Geläut einfielen.

Als sie dann auch die großen Glocken von Notre-Dame hörte, musste Maddy schlucken. Es war nicht die Tageszeit für eine Messe, und dann erinnerte sie sich mit Schrecken daran, wann sie das zum letzten Mal miterlebt hatte. Schnell kletterte sie zurück in die Wohnung und stürmte aus ihrer Wohnung. Sie schlug mit der Faust gegen die Tür zu Corrines Wohnung, aber sie öffnete ebenso wenig wie Bea.

Auf der Straße würde jemand wissen, wo sie waren … und was da draußen eigentlich los war … Während Panik in ihr aufstieg, lief Maddy die Treppe nach unten. Im engen Treppenhaus hallte ihr Atem laut wider.

Vier Etagen waren geschafft, dann fünf …

Plötzlich traf ihre Stiefelspitze auf Widerstand, und mit einem erschrockenen Aufschrei verlor Maddy den Halt. Mit rudernden Armen kippte sie vornüber und fiel auf etwas Weiches, Feuchtes.

Es dauerte einen Moment, bis sie ihre Verwirrung überwunden hatte und begriff, dass sie auf einer Leiche lag.

Ein kreisrunder Sprung im Schlafzimmerspiegel.

Sobald Ethan diesen Sprung sah, wusste er, Maddy hatte ihn verlassen. Er musste nicht erst Sorcha fragen. Irgendwie war Maddy der Wahrheit auf die Spur gekommen, und sie hatte vor Wut ihren Ring mit aller Wucht gegen den Spiegel geschleudert. Allerdings war sie praktisch genug veranlagt, den Ring danach einzustecken.

Sein Mut sank, als er bemerkte, dass sie nicht nur den Ring, sondern auch allen übrigen Schmuck mitgenommen hatte. Dies bedeutete, sie würde nicht zurückkommen.

Von Sorcha erfuhr er nur, dass Maddy einige Briefe bekommen hatte und leichenblass gewesen war. Sie hatte ihre Sachen gepackt und wie in Trance das Haus verlassen, wobei sie Sorcha nur gebeten hatte, auf das Kätzchen aufzupassen, bis sie jemanden schicken konnte, der es abholen würde.

Da er sich an Maddys Plan erinnerte, Claudia zu besuchen, als er sie nicht schnell genug hatte heiraten wollen, machte er sich auf den Weg nach London. Er legte ein Tempo an den Tag, als sei ihm der Leibhaftige auf den Fersen. Als er endlich Quins Haus erreicht hatte, stürmte er in dessen Arbeitszimmer. »Wo ist Maddy?«

Quin erschrak beim Anblick seines Besuchers. »Mein Gott, was ist denn mit dir los? Du siehst ja schrecklich aus.«

»Wo ist sie?«, herrschte Ethan ihn an.

»Ich habe es doch gleich gesagt«, meinte Quin von oben herab. »Du weißt nicht mehr, wo vorn und hinten ist. Und warum sollte ich dir sagen, wo sie ist?«

»Antworte mir auf der Stelle.« Ethan fuhr sich übers Gesicht. »Sie ist meine Frau, und sie … hat mich verlassen.«

»Maddy hat *dich* geheiratet? Aber sie hat Claudia gerade erst einen Brief geschrieben, dass sie den Rest des Frühlings auf Iveley verbringen will. Angeblich würde ihr Iveley jetzt gehören, wenn ich das richtig verstanden habe. Aber warum sollte sie dich verlassen, wenn sie deine Frau ist?«

Iveley? Maddy wollte ihn auf eine falsche Fährte locken, und er wusste auch den Grund.

Sie will untertauchen … Vor drei Tagen war sie abgereist, also war ihr genug Zeit geblieben, um allen Schmuck zu versetzen und eine Passage an jedes beliebige Ziel auf der Welt zu buchen.

»Sie ist nicht auf Iveley«, erwiderte Ethan. »Sie ist nach Paris zurückgekehrt.«

»Das sollte sie besser nicht getan haben«, sagte Quin und sprang auf.

Ethan sah ihn fragend an. »Wieso nicht?«

»Wir haben soeben erfahren, dass dort eine Seuche grassiert.«

Beim Anblick von Quins ernster Miene zog sich Ethan der Magen zusammen. »Was für eine Seuche?«

»MacCarrick, es ist … es ist die Cholera.«

43

»Jetzt beruhig dich erst einmal«, sagte Quin. »In den ersten Telegrammen ist davon die Rede, dass man den Ausbruch der Cholera auf die tiefer gelegenen Stadtteile begrenzen konnte. Madeleine kann in St. Roch durchaus in Sicherheit sein. Aber ich rate dir dennoch, dich zu beeilen, weil die Stimmung in der Stadt umzuschlagen droht und es bereits erste Gerüchte gibt, das Kriegsrecht könnte über Paris verhängt werden. Du weißt sicher noch, was während der letzten Epidemie geschehen ist.«

Ethan musste schlucken. Tausendsechshundert Menschen waren bei einem Aufstand ums Leben gekommen, aber nicht durch die Cholera, sondern weil Soldaten das Feuer auf sie eröffnet hatten. Die Krankheit selbst hatte über zwanzigtausend Opfer gefordert.

»Sie ist nicht in St. Roch«, erwiderte Ethan und war bereits auf dem Weg zur Tür. »Sondern wohl eher in La Marais.«

Quin war dicht hinter ihm. »Was hat sie denn dort zu suchen?«

»Das ist nicht weiter wichtig …«

»Verdammt, Ethan. Dort wütet die Cholera am schlimmsten.«

Ethan glaubte, das Herz würde ihm stehen bleiben. »Was hast du gesagt?«

»Es wird bereits von einer Quarantäne für La Marais gesprochen. Ich weiß zwar nicht, warum Madeleine sich in einem Elendsviertel aufhalten sollte, aber wenn sie dort ist, dann musst du sie rausholen …« Quin schüttelte nachdrücklich den

Kopf. »Das Netzwerk würde dir niemals offiziell gestatten, eine Person aus einer vom Militär unter Quarantäne gestellten Zone herauszuholen. Doch du bist mit dem Protokoll vertraut. Du weißt, wie man andere beschützt. Du kannst das ohne Risiko schaffen.«

Schon früher hatte sich Ethan in von der Cholera befallene Gebiete begeben. In den neuesten medizinischen Texten stand geschrieben: Reinlichkeit, Umsicht und gründliches Lüften sollten die Ausbreitung der Krankheit verhindern. In der Praxis hatte Ethan gelernt: *Alles kochen, was hineingebracht wird, alles verbrennen, was herausgebracht wird, und alles Verdächtige in Whisky tränken.*

»Inoffiziell bedeutet das«, fuhr Quin leise fort, »dass ich dir beim Transport helfen kann. Du reist hin und holst sie von dort weg, wo immer sie auch sein mag – ohne Rücksicht auf die Umstände. Hast du verstanden? Du gehst rein und schaffst sie raus. Und lass dich nicht dabei erwischen, wie du gegen die Quarantäne verstößt.« Er sah Ethan ernst an. »Sonst wird man dich auf der Stelle erschießen.«

Der Morgen breitete sich fahl und träge über La Marais aus.

Gestern waren die Straßen von jenen Menschen verstopft gewesen, die noch Kraft genug gehabt hatten, um zu fliehen. Heute waren deutlich weniger Menschen zu sehen, als sei bereits entschieden, wer überleben würde und wer nicht.

Maddy saß auf den zur Haustür führenden Stufen, das Kinn auf ihre bis zur Brust angezogenen Knie gelegt. Trotz der frischen Frühlingsluft stand ihr der Schweiß auf der Stirn, und sie zitterte am ganzen Leib. Die verdammten Glocken wurden unablässig geläutet, aus der Ferne waren die Trommelwirbel der Regimenter zu hören und erinnerten jeden an die beklemmende Bedrohung

Auf der Treppe saß keiner der Säufer mehr, da die meisten sich angesteckt hatten und gestorben waren. Vor zwei Abenden war einer von ihnen auf der Suche nach Hilfe ins Haus gekrochen und auf der Treppe gestorben.

Er war der Tote, über den sie gefallen war. Sie wischte sich die Stirn ab. Sie war nun auch infiziert.

Ethan hatte sie einmal mit einem Fuchs verglichen, doch sie sah keinen Ausweg aus der Falle, in die sie nun geraten war. Für sie war es ohnehin zu spät. So wie für Bea. Wieder kamen ihr die Tränen.

Keine hundert Meter von ihr entfernt sank plötzlich ein junger Mann auf die Knie, den sie vom Sehen kannte. Er stieß einen erstickten Schrei aus und krallte sich an den Pflastersteinen fest, während eine weiße Flüssigkeit aus seinem Mund sickerte. Jeder, der sich in seiner Nähe aufgehalten hatte, ergriff sofort die wilde Flucht.

In Maddy regte sich der Wunsch, dem Mann zu Hilfe zu eilen, aber sie konnte weder ihm noch sonst jemandem helfen, den die Cholera niederstreckte. Die Krankheit fraß sich wie ein Waldbrand durch La Marais und hinterließ eine Spur des Todes. In dem Moment hörte sie hinter sich unverkennbare Würgelaute, die ihr verrieten, dass die Seuche ein weiteres Opfer gefordert hatte.

Berthé kam aus dem Haus gegenüber und ließ sich neben Maddy auf der Freitreppe nieder. Maddy sah, dass sie in Tränen aufgelöst und ebenfalls infiziert war.

Als sie nach La Marais zurückgekehrt war, hatte sie sich darauf gefasst gemacht, von den Schwestern verspottet zu werden, doch inzwischen war der Streit zwischen ihnen völlig bedeutungslos geworden.

Ihre Blicke trafen sich, und Berthé fragte: »Wie geht es Bea?«

»Heute Morgen gestorben«, brachte Maddy heraus und zitterte noch heftiger.

Berthé nickte betroffen. »Das tut mir leid. Aber Corrine geht es noch gut?«

»Ja, sie ruht sich aus.« Corrine hatte sich in den Schlaf geweint, nachdem sie Bea am Morgen tot in ihrem Bett vorgefunden hatte. Bei der Erinnerung daran schauderte es Maddy. »Und Odette?« Sie wusste, Odette war als eine der Ersten angesteckt worden – und Berthé hatte sich geweigert, ihre Schwester zurückzulassen, obwohl sie sich in Sicherheit hätte bringen können.

»Sie wird die kommende Nacht nicht überleben«, antwortete Berthé.

»Das tut mir leid.«

Berthé wischte sich die Tränen weg, und nach langem Schweigen sagte sie schließlich: »So hätte es mit uns nicht zu Ende gehen sollen, nicht wahr?«

Maddy schüttelte den Kopf und lächelte sie traurig an. Es war schon bemerkenswert, welchen Einfluss die äußeren Umstände auf die eigenen Wünsche und Träume haben konnten. Erst letzte Woche hatte sie sich noch gewünscht, dass sie tatsächlich schwanger war und Ethan sich über diese Neuigkeit freute.

Nun wollte sie nur noch ein weiteres Mal die Cholera überleben. Und wenn ihr dieser Wunsch versagt blieb, dann sollte sich Ethan wenigstens nicht die Schuld an ihrem Tod geben. Ganz gleich, was er getan hatte, er verdiente es nicht, mit einer solchen Schuld leben zu müssen.

Und sie wünschte sich, nach ihrem Tod nicht mit Dutzenden anderen Opfern auf dem Scheiterhaufen verbrannt zu werden …

»Wenigstens hast du einmal was anderes gesehen als dieses

Dreckloch«, unterbrach Berthé ihre Gedanken. »Ist Britannien wirklich so schön, wie man sich erzählt?«

»Ja, das ist es.« Maddy geriet ins Stocken, als sie an Carillon dachte. »Das ist es wirklich.«

Die verdreckten Straßen von La Marais waren menschenleer, als Ethan spät in der Nacht in das Viertel gelangte. Die einzigen Geräusche waren das Läuten der Kirchenglocken, das dumpfe Dröhnen der Trommeln und gelegentliche Schüsse. Haustüren standen weit offen, die Habseligkeiten hatte man auf die Straße geworfen.

Die Menschen waren um ihr Leben gerannt, als sie aus La Marais geflohen waren. Dass Maddy hier sein sollte, machte ihn vor Angst fast wahnsinnig.

Trotz Quins hervorragender Kontakte hatte Ethan zunächst auf eine Fähre warten müssen. Die Gerüchte aus Paris überschlugen sich, und die meisten Kapitäne weigerten sich, den Kanal in Richtung Frankreich zu überqueren.

Jede Stunde, die Ethan in England ausharren musste, war eine Tortur gewesen, und er hatte sich zwingen müssen, währenddessen nicht darüber nachzudenken, wie kurz die Zeitspanne zwischen Ansteckung und Ausbrechen der Cholera nur war – zwischen vier Stunden und fünf Tagen. Er selbst hatte erlebt, wie sich Menschen ansteckten und innerhalb weniger Stunden daran verstarben. Dabei war ein körperlicher Verfall zu beobachten, dessen Geschwindigkeit Ethan erschreckt hatte.

Maddy hielt sich seit mindestens zwei, vielleicht schon drei Tagen hier auf …

Nachdem er Frankreich endlich erreicht hatte, wurde er mit der Tatsache konfrontiert, dass man viele Züge gar nicht bis nach Paris durchfahren ließ. Als er dann schließlich doch vor ihrem Haus stand, war die Angst um Maddy schier unerträglich. Er lief durch die offen stehende Haustür und stürmte hinauf in den sechsten Stock, wo er die verschlossene Tür zu Maddys Wohnung ohne zu zögern sofort eintrat.

Das Zimmer sah noch genauso aus wie damals – außer dass von Maddys buntem Bett nur noch das Gestell übrig war. Alles andere war fort, auch die Matratze.

Seine Kehle war plötzlich wie ausgedörrt.

Die Tür zu Beas Wohnung stand offen, und als er sah, dass bei ihr auch nur das nackte Bettgestell zurückgeblieben war, brach ihm der kalte Schweiß aus. Hier hatte die Krankheit gewütet.

Er trat auch Corrines Wohnungstür ein, doch bei ihr schien alles in Ordnung zu sein. In aller Eile lief er die Treppe hinunter und rannte auf die Straße, ohne zu wissen, wo er nach Maddy suchen sollte. Wieder und wieder rief er ihren Namen, der von allen Seiten widerhallte, ohne dass eine Antwort kam.

»Suchen Sie *la gamine*?«, hörte er eine schwache Frauenstimme.

Er wirbelte herum und sah eine Frau, die aus dem gegenüberliegenden Haus in seine Richtung gehumpelt kam. Es handelte sich um die Kellnerin, die Maddy damals ein Bein gestellt hatte. Wenn er sich nicht irrte, hieß sie Berthé.

»Wo ist sie?«, wollte er wissen.

»Madeleine hat sich angesteckt.« Berthé hielt die Hände seitlich gegen den Körper gedrückt, ihr Gesicht war kreideweiß, und unter den Augen bemerkte er die typischen dunklen Ringe. »Sie ist über einen Toten auf der Treppe gestolpert, und damit hatte sie keine Chance mehr, der Krankheit zu entrinnen. Gestern haben sie sie mitgenommen, als sie herkamen, um Beas Leichnam mitzunehmen. Sie nahmen sie mit, obwohl sich Corrine mit Händen und Füßen dagegen wehrte.«

Bei ihren Worten hämmerte Ethans Herz wie wild. Er durfte nicht über das nachdenken, was sie damit vermutlich sagen wollte. Nein, das war einfach unmöglich. »Wer nahm sie mit? Und wohin?« Als sie sich vorbeugte und weiße Flüssigkeit erbrach, brüllte er sie an: »Verdammt, Berthé! Sagen Sie es mir!«

Es kostete sie Mühe, sich aufzurichten. »Ins Hospital. L'Hotel Dieu. Vier Häuserblocks weiter, dann nach Norden. Aber sie war schon krank. Sie wird längst auf dem Scheiterhaufen liegen …«

Er war bereits losgerannt und hörte nichts anderes mehr außer seinem angestrengten Atem.

Der Eingang zum Hospital wurde zwar bewacht, jedoch nur von zwei Soldaten. Allerdings rechnete auch niemand damit, dass jemand ins Gebäude wollte, und kein Patient würde in der Lage sein, bis nach draußen zu gelangen. Ethan wurde kaum langsamer, als er sich den beiden Wachleuten näherte, und noch bevor sie etwas unternehmen konnten, holte er mit den Fäusten aus, während er zwischen ihnen hindurchstürmte. Beide Männer sanken bewusstlos zu Boden.

Im Hospital herrschte das völlige Chaos, nutzloser Qualm und der Geruch von Weihrauch zogen durch die Gänge und machten ihm das Durchatmen schwer. Überall drängten sich Patienten, hysterische Schreie waren zu hören, und wohin er auch schaute, an jeder Ecke sah er zusammengekauerte Gestalten, die ihren Tränen freien Lauf ließen.

An einem Schreibpult, auf dem sich Papiere und Tüten mit persönlichen Habseligkeiten türmten, entdeckte er eine überarbeitete Nonne. »Ich suche meine Frau«, sagte er zu ihr. »Madeleine MacCarrick.«

»Wie sind Sie hier hereingekommen?«, wunderte sie sich und musterte argwöhnisch sein unrasiertes, narbiges Gesicht. Ihre dunklen Augenringe und die schweißnasse Stirn sprachen eine deutliche Sprache. *Sie hat sich bereits angesteckt.* Er ließ seinen Blick schweifen und stellte fest, dass es den meisten anderen Nonnen nicht anders erging.

»Besondere diplomatische Genehmigung«, antwortete er rasch. Er musste Maddy noch heute Nacht aus Frankreich herausbringen, sonst drohte ihm Ärger, da er die beiden Soldaten niedergeschlagen hatte.

Die Nonne nahm seine Erwiderung mit einem Stirnrunzeln zur Kenntnis, zog dann aber ein schweres, in Leder gebundenes Buch zu sich herüber. Nachdem sie einige Seiten überflogen hatte, erklärte sie: »Ich habe niemanden hier, der so heißt.«

»Dann suchen Sie nach Maddy«, fuhr Ethan sie an, doch auch diesmal schüttelte sie den Kopf. »Und unter dem Nachnamen Van Rowen?«

Abermals suchte sie, dann hob sie den Kopf. Ihr Gesicht war noch etwas bleicher geworden, und Ethan zitterte.

»Sagen Sie mir, wo sie ist«, forderte Ethan sie mit leiser Stimme auf. Als sie zögerte, konnte er sich nur mit Mühe davon abhalten, über das Pult zu greifen und die Frau zu würgen.

»Es tut mir leid, Monsieur, Sie kommen zu spät.«

44

Ethan schluckte und bekam keinen Ton heraus. »Sie ist nicht … das muss ein Irrtum sein«, widersprach er ihr schließlich.

Trotz des Rauschens in seinen Ohren hörte er sie leise antworten: »Sie erhielt in der Nacht die Letzte Ölung, und es ist nicht davon auszugehen, dass sie den Morgen überlebt.«

Ihm kam es vor, als sei er kurz davor, überzuschnappen, und das musste man ihm wohl auch ansehen, da die Nonne sich plötzlich duckte. »Dann ist sie noch nicht …?« Das letzte Wort konnte er nicht aussprechen.

»Sie ist im letzten Zimmer.« Ihr Blick wanderte zur abgedunkelten hinteren Station. »Aber, Monsieur, wenn man sie erst einmal dorthin gebracht hat …«

Ethan lief bereits in die angegebene Richtung und riss die Tür auf. Verzweifelt schaute er nach rechts und links, doch es standen so verdammt viele Betten in diesem verdreckten, kalten Zimmer, dass er sie nicht entdecken konnte. Kinder kreischten vor Entsetzen, weil ihre Eltern gestorben waren, aber sie zeigten selbst längst deutliche Anzeichen der Krankheit. Der Gedanke, dass Maddy hier allein war und …

Nein, er durfte sich von solchen Gedanken nicht ablenken lassen. *Konzentriere dich … denk an nichts anderes …*

Er brüllte ihren Namen, blieb an jedem Bett stehen und zog das Laken runter … und blickte in ein von der Krankheit gezeichnetes Gesicht nach dem anderen – eingefallene Wangen, dunkle Ringe um die glasigen Augen.

Dann fiel ihm eine zierliche Gestalt auf, die sich unter ihrem

Laken zusammengerollt hatte – so wie Maddy! Sie würden ihr Gesicht nicht bedecken, wenn sie nicht bereits … Gott stehe ihm bei! Sie durfte nicht hier gestorben sein, ganz allein und in dieser gottverdammten Haltung!

Aber es war durchaus möglich. Wie viele Schläge konnte sie einstecken, die das Leben ihr austeilte, bis sie aufgab?

Er eilte zu ihr, doch das Bild vor ihm war plötzlich verschwommen. Er wischte sich mit dem Ärmel über seine Augen und musste diese Geste unablässig wiederholen, bis er das Bett erreicht hatte. Langsam zog er das Laken nach unten.

Dann sank er auf die Knie. »*Oh Gott, Maddy.*« Lippen und Gesicht waren schneeweiß, dunkle Ringe zogen sich um ihre Augen.

Sie lag reglos da. *Sie kann nicht …*

Als er sein Gesicht an ihren Hals legte, stellte er fest, dass sie sich warm anfühlte. Er griff nach ihrem Handgelenk und hielt so lange den Atem an, bis er endlich ihren Puls fühlte. »*Aingeal*, wach auf.« Er zog sie an seine Brust, aber ihr Körper war schwach.

Das Bettlaken und der Rücken ihres Nachthemds waren blutdurchtränkt.

Seit sie erkrankt war, befand sich Maddy in einem merkwürdigen Bewusstseinszustand. Sie nahm alles wahr, was mit ihr geschah, und das Fieber, das sie Stunde um Stunde heimgesucht hatte, schenkte ihr kein Vergessen.

Dass Bea tot war, wusste sie, und ihre Trauer um sie war grenzenlos. Immer wieder sah Maddy das Gesicht ihrer Freundin vor sich, das einst so schön gewesen war, sich aber im Augenblick ihres Todes zu einer vom Schmerz gezeichneten Fratze verzerrt hatte.

Ihr war auch in Erinnerung, wie sehr Corrine dafür gekämpft hatte, dass die Soldaten Maddy nicht mitnahmen, nachdem bei ihr die Krankheit ausgebrochen war. Angesichts der lautstarken und wutentbrannten Gegenwehr fürchtete Maddy, Corrine könnte verletzt oder inhaftiert worden sein.

Und sie wusste auch, dass sie Ethan trotz allem ganz furchtbar vermisste.

Als hätten ihre Gedanken ihn hergezaubert, träumte sie plötzlich, dass er jetzt ihretwegen hergekommen war. Nachdem sie so lange Zeit bei Verstand gewesen war, wunderte sich Maddy, warum sie nun fantasierte, er würde neben ihrem Bett knien. In ihrem Traum fühlte sie, wie er mit seiner unrasierten Wange an ihrem Hals entlangstrich, wie seine Tränen auf ihre Haut tropften. Und sie sah seine Finger über ihrer Stirn schweben.

Es kam ihr so echt vor, dass sie versuchte, die Augen einen Spaltbreit zu öffnen, doch das Licht schmerzte zu sehr. Abgesehen davon war es ohnehin nur eine Halluzination, weil Ethan ganz bestimmt nicht in dieses Hospital kommen würde. »*Traum?*«, flüsterte sie.

»Nein, Maddy« – seine Stimme versagte sekundenlang –, »ich bin hier bei dir.«

Oh Gott, es war wirklich Ethan, obwohl er so anders aussah. Sein Gesicht wirkte ausgemergelt, und in seinen Augen brannte ein Gefühl, das sie bei ihm noch nie gesehen hatte.

Er konnte ihr doch nicht allen Ernstes hierher gefolgt sein, oder? Vor allem, wenn sie sowieso im Sterben lag. Er musste wissen, wie gefährlich das war. Angestrengt rang sie nach Luft. »Du musst … gehen …«

»Nicht ohne dich. Ich werde dich von hier wegbringen.«

»Geh … bitte. Man wird … dich erschießen. Du … darfst nicht wieder … herkommen.«

»Hör mir zu«, sagte er in leisem, wütendem Tonfall. »Ich bin immer noch dein Ehemann, und wenn ich sterben muss, um dich vor der Hölle zu bewahren, dann ist das Herrgott noch mal mein gutes Recht.«

Das ist ganz sicher kein Traum … Ihr schroffer Schotte verhielt sich wie ein Held und fluchte noch immer wie ein Seemann. »Aber, Ethan, ich ster…«

»Du wirst nicht sterben!« Er legte eine Hand an ihren Nacken. »Du wirst durchhalten!«

»Ich glaube«, flüsterte sie ihm zu, *»dafür ist es zu spät.«*

Er nahm ihr Kinn zwischen seine Finger, damit sie ihm in die Augen sah. Sein Gesicht war kreidebleich und wies einen beinahe wahnsinnigen Ausdruck auf. »Das ist es nicht. Verdammt, Maddy MacCarrick, wir beide werden zusammenbleiben. Das kannst du mir glauben.« Ihm standen Tränen in den Augen. »Mädchen, ich liebe dich nicht umsonst so sehr.«

Ihr lief eine Träne über die Wange, die er mit seinem Finger wegwischte. Sie verspürte einen winzigen Funken Hoffnung.

»Halte durch, für mich.« Er schloss sie in seine Arme und hob sie behutsam hoch. Aber wohin wollte er sie bringen? »Lass mich jetzt nur nicht im Stich, Maddy«, flehte er. Sie nahm Wärme wahr, die von seinem Duft erfüllt war, als er seinen Mantel um sie legte. Durch die Nähe zu ihm rückten die Schreie der anderen allmählich in den Hintergrund, bis sie sie kaum noch wahrnahm.

Kaum hatte er sie ein Stück weit getragen, hörte sie eine Nonne rufen: »Sie dürfen mit einem infizierten Patienten nicht das Haus verlassen!«

Sind wir schon draußen?, wunderte sie sich und blinzelte vorsichtig. Tatsächlich befanden sie sich an einer Tür, die nach draußen führte … so dicht davor, in die Nacht hinauszugehen …

»Wenn Sie die Frau tragen, können Sie sie umbringen«, warnte eine andere Stimme.

Aber wenn Ethan glaubte, er könne sie hier rausholen, dann wollte Maddy auch mit ihm gehen. Sie wollte nicht hier sterben und dann mit Dutzenden anderen Toten auf einem Scheiterhaufen landen.

»Gehen Sie mir aus dem Weg«, erwiderte Ethan. Wie in Trance sah sie, dass er nach seiner Pistole griff und den Hahn spannte. »Wer sich mir in den Weg stellt, den werde ich töten – und das mit dem größten Vergnügen.«

Und dann … dann fühlte sie die kühle Nachtluft auf ihrer Haut.

»Wir gehen nach Hause, Mädchen«, murmelte er ihr zu. »Ich bringe dich nach Hause.«

Kaum hatte Ethan sie über die Schwelle getragen und diese Hölle hinter sich gelassen, als sie das Bewusstsein verlor und nur noch Schwärze sie umgab.

45

Während Ethan mit einem feuchten Tuch über Maddys Körper strich, konnte er hören, wie Fiona im Nebenzimmer leise mit den Ärzten redete.

Zwei Tage waren vergangen, seit Ethan Madeleine hergebracht hatte. Ethan hatte Quin wissen lassen, sein Haus in Grosvenor solle komplett geräumt werden. Jedoch war Fiona nicht dazu zu bewegen gewesen, diese Aufforderung zu befolgen, und stattdessen hatte sie Quin dazu gebracht, ihr alles zu sagen. Anschließend holte sie die besten Ärzte ins Haus, damit sie sich um Maddy kümmerten, Ethans Ehefrau, die zu erwähnen er »vergessen« hatte.

Auch nach diesen zwei Tagen und den unermüdlichen Anstrengungen der Ärzte war Maddy immer noch so blass, als sei alles Blut aus ihrem Körper gewichen. Wenn sie schlief, warf sie sich hin und her, ihr Atem ging stockend, und an diesem Abend hatte sich wieder Fieber eingestellt.

»Ich werde dafür sorgen, dass sie wieder gesund wird«, hatte Ethan den Ärzten erklärt, doch er wusste, wie groß nach deren Meinung Maddys Chancen waren.

Aber keiner von ihnen kannte Maddy so gut wie er. Sie sahen nur, wie klein und zart sie war, und sie fühlten ihren schwachen Puls. Ethan berichtete von der möglichen Schwangerschaft und dem Blut an ihrem Nachthemd, woraufhin sie sie untersuchten und feststellten, dass sie das Kind verloren hatte, wodurch sie zusätzlich geschwächt war.

»Mach dir darüber keine Gedanken, Sohn«, sagte Fiona daraufhin zu ihm. »Sie wird Kinder bekommen, wenn sie erst einmal …«

»Meinst du, das ist im Moment für mich wichtig?«, herrschte er sie an.

»Aber dein Gesicht in dem Moment, als dir klar wurde … ich dachte nur …«

Seine Reaktion drehte sich nicht darum, *dass* sie ihr Kind verloren hatte, sondern *wo*.

In dieser Hölle von La Marais.

Und sie war ganz allein gewesen.

Ihr Körper hatte seinen Samen empfangen, bereit, ihm ein Kind zu schenken. Aber seine unzähligen Lügen hatten sie verjagt und in dieses Elend zurückkehren lassen, und nun kämpfte sie seinetwegen ums Überleben.

Als er zum ersten Mal von der Fehlgeburt hörte, da meldete sich in seinem Kopf eine Stimme: *Es könnte ja doch wieder der Fluch sein …*

Doch Ethan wusste, damit hatte es nichts zu tun, auch wenn es leicht gewesen wäre, die Schuld darauf zu schieben. Nein, allein *sein* Handeln war die Ursache für all diese schrecklichen Begebenheiten, und er nahm die Schuld in vollem Umfang auf sich.

Stunde um Stunde wachte Ethan über sie, beobachtete, wie sich mit jedem Atemzug ihre Brust hob und senkte, und spornte sie an, um sie weiterzukämpfen … ein Atemzug … noch ein Atemzug …

Zwischen zwei Fieberträumen, die sich über etliche Tage zu erstrecken schienen, hörte sie, wie Ethan zu ihr sprach.

Mit belegter Stimme flehte er sie an: »*Maddy, verlass mich bitte nicht.*« Dann wieder drohte er ihr: »Du wirst mich niemals loswerden.« Sobald er sich dann zu einem ruhigeren Tonfall durchgerungen hatte, fügte er hinzu: »Also solltest du … besser bei mir bleiben.«

Und er brüllte sie an, mit so volltönender Stimme, dass ihr Bett zu erzittern schien. »*Das kannst du nicht mit mir machen! Erst raubst du mir mein verdammtes Herz, und dann verlässt du mich! Meinst du etwa, ich werde dir nicht folgen?*«

Sie wusste, er war die ganze Zeit über bei ihr, sie nahm seine Bewegungen wahr und verstand seine Worte. Aber sie konnte weder die Augen öffnen noch ein Wort sagen.

In der Nacht legte er sich zu ihr, schlang die Arme um sie und wärmte sie, während er ihr zuflüsterte: »Du magst es, anderen zu widersprechen. Also werde endlich gesund und zeig ihnen allen, dass sie sich irren.« Er umfasste ihre Hüfte, dann ballte er die Faust. »Oh, Mädchen, die begreifen nicht, wie stark du eigentlich bist.«

Manchmal waren da auch andere Stimmen, vermutlich Ärzte, und hin und wieder hörte sie eine ältere Frau mit schottischem Akzent, die auch jetzt wieder etwas sagte: »Ethan, diese Ärzte tun ihr Bestes.«

»Das ist aber nicht gut genug!«, erwiderte er aufgebracht und beschimpfte die Ärzte mit so üblen Flüchen, wie Maddy sie noch nie aus seinem Mund gehört hatte. Dann schickte er sie nach draußen und warf so schwungvoll die Tür ins Schloss, dass Maddy den Luftzug spürte.

Irgendwann fühlten sich ihre Lider nicht mehr zu schwer an, um sie zu öffnen. Mehrere Male blinzelte sie, dann erkannte sie ihn, wie er neben ihrem Bett stand, und sie wartete, dass die Umrisse scharf wurden.

Er fuhr sich durchs zerzauste Haar, eine hübsche rothaarige Frau stand neben ihm und sah ihn sorgenvoll an.

»Sie wird bald aufwachen, Ethan. Das Fieber ist überstanden.«

»Das haben die Ärzte gestern auch schon gesagt, aber nichts ist passiert.«

»Wenn sie jetzt aufwachen würde«, meinte die Frau, »dann würdest du sie vermutlich zu Tode erschrecken. Du bist unrasiert und hast seit Tagen nichts Frisches mehr angezogen. Außerdem siehst du aus, als hättest du den Verstand verloren.«

»Ich stehe kurz davor, tatsächlich den Verstand zu verlieren.«

Als er im Zimmer auf und ab ging, redete die Frau auf ihn ein: »Du musst die Ruhe bewahren. Dein Zorn auf die Ärzte wird deiner Frau nicht weiterhelfen.« Sie schaute nur kurz zu Maddy, wandte den Blick ab, stutzte und sah wieder zu ihr. »Aber vielleicht kannst du sie ja wecken, wenn du die Tür fest genug zuschlägst.«

»Was soll denn das he …?« Er hielt inne und fragte leise: »Willst du damit andeuten, sie …«

»Du hast mir nicht gesagt, dass sie so schöne blaue Augen hat. Dreh dich doch um, Sohn.«

Sofort machte er auf dem Absatz kehrt und beugte sich über ihr Bett. Entsetzt starrte Maddy ihn an. Seine wild funkelnden Augen waren rot unterlaufen, er hatte sich seit Tagen nicht mehr rasiert. Die Kleidung war zerknittert, die Hemdsärmel trug er hochgekrempelt. Er sah aus, als wolle er sich jeden Moment auf sie stürzen.

Die Frau äußerte etwas auf Gälisch, woraufhin er eine Hand an sein Gesicht legte und den Bart ertastete. Er erstarrte in seiner Bewegung und runzelte die Stirn.

Wie lange war er nicht von ihrer Seite gewichen?

Ethan sah sie voller Verlangen an, aber er schien sich zu zwingen, auf Abstand zu ihr zu bleiben. »Du musst etwas trinken«, sagte er plötzlich und lief zu einem Krug. Während er Wasser einschenkte, hörte Maddy, dass er zitterte, da er mit dem Krug immer wieder gegen das Glas schlug.

Die Frau warf ihm einen fragenden Blick zu, dann richtete sie sich an Maddy. »Ich bin Lady Fiona, Ihre Schwiegermutter, und ich bin sehr erfreut, heute Morgen Ihre Bekanntschaft zu machen.«

Als Ethan mit dem Glas Wasser zum Bett kam, fragte sie: »Wo bin ich?«

Er hob ihren Kopf an, damit sie leichter trinken konnte. »Du bist in London, in unserem Stadthaus.« Maddy konnte von dem frischen Wasser gar nicht genug bekommen. »Nicht so hastig«, murmelte er.

Als er ihr das fast leere Glas aus der Hand nahm, fragte sie zögerlich: »Und … Corrine?«

»Ich konnte sie nirgends finden, aber ich lasse in ganz Paris nach ihr suchen«, antwortete er. »Maddy, ich glaube nicht, dass sie sich angesteckt hat.«

Besorgt schloss Maddy die Augen, riss sie jedoch sogleich wieder auf, da sie fürchtete, sonst erneut einzuschlafen.

Mit einer Hand strich er ihr über den Nacken. »Aber Bea …«

»Ja«, wisperte sie. »Ich weiß.«

Abermals machte Lady Fiona eine Bemerkung auf Gälisch, dann fügte sie für Maddy verständlich an: »Ethan, warum machst du dich nicht erst einmal frisch, während ich mich mit meiner neuen Schwiegertochter unterhalte?«

Er zögerte, doch dann tauschten die beiden einen kurzen Blick aus, und ehe er sich schließlich zur Tür umdrehte, sagte Ethan mit rauer Stimme zu Maddy: »Ich bin sehr froh, dass es dir wieder besser geht, Mädchen.« Als er aus dem Zimmer trottete, glaubte sie zu sehen, wie er sich mit einem Ärmel über die Augen wischte. *Oh, Ethan!*

Nachdem er hinausgegangen war, vertraute Fiona ihr an: »Wenn ich sage, er macht sich Sorgen um Sie, dann ist das noch untertrieben.« Sie setzte sich auf die Bettkante. »Ich kann mir vorstellen, dass Ihnen viele Fragen auf den Nägeln brennen …«

»Ich habe hier niemanden angesteckt, oder?«

»Nein, keinen von uns. Aber um Gewissheit zu haben, bleibe ich noch eine Woche in diesem Haus.« Lächelnd fügte sie hinzu: »Ich hoffe, Sie spielen Karten.«

Maddy biss sich auf die Unterlippe, schließlich fragte sie: »Ich … Lady Fiona, ich habe das Baby verloren, nicht wahr?«

Fiona strich ihr die Haare aus der Stirn. »Aye, aber eine ganze Schar Ärzte ist der einhelligen Meinung, dass Sie trotzdem noch Kinder bekommen können.«

Dass sie eine Fehlgeburt erlitten hatte, war ihr die ganze Zeit über klar gewesen, doch nun die Bestätigung dafür hören zu müssen, versetzte ihr einen heftigen Stich. »Aber Ethan … ihm geht es nicht gut?«

»Er sieht vielleicht so aus, aber er ist wohlauf. Ich glaube nur, er hat seit einer Woche kein Auge mehr zugetan.« Sie zog die Brauen hoch, als sie ergänzte: »Er liebt Sie mit Haut und Haar. Ich werde glücklich sein, wenn Sie beide zusammenfinden und noch einmal von vorn beginnen.«

Maddys Lider wurden wieder schwer. »Lady Fiona, ich weiß nicht, was er Ihnen gesagt hat …«

»Mädchen, ich weiß alles. Sie müssen sich jedoch vor Augen halten, dass er sich geändert hat. Ich sage Ihnen das nicht als seine Mutter, sondern von Frau zu Frau: Wenn ein Mann wie Ethan endlich zu lieben lernt, dann ist es für die Ewigkeit.«

»Zum Teufel!«

Schon wieder hatte er sich geschnitten. Seine Hände zitterten, und da erwartete Fiona, dass er sich rasierte und frisch machte? Weil er angeblich seiner Frau Angst machte!

Aber vermutlich stimmte das sogar, da er gegen den nahezu

überwältigenden Wunsch anzukämpfen versuchte, sie in seine Arme zu schließen. Maddy hatte die Augen weit aufgerissen und ihn erschrocken angeschaut.

Nur mit größter Mühe war es ihm gelungen, das Zimmer zu verlassen, aber bereits zuvor war von seiner Mutter der Wunsch geäußert worden, mit Maddy allein zu reden, sobald sie aufgewacht war. Fiona hatte davon gesprochen, dass Maddy möglicherweise gar nichts von ihrer Schwangerschaft wusste und ihr die Nachricht von der Fehlgeburt erspart werden konnte.

An diese Hoffnung musste er sich klammern.

Als er sich erneut schnitt, warf er das Rasiermesser hin, stützte sich auf dem Becken auf und ließ den Kopf sinken. Oh bitte, lass es sie nicht gewusst haben! Nach Beas Tod, seinem Verrat und Corrines Verschwinden wusste er nicht, wie viel mehr sie noch ertragen konnte …

Wie lange wollte sich seine Mutter nur mit Maddy unterhalten?

Noch länger konnte er einfach nicht wegbleiben. In aller Eile zog er sich um und kehrte zurück. Als er das Zimmer betrat, hatte Maddy die Lider halb geschlossen, als kämpfe sie damit, die Augen offenzuhalten.

Er setzte sich zu ihr, woraufhin sie die Hand hob, um mit den Fingerspitzen über eine kleine Schnittwunde an seiner Wange zu streichen. Er nahm ihre Hand in seine und küsste ihre Finger, doch Maddy hatte bereits die Augen geschlossen. Gerade wollte sich Panik in ihm regen, da erklärte Fiona: »Sie schläft nur, Ethan.«

»Weiß sie von dem Kind?« *Bitte nicht …*

»Aye, sie weiß es. Aber sie ist stark, das merke ich ihr an. Wenn du ihr hilfst, werden alle ihre Wunden verheilen.«

Maddy würde seine Hilfe vielleicht nicht haben wollen – und womöglich wollte sie überhaupt nichts mehr von ihm wissen.

»Hat sie auch etwas über mich gesagt?«, fragte er und klang so verzweifelt, wie er sich fühlte. »Über das, was ich gesagt habe?«

»Sie sprach es kurz an. Aber sie liebt dich, Sohn. Das spüre ich. Du wirst sie zurückzugewinnen.«

Niemals wieder würde er Fiona gegenüber Zorn verspüren für das, was sie in den ersten Stunden nach dem Tod seines Vaters getan und wie sie über ihn geredet hatte. *Wäre Maddy …* Ihm lief ein Schauer über den Rücken, und er kniff die Augen zu. »Du musst jetzt gehen.«

Wortlos verließ Fiona das Zimmer.

Im nächsten Moment entglitt ihm die Kontrolle über seine Gefühle.

46

In den letzten fünf Nächten war Ethan jedes Mal in ihr Zimmer gekommen, um sich zu ihr ins Bett zu legen und die Nacht bei ihr zu verbringen. Früh am Morgen schlich er sich dann wieder hinaus. Dass ihr feuriger Highlander an ihrer Seite sein wollte, ließ ihr Herz zu Beginn erweichen, doch dann begann sie sich über ihn zu ärgern.

Sobald sie mit ihm über die Ereignisse reden wollte, die sich zugetragen hatten, zog er sich zurück. Offenbar glaubte er, sie sei noch nicht wieder genügend zu Kräften gekommen, um nur sechs Tage nach ihrer Genesung sein Geständnis ertragen zu können. Aber sie machte zügige Fortschritte, nachdem das Schlimmste hinter ihr lag. Heute hatte sie den Nachmittag über im Bett gesessen, um mit Lady Fiona Karten zu spielen, die am nächsten Tag nach Schottland zurückkehren sollte.

Sie hegte Sympathie für Fiona, und es machte ihr Spaß, wenn sie miterlebte, wie sie ihren Sohn Ethan noch immer ausschimpfte, wenn sie es für notwendig hielt. Zwar beklagte er sich darüber, doch Maddy spürte, dass die Differenzen zwischen den beiden beigelegt worden waren.

Was Maddys Verhältnis zu Ethan anging, so gab es da auch noch Differenzen zu klären, damit sie endlich Klarheit bekam, was sich tatsächlich zugetragen hatte.

An diesem Abend hielt sie sich lange genug wach, bis er sich in ihr Zimmer stahl. Es war kurz nach Mitternacht, und er zog sich klammheimlich aus. Als er dann vorsichtig die Decke hochhob, um sich zu ihr zu legen, da sagte sie auf einmal:

»Ethan, findest du nicht, dass wir über das reden sollten, was geschehen ist?«

Seufzend antwortete er: »Aye, vermutlich sollten wir das.« Er schlüpfte in seine Hose, dann machte er die Schlafzimmerlampe an. Nachdem er einige Kissen in ihren Rücken gelegt hatte, damit sie aufrecht im Bett sitzen konnte, zog er einen Stuhl heran. »Wie hast du es herausgefunden?«

»Ich hatte dem Verwalter auf Iveley geschrieben, weil ich das Anwesen mit dir besuchen wollte, damit du siehst, wo ich aufgewachsen bin. Aber du kanntest Iveley Hall nicht nur längst, es gehörte dir auch seit Jahren. Seit dem Tod meines Vaters.«

»Aye, ich habe alle seine Schulden aufgekauft, auch das Darlehen auf das Anwesen.«

»Dann hattest du also einen Rachefeldzug gegen meine Familie geplant. Möchtest du mir nicht sagen, worum es dabei ging?«

»Bist du nicht selbst zu einem Schluss gekommen?«

»Ich vermute, mein Vater hat dich mit meiner Mutter im Bett ertappt. Ich glaube, du warst der Mann, der in jener Nacht bei ihr war.«

»Ich habe deine Mutter nie angerührt!«, widersprach er mit Nachdruck. »Ich war zu ihr gegangen, aber ich hatte Bedenken und wollte wieder gehen.«

Maddy zog eine Augenbraue hoch. »Ist das eine Angewohnheit von dir, dass du dir etwas vornimmst und es dann nicht einhältst? So wie bei den Barmädchen?«

»Ein Gefühl riet mir, Sylvie besser nicht anzufassen. Die beiden anderen brachten mich zu einer Erkenntnis. Alles hat mich letztlich zu dir geführt.«

»Was geschah in dieser Nacht, Ethan?«

Er fuhr sich mit der Hand über das Gesicht. »Wenn ich versuche, meine Unschuld zu belegen, dann belaste ich damit nur deine Eltern.«

»Ich muss es erfahren«, beharrte sie. »Ich muss endlich wissen, was geschehen ist.«

Während er die Stirn in Falten legte, war der Schmerz in seinen Augen fast zu viel für sie. »Dann werde ich es dir sagen, auch wenn es mir keine Freude bereitet.« In gedämpftem Tonfall beschrieb er ihr eine Nacht voller Lügen, List und unvorstellbarer Boshaftigkeit.

Als er ihr sagte, dass ihre Mutter ihn der Vergewaltigung beschuldigt hatte, war Maddy erschüttert. Als er berichtete, wie Brymer ihm das Gesicht zerschnitt, konnte sie ihre Tränen nicht zurückhalten.

Ethan war zu Unrecht beschuldigt, dann geschlagen und schließlich entstellt worden – während Maddy in ihrem Bett lag und schlief.

Ihr Vater hatte es gefordert, für Brymer war es ein Vergnügen gewesen, und ihre Mutter hatte sich zurückgelehnt und nichts gemacht, obwohl sie wusste, dass im Stall ein junger Mann gefoltert wurde.

»Oh Gott«, flüsterte Maddy, als sie die Zusammenhänge erkannte. »Ethan, es tut mir so schrecklich leid, was sie dir angetan haben.«

»Wage es ja nicht, dich für sie zu entschuldigen. Mit dir hat das nichts zu tun. Und du musst mich auch nicht bedauern, denn ich habe mich gerächt, wie du weißt. Ich kaufte die Kredite deines Vaters auf und forderte eine verfrühte Rückzahlung«, erklärte er mit rauer Stimme. »Und zwar alle Kredite gleichzeitig. Ich bin dafür verantwortlich, dass euch euer Haus weggenommen wurde.«

Hatte er *verfrüht* gesagt? »Wäre es früher oder später sowieso dazu gekommen, oder war es einzig dein Werk?« Als Ethan die Lippen zusammenpresste, anstatt zu antworten, stockte ihr der Atem. *Das ist wohl ein schlechter Scherz.* Sie wusste, dass ihr Vater Schulden und Geldsorgen hatte, denn sie konnte sich daran erinnern, wie sich ihre Eltern stritten, weil ihre Mutter immer mehr und mehr haben wollte. Vermutlich wäre Maddy auch ohne Ethans Zutun früher oder später in La Marais gelandet.

»Und Brymer? Hast du ihn getötet?«

»Aye.«

Sie nickte und war froh, das zu hören. Ihr schauderte, wenn sie nur daran dachte, wie dieser Mann Ethan aufgehängt hatte, um ihn mit seinem Messer zu quälen.

»Und Tully?«, fragte sie nervös. Er war immer nett zu ihr gewesen.

»Ihn habe ich verschont.«

Sie atmete erleichtert auf, und das nicht nur wegen Tully. Sie war auch froh zu wissen, dass Ethan Gnade walten lassen konnte, wenn es angebracht war. »Aber was ist mit mir? Du kamst zu mir zurück, nur um mir weiter wehzutun.«

»Ich versuchte mir einzureden, aus Rache zu handeln, aber mir war schon früh klar, dass es mir nicht möglich sein würde, dir vorsätzlich wehzutun. Du kannst dich darüber freuen, dass mein finsterer Racheplan das Gegenteil bewirkte.« Er beugte sich vor und stützte die Ellbogen auf die Knie. »Maddy, ich hatte mich von Anfang an in dich verliebt.«

»Sind wir überhaupt rechtmäßig verheiratet?«

Er machte eine Miene, als sei er schockiert, dass sie daran zweifeln konnte. »Natürlich sind wir das!«

»Gehörte die Nacht auf dem Maskenball auch zu deinem Plan?«

»Ich erfuhr erst am nächsten Morgen, wer du warst.«

Plötzlich fiel ihr etwas ein, und sie kniff argwöhnisch die Augen zusammen. »Was ist mit Le Daex? Hattest du da auch deine Finger im Spiel?«

Nach kurzem Zögern erwiderte er: »Aye. Ich wollte nicht, dass du dich mit dem Comte verlobst, bevor ich nach Paris kommen konnte.«

»Also noch eine Lüge? Gibt es noch mehr Lügen, von denen ich wissen sollte? Mehr Geheimnisse?«

»Mehr Geheimnisse gibt es auf jeden Fall. Da kommen zehn Jahre zusammen, in denen ich Böses getan habe. Aber mit diesen Einzelheiten will ich dich nicht belasten, solange du nicht darauf bestehst. Doch du sollst auch wissen, dass ich letztlich immer zum Wohl der Allgemeinheit gehandelt habe. Und manchmal … manchmal habe ich sogar etwas gemacht, auf das du stolz gewesen sein könntest.«

Sie wusste, er konnte ein Held sein, wenn er es wollte – und er konnte ebenso gut ein Schurke sein. Behutsam rieb sie sich die Schläfen.

»Das alles war zu viel für dich.« Plötzlich klang er beunruhigt. »Schmerzt dein Kopf?«

»Es geht schon wieder. Ich will das hier nur endlich hinter uns bringen«, sagte sie mit dünner Stimme.

»Maddy, ich weiß, ich habe dir Leid zugefügt, aber glaubst du, du kannst mir vergeben? Ich meine, nicht jetzt sofort, sondern nach einer gewissen Zeit. Glaubst du das?«

»Wie kann ich dir nach all diesen Lügen noch glauben, dass du mir jetzt die Wahrheit sagst? Gib mir einen Grund, dir zu glauben, Ethan. Ich möchte das nämlich.«

Er fuhr sich durchs Haar. »Ich weiß selbst nicht, warum du mir vertrauen oder vergeben solltest, bis auf die Tatsache, dass ich … dass ich dich liebe«, entgegnete er mit belegter Stimme. »Sag mir, was ich tun kann, um dich zurückzugewinnen, und ich werde es tun.«

Es kam ihr vor, als würden tausend verschiedene Gefühle zugleich auf sie einstürmen. Seine Täuschung ließ sie noch immer Groll gegen ihn verspüren, und das entsetzliche Verhalten ihrer Eltern weckte bei ihr Scham und Abscheu.

Zudem war ihr peinlich, wie sehr sie sich wünschte, nichts von alledem zu wissen und so mit ihm weiterzuleben wie zuvor.

Aber vor allem fühlte sie eines … Erschöpfung.

»Ich möchte wieder gesund werden und zu Kräften gekommen sein, bevor ich mich entscheide.« Und das konnte sie an einem bestimmten Ort so gut wie nirgendwo anders: »Bring mich nach Carillon.«

Maddy hatte sich nach diesem Ort gesehnt und sich gewünscht, zu dem Leben zurückkehren zu können, das sie auf Carillon geführt hatte. Aber auch nach vielen Wochen der Erholung war sie von jenem Leben noch weit entfernt.

Sie saß vor ihrem Spiegel, kämmte sich vor dem Zubettgehen das Haar und dachte über ihre Zeit hier auf dem Anwesen nach. Die angespannte Atmosphäre zwischen ihr und Ethan war unerträglich. Er gab sich reserviert, sie fühlte sich unbehaglich. Keiner von ihnen schien zu wissen, wie er mit dem anderen umgehen sollte.

Wenn sie auf dem Grundstück spazieren ging, um sich die Blumen anzuschauen und um neue Kraft zu schöpfen, dann fühlte sie, wie er sie beobachtete und wie er sich nach ihr verzehrte. Nachdem sie sich kräftig genug fühlte, um wieder zu reiten, begleitete er sie schweigend. Hielt sie an, um ein paar Blumen zu pflücken, dann war er sofort bei ihr und half ihr aus dem Sattel. Bei jedem Mal hielt er sie einige Augenblicke länger fest, und wenn er ihr dann in die Augen sah, erkannte sie, welche Gefühle sich in ihm regten.

In dieser Woche hatte er erfahren, dass Corrine gefunden

worden war und sich auf dem Weg nach Carillon befand. Maddy war darüber so außer sich vor Freude, dass sie ihm um den Hals fiel. Selbst als sie nach einer Weile versuchte, sich aus seinen Armen zu lösen, schien es, als könne er sie einfach nicht wieder loslassen. Schließlich konnte er sich doch noch dazu durchringen, aber er machte einen gequälten Eindruck.

Wie sich herausstellte, war Corrine bei dem Gerangel um Maddy bewusstlos geschlagen und dann von Bekannten aus der Stadt gebracht worden, die vor der Cholera auf der Flucht waren. Jetzt war sie jedoch in Sicherheit und hierher unterwegs. Die Sorge um sie hatte wie eine zentnerschwere Last auf Maddys Brust gelegen, und nun war sie schlagartig davon befreit worden.

Mit jedem Tag, der verstrich, sah Maddy das Bild etwas deutlicher vor sich, wie ihre Zukunft sich gestalten sollte. Sie musste mit Ethan darüber reden, was sie beschlossen hatte, aber er verhielt sich so, als würde er sich lieber alle seine Zähne ziehen lassen, anstatt sie anzuhören. Sobald sie sich ihm mit ernster Miene näherte, wechselte er beunruhigt das Thema oder verließ das Zimmer.

Ihr selbstsicherer Highlander wirkte auf sie unschlüssig und zögerlich, und Maddy selbst erging es nicht viel anders, weil sie nicht wusste, wie sie sich verhalten sollte.

Seufzend stand sie vom Frisiertisch auf und legte sich in ihr großes, leeres Bett. Mit ihren Gedanken bei Ethan schlief sie ein.

Irgendwann viel später zerriss ein lauter Donner die Nacht. Maddy saß sofort aufrecht im Bett und rang nach Luft. Tränen liefen ihr über die Wangen – ausgelöst von einem der schlimmsten Albträume, den sie je erlebt hatte.

Sie hatte geträumt, sie habe sich an der Küste verlaufen und könne Ethan nirgendwo finden. Mit jeder Biegung und jedem schroffen Felsen entfernte sie sich weiter von ihm, so sehr sie auch danach strebte, ihn wiederzufinden …

Ein Blitz zuckte durch die Dunkelheit. Ein Sturm zog auf und weckte ihr Unbehagen. Hatte Ethan denn nicht ihren Aufschrei gehört, mit dem sie aus dem Schlaf hochgeschreckt war? Immerhin schlief er im Zimmer gleich nebenan.

Sie lief zu ihm, doch er war nicht da. Auf ihrer Suche im ganzen Haus, bei der sich ihr Unbehagen mit jedem Schritt weiter steigerte, bemerkte sie schließlich Licht in der Orangerie. Sie eilte die Treppe nach unten und folgte dem überdachten Weg dorthin.

Von drinnen war das laute Dröhnen des Heizkessels zu hören, das die Scheiben zittern ließ. Maddy hatte gewusst, dass er den Kessel reparieren konnte! Aber wo war er? Als sie zu Atem gekommen war, schrie sie: *»Ethan?«*

Der Heizkessel verstummte mit einem letzten Pfeifen, und Ethan sprang auf und warf das Werkzeug zur Seite, während er ihr entgegenlief. »Was ist passiert?«, wollte er wissen und packte sie an den Schultern.

»N-nichts …« Inzwischen war ihr ihre übertriebene Reaktion längst peinlich, und sie kam sich vor wie ein ängstliches kleines Kind.

»Da zieht ein Unwetter auf, wie?«, fragte er, als er durch die Glasdecke in die Nacht schaute. »Ich hatte das nicht hören können.«

»Ich … ich glaube schon. Was machst du denn so spät noch hier?«

»Das sollte eine Überraschung für dich werden. Ich wollte dieses Ding ein für alle Mal zum Laufen bekommen.« Er rieb mit den Handflächen über ihre Arme. »Sag mir, was dir Sorgen macht, Mädchen.«

Sie sah ihn an, und dann kamen die Worte ihr wie von selbst

über die Lippen. »Was ist nur aus uns geworden? Was machen wir eigentlich?«

»Willst du die Wahrheit hören?« Mit seinem Daumen fuhr er zärtlich über ihre Wange.

»Ja.« Dabei nickte sie nachdrücklich.

Nachdem er durchgeatmet hatte, sprach Ethan: »Ich lasse dir Zeit, damit du dir über alles Klarheit verschaffen kannst, weil ich … weil ich verdammte Angst davor habe, dass du mir sagen wirst, du willst weggehen.«

»Weggehen? Soll ich weggehen?«

»Willst du das nicht? Du hast jetzt dein eigenes Anwesen. Und du hast gesagt, wenn du wieder bei Kräften bist, dann wirst du endgültig entscheiden, was aus uns werden soll.«

»Warum hast *du* nichts gesagt?«

»Ich möchte nicht, dass du gehst. Das möchte ich auf keinen Fall, aber ich wollte dich nicht in deiner Entscheidung beeinflussen. Nach allem, was geschehen ist – die Cholera, Beas Tod, unser Kind … jeder denkt, du müsstest von all diesen Geschehnissen immer noch erschöpft sein. Und mir hat man wiederholt vorgeworfen, dass ich gelegentlich unpassenden Druck ausübe, um meinen Willen durchzusetzen. Ich wollte dich nicht zu einer Entscheidungen drängen, die du später vielleicht bereust.« Er sah ihr tief in die Augen. »Für mich soll das nichts von kurzer Dauer sein, *aingeal*.«

»Und wenn ich versucht habe, mit dir zu reden, weil ich mich entschieden habe, uns noch eine Chance zu geben? Dass ich hier oder auf Carrickliffe oder wo auch immer bleiben möchte, solange wir es noch einmal versuchen?«

Er sah aus, als hätte sie ihn geohrfeigt, gleichzeitig nahm er die Hände von ihren Schultern. »Auch nach allem, was ich dir angetan habe?«

»Ethan, ich gebe zu, da sind immer noch einige Fragen unbeantwortet. Und ich habe auch gewisse Befürchtungen, aber ich glaube nicht, dass wir erst wirklich alle Fragen klären und Ängste aus der Welt schaffen müssen, bevor ich … meinen Ehemann zurückbekomme. Und den will ich *wirklich* zurückhaben.«

»Dann …« – seine Stimme versagte einen Moment lang – »… dann willst du bei mir bleiben?«

»Mein Leben ist an deiner Seite. Und dahin möchte ich zurück – an deine Seite. Wir müssen uns noch durch einiges hindurchkämpfen, aber ich glaube, den Versuch bist du wert.«

»Wie kannst du mir nur vergeben? Es gab Zeiten, da hätte ich mir nicht mal selbst vergeben können.«

»Mit jedem Tag hier auf Carillon wurde es mir klarer«, erklärte sie leise, während der Regen einsetzte und laut auf das Glasdach prasselte. »Um dir zu vergeben, muss ich mir nur vor Augen führen, wie du der Hölle getrotzt hast, um mein Leben zu retten. Und dann denke ich daran, wie erstaunlich die guten Zeiten sind, die wir zusammen haben.« Sie verschränkte die Hände in seinem Nacken und drückte sich gegen seinen kraftvollen, warmen Körper, da sie sich nach seiner Nähe sehnte. Die Leidenschaft flammte auf. »Meinst du nicht, das genügt, um noch einmal zu beginnen?«

Seine große Hand legte sich um ihren Nacken, und Maddy schmolz bei seiner Berührung nahezu dahin. »Wenn das heißt, dass ich dich zurückbekomme, dann meine ich das, aye.« Seine andere Hand wanderte nach unten zu ihrem Hinterteil.

Als das Unwetter mit voller Kraft einsetzte und der Regen gegen das Glas gepeitscht wurde, verspürte sie plötzlich keine Angst mehr. Aus einem unbestimmten Grund sah sie diesmal in dem Unwetter nicht den Vorboten von Leid und Unheil. Vielmehr spiegelte es die Eindringlichkeit dessen wider, was zwischen ihr und Ethan heranwuchs. Seine dunklen Augen versprachen ihr, dass er sie leidenschaftlich und heftig nehmen würde, und sie wusste, ihr Blick flehte ihn an, es zu tun.

Er legte seine Finger unter ihr Kinn und sagte mit rauer Stimme: »Diesmal werde ich alles richtig machen.«

»Das glaube ich dir, Schotte.« In ihrem Blick lag all die Liebe, die sie für ihn empfand. »Darum bist du ja auch immer noch der Außenseiter, auf den ich setze.«

»Oh, du siehst mich wieder so an wie früher. Ein Ehemann könnte sich an solche Blicke gewöhnen.«

Sie lächelte ihn an und flüsterte atemlos: »Ich möchte wetten, das wirst du auch machen müssen.«

Epilog

Niemals heiraten, niemals lieben, nie vertrauen – das sei ihr Schicksal.

Sterben sollst du, auf dass dein Same niemals Früchte trägt.
Tod und Verderben denen, die in ihren Sog geraten,
Bis jeder Finsterling seine geliebte Gefährtin findet,
Die wahre Gattin, die einzig sein Leben und sein Herz zu erlösen vermag.

Carrickliffe, Schottland
Ostersonntag 1865

Ethan MacCarrick war der älteste der drei Brüder und das Oberhaupt einer blühenden Familie.

Er saß im Schatten einer alten Eiche und entspannte sich beim Blick auf die weite Wiese vor ihm. Seine Mutter, seine Brüder und deren Ehefrauen und Kinder waren hergekommen, um an Ostern an der Taufe teilzunehmen.

Maddy saß auf einer Decke und scherzte mit den beiden ältesten ihrer drei wundervollen Kinder, die sie Ethan geschenkt hatte, alle mit strahlend blauen Augen und pechschwarzem Haar.

Ihr erster Sohn Leith – bei dessen Geburt Ethan um Jahre gealtert war, auch wenn Maddy selbst es gar nicht als so schlimm empfunden hatte – wurde bald sieben, war aber bereits größer als die meisten Zwölfjährigen und so klug wie seine Mutter. Die drei Jahre alte Catriona war ein Schelm mit genauso zarten Gesichtszügen wie Maddy und verstand es längst, ihren bedauernswerten Vater um den Finger zu wickeln. Ethan hielt den jüngsten Sohn in seinen Armen, in denen der Kleine am besten schlief. Sie hatten ihn Niall genannt, nach einem von Ethans Lieblingscousins, der mit Courts ehemaligem Söldnertrupp immer noch auf dem Kontinent sein Unwesen trieb.

Als Leith zur Welt kam, begegnete ihm Ethan zunächst mit Skepsis, da er Maddys Aufmerksamkeit voll und ganz in Anspruch nahm. Dann aber hatte sein Sohn zu weinen begonnen, weil er zu *ihm* wollte. Und so wie seine Mutter strahlte er jedes Mal, wenn Ethan den Raum betrat.

Keines der Kinder fürchtete sich vor seiner Narbe, und natürlich wussten sie auch nichts von der dunklen Vergangenheit ihres Vaters.

Mutter zu sein, stand Maddy ausgezeichnet, und ganz im Gegensatz zu ihrer eigenen Mutter liebte sie ihre Kinder abgöttisch. Es war ihr gelungen, Sylvie die Dinge zu vergeben, die diese Frau ihr angetan hatte, aber sie konnte ihr nicht verzeihen, was Ethan durch ihre Schuld hatte ertragen müssen.

Als Maddy ihm das anvertraute, wusste Ethan, dass sie ihn als ihre neue Familie akzeptiert hatte. Gemeinsam waren sie bereit, einander und ihre Kinder bis zum letzten Atemzug gegen alle Widrigkeiten zu verteidigen …

Sie heirateten noch einmal auf Carrickliffe in einer prunkvollen Zeremonie, da Ethan mit der Braut angeben wollte, die er für sich hatte gewinnen können. Die Feier wurde von der weitläufigen Verwandtschaft der Weylands förmlich überschwemmt, darunter auch Quin, der Ethan mindestens ein Dutzend Mal daran erinnerte, er habe ihn vor Maddy gewarnt …

Als Maddy bemerkte, dass Ethan ihn anstarrte, reagierte sie mit jenem Lächeln, das sein Herz jedes Mal schneller schlagen ließ. Er fand zwar, dass er sie mehr liebte, als es für ihn gesund sein konnte, aber damit hatte er sich längst abgefunden. Nachts, wenn er sie in den Armen hielt, war sein Herz so sehr von Freude erfüllt, dass es ihm aus der Brust springen wollte.

Ethan wusste, seine Brüder und auch seine Mutter staunten, dass er ein so liebevoller Ehemann und Vater war. Aber wenn sie alle völlig in ihrem Familienleben aufgehen konnten, warum sollte *er* dann nicht auch dazu fähig sein?

Hugh und Jane hatten einen vierjährigen Sohn und »warteten« auf weiteren Nachwuchs. Hugh bestand darauf, seinen Sohn Ethan zu nennen – und ebenso rätselhaft war, dass Jane seinen Wunsch teilte. Auch jetzt, nach Jahren, wunderte sich Ethan, was in seinen Bruder gefahren sein mochte. Der Kleine war der Mittelpunkt ihrer Welt, und die drei waren die glücklichsten Reisenden, die man sich denken konnte, selbst wenn es in die abgelegensten Winkel ging. Allein wegen Nialls Taufe waren sie in die Stadt gekommen.

Court und Annalía hatten ihren Sohn Alex, die Töchter Fiona und Elisabet, und ein weiteres Kind war bereits unterwegs. So sehr Court seine Kinder auch liebte, schwor er doch jedes Mal, das sei nun endgültig das letzte. Annalía lächelte nur und begann zu stricken.

Fiona war erfreut über so viele Enkel, hatte sie doch jahrelang geglaubt, auf diesen Segen verzichten zu müssen. In jedem der Kinder entdeckte sie etwas von deren Großvater Leith. Im Augenblick wurde sie auf dem Rasen von gleich fünf ihrer Enkel umringt.

Maddy stand von der Decke auf und schlenderte zu Ethan. »Ist Niall bereit für seine Wiege?«, fragte sie. »Oder soll ich Verstärkung holen?« Ihre älteste Freundin Corrine lebte mit auf dem Anwesen, hatte jedoch den Posten als Verwalterin abgelehnt, da sie lieber Kindermädchen sein wollte. Sie machte das so wunderbar, dass längst andere Familien schamlos versuchten, sie abzuwerben.

»Er schläft tief und fest«, sagte Ethan, dann fügte er amüsiert an: »Und er schnarcht wie du.«

Sie knuffte ihn in die Brust. »*Ich* schnarche nicht, Schotte!« Sie nahm ihm den Jungen ab, gab ihm einen Gutenachtkuss und legte ihn in die Wiege. Als Ethan die Arme ausbreitete, setzte Maddy sich auf seinen Schoß und betrachtete mit Ethan gemeinsam das rege Treiben um sie herum. »Ich liebe dich, Ethan«, seufzte sie, als er sie an sich zog.

Er küsste sie auf ihr von der Sonne gewärmtes Haar und atmete den köstlichen Duft ein. »Und wie ich dich erst liebe, Mädchen«, erwiderte er. Plötzlich kam ihm ein Gedanke. »Wenn ich dir jetzt schenken könnte, was immer du dir wünschst, was wäre das?

»Oh, das ist einfach. Ein Leben lang dies hier.« Sie machte eine weit ausholende Geste, um all das zu umfassen, was vor ihnen lag – mitsamt den spielenden Kindern und der glücklichen Familie.

Er legte die Hände um ihr Gesicht, und ihre blauen Augen nahmen einen sanften Ausdruck an, als sie ihn betrachtete. »Einverstanden«, sagte er und küsste sie zärtlich auf den Mund. »Das werde ich dir geben, Maddy MacCarrick.«

Es war ein Versprechen, das Ethan nur zu gern einlöste.

Danksagung

Mein Dank gilt den freundlichen Mitarbeitern der Forschungsbibliothek an der University of Florida. Diese Leute wissen einfach *alles*, und sie halfen mir, mich inmitten der zahllosen Quellen zurechtzufinden: kaum bekannte Texte voller faszinierender Einzelheiten, die eine Geschichte mit Leben erfüllen; viktorianische Tagebücher mit Berichten aus erster Hand über die Zeit, die mich interessierte; sowie Karten und Bilder für eine authentische historische Kulisse. Ich weiß die Hilfe und Unterstützung sehr zu schätzen.

Die Schöne und das Biest

Kresley Cole
ABGRUND DER
SEHNSUCHT
Aus dem amerikanischen
Englisch von
Bettina Oder
512 Seiten
ISBN 978-3-7363-0443-7

Die junge Feyde Calliope Barbot weiß nicht, wie ihr geschieht: Nicht nur, dass sie von einem furchteinflößenden Dämonenlord entführt, eingekerkert und geknechtet wird, entwickelt sie doch bald gegen ihren Willen Gefühle für ihren Kidnapper …

»Kresley Coles Geschichten sind der Hammer – mit jeder Menge Action, tiefer Leidenschaft und todesverachtender Spannung. Dieser narrensichere Roman wird auch den langweiligsten Nachmittag aufpolieren!« *Romantic Times*

Eine dramatische Liebesgeschichte vor der mondänen Kulisse Stockholms

Simona Ahrnstedt
EIN UNGEZÄHMTES MÄDCHEN
Aus dem Schwedischen
von Wibke Kuhn
528 Seiten
ISBN 978-3-7363-0457-4

Beatrice Löwenstrom ist jung, intelligent und nicht willens, nur geistlose Zierde für einen Mann zu sein. Als sie den äußerst charismatischen Seth Hammerstaal trifft, knistert es auf Anhieb zwischen ihnen. Bei Seth kann Beatrice ganz sie selbst sein, doch ihr Onkel hat sie längst dem skrupellosen Grafen Rosenschöld versprochen und diesem ist jedes Mittel recht, um den Willen der rothaarigen Schönheit zu brechen

»Simona Ahrnstedts Bücher kann man nicht mehr beiseite legen, wenn man einmal angefangen hat.« KATARINA BIVALD

LYX

Ihr Herz schlägt für die Highlands

Lynsay Sands
EIN HIGHLANDER ZUR
RECHTEN ZEIT
Aus dem amerikanischen
Englisch von
Susanne Gerold
352 Seiten
ISBN 978-3-7363-0551-9

Als ihr Halbbruder sie für ein paar Pferde verkaufen will, begreift Murine Carmichael, dass sie unter seiner Obhut nicht mehr sicher ist. Sie flieht in die Wildnis, wo sie auf Dougall Buchanan trifft. Der stolze Highlander hatte das schändliche Angebot ihres Bruders empört abgelehnt – nun ist er jedoch umso entschlossener, das Herz der schönen Murine für sich zu gewinnen.

»Eine Geschichte, die ebenso aufregend und großherzig ist wie ihr Held.« KIRKUS REVIEWS

LYX